Doce jogada

LANA FERGUSON

Tradução: Gabriela Peres Gomes

GLOBOLIVROS

Copyright © 2025 by Editora Globo S.A. para a presente edição
Copyright © 2024 by Lana Ferguson

Todos os direitos reservados. Nenhuma parte desta edição pode ser utilizada ou reproduzida — em qualquer meio ou forma, seja mecânico ou eletrônico, fotocópia, gravação etc. — nem apropriada ou estocada em sistema de banco de dados sem a expressa autorização da editora.

Esta edição foi publicada mediante contrato de cessão de direitos com a Berkley, um selo do Penguin Publishing Group, uma divisão da Pinguim Random House LLC.

Texto fixado conforme as regras do Acordo Ortográfico da Língua Portuguesa
(Decreto Legislativo nº 54, de 1995)

Título original: *The Game Changer*

Editora responsável: Amanda Orlando
Editor-assistente: Rodrigo Ramos
Preparação: Mariana Donner
Revisão: Luísa Tieppo e Lorrane Fortunato
Diagramação: Miriam Lerner | Equatorium Design
Adaptação de capa: Carolinne de Oliveira

1ª edição, 2025

CIP-BRASIL. CATALOGAÇÃO NA PUBLICAÇÃO
SINDICATO NACIONAL DOS EDITORES DE LIVROS, RJ

F392d

    Ferguson, Lana
        Doce jogada / Lana Ferguson ; tradução Gabriela Peres Gomes. - 1. ed. - Rio de Janeiro : Globo Livros, 2025.
        352 p. ; 23 cm.

    Tradução de: The game change
    ISBN 978-65-5987-246-6

    Romance americano. I. Gomes, Gabriela Peres. II. Título.

25-97102.0   CDD: 813
                         CDU: 82-31(73)

Meri Gleice Rodrigues de Souza - Bibliotecária - CRB-7/6439
25/03/2025   31/03/2025

Direitos exclusivos de edição em língua portuguesa para o Brasil adquiridos por Editora Globo S.A.
Rua Marquês de Pombal, 25 — 20230-240 — Rio de Janeiro — RJ
www.globolivros.com.br

Dedico esta história a mim, por não ter deixado este livro me fazer de otária. Ele bem que tentou.

1

Delilah

— Viram só?

Dou uma piscadinha para a câmera ao tirar a assadeira de um dos fornos do estúdio de filmagem, e faço questão de mostrar bem a massa crocante e dourada.

— Aposto que vocês aí de casa acharam que seria um bicho de sete cabeças, né? Mas viram como foi fácil?

Coloco a assadeira na grade de resfriamento, tiro as luvas térmicas e dou um suspiro exagerado ao cheirar o doce quentinho.

— Huuum, que delícia. Quem diria que daria para fazer *pain au chocolat* com os ingredientes que todo mundo tem em casa?

Assopro a massa com delicadeza antes de mordiscar um pedacinho, caprichando na reação diante das câmeras. Não que não esteja delicioso, porque está divino, mas ainda estou um pouco enjoada com a reunião que me aguarda daqui a pouco.

— Vou ser sincera com vocês — volto a dizer, lambendo os dedos sujos de chocolate depois de devolver o doce mordido para a assadeira. — Se vocês conseguirem comer só unzinho, são mais fortes do que eu. Vou partir para o repeteco assim que desligarem as câmeras. Ah, não esqueçam aquela diquinha de preparar a massa no dia anterior e deixar descansar durante a noite. E quero ver todo mundo me marcando nas fotos nas redes sociais, hein? Adoro acompanhar as aventuras culinárias de vocês!

Espio o pãozinho inacabado na assadeira, mordendo o lábio antes de sorrir para a câmera.

— Não consigo resistir! É mais forte que eu! — Abocanho o resto do doce, suspirando de prazer. — Caramba, está uma delícia.

Depois de engolir, abro um sorrisão e foco na câmera principal.

— Da próxima vez, vou ensinar vocês a preparar éclairs caseiras com queijo mascarpone — acrescento, erguendo as mãos. — Vão por mim: é uma receita imperdível. Mas até lá, não esqueçam que vocês só precisam de... — continuo, pontuando a próxima parte com um movimento ensaiado do meu dedo. — Uma pitada de sorte.

— *Corta!*

Relaxo a pose ensaiada, soltando o ar.

— Mandou bem, Dee — elogia Greg, o supervisor.

Tiro o avental e faço careta quando uma nuvem de farinha se desprende do tecido e pousa no meu peito. Algo que acontece com frequência, considerando minha... ampla zona de aterrissagem. Todo mundo quer ter peitões até que haja farinha envolvida.

— E aquele ovo que eu derrubei?

— Não esquenta com isso, a gente corta antes de ir ao ar.

— Maravilha — respondo, já largando o avental na bancada para me afastar da cozinha cenográfica.

— Ei, Delilah, vai querer levar o resto?

Espio a assadeira de *pain au chocolat* e vejo Dante, nosso microfonista, parado ali perto com um ar esfomeado. Normalmente, eu guardaria alguns quitutes para mim antes de dividir o resto com a equipe, mas do jeito que as coisas andam, apenas nego com a cabeça.

— Não, podem ficar.

Ouço as comemorações abafadas atrás de mim enquanto me dirijo à mesinha onde ficam as águas e os lanches. Abro uma garrafinha e bebo metade de uma vez, tentando acalmar o zumbido em meu estômago. Parece até que engoli uma colmeia.

— Respira um pouco, menina — diz Ava ao meu lado, toda risonha.

Ela é tão alta que preciso espichar o pescoço para mirá-la nos olhos, mas com um metro e sessenta de altura, isso não é novidade para mim.

Abano a cabeça e tomo outro gole de água antes de fechar a garrafa. Além de ser a produtora júnior do *Pitada de sorte*, Ava Carmichael se tornou minha melhor amiga ao longo desses meus três anos de programa. Sei que ela está bem ciente da reunião, que vai acontecer muito antes do que eu gostaria, e por isso mesmo deve entender por que estou com um bico gigante.

— Fiquei com vontade de enfiar a cabeça no forno, não vou mentir — confesso.

— Pode parar. — Ela estende a mão e faz carinho nas minhas costas. — Não vai ser tão ruim quanto você pensa.

— Ava... — Solto um suspiro, passando as mãos pelos meus cachos castanhos. — Nós vimos as estatísticas do mês passado. Provavelmente vai ser até *pior* do que eu imagino.

Ela começa a mexer na trança loira, distraída, com o nariz arrebitado franzido em pensamentos. Ao vê-la assim, sei que está mais preocupada do que deixa transparecer.

— Bem, eles não podem cancelar o programa, certo? Seu contrato vai até o fim do ano.

— Sim, meu contrato *atual* — saliento. — E eles podem muito bem decidir que não vão renovar.

Ava fecha a cara, como se não se permitisse cogitar essa possibilidade.

— Mas todo mundo te ama! Poxa, o *Pitada de sorte* praticamente bancou a reforma no estúdio. Com certeza não foi o *Massas & maçãs*, da Courtney — acrescenta, com um resmungo. — Sério, não tinha ninguém para avisar que depois de uns seis meses não ia mais sobrar receitas novas com maçã?

— É, pelo menos agora ela começou a usar peras — argumento.

— Ah, sim, uma ótima estratégia para um programa todo baseado em *maçãs* — retruca Ava. — Enfim. O importante é que o seu programa carrega a emissora nas costas.

— Eu sei, mas... — Mordo o lábio. — A audiência continua despencando. É como se as pessoas tivessem perdido o interesse. Trago receitas cada vez mais difíceis, mas pelo jeito não faz a menor diferença. O analista de mídias sociais também percebeu uma queda no engajamento por lá.

— Tudo bem, só que… — Ava franze a testa. — Você acha mesmo que eles cancelariam o programa?

Balanço a cabeça.

— Não faço a menor ideia. Por isso estou com tanta vontade de vomitar.

— Eles que se fodam, sério — explode ela. — Você nem precisa dessa gente. Poderia cozinhar no porão de casa e ganhar uma porrada de visualizações no YouTube.

— Valeu pela confiança, amiga — comento sem um pingo de humor. — Ah, e como produtora júnior do programa, não sei se você deveria menosprezar tanto os bambambãs da emissora.

— Tá, tá. Que seja. Não me importo de trabalhar no seu porão, se for preciso.

— Você sabe que eu moro em apartamento, né?

— *Shh*, quietinha. Estou sendo solidária.

Meu celular começa a vibrar no bolso de trás, e estendo a mão para pegá-lo. Ava faz um gesto de "pode atender" antes de apontar para o corredor, e eu interpreto isso como um sinal de que ela tem coisas para resolver por ali. Observo sua figura ágil se afastar enquanto levo o celular ao ouvido, sendo imediatamente saudada pelos berros de Jack, meu irmão.

— Ah, qual é! — reclama ele do outro lado da linha.

A voz de Jack está pelo menos dez decibéis mais alta do que o limite apropriado para uma ligação, e afasto o celular depressa para não romper os tímpanos.

— Porra, mas que palhaçada é essa? — continua. — Tá dormindo, juizão?

— Jack — começo a dizer, mas os gritos voltam com tudo. Dou um pigarro. — *Jack*.

— Ah, oi. Nossa, por que demorou tanto para atender?

— Não demorei… — respondo, e nem tento explicar. — Enfim, você precisa de alguma coisa?

— Caramba. Seu irmão mais velho te liga no dia mais difícil da sua vida para oferecer apoio e carinho e é tratado com essa indiferença? Tsc, tsc, nossos pais ficariam envergonhados.

— Estou sem ânimo para piadas de órfãos hoje, Jack — rebato. Nós dois temos métodos bem diferentes para lidar com a morte dos nossos pais. — Além do mais, não sei se chamar de "o dia mais difícil da minha vida" é a melhor forma de me animar.

— Talvez seja.

Ouço o som distinto de mastigação.

— Está assistindo às reprises dos seus jogos de novo?

— E daí? — Jack mastiga o que suspeito ser um punhado de Doritos, depois engole e acrescenta: — Você já falou com eles?

— Ainda não — murmuro. — Estou a caminho do escritório.

— Não esquece de falar que você é órfã.

— Nem todo mundo usa a morte dos pais como muleta.

— Pois deveriam — responde ele em tom sério. — É uma mão na roda. E as gatas adoram. Sou basicamente o Batman com um taco de hóquei. — Ele dá uma risadinha. — E não é só desse taco que elas gost...

— Por favor, não termine a frase — imploro.

Às vezes me pergunto como ele pode ser cinco anos mais velho que eu. Em termos emocionais, há uma boa chance de ele ainda ter dezesseis anos, não trinta e três.

— Você lembrou de tomar seus remédios?

— O que minha Ritalina e eu fazemos na privacidade do meu lar não é da conta de ninguém — recita ele, todo formal.

— Toma a porra dos remédios — respondo com um suspiro. — Não quero encontrar você "limpando" o armário de novo.

— Ei, ele ficou limpinho.

— Só porque você enfileirou todas as roupas no quarto enquanto "re-lembrava o passado".

— Eu tomei a porra dos remédios — resmunga Jack. — Cuida dos seus pepinos aí. Qual é o seu plano?

— Vou apenas frisar tudo o que este programa tem feito pela emissora — explico, só não sei se para ele ou para mim. — Não é porque os últimos meses foram mais parados que as coisas não vão melhorar. Podemos pensar em algumas ideias para aumentar a audiência.

— Pena que estou com o braço quebrado — lamenta ele. — Eu poderia dar um pulinho aí para mostrar meu taco de hóquei. — Ele fica quieto por um segundo antes de acrescentar: — Meu taco de verdade, só para constar.

— Ah, sim, isso resolveria tudo mesmo.

— Ué, não? Estamos em Boston, meu chapa. Os Druids acabaram de vencer a Copa Stanley. Se eu estivesse aí, você poderia ensinar a fazer batata frita na cerveja e mesmo assim todo mundo ia querer assistir.

— Sua humildade é inspiradora — respondo, sem expressão.

— É apenas uma das minhas inúmeras qualidades.

— Claro...

— Ah, aliás, também te liguei para contar uma novidade.

Paro diante do elevador que leva ao último andar e aperto o botão.

— Que novidade?

— Ian voltou.

Continuo imóvel ali durante alguns segundos depois de as portas se abrirem, e só percebo que ainda não entrei quando elas começam a se fechar outra vez. Afasto o turbilhão de lembranças que acabou de se abater sobre mim e me apresso para entrar no elevador.

— Jura? Voltou?

Mais mastigação. Malditos Doritos.

— É. Vai ficá qui cumigu.

— Não fale com a boca cheia, seu porco — reclamo. — Por que ele está aqui? Vai voltar para o time?

— A ideia é essa — responde Jack quando termina de engolir. — Estamos quase lá, sabia? A aposentadoria não está muito longe, e ele quer encerrar a carreira perto de casa. Graças a Deus. O cara passou tempo demais naquele mundaréu de gelo.

— Calgary nem é tão frio assim.

— Sério? Bom, eu sempre acho que tudo acima da fronteira está coberto de neve.

— Está redondamente enganado. Você literalmente joga lá às vezes.

— Sim, e sempre é frio pra cacete.

— Volta a fita. Ian vai ficar aí com você? Então ele já chegou? Está aqui?

— Não, vai pegar o avião hoje à noite. Temos que estar no centro de treinamento bem cedinho amanhã. — Ele solta uma risada zombeteira. — Bom, só *ele*, na verdade. Eu vou ficar bancando a líder de torcida na arquibancada. Tudo por causa desse gesso idiota.

— Ninguém mandou fazer um salto axel enquanto estava bêbado.

— Sanchez me desafiou!

— E você, Baker, pagou o pato.

— Que seja — resmunga ele. — Enfim, pensei que a gente podia marcar de sair, todo mundo junto e tal. Acho que vai ser esquisito para Ian voltar para casa depois do divórcio e tudo mais, então pensei em...

A voz de Jack vai se tornando distante, e a lembrança do casamento de Ian ainda é um fardo pesado em meu peito, mesmo depois de todos esses anos. Sempre me pareceu absolutamente normal ficar chateada quando sua primeira paixão e estrela de todas as suas fantasias adolescentes se casa e segue a vida, mas eu nunca soube como me sentir em relação a tudo o que aconteceu depois do divórcio. Especialmente porque logo depois ele fez as malas e passou os seis anos seguintes enfurnado no Canadá, algo que não entra na minha cabeça até hoje. Certo, tudo bem, eu sei o que as manchetes diziam. Sei que ele foi embora para poupar o time do circo midiático em que se meteu, mas ainda não entendo como, em vez de demonstrar apoio, os próprios pais permitiram que um dos melhores jogadores da equipe, que por acaso era *filho* deles, deixasse tudo para trás. Afinal, eles são *donos* daquela porcaria de time, e o pai de Ian sempre teve muito orgulho de ter o filho inserido no esporte. Só falava disso nas entrevistas.

Então, como simplesmente deixaram ele ir embora?

— Dee? *Alô*? Delilah! Está me ouvindo?

— Hum? Oi, estou. Claro. Sair juntos. Vamos marcar. Antes preciso ver como vai ser a reunião. Se eles toparem pensar em novas ideias para melhorar a audiência, pode ser que eu esteja muito ocupada.

— Bom, tenta encaixar a gente na sua agenda. Tenho certeza que Ian sentiu sua falta. Já faz um tempão que não saímos todos juntos.

"Tenho certeza que Ian sentiu sua falta."

Chega a ser ridículo como uma simples frase pode abalar tanto meu coração. Como se eu fosse uma adolescente de novo e não uma mulher de 28 anos, com mais de uma década me separando dessa paixonite patética. Odeio o fato de uma parte de mim ficar tão animada, como se eu não tivesse me esforçado para evitar tudo relacionado a Ian desde sua partida, única e exclusivamente por saber que ele nem sentiria tanto a minha falta, já que sempre me viu apenas como a irmãzinha mais nova de Jack.

— Vamos ver se dá — consigo dizer, pois não posso prometer nada além disso.

Já tenho problemas demais, não dá para acrescentar Ian Chase ao balaio. Acho que não conseguiria lidar com isso mesmo se estivesse zerada de preocupações.

— Tudo bem. Depois me conta como foi, ok? Não tenha medo de apelar para o lance de ser órfã. Funciona que é uma maravilha...

— Aham, valeu. A gente se fala mais tarde.

— Beijo, Dee.

Desligo e enfio o celular no bolso quando o escritório da produtora executiva entra no meu campo de visão. Enrolo um pouco diante da porta, me preparando para o que me aguarda do outro lado, seja lá o que for. Enxugo o suor das mãos na calça jeans, apreensiva ao deslizá-las sobre a curva do meu quadril. Não ajuda saber que terei que entrar lá sozinha, já que Theo, meu agente, ficou preso em outra reunião. Sempre me sinto melhor quando ele está por perto.

"Você é Delilah Baker", digo a mim mesma, tentando me animar. "Estudou com Olivier Guillaume em Paris antes dos 25 anos. Você consegue."

Dou uma batidinha na porta e, quando faço menção de abrir, ouço a produtora executiva me convidando a entrar. Gia está ao telefone, e com um gesto de mãos me pede para aguardar um segundo. Estudo o rosto dela para tentar avaliar seu humor. A pele marrom sedosa está lisinha entre os olhos, sem a ruga singular que costuma aparecer ali quando está estressada, e o batom vermelho continua intacto em seus lábios, um sinal de que não passou a tarde entornando latas de energético, como sempre faz quando as coisas andam mal. Graças a esses detalhes, me permito sentir um pinguinho de esperança de que a reunião não vai ser tão desastrosa quanto imaginei.

Passados um ou dois minutos, Gia desliga o telefone, soltando um suspiro enquanto massageia as têmporas.

— Se eu tiver que discutir mais um corte orçamentário essa semana, juro que vou me demitir para virar produtora de TikTokers.

— Frank está pegando no seu pé de novo? — pergunto.

— Quando é que Frank me dá paz? — Ela se vira na cadeira, me lançando um olhar cheio de cautela. — Por falar nisso... imagino que você já saiba que foi por isso que te chamei aqui.

— É, eu já desconfiava — admito.

— Imagino que tenha visto as estatísticas dos últimos meses — continua Gia, toda cheia de dedos.

Aceno com pesar.

— Sim, sei que a audiência caiu um pouco.

— Vinte por cento nos últimos quatro meses — esclarece ela. — Vários fatores podem ter influenciado, claro, mas... não deixa de ser um problema.

— Meus números têm sido consistentes nos últimos dois anos — saliento. — A audiência do meu programa sempre foi sólida. Sei o lucro que ele traz, e acho importante lembrarmos disso.

— Claro que sim — concorda Gia. — Não quero que você pense que isso é uma espécie de ultimato, mas devemos ter atenção. Eu adoro você, você sabe, só que os figurões lá de cima... só se importam com as métricas. Precisamos resolver essa questão e virar o jogo para eu mostrar a eles como o *Pitada de sorte* é valioso.

— Eu sei — desabafo, afundando ainda mais na cadeira. — Tentei trazer receitas mais complicadas, para surpreender os espectadores quando mostrar um modo de preparo mais simples, mas...

— O público não sabe o que quer — concorda Gia em sinal de camaradagem. — As pessoas esperam atrações cada vez mais chamativas. Só querem saber de competições de culinária agora.

— E você sabe que eu não quero seguir por esse caminho.

— Claro, claro. Mas então precisamos pensar em alternativas. O público te ama, isso não mudou. Você é uma boa menina, a confeiteira queridinha de Boston, e sempre vai ser.

Tenho que me conter para não fechar a cara. Não que eu *odeie* ser conhecida como a menina boazinha. É só uma questão de marketing pessoal, no fim das contas, e combina muito bem com minha estrutura pequena e curvilínea, com as sardas e os grandes olhos castanhos que Jack e eu compartilhamos, embora meu irmão quase sempre use os dele para fins nada honrosos. Ainda assim. Parece quase retrógrado ser vendida como uma bonequinha recatada.

Mas eu preciso de audiência. Não posso esquecer disso.

— Que tal alguns episódios especiais sobre a culinária de outros países? — sugiro, pensativa, com os braços cruzados sobre o peito. — Ou talvez eu possa entrar em contato com o Olivier e propor uma colaboração?

— Você acha que ele toparia vir para os Estados Unidos?

Faço careta ao lembrar de horas e mais horas de conversas que sempre começavam e terminavam com "Ai, ai, esses americanos".

— Hã... talvez não.

— Eu gosto da ideia de ter convidados. E se fizermos um *crossover* com outros programas da emissora? Que tal o da Courtney?

Fecho a cara.

— Ela só cozinha se tiver fruta no meio.

— Mas o povo adora fruta!

— Se você diz... — retruco. — Só não sei se juntar duas confeiteiras é algo tão inovador assim, para ser sincera.

Gia franze a testa.

— É verdade. — Ela começa a tamborilar os dedos no lábio inferior, perdida em pensamentos. — Bom, a gente tem que arranjar uma solução para ontem. Preciso de um motivo plausível para deixarmos o destino do seu programa em banho-maria. Qualquer coisinha para ganharmos um tempo até encontrarmos uma solução permanente. O que podemos fazer para recuperar a atenção do pessoal de Boston? Para fazer todo mundo se interessar por culinária?

As palavras dela trazem à tona uma lembrança, e meu cérebro se esforça para identificar a origem até se lembrar da conversa que tive com Jack antes de entrar na reunião.

Estamos em Boston, meu chapa.

Meus lábios se abrem, com uma ideia na ponta da língua. Resta saber se vai ser boa ou catastrófica.

— Hóquei — deixo escapar, já arrependida. — Que tal hóquei?

Não acredito que usei a ideia meia-boca que meu irmão acidentalmente lançou como piada.

Gia está visivelmente confusa.

— Quê?

— Meu irmão joga nos Druids... quer dizer, no momento ele está de licença porque fraturou a ulna. Acredita que aquele idiota tentou fazer patinação artística enquanto estava bêbado? Enfim, a questão é que eu tenho contato com o time.

— E você acha que isso vai dar audiência?

— Olha... se a gente sair daqui agora, é capaz de trombarmos com três fãs de hóquei na calçada. Trazer um dos parceiros de time do meu irmão aqui, com uniforme e tudo? Um grande jogador de hóquei fazendo docinhos? É uma jogada de mestre. Com o perdão do trocadilho.

Ela arqueia a sobrancelha.

— Até que não é má ideia. Tirando a parte do trocadilho.

— Detesto admitir, já que tecnicamente a ideia foi conversa fiada do meu irmão, mas pode dar certo. Mesmo que seja só para um episódio especial. O time está prestes a iniciar os treinos para a nova temporada, então esse burburinho pode beneficiar os dois lados. Ou, pelo menos, é isso que vamos dizer à equipe de marketing deles.

— E você acha mesmo que eles vão topar?

Penso nas centenas de favores que Jack me deve por ter salvado a pele dele de várias idiotices durante anos, e então sorrio.

— Estou com um bom pressentimento.

— Hum... — Gia mordisca o lábio enquanto pondera sobre o assunto, inclinando a cabeça de um lado para o outro. — Bem, vou ter que conversar com nossa equipe de marketing — continua ela —, mas... gostei da ideia. Acho que pode ser exatamente o que estávamos procurando.

Uma onda de alívio inunda meu peito. Sei que não é uma solução permanente, mas pelo menos terei mais tempo para pensar em uma estratégia que funcione a longo prazo. Gia pega o telefone da mesa e liga para alguém, e eu me permito relaxar na cadeira, me sentindo um pouquinho melhor. Só não sei se estou pronta para encarar o "Viu só? Eu falei" do meu irmão.

Quero só ver a opinião do Theo. Isso vai dar muito pano para manga.

2

Ian

Segundo os rumores, Ian Chase, ex-jogador do Druids, compareceu à cerimônia de casamento de sua ex-esposa, Mei Garcia, na semana passada, alimentando os boatos de uma tentativa de reconciliação por parte de Chase. Todos devem se lembrar do divórcio desastroso de Chase e Garcia, encerrando o que a mídia de Boston apelidou de "romance de contos de fadas" entre o filho de um jogador lendário da NHL e uma artista em ascensão. Mei Garcia, artista contemporânea vista em galerias como a Canvas e a Interior Mosaic, não teceu comentários sobre a presença do ex-marido. Seis anos atrás, fotos de Chase e uma mulher misteriosa circularam nas redes sociais logo após a separação, levantando boatos de que o astro do hóquei e a esposa tinham se divorciado devido a uma...

EMPURRO O NOTEBOOK PARA LONGE, rangendo os dentes. Seis anos. Seis malditos anos tendo que lidar com essa merda, sem ter para onde fugir. Há muito tempo aprendi que tudo que cai na internet fica lá para sempre.

— Eu avisei que era melhor nem ler — diz Mei com delicadeza do outro lado da linha.

Pressiono o celular com força contra a orelha.

— É, fazer o quê? — respondo, espumando de raiva. — Eu nunca fui muito inteligente.

— Pode parar com isso — repreende ela. — Eles não sabem a história toda. Você deveria ter me deixado fazer uma declaração.

— De jeito nenhum.

Passo a mão no rosto, e a barba por fazer arranha a palma.

— Você está de lua de mel, Mei. Não deveria estar preocupada com minhas baboseiras. Além do mais, ninguém acreditou quando você me defendeu da última vez, então de que adiantaria agora?

— Só não entendo por que decidiram desenterrar essa história — comenta Mei. — Já faz tantos anos. Será que esse pessoal não tem mais o que fazer?

— Vai saber — respondo. — Talvez seja porque vou voltar para casa. Ou porque você se casou outra vez. O povo adora reviver essas porcarias do passado. Acho que era melhor eu nem ter ido ao casamento.

— Ah, eles que se lasquem — zomba ela. — Até parece que você ia perder meu casamento.

— Pois é, agora transformaram seu grande dia nessa palhaçada toda.

Levanto a mão para chamar a aeromoça. Preciso de uma bebida para não perder as estribeiras enquanto o avião não decola. Um voo atrasado era realmente tudo de que eu precisava hoje.

— E a Bella, como anda? Ainda uma grande otária?

— Eu ouvi isso, seu imbecil — vem a voz de Bella do outro lado. — Você está no viva-voz.

— Oh, essa não, agora você vai achar que não podemos mais ser amigos — digo, achando graça.

— Vai sonhando que seus amigos são tão legais quanto eu — rebate ela.

E está certíssima, tenho que admitir. Isabella Garcia é legal para cacete. Eu não poderia ter pedido por uma pessoa melhor para dar uns pegas na minha ex-esposa. Mesmo que eu adore pegar no pé dela. Felizmente, Bella sempre devolve na mesma moeda.

— Como está Fiji?

— Quente — reclama Mei. — Vou voltar para casa vermelha igual a um pimentão.

— *Mi pobre esposa* — sussurra Bella. — Tão delicadinha.

— Nem todo mundo nasceu com a dádiva do bronzeado eterno — resmunga ela.

Bella dá um suspiro exagerado.

— É mesmo uma bênção.

Quase consigo ouvir a careta de Mei.

— Enfim — continua ela, voltando a se dirigir a mim. — Quanto tempo você vai ficar preso nesse avião?

— De acordo com o comandante, só vamos decolar daqui a meia hora, mais ou menos. Precisam tirar a neve da pista.

— Caramba, aposto que você não vai sentir falta dessa friaca toda.

— É, sei lá. Até que passei a gostar da neve.

— Mas vai ser legal estar de volta em Boston, não acha? A gente mal teve tempo de conversar no casamento. Você vai ter que ir jantar lá em casa quando voltarmos da lua de mel.

— Claro, vou adorar — respondo, e é sincero.

— Nem dê bola para essa galera da internet — aconselha Mei. — São só pessoas entediadas e desesperadas por uma fofoca. Logo, logo esquecem.

— Foi o que pensamos da última vez, e no fim acabei indo parar em *Calgary*.

— Você não precisava ter aceitado a transferência.

Não discuto com ela, mesmo sabendo que não é inteiramente verdade. Cerro os dentes, prestes a recitar as respostas ensaiadas que sempre disparo quando a troca de time é mencionada.

— Toda que vez que o Druids jogava, a porra da imprensa preferia falar da minha vida amorosa em vez de destacar os gols do time. Não era justo com os outros jogadores.

— Seus pais são donos do time! Eles poderiam ter feito alguma coisa. *Deveriam* ter feito alguma coisa.

Mais uma vez, mantenho a boca fechada. É verdade, o time pertenceu ao meu avô, passou para a minha mãe após a morte dele, e por fim chegou ao meu pai. Cresci com o fardo desse legado nos ombros, o filho de um grande ídolo do hóquei e da dona de um time da NHL, então todas as minhas aproximações ao esporte sempre foram monitoradas, observadas, com ainda mais olhares em cima de mim para complicar a porra toda.

— Meus pais fizeram tudo o que podiam — murmuro, sem saber mais o que dizer.

— Tudo bem, mas seis anos? Por que você não voltou antes?

Outra pergunta que não sei como responder. Estou ciente de que poderia revelar tudo a Mei, pois ela nunca contaria a mais ninguém, mas não consigo. Não quero colocar mais esse peso nas costas dela. Não quando já tem tantas coisas com as quais se preocupar. Além do mais, no fundo, no fundo, acho que não insisti tanto para voltar para casa porque sabia o que me aguardava. A distância ajudava a esconder os segredos que deixei para trás.

— Não faço ideia — respondo, e não é de todo mentira. — Mas já tenho trinta e três anos. Só me restam alguns anos de carreira, e eu não quero me aposentar em Calgary. Quero jogar em casa até o fim. Então, sei lá, acho que meus motivos nem têm tanta importância.

— É claro que têm — diz Mei baixinho.

O silêncio se estende entre nós, e eu sei exatamente o que lhe passa na cabeça antes mesmo de ouvir em voz alta:

— Você poderia simplesmente dizer a verdade, sabia? — sugere ela com delicadeza.

Cerro o maxilar.

— Nós dois sabemos que isso está fora de cogitação.

— Não está, não — pressiona ela. — Você não precisa aguentar tudo sozinho. E se fosse atrás de Abigail para conversar e…

— Mei — interrompo, um pouco mais ríspido do que pretendia.

Outro momento de silêncio, seguido de:

— Desculpa.

Apoio a cabeça no encosto do banco e fecho os olhos.

— Não precisa se desculpar — respondo, com um suspiro. — A culpa não é sua.

— Nem *sua* — insiste ela. — É da sua *vida* que estamos falando. Não da minha, nem a do seu pai, e muito menos a de Abig…

— Eu sei — apresso-me a dizer, pois não quero ouvir o nome dela outra vez. Só serve para cutucar velhas feridas, para trazer problemas para os quais ainda não tenho solução, mesmo depois de todo esse tempo. — Sei mesmo. Vou pensar no assunto, ok?

Só que não vou. Há muita coisa em jogo. Muitas pessoas para decepcionar. Acho que Mei também sabe disso, mas felizmente decide largar o osso.

— Bom... enfim. Estou feliz por você voltar para casa. Sentimos sua falta.

— Não sentimos, não! — grita Bella de longe.

Apesar de tudo, abro um sorriso.

— Eu também sinto falta de vocês.

— Jack vai te buscar no aeroporto?

— Vai, sim — respondo. — Já vai estar lá quando eu chegar.

— Saia para jantar fora! Nada de ficar enfurnado em casa sofrendo por causa de internet.

— Veremos — resmungo de volta.

— Amor! — chama Bella. — Praia, vamos? Você prometeu que ia me deixar passar protetor na sua bunda, esqueceu?

— Caramba — murmuro. — Não é o tipo de coisa que alguém quer ouvir sobre a ex.

Mei começa rir, e para ser sincero, adoro vê-la feliz.

— Vê se me liga quando chegar, hein?

— Pode deixar — prometo. — Divirta-se aí.

Guardo o celular de volta no bolso e afundo ainda mais na poltrona. Estou prestes a tirar uma soneca quando um pigarro vindo da fileira ao lado chama minha atenção. Abro um olho só e vejo um cara quase da minha idade me encarando com entusiasmo.

— Hã, foi mal. Você é o Ian Chase, não é?

Esboço um sorriso.

— Sim, cara. O próprio.

— Perdão, mas pode me dar um autógrafo? Sou muito seu fã.

— Claro, sem problemas.

Pego o guardanapo e a caneta oferecidos por ele e assino meu nome.

— Você torce para o Wolverines? — pergunto.

— Não, para o Druids. Aliás, estou animadaço que você vai voltar pro time.

— É, bem. Senti saudade de jogar em casa.

— Saiba que nunca acreditei nessas besteiradas que falam sobre você na internet — diz ele com toda a seriedade quando devolvo o guardanapo. — Você nunca me pareceu do tipo que trai.

É um pouco mais difícil manter o sorriso, mas dou um jeito.

— Ah. Claro.

— Enfim, boa sorte nessa temporada, hein?

— Opa. Valeu, cara.

Volto a fechar os olhos para desencorajar outras possíveis conversas, com a pele fervilhando de raiva.

Seis anos. Seis anos, porra, e absolutamente nada mudou. Ainda sou definido por boatos e especulações, minha vida inteira ainda é um espetáculo sob o escrutínio alheio. E estou prestes a voltar para o meio desse caos, onde certamente vou encontrar mais do mesmo, talvez até pior. Tudo para encerrar minha carreira como bem entender.

"Lar doce lar", penso eu, irritado.

***

— Cara, é tão legal estar com você aqui de novo — comenta Jack ao meu lado, praticamente dando pulinhos de empolgação.

Está elétrico desde que me buscou no aeroporto ontem à noite, quase doze horas atrás, igualzinho ao que sempre foi. A única diferença é a tipoia rosa chamativa em seu braço. Mesmo que Jack não tenha calado a boca por um minuto sequer desde minha chegada, é incrivelmente bom estar com ele outra vez. Eu o considero tão parte da minha família quanto meus parentes de sangue. Assim como o resto dos Baker.

— Tenho que admitir — começo a dizer. — Cheguei a duvidar que um dia voltaria para cá.

— Eu não — zomba Jack. — Sempre soube que você ia voltar. Boston está no seu sangue, cara.

Não errou.

— Bom, pelo menos tem *uma* pessoa feliz com meu retorno.

— Vai te catar — retruca Jack. — Está todo mundo rindo à toa, principalmente o técnico. O Twitter que se foda. Aquele lugar nem existe. Não dá para dar trela para algo relacionado ao Elon Musk.

— Acho que os acionistas da Tesla discordariam de você.

— Cala a boca.

— Além do mais, já até mudou de nome.

— Eu sei, mas é tão idiota. Não sei qual é a desse cara de ficar botando letra no nome das coisas.

Jack enlaça meus ombros com o braço bom, uma façanha fácil por termos quase a mesma altura, ambos com um metro e noventa e três. Depois abre um sorrisão, o mesmo desde que nos conhecemos. Ele sempre foi o mais amigável de nós dois: os cabelos castanhos desgrenhados, olhos escuros profundos e sorriso fácil sempre foram bem mais convidativos do que minha carranca permanente, sempre escondida sob a barba ruiva que nem me dou ao trabalho de raspar por completo. Jack costumava brincar que eu era mal-encarado demais para ser ruivo. Pelo jeito, deveríamos ser mais "bobos alegres", e agora que deixei o cabelo crescer, ele vive dizendo que passo uma "vibe meio viking", seja lá o que isso signifique.

— Então... tem reunião marcada com Leilani e o técnico, hein?

— Leilani é a nova agente de relações públicas?

— Arrã. Ela é gente fina. Baixinha de tudo, mas se você mencionar a altura, capaz de levar uma tamancada no meio da fuça.

— Bom saber.

Devo ter deixado a preocupação transparecer, porque Jack me dá um empurrãozinho com o ombro.

— Cara, relaxa. Vai dar tudo certo. Eles já te contrataram de volta, né? O resto é só enrolação.

— É verdade — respondo, assentindo sozinho como se isso pudesse apaziguar meus nervos. — Você tem razão.

— Você só precisa sobreviver a esses primeiros dias, aí talvez a gente possa sair para jantar com a Dee no fim de semana, que tal? Ela vai ficar feliz de rever você.

Hesito por um instante.

— Lila?

— É. Você já assistiu ao programa dela, certo?

Nego com a cabeça.

— Não tem esse canal em Calgary. E, além do mais, nem sou muito de ver TV.

— Cara, mas você usa internet. O programa é dos bons! Não acredito que você nunca viu. Ok, eu não assisto todo dia certinho, mas sempre gravo os episódios.

— Eu sei, eu sei — concordo, de cenho franzido. — Preciso dar um jeito nisso, agora que voltei.

— Enfim, a gente podia sair para botar o papo em dia. Ela vai acabar com a sua raça quando descobrir que você nunca viu o programa.

Sorrio só de imaginar aquele chaveirinho em forma de gente, com o rosto sardento sempre coberto de farinha, tentando acabar com a minha raça.

— Vamos marcar, sim. Já faz muito tempo que não vejo aquela criança.

— Não a chame de criança na frente dela — alerta Jack.

Não consigo evitar outro sorriso.

— Pode deixar. Bom, é melhor eu ir logo para a reunião. A gente se vê no gelo daqui a pouco, hein?

— Claro, vou estar lá na arquibancada — resmunga ele.

— Ian!

Congelo ao ouvir a voz da minha mãe. Sabia que ela estaria aqui, mas ainda não estava preparado para um encontro frente a frente. Quando me viro, eu a vejo descer o corredor, com uma expressão radiante e o cabelo louro quase prateado preso em um coque. Tento me concentrar apenas nela, tento manter o sorriso colado no rosto, mas já consigo ver a silhueta altiva logo atrás, a presença do meu pai se impondo como nuvens de tempestade, impossível de ignorar.

O corpo franzino da minha mãe colide com o meu, e seus braços finos me envolvem em um abraço apertado. Sorrio com o rosto aninhado ao cabelo dela, com o aroma tão familiar de rosas de seu shampoo, aproveitando o conforto que o gesto traz. Mesmo que só por um momento.

— Senti tanta saudade, filho — diz ela. — Já fazia um tempão desde sua última visita. Você nem passou lá em casa depois do casamento da Mei.

— Ele tinha outras preocupações em mente, pelo jeito — acrescenta meu pai, me forçando a interagir.

Bradley Chase e eu somos fisicamente muito parecidos. Seu cabelo ruivo-escuro é quase idêntico ao meu, com exceção dos fios grisalhos nas têmporas, e ambos temos olhos cinzentos, mas os dele trazem uma dureza, um brilho calculista que sempre me deixaram nervoso.

Aceno com a cabeça.

— Oi, pai.

— É bom ver você, filho. Pena que as circunstâncias não sejam das melhores.

Minha mãe dá um tapa no peitoral dele.

— Pode parar, Bradley. A gente combinou que não ia tocar no assunto.

— *Eu* não combinei nada — retruca meu pai com rispidez. — Temos que pensar em como isso vai afetar o time. Aconselhei Ian a não ir àquele casamento, e parece que eu tinha razão, como sempre.

Aconselhar? Ele praticamente me *proibiu* de ir. Deve ser por isso que seu olhar está mais rígido do que o normal. Aposto que adoraria estar a sós comigo para me descer a lenha. Como Jack e minha mãe estão por perto, ele vai se conter para manter as aparências. Mas cedo ou tarde vai botar as asinhas de fora. Já comeu meu couro por mensagem quando não atendi às ligações, mas a verdade é que meu pai sempre preferiu acabar comigo cara a cara.

— Ian não pode viver sempre preocupado com a reação da internet — comenta Jack, sem a alegria habitual na voz. — Ele não tem culpa.

Jack é a única pessoa que conhece os pormenores mais sórdidos da minha relação conturbada com meu pai. Tenho quase certeza de que meu pai suspeita disso, mas felizmente não pode provar. Caso contrário, já teria tirado Jack do time anos atrás, ainda mais por nunca ter gostado da forma como meu amigo sempre diz tudo o que lhe dá na telha, e só não botou Jack para correr graças ao coração bondoso da minha mãe.

— Se ele tem ou não culpa é questionável — rebate meu pai com frieza. — Agora só nos resta arcar com as consequências.

— E disso você entende — ironizo. — Não é, pai?

Meu pai estreita os olhos, e por um instante me sinto um garotinho de novo, prestes a levar bronca por seja lá o que eu tenha feito para decepcioná-lo mais uma vez. Tento pensar que isso não importa mais, já não afeta minhas decisões. Quer dizer, não mais do que o necessário.

— Sem brigas, por favor — pede minha mãe, com um suspiro. — Será que não podemos ficar felizes por estarmos reunidos outra vez? Temos profissionais para lidar com esse tipo de coisa. Aquela Leilani é das boas. Já deu para ver que a mulher é dura na queda. Aposto que vai arranjar uma solução.

— Acho bom mesmo — murmura meu pai.

— Christine — chama Jack, tocando no ombro da minha mãe com a mão boa. — Já viu os novos uniformes de treino? Chegaram esses dias. A costura é boa para cacete.

— Olha a boca — repreende minha mãe.

— Hã, foi mal — desculpa-se ele, todo acanhado. — A costura é... bacana? Enfim, vamos lá dar uma olhadinha enquanto Ian lida com a temível Leilani.

Lanço um olhar cheio de gratidão a Jack, que retribui com uma piscadela e começa a conduzir minha mãe para longe. Em seguida vejo Molly, minha agente, acenar para mim do corredor, e faço sinal para avisar que logo, logo me juntarei a ela.

— A gente se vê mais tarde! — grita minha mãe por cima do ombro. — Vamos marcar um jantar em breve, hein?

— Claro — respondo, olhando de relance para o meu pai, que ainda me encara com ar severo.

— Nós vamos ter uma conversa séria mais tarde — determina ele, e seu tom não abre margem para discussão. — Me liga hoje à noite. E faça tudo o que Leilani mandar para consertar essa bagunça, entendido?

— Entendido — respondo, com o maxilar cerrado.

— Bradley!

Meu pai se vira ao ouvir o chamado da minha mãe, que com um gesto o apressa a seguir os dois. Depois de me lançar um último olhar, ele se afasta. Pela cara dele, sei que a conversa de hoje promete uma dor de cabeça daquelas. Mas isso é problema para outra hora. Eu o observo seguir na direção dos dois, decidido a levar Jack para jantar mais tarde como agradecimento.

Respiro fundo para me acalmar e avanço pela entrada que dá acesso ao vestiário, seguindo o mesmo caminho de que ainda me lembro, mesmo depois de todos esses anos, até chegar à sala do técnico Daniels. Bato duas vezes antes de abrir a porta. O técnico faz sinal para eu entrar enquanto conversa com uma mulher franzina de pele dourada, longos cabelos negros e um terninho que grita "não se meta comigo".

Vejo que Molly já está sentada do outro lado da mesa, com o queixo empinado, o cabelo apenas alguns tons mais escuro do que o meu preso no coque característico, ostentando os primeiros fios grisalhos. Apesar de sua estrutura delicada, transpira aquele ar de "não se meta comigo" até o talo, assim como Leilani. É por isso que a mantive como agente por todos esses anos, mesmo em outro país.

— Ian — diz ela com a rouquidão adquirida após anos de cigarros mentolados. — Que bom te ver.

— Digo o mesmo — respondo, pois não a via desde a última temporada. — Obrigado por ter vindo.

Ela dispensa o agradecimento com um aceno.

— Claro, não foi nada.

A outra mulher volta sua atenção para mim.

— Muito prazer, sr. Chase.

— Olá — cumprimento, estendendo a mão. — Você deve ser Leilani.

— Leilani Kahale — complementa ela, assentindo com a cabeça enquanto aperta minha mão. — É bom ter você de volta ao time, Ian.

— E como — concorda o técnico, todo sorridente.

A barba dele ficou muito mais grisalha nos anos em que estive longe, quase totalmente branca contra sua pele escura. Sei por experiência própria, porém, que essa aparência não quer dizer nada. O técnico ainda conseguiria me dar uma surra, se quisesse.

Ele se levanta e contorna a mesa para me abraçar.

— Que bom que você voltou para casa, filho — diz, quase me esmagando.

É uns três centímetros mais alto do que eu e tão forte quanto, então é como abraçar uma parede de tijolos, mesmo com seus cinquenta e sete anos.

— É bom estar de volta — respondo, dando-lhe uma palmadinha no ombro antes de me afastar. — Só queria ter voltado sem esse caos todo.

Leilani franze o cenho, apontando para uma das cadeiras diante da mesa.

— Teria sido ideal, mas aqui não perdemos tempo com situações hipotéticas. Apenas lidamos com o que temos.

— Gostei disso — comento.

— Eu também — concorda Molly.

— A internet adora dar palco para maluco — queixa-se o técnico. — Quem me dera o hóquei fosse o mais importante, mas as pessoas só querem saber de fofoca. Hoje em dia, tudo tem que ser sensacionalista.

— Pensei que as coisas já teriam se acalmado depois de tanto tempo fora, mas agora, com o casamento da minha ex-esposa, acho que...

Leilani assente.

— É trágico, mas não irremediável. Já lidei com outros escândalos assim, e geralmente a melhor abordagem é dar às pessoas algo melhor para falar.

Faço careta quando ela rotula a história toda como *escândalo*, mas imagino que, para alguém de fora, é exatamente o que parece.

Dou um breve aceno de cabeça.

— É, faz sentido. Imagino que ganhar jogos não seria suficiente, certo?

— Ainda temos seis semanas até o início da temporada — diz o técnico.

— Exatamente — concorda Leilani. — A última coisa de que precisamos é ter que lidar com a negatividade do público em relação ao time durante os treinos. E é isso que vai acontecer se a imprensa decidir pegar no seu pé. Todo mundo adora dizer que, bem ou mal, o importante é estar na boca do povo, mas a verdade é que dar aos possíveis espectadores uma percepção equivocada a seu respeito e, por consequência, a respeito do time, pode prejudicar a venda de ingressos.

Assinto outra vez.

— Então... se dermos uma boa notícia para as pessoas comentarem...

— Com sorte isso vai melhorar a opinião do público em relação a você e, mais uma vez, consequentemente, ao time como um todo.

— Maravilha — respondo. — Estou aberto a qualquer ideia. Quero garantir que o foco continue no desempenho do time, não no meu passado.

Leilani escancara um sorriso como o do gato de Cheshire, parecendo satisfeita com minha resposta.

— Perfeito, então, porque já temos uma sugestão ótima separada para você.

— Sério? Qual?

Alterno o olhar entre ela e o técnico, que ri da minha expressão atônita.

— Recebemos uma ligação da BBTV esta semana sobre uma possível parceria.

— BBTV?

— A maior emissora de programas de culinária e bem-estar da cidade — explica Leilani.

— Hã, ainda não entendi — admito.

— Você tem uma boa relação com seu parceiro de time Jack Baker, certo?

Olho para Molly em busca de explicação, mas ela se limita a dar de ombros.

— Tenho, por quê? — pergunto, ainda perplexo. — A gente cresceu junto. O que isso tem a ver com a história?

— Bem, então você deve ser bem próximo da irmã dele, Delilah, não?

— Eu...

A menção a Lila me tira do prumo, acima de tudo por me trazer uma sensação inusitada de nostalgia. Passei boa parte da vida, do ensino médio ao comecinho da faculdade, com Lila Baker na minha cola com Jack, e agora, depois de não a ter visto por anos, é estranho que tenha sido mencionada duas vezes em menos de uma hora.

— Olha, já tem um bom tempo que a gente não conversa. Acabamos nos afastando quando entrei na liga de hóquei. Depois veio o casamento, o divórcio, a mudança para Calgary... É, não a vejo há muito tempo.

— Bom, você vai ter a oportunidade perfeita para botar o papo em dia — anuncia Leilani com empolgação. — A emissora quer um jogador como convidado no programa dela, e nós achamos que você é o candidato ideal.

— Eu? — pergunto, torcendo o nariz. — Mas eu não entendo nada de culinária.

O técnico dá risada.

— Aí que está a graça da coisa, filho. Vai cativar o público.

— Cativar o público, claro — ironizo. Parece ridículo, mas, na atual conjuntura, não sei se tenho muita escolha. — E Lila está de acordo com isso?

— Foi ideia dela — conta Leilani.

Essa revelação me pega de surpresa. Lila me quer no programa? Fico feliz por ela estar disposta a me ajudar e tudo, mas não posso dizer que não fiquei um pouco perplexo. Mal trocamos uma palavra desde minha entrada no time, então parece uma forçação de barra da minha parte.

Se bem que... Lila sempre foi um anjo de tão boazinha.

Volto a olhar para Molly, com sua expressão impassível e os lábios ligeiramente enrugados de tanto apertar um no outro.

— Molly? O que você acha?

— É uma boa ideia — admite ela. — Se você ainda é contra fazer uma declaração pública...

— Sou — interrompo na lata.

Molly assente.

— Então é uma ótima alternativa. Dar umas besteiras pro pessoal da internet comentar. Tem coisa mais fofa do que um ruivo grandalhão de avental?

Tenho que me esforçar para não fazer careta para a imagem. Vou ficar ridículo. Mas... Ainda é melhor do que a alternativa. Além do mais, que escolha tenho?

— Tudo bem — concordo sem ver outra saída, mesmo se fosse contra. — Eu topo.

— Excelente — comemora o técnico, batendo palmas. — Vamos preparar outras estratégias, mas essa já é um ótimo pontapé inicial.

Balanço a cabeça, distraído, ainda com os nervos à flor da pele com a ideia de aparecer diante das câmeras cercado de farinha, açúcar e sabe-se lá mais o quê. Sem dúvida não foi como imaginei minha reaproximação com Lila.

Apesar de tudo, não consigo deixar de sorrir. Pelo menos vai ter um lado bom nessa desgraça toda.

Estou mesmo com saudade daquela garotinha.

3

Delilah

— Não acredito que você topou antes de me consultar — sibila Theo ao meu lado na mesa de conferências onde o time está reunido. — Jogadores de hóquei são uns brutamontes. E se eles disserem alguma idiotice?

Lanço um olhar intrigado para ele.

— Brutamontes, é? Curioso, você nem liga para isso quando fica babando por Olsson durante as partidas.

— É diferente — retruca Theo, com o rubor tingindo seu rosto pálido. — Posso muito bem apreciar essa beleza bruta de longe sem pedir que derrubem tigelas da bancada da cozinha ou arranquem os dentes diante das câmeras.

— Hum, não sei se já vi muitos jogadores banguelas — argumento. — E olha que conheço quase todo o time dos Druids.

— Que seja — resmunga ele. — Só queria que você tivesse me consultado antes.

— Eu entrei em pânico! Você não estava lá.

— Eu sei, eu sei. A gente deveria ter remarcado.

— Vai dar tudo certo — tranquilizo-o. — Sério. Acho que o público vai adorar essa novidade.

Ben Carter, representante de relações públicas da emissora, tamborila as juntas dos dedos sobre a mesa. Seus olhos marejados sempre o fazem parecer alérgico ou à beira das lágrimas, mas com o tempo todo mundo aprende a ignorar esse detalhe.

— Ei, Delilah, ainda está de acordo? Conseguiu analisar a proposta?

— Sim, pra mim está ótimo — respondo. — Bem direto ao ponto. Ainda bem que optamos por um especial de uma hora por enquanto. Seria péssimo ter um contrato mais longo se essa história se mostrar um fiasco.

— Pensei a mesma coisa — comenta ele com um aceno de cabeça. Depois olha para Theo, mordendo o lábio. — Olá, sr. King.

— Oi — responde Theo em um tom ríspido.

Um silêncio constrangedor se instala antes de Ben se virar para falar com Gia, e eu aproveito para dar uma cotovelada nas costelas de Theo.

— Para de ser babaca. Ele gosta de você!

— Mas tem cara de que passou o dia inteirinho puxando um baseado. Sério, alguém arranja um colírio pra esse homem.

— Ba-ba-ca — repito baixinho.

Theo finge que nem é com ele.

— Você não me contratou pelo meu gosto por homens.

— Graças a Deus.

Gia dá uma olhada no relógio antes de atravessar a sala e se acomodar do outro lado de Theo, com os saltos batucando no chão de linóleo.

— Vão chegar a qualquer minuto.

— Hum… — começo a dizer, com uma pergunta na ponta da língua que só me ocorreu nesse exato segundo, talvez por todo o caos acumulado da semana. — Já sabem quem vai ser o escolhido? Sanchez é legal. Ele e meu irmão dividem o mesmo neurônio, mas é um cara bacana. Olsson também sempre me tratou bem. Qualquer um dos dois seria ótimo.

— Ah, verdade — diz Gia, com uma ligeira careta. — Esqueci de contar. Escolheram um jogador que acabou de voltar pro time. Passou um tempinho fora e, pelo jeito, precisa fazer uma média com o público.

Um arrepio percorre minha espinha — se de nervosismo ou empolgação, não sei dizer. Logo, porém, chego à conclusão de que só pode ser. Porque essas poucas frases já me deram uma boa ideia de quem está prestes a passar por aquela porta, mesmo antes de Gia pronunciar seu nome. Mesmo antes de a maçaneta ser aberta e permitir a entrada daquela pequena comitiva.

E por maior que seja o espaço ocupado por Ian Chase na minha cabeça, a presença física é cem vezes pior. Ou melhor. Não tenho certeza.

Ele mudou desde a última vez que o vi: o cabelo está mais comprido, os olhos cinzentos estão mais severos. Mesmo depois de todos esses anos, porém, o pequeno sorriso que lança para mim ainda desperta o mesmo frio na barriga de quando eu tinha dezesseis anos. Menos que isso, até.

— Lila?

O reconhecimento nos seus olhos é tingido por uma pitada de confusão. Nada mais justo, afinal, na última vez que ele me viu, eu não passava de uma adolescente ossuda e despeitada de aparelho. Ian não foi o único que cresceu desde nosso último encontro.

— Oi, cupcake — respondo e já me levanto da cadeira, sentindo meus lábios se curvarem em um sorriso conforme me aproximo.

Ele faz careta.

— Ainda não superou essa história?

— É *impossível* esquecer alguém que devorou meia dúzia de cupcakes e depois botou tudo pra fora no tapete preferido da minha tia.

— Culpa minha por ter ajudado você a provar os sabores — resmunga Ian. — Depois disso, eu nunca mais consegui comer cupcake.

Dou risada, e por um momento ficamos parados ali, sem saber como agir. Nunca fomos de ficar sem graça na presença um do outro. Antigamente, ele já teria me rodopiado no ar até que eu o obrigasse a me pôr no chão.

Por fim, Ian estende os braços e me puxa para perto.

— Vem cá, garotinha.

"Garotinha."

Isso não deveria doer tanto quanto doeu. "Garotinha." Parece absurdo, já que nesse exato momento meus peitos estão esmagados contra o abdômen dele feito dois balões de água. Se o tapinha esquisito nas minhas costas for alguma indicação, acho que ele acabou de se dar conta disso também. Solto uma risada estrangulada e o vejo me lançar um olhar intrigado conforme se afasta.

— Você sabe que já estou com um pezinho nos trinta, né? Não sei se ainda dá pra me chamar de "garotinha".

Ian me observa, pensativo, com uma ruguinha se formando entre os olhos. Por um momento, parece quase desconfortável. Como se só agora percebesse que *não sou* a garotinha que ele conhecia. Meu ego não sabe como processar essa mudança. Os olhos de Ian se arregalam um pouco, e eu sinto o peso deles quando passam pelo meu rosto, descendo pelo restante do corpo tão depressa que mal os vejo, mas é o suficiente para me causar um leve rubor na nuca. Observo o estremecimento em sua garganta quando engole em seco, com os lábios ligeiramente caídos.

— Acho que você tem razão — admite ele, quase um sussurro. — Foi força do hábito.

— Pois é — rebato, de queixo erguido. — Já estou bem grandinha.

Há um momento de silêncio, e então:

— Sim, está mesmo.

Foi um comentário inocente, mas basta para me deixar toda afobada. Lá se vai meu argumento sobre não ser mais criança.

— É bom ver você — diz ele.

Aceno com a cabeça, e por milagre mantenho o sorriso no rosto. Como uma barba e algumas rugas no canto dos olhos o deixaram ainda mais gato?

— Você também.

— Estamos radiantes com essa parceria — anuncia Ben atrás de mim, interrompendo esse breve momento entre nós.

Ian volta o olhar para ele e eu quase faço beicinho por ter perdido sua atenção. Cacete. Mas que coisa ridícula é essa?

Uma mulher um pouco mais alta que eu, com cabelo castanho-avermelhado ligeiramente grisalho, passa por Ian e afunda em uma das cadeiras.

— Vamos assinar logo essa papelada. Tenho outra reunião.

Ian capta meu olhar e sorri ao ver minha expressão. Em seguida chega mais perto, baixando a voz.

— Minha agente. Ela tem tolerância zero pra conversa fiada.

— Ah.

Rio baixinho e aponto para Theo, que se alterna entre fugir dos olhares apaixonados de Ben e chamar minha atenção para me usar de escudo.

— Aquele ali é o meu. Adora uma conversa fiada.

— É melhor a gente resolver isso logo — sugere Ian, e seus dedos envolvem meu cotovelo, fazendo minha pele formigar ao toque. — Quer tomar um café mais tarde? Colocar o papo em dia?

Ele espera que eu mantenha a compostura quando estivermos sozinhos? Será que tem se olhado no espelho ultimamente?

Estou com a garganta seca, mas dou um jeito de responder:

— Claro, acho ótimo.

Outro sorriso dele e outra tentativa minha de conter o frio na barriga. Trato de me dar uma bronca por agir como a garotinha que ele ainda acha que eu sou. Não tenho mais dezesseis anos, e Ian viveu uma vida inteira desde nosso último encontro. Reavivar uma paixão antiga é desastre na certa. Melhor acabar logo com essa história.

Vejo Ian se acomodar na cadeira, tentando ignorar o formato dos ombros dele sob a blusa cinza de algodão, o jeito como seu cabelo se enrosca na gola.

É, não sei se vai ser tão fácil assim.

***

— Não surta. Não surta. Não surta."

Por mais que eu repita essas palavras sem parar, não sei se ajudam ou não. A reunião correu bem. Eu e Ian mal tivemos tempo de conversar enquanto nossas respectivas equipes negociavam os pormenores do contrato e indicavam onde tínhamos que assinar. Fora uma ou outra frase sobre onde poderíamos tomar café, passamos a maior parte da caminhada desde o estúdio em um silêncio constrangedor.

Acho que ambos começamos a perceber quantos anos se passaram entre nós, quanto tempo vivemos separados, quanto mudamos nesse período... É difícil de contornar. Nenhum dos dois parece saber como voltar ao espaço que um dia compartilhamos.

— É logo ali — anuncio, apontando para a placa de madeira da minha cafeteria preferida.

A cabeça dele se curva em concordância, e o cabelo comprido desliza contra os ombros com o gesto. Não posso fingir que não passei a última hora lançando olhares furtivos para aquela cabeleira ruiva. Na época da faculdade, Ian mantinha o cabelo curtinho, cortado bem rente. Ao longo dos anos, acompanhei os jogos dele o suficiente para saber que o tinha deixado crescer, mas nessas ocasiões os fios estavam sempre escondidos debaixo do capacete. Agora, porém, o cabelo pende livre como se estivesse penteado pelos dedos dele, caindo sobre as orelhas e resvalando nos ombros em caracóis quase imperceptíveis que parecem clamar por um toque. Mais de uma vez me perguntei como seria afundar os dedos ali.

O aroma de café fresco invade minhas narinas quando atravesso a porta aberta por Ian, servindo quase como um bálsamo para os meus nervos à flor da pele. O estabelecimento está lotado, e entrar na fila significa que vamos ficar ainda mais colados um no outro, contra a vontade de ambos.

— Desculpa — murmuro. — Está bem movimentado hoje.

— Não tem problema — garante ele. — A cafeteria parece ótima.

— É maravilhosa! Quase tive um orgasmo comendo os bolinhos de mirtilo daqui — comento sem pensar, e fico vermelha quando percebo o que disse. — Caramba. Foi mal.

As bochechas de Ian ficam rosadinhas quando o encaro, mas ele sorri mesmo assim.

— Então esses bolinhos devem ser bons mesmo.

— São os melhores — concordo.

Céus. Deveria ser crime ter um sorriso lindo desses. Barbas foram feitas para caras mais velhos e com pinta de lenhador. Nele, só servem para destacar ainda mais os dentes branquinhos e perfeitamente alinhados. Isso sem contar a forma como emolduram seus lábios suaves e rosados que parecem tão, tão macios. Já faz *tantos* anos. Não é justo ele ter ficado ainda *mais* bonito desde então.

— E o seu programa, hein? Virou estrela?

Reviro os olhos.

— Até parece. É uma emissora local. Mas é divertido, pelo menos.

— Uma emissora local já é mais do que muitos confeiteiros têm. Não diminua suas conquistas.

Não posso fingir que não gostei do elogio, mas talvez seja apenas um resquício da adolescente que ansiava por cada palavra dele, implorando por migalhas.

— Hã, bem... — desconverso, coçando o braço. — É bem legal mesmo. Um sonho, na verdade.

Alguém esbarra em mim com tudo, e eu perco o equilíbrio por um segundo antes de sentir a mão quente e forte de Ian amparar minhas costas. Sinto o toque como se estivesse bem rente à pele, e não por cima da camisa de algodão. O mero contato me faz arrepiar da cabeça aos pés.

Ok, já está ficando ridículo.

— Você está bem?

Dou um leve aceno, ainda concentrada no ponto onde seus dedos encontram minhas costas. Achei que estava preparada para esse encontro, acreditei que rever Ian Chase seria uma coisa leve e despreocupada, que minha antiga paixão já era águas passadas. Um sentimento morto e enterrado depois de todo esse tempo. Eu só não esperava que essa cova seria tão rasa.

Percebo o momento em que ele se dá conta do toque: seus lábios se abrem e as pontas dos dedos pressionam minha camisa por mais um segundo antes de se afastarem, a mão retraída com o movimento. Ian limpa a garganta e interrompe o contato visual, deixando seu olhar percorrer, distraído, o ambiente à nossa volta.

— Está bem lotado mesmo — murmura ele.

— Vou dar um pulinho no banheiro — aviso do nada. Sou um poço de compostura. — Pode fazer o pedido pra mim?

— Claro. O que você vai querer?

Encolho os ombros para mostrar que tanto faz.

— Qualquer coisa. Não sou exigente.

Já estou a caminho do banheiro antes que ele possa dizer qualquer coisa, com o rosto em chamas e o corpo prestes a entrar em combustão. Tudo por causa de um *toquezinho* de nada. Um toque inocente, diga-se de passagem.

Não paro até estar debruçada sobre a pia do banheiro, passando água fria no pescoço. Preciso me controlar. Não posso esquecer que Ian sempre me viu como a irmãzinha mais nova de Jack. Caramba, o cara me chama de garotinha até hoje, sabe? Claro que nada mudou. Seria de uma estupidez tremenda me deixar levar por uma paixonite infantil e fazer papel de trouxa.

Dou uma conferida no espelho, reparando nas sardinhas do nariz e nos grandes olhos castanhos que me fazem parecer mais nova do que realmente sou. Meus lábios se curvam em um beicinho. Não é à toa que ele ainda me vê como criança. Olho feio para meus seios fartos.

— De que adianta terem crescido tanto, hein? — resmungo com amargura. — Baita ajuda.

Suspiro e agarro a borda da pia, abanando a cabeça.

Pare de ser tonta. Ian é seu amigo. Você teve tempo de sobra para se acostumar com a ideia. Volte lá e trate de agir como uma mulher normal de vinte e oito anos, não como uma adolescente emocionada que acabou de ver um carinha bonito pela primeira vez.

Olho para meu reflexo e aceno para selar a promessa.

Decidida, me sinto até mais confiante quando saio do banheiro. Ian acena para mim da mesinha que escolheu para nós, e eu abro um sorriso radiante nada forçado ou esquisito, porque posso, *sim*, agir com naturalidade perto dele, caramba. Sei que posso.

Mas meu sorriso vacila assim que chego à mesa.

— O que é isso?

Ele segue meu dedo apontado na direção da bebida que escolheu para mim.

— Isso o quê?

— A bebida.

Reparo na montanha de chantilly com caramelo, toda salpicada de granulados, com o interior do copo transbordando calda de chocolate.

— Ué, você não gosta mais? — pergunta Ian, confuso. — Naquela época só faltava você injetar esse troço nas veias.

— Você ainda lembra disso?

Ian arqueia as sobrancelhas, parecendo ainda mais confuso. Como se a boba fosse *eu* por não acreditar que ele ainda se lembraria de algo tão aleatório quanto a bomba de açúcar que eu tomava vez ou outra mais de uma década atrás.

— Hã... lembro?

Consigo *sentir* meu coração bater mais rápido.

E aí me dou conta de que estou absoluta e completamente ferrada.

4

Ian

Puta merda, será que já estraguei tudo?

Pensei que seria um gesto legal comprar a antiga bebida favorita dela, mas a forma como Lila olha para mim, com os lábios entreabertos e uma ligeira ruga entre as sobrancelhas, me leva a acreditar que foi meio esquisito.

Lila puxa a cadeira do lado oposto e afunda ali bem devagar, sem tirar os olhos da monstruosidade açucarada no tampo da mesa.

— Não acredito que você lembrou da bebida.

— É difícil esquecer essa overdose de açúcar em um copinho — brinco.

Um sorriso desponta em seus lábios, acentuando ainda mais aquela covinha adorável que ela sempre teve. Fico impressionado ao perceber que, antigamente, o detalhe costumava tornar seu rosto mais infantil, mais angelical até. Agora, porém, serve apenas para acentuar o quanto ela se tornou deslumbrante. Sinto uma sensação esquisita ao reconhecer isso, mesmo em pensamentos.

Não que isso tenha me impedido de reparar, porque eu reparei *para caralho*.

A Lila de que me lembro era só cotovelos ossudos e pernas magrelas, mas a mulher diante de mim... parece quase errado me referir a ela como garotinha, mesmo por nostalgia. A Lila de agora tem lábios carnudos, curvas espetaculares e um sorriso que me faz desejar ter vestido uma cueca mais apertada, e *porra*, sei que não deveria nutrir esses pensamentos, mas meu cérebro ainda não assimilou que esta é a *Lila*. A irmãzinha mais nova de Jack e minha velha amiga.

Tento lembrar da última vez que a vi... ela devia ter o quê, uns dezessete anos? Entre minha entrada no time e sua mudança de estado para fazer faculdade, seguida pela ida à França a trabalho... parece que passou uma eternidade desde que estive tão perto de Delilah Baker. Quando a vejo ali, tenho a impressão de que ela viveu uma *vida inteira* desde a última vez que estivemos juntos. Com exceção dos olhos castanhos, tão grandes e brilhantes quanto naquela época, não consigo reconhecer muito da criança magricela de antes.

Esta Lila não é mais uma garotinha, isso é inegável.

— Sabe — retoma ela, divertida, me arrancando daquele turbilhão de pensamentos inapropriados —, eu não tomo um desses há séculos.

— Finalmente começou a se preocupar com os níveis de açúcar no sangue?

Ela revira os olhos e puxa o copo de plástico para mais perto.

— Na França, todo mundo é maluco por café. Aí acabei me viciando.

— Ah, quer que eu peça um expresso? — ofereço.

Lila nega com a cabeça.

— Está ótimo assim. Sério.

Os lábios dela envolvem o canudo, e eu a observo tomar um gole com mais atenção do que deveria. Cerro os dentes e me obrigo a desviar o olhar, levando meu próprio copo à boca, nem que seja apenas para me distrair da vontade de encarar outra vez.

— Hum — cantarola Lila. — É. Continua uma delícia.

Olho de relance para cima, mas a visão da sua língua cor-de-rosa lambendo uma gotinha de chantilly perdida nos lábios me desperta aquela mesma sensação estranha no peito. Meu coração deve ser tão inconsequente quanto o cérebro, considerando a forma como acelera ao ver a cena.

Dou um pigarro.

— Então... como foi a França? Deve ter sido uma aventura e tanto.

— Nossa, foi incrível. Um baita sonho realizado, juro. O *pâtissier* com quem estudei, Olivier, era um gênio, apesar de rabugento. Acho que vi o cara sorrir... sei lá, duas vezes? Em três anos? Mas ele fazia macarons divinos, um verdadeiro orgasmo gastronômico.

Sinto as orelhas arderem, e só me resta torcer para que estejam escondidas pelo cabelo. É a segunda vez em quinze minutos que ela faz uma referência sexual à comida. Isso não me ajuda nessa tentativa desesperada de controlar a reação confusa do meu cérebro ao fato de ela estar tão... crescida. Não sei como lidar com qualquer tipo de comentário sexual vindo da pequena Lila.

Meus olhos se voltam para o peito dela como se tivessem vontade própria, e tenho que estrangular uma risada.

Pequena. Aham, conta outra.

— Parece maravilhoso mesmo — murmuro, inclinando de novo o copo para tomar mais um gole de café. Chacoalho o gelo no fundo, sem jeito. — Seu irmão me mandou umas fotos logo que você se mudou, depois nunca mais mostrou nada. Jack não é muito bom em manter os outros atualizados.

"Caso contrário, eu saberia o que me esperava", penso com amargura.

Lila começa rir, com seus olhos castanho-escuros brilhando.

— É, ele me visitou bem no comecinho. Fico surpresa de ele pelo menos ter mandado alguma coisa. Aposto que era uma foto horrorosa.

— Cortou metade da sua cabeça.

— Bem a cara dele.

— Mas era uma metade bem bonitinha — brinco.

Vejo o corpo dela se contrair, e levo um segundo para assimilar minhas palavras. É algo que eu teria dito quando ela era uma adolescente emburrada. Um comentário inocente. Sem sentido. Será que agora soa como um flerte? Caramba. Faz tempo que não interajo com mulheres fora os casinhos de uma noite. O clima tranquilo que existia entre nós se tornou mais seco, mais difícil de controlar. Talvez por termos ficado tantos anos sem contato? Claro, o fato de ela estar tão gost... hã, *mudada*... não colabora.

Limpo a garganta.

— Foi difícil se comunicar por lá?

— Nem me fala — responde ela, com uma espécie de riso irônico. — Demorei meses pra conseguir ter uma conversa decente. Olivier se *recusava* a falar comigo em inglês. Sempre dizia: "Se quer cozinhar como os franceses, precisa falar como os franceses".

— Ele parece ser um babaca.

Lila abana a cabeça e sorri.

— Não, ele era um gênio. Acho que as pessoas mais geniais tendem a ser um pouco excêntricas.

— Excêntrico é eufemismo para "meio babaquinha"?

Lila gargalha outra vez e eu me deleito com o som da sua risada. Ela ri com o corpo inteiro: a cabeça jogada para trás, a diversão irradiando de dentro para fora, o rosto iluminado como se ela nem se importasse com a aparência, com o som. Lila ri como se estivesse feliz por simplesmente *existir*. É contagiante.

Também torna difícil ignorar a sensação cálida que se espalha por todo o meu peito.

— Mas no fim você aprendeu, certo? Deve ter começado a entender o idioma, uma hora ou outra.

Ela assente.

— Ainda não posso trabalhar como intérprete ou coisa do tipo, mas sei me virar.

— Manda bala — encorajo, com um aceno de mão. — Quero ouvir alguma coisa em francês.

Era para ser brincadeira, em parte, então nunca poderia imaginar a forma como meu coração acelera quando Lila abre a boca e começa a falar como uma perfeita nativa, ao menos na minha experiência limitada, conforme sua voz suave se molda ao redor das palavras.

— *Tu es mignon avec tes longs cheveux.*

Cacete.

Meu pau lateja. Sério, *lateja*. Tudo porque Lila Baker acabou de me dizer sabe-se lá o quê em francês. Que bruxaria é essa? Cerro os dentes e mando o amigão lá embaixo sossegar o facho.

— O quê… hã… — Dou outro pigarro, porque minha garganta ficou seca de repente. — O que você disse?

O sorriso dela tem uma pitada de malícia quando se inclina e apoia o queixo nas mãos.

— Ah, aposto que você adoraria descobrir.

É. Adoraria mesmo.

— Chata — rebato com uma risada contida, e percebo o ligeiro arregalar nos olhos dela com a palavra, o que é interessante. Embora também seja algo em que eu provavelmente não deveria ter reparado. — Você soou bem francesa pra mim.

— Bom, eu morei lá por três anos. — Ela gira o canudo no copo. — E você? Uma baita mudança de Calgary para Boston. Tem saudade de lá?

— De algumas coisas, talvez. — Encolho os ombros, desesperado por uma distração. — Mas Boston sempre foi minha casa, sabe? Estou feliz por ter voltado.

A boca de Lila se contrai em uma linha fina, e posso ver o lampejo de pena em seus olhos, mesmo que dure apenas um segundo. Ainda assim, é tempo suficiente para uma sensação incômoda se instalar no meu estômago. Sei o que se passa na cabeça dela. Está estampado no seu rosto. Não sei por que é tão desconfortável saber que Lila está relembrando todos os motivos pelos quais precisei mudar de país, mas não me agrada nem um pouco.

— Eu não li os tabloides — admite ela baixinho, confirmando o que eu já imaginava. — Sei que é tudo mentira.

E, estranhamente, acredito nela. Lila sempre me colocou em um pedestal. Ela me achava o máximo quando éramos mais novos. Mesmo depois de todos esses anos, não gosto da ideia de arruinar essa imagem idealizada, ainda que sempre tenha sido irreal. Naquela época, às vezes me parecia impossível errar aos olhos dela e, por sua vez, essa convicção me dava a confiança necessária para sentir o mesmo, por mais bobo que pareça. Antes, eu atribuía essa sensação ao fato de ela ser quase uma irmã para mim. Agora esse pensamento parece... esquisito.

Não consigo encontrar seu olhar, então me concentro no café.

— É. Enfim...

— Não me conformo que tenham trazido isso à tona outra vez — sibila ela com irritação. — Será que ninguém tem nada melhor pra fazer?

— Ah. Pois é.

Pelo jeito, virei um homem de poucas palavras.

Por um instante, penso que poderia contar tudo para ela. Jack sabe, afinal. Não tem por que esconder de Lila. Nem sei por que ainda não contei. Talvez seja um assunto pesado demais para revelar assim, depois de tanto tempo afastados. Despejar meus problemas em cima dela depois de quase dez anos sem contato não me parece uma atitude muito sensata.

— Bem — decido dizer por fim —, espero não fazer papelão no seu programa. Aí as pessoas vão ter algo melhor para falar.

Lila sorri de novo, e lá está aquela perdição de covinha outra vez. Tento dar outro gole no café, mas percebo que já bebi tudo. Ah, que ótimo.

— Não vou deixar você se queimar no fogão — provoca ela. — Ou você nunca mais conseguiria segurar o taco de hóquei, e eu que seria mandada pra berlinda.

Não posso deixar de sorrir.

— Duvido que sentiriam minha falta. Já estou acabado.

Lila revira os olhos.

— Para de ser tonto. Eu vejo seus jogos de vez em quando. Você ainda leva jeito, cupcake.

Sinto uma onda de calor no peito, só não sei se por causa do apelido bobo ou do elogio.

— Bom, vamos torcer pro resto de Boston concordar.

— Pode apostar — garante-me ela.

Ela afasta uma mecha castanha do ombro, e eu acompanho o movimento sedoso com um olhar vidrado demais para ser destinado à irmã mais nova do meu melhor amigo. Parece a atenção que eu daria a uma mulher bonita sentada do outro lado do bar, e percebo que é exatamente o que eu faria com *ela* se não a conhecesse. Se não tivéssemos um passado em comum. Mas que *caralho*.

Só percebo que ainda a estou encarando quando ela volta a falar.

— Então… Mei se casou de novo, né? — pergunta Lila casualmente, sem olhar para mim. — Como está se sentindo com tudo isso? Você está bem?

Sou tomado por uma confusão genuína.

— Bem?

— É, sabe… deve ser esquisito.

— Nem um pouco — respondo com sinceridade. — Estou feliz por ela. As duas formam um ótimo casal.

Tenho a impressão de que Lila deve ter no mínimo visto as manchetes das últimas semanas. Quer ela acredite nas minhas palavras ou não, está na cara que ainda cogita a possibilidade de eu ser obcecado pela minha ex-mulher, de ter tentado sabotar o casamento... ou seja lá o que os jornais têm espalhado ultimamente. Ela me lança um olhar intrigado, quase como se não comprasse essa história de eu ter superado Mei, mas seria estranho tentar me explicar. Qual seria o propósito, afinal? Não faz diferença Lila acreditar que ainda estou arrasado com o divórcio.

— É esquisito, né?

Perco o fio da meada quando me viro para ela, observando-a se recostar na cadeira e cruzar os braços sobre a barriga.

— O quê?

— Conversar depois de tanto tempo. Não era esquisito assim antes.

— Ah.

Reflito por um instante, contemplando todas as mudanças nela: os lábios macios, as curvas mais suaves, as sardas salpicadas sobre o nariz, que passaram de adoráveis e fofinhas a sedutoras e pecaminosas... Todas as coisas em que eu não deveria reparar, mas não consigo deixar passar batido.

— É que já faz muitos anos.

— Você está diferente — diz Lila, com a testa franzida.

— Estou?

— Antes você sorria mais — explica ela. — Agora parece mais sério.

Meus lábios se curvam para baixo.

— Acho que muita coisa mudou.

— É verdade — concorda ela. — Não tem como negar que eu também mudei um pouquinho.

Lila fez o comentário da boca para fora, apenas uma tentativa de se colocar no mesmo barco, mas meu olhar recai sobre o decote dela na mesma hora. Um deslize inevitável, devo dizer, uma vez que seus braços cruzados ressaltam ainda mais os peitos. Tudo acontece tão rápido que mal percebo o que estou fazendo, mas não tão depressa a ponto de ela não me pegar no flagra.

Cacete, qual é o seu problema? É a Lila, sua velha amiga.

Nunca me senti tão grato por ter deixado o cabelo crescer. Não tem a menor chance de minhas orelhas não estarem vermelhas feito pimentão.

— Você com certeza mudou — murmuro, distraído, o que só piora a estranheza da situação.

Mas que porra.

Chacoalho o gelo no fundo do copo.

— É melhor eu voltar para a casa do seu irmão — digo. — Ele deu a ideia de a gente rever algumas partidas antes do início dos treinos.

— Claro, é bem a cara dele — comenta ela, com uma risada alegre.

Quando foi que fiquei tão obcecado por covinhas?

Lila se levanta e recolhe o próprio copo. Também fico de pé, todo sem jeito, e faço questão de manter os olhos no rosto dela, onde é seguro.

— A gente se vê semana que vem, certo?

Concordo com a cabeça, muito consciente da nossa diferença de altura. Pareço um gigante perto dela, de pé como estamos. Não sei por que isso importa.

— Claro — respondo. — Até semana que vem.

Ela me surpreende ao estender os braços e, pela segunda vez no dia, sou submetido à maciez do seu corpo pressionado ao meu. Não é nada que a gente não tenha feito antes. Já trocamos milhares de abraços ao longo da vida, então não há motivo para eu estar *tão* nervoso. Talvez a situação seja esquisita, como ela mesma sugeriu. Talvez a gente precise de um tempinho para se habituar. Em algum momento, meu cérebro vai entender que não deveria nutrir *aqueles* pensamentos em relação a ela. Certo?

Seguro o copo vazio com uma das mãos e passo o braço ao redor dos ombros de Lila, retribuindo o abraço enquanto o cheiro de shampoo de lavanda e uma doçura sutil que deve ser toda dela me invade os sentidos, tão suave como ela se tornou.

"Ela já não é mais uma garotinha", vem o pensamento distante.

Não faço ideia do que fazer com essa informação.

***

Quando chego ao apartamento, Jack está esparramado no sofá, com o cabelo molhado do que espero ter sido um banho, e o braço apoiado em uma nova tipoia, dessa vez verde-limão.

— Quantas dessas você tem?

Ele encara o próprio braço.

— Sei lá. Umas sete ou oito, acho? As tradicionais são sempre pretas ou azul-marinho. Aí não tem graça.

— Nossa, que problemão — ironizo.

Tranco a porta atrás de mim antes de ir buscar uma cerveja na geladeira.

— Como foi a reunião?

Abro a tampa da garrafa escura, tomo um gole e só então me dirijo a Jack.

— Correu tudo bem. Pelo menos conseguimos assinar toda a papelada. Molly fez questão de incluir uma cláusula para a emissora não me forçar a tirar a camisa ao vivo ou coisa assim.

— Acho bom você não ficar pelado perto da minha irmã — rebate ele com indignação fingida. — Como ela está, aliás? Vocês conseguiram botar o papo em dia?

Espero não deixar transparecer a pontada de culpa que sinto ao pensar naquela covinha, naquelas curvas macias que nem deveriam estar no meu radar. "E não estão mesmo", trato de me repreender.

— Saímos pra tomar um café depois da reunião — respondo de forma leviana. — Ela me contou um pouco sobre o tempo que morou na França.

Jack faz careta.

— Detestei aquela espelunca. Ninguém gostava de mim!

— Caramba, essa deve ter sido uma baita novidade para você.

— Pois saiba que foi mesmo. Sou um amor de pessoa.

Ele empina o queixo de uma forma que me lembra a irmã. "Que pensamento esquisito foi esse?"

— A Dee arranjou um namorado muito otário naquela época — continua Jack. — Conheci o cara quando eles vieram passar o Natal aqui. Pensa em um sujeitinho idiota. Agia como se beber vinho fosse uma espécie de experiência religiosa e ficou horrorizado quando lhe ofereci uma cerveja.

Não faz sentido ficar irritado com a menção ao ex-namorado de Lila. Aposto que ela teve vários nos últimos anos, considerando a mulher linda que se tornou. Tento me convencer de que não passa de uma reação superprotetora em relação a uma pseudoirmã mais nova. Por mais estranho que seja.

— Ela está saindo com alguém?

Puta merda, Ian. Que porra é essa?

Jack me lança um olhar ressabiado.

— Por quê?

— Acabei de perceber que esqueci de perguntar pra ela — desconverso o mais casualmente possível. — Nada importante.

Apaziguado, Jack encolhe os ombros.

— Já faz um tempo desde o último namorado. Ainda bem. Detesto pensar em um bunda-mole qualquer trepando com minha irmãzinha.

Meus ombros ficam tensos.

Ok, isso já está ficando ridículo. Cacete, qual é o meu problema?

— É, eu imagino — concordo. — Estranho pensar que ela não é mais aquela garotinha magricela.

— Nem me fala — responde Jack. — Ela virou uma gostosona de primeira, ou seja, eu passo o dia preocupado com a quantidade de marmanjo tarado que deve ter no pé dela.

— Não é estranho chamar sua própria irmã de gostosa?

Jack abre um sorrisinho.

— De jeito nenhum. Temos a mesma genética, afinal de contas. É só uma opinião embasada de alguém com conhecimento de causa.

— Deveriam ter arranjado uma tipoia pro seu ego, isso sim — comento, com um suspiro. — É gigantesco.

— Foi o que ela disse — graceja Jack.

Reviro os olhos.

— Ainda quer ver os jogos?

— Claro. O Pittsburgh arranjou um novo atleta de centro ano passado. Era um novato, mas teve um desempenho absurdo. Vão ser nossos primeiros adversários na próxima temporada, então seria bom você ver como o time joga.

— Vou arrumar um uniforme de técnico para você — declaro, afundando ao lado dele no sofá. — Está tão cri-cri quanto ele.

— Alguém tem que garantir que vocês ainda conseguem ganhar um jogo sem minha ajuda. Vou passar mais dois meses no banco.

— Claro, claro — respondo, impassível. — Como vamos sobreviver sem você?

— Isso, vai brincando. Quero só ver sua cara quando entrar no rinque e eu não estiver lá.

— Vou tentar segurar as lágrimas.

— Mas você está animado para voltar, certo?

— Em geral, sim — admito. — Teria sido melhor sem esse burburinho idiota da internet, mas é bom estar em casa.

— Conversou com seu pai de novo?

A tensão me domina de imediato, uma reação comum sempre que meu pai é mencionado. Aos olhos do público, fingimos nos dar bem. Mas dentro de casa? Quero mais que ele se lasque. Não que isso o impedisse de me ligar de vez em quando para criticar meu desempenho, mesmo quando eu jogava para outro time. E agora que contrariei as vontades dele e acatei o pedido da minha mãe de voltar para casa... a situação ficou ainda mais complicada.

— Ele não está nada contente por eu ter voltado — reconheço. — Ainda mais com essa palhaçada da imprensa de tentar descobrir por que eu estava no casamento da minha ex.

— Claro, porque não tem como você simplesmente ter sido *convidado* pelas noivas — debocha Jack.

— Cara, eu li cada absurdo. Chegaram até a falar que interrompi o casamento e encurralei Mei na suíte de núpcias pra implorar por uma conversa.

— Bella teria acabado com a sua raça.

Concordo com a cabeça.

— Teria mesmo.

— Bom, pelo menos seu pai não pode mandar e desmandar tanto na sua carreira — argumenta Jack, satisfeito. — A situação teria ficado estranha pra ele caso tentasse impedir seu retorno ao time.

— Mas pra mim ficou — assinalo com um suspiro.

Jack parece pensativo, sem dúvida em busca de uma resposta a essa constatação, mas apenas o dispenso com um aceno.

— Agora tanto faz — continuo. — Só preciso ficar na minha até a poeira baixar. Quando o time começar a vencer jogo atrás de jogo, meu pai não vai dar a mínima para onde estou, desde que eu fique com o rabinho entre as pernas.

— E a Abigail? — sonda Jack com delicadeza. — Chegou a falar com ela depois que voltou pra cá?

Cerro os dentes. O nome de Abby sempre provoca emoções conflitantes no meu peito, quase todas mescladas com uma pontada de culpa.

— Só trocamos algumas mensagens aqui e ali — respondo, depois o encaro com um olhar penitente. — Passei seu endereço, caso ela queira me ver. Espero que não tenha problema.

— Que problema o quê — rebate Jack. — Tá tudo bem. Vou liberar a entrada na portaria, assim ela pode ir e vir sem chamar atenção.

Logo me lança um olhar cheio de cautela.

— Foi mal — acrescenta, ao ver meu estado tenso. — Não quis trazer essas merdas do passado à tona. Só estava curioso.

— Tudo bem — respondo, com um dar de ombros. — Vamos ver esses jogos logo.

— Opa, vamos.

Jack pega o controle e começa a zapear pelas partidas gravadas, com uma expressão ao mesmo tempo atenta e preocupada. Curiosamente, já vi Lila fazer exatamente a mesma cara. Esse pensamento descuidado me leva de volta à cafeteria, ao aroma de lavanda e açúcar ainda tão presente nos meus sentidos.

— Fui pego de surpresa quando vi Lila hoje — deixo escapar. — Ela está tão diferente. Você deveria ter me mandado mais fotos enquanto estive fora, aí eu teria me preparado melhor.

— Sabe que sou péssimo com essa história de fotos. Você deveria usar as redes sociais como qualquer ser humano normal.

— Você sabe por que não uso.

— Ah. — Jack parece envergonhado, sem dúvida se lembrando dos ataques constantes que eu receberia. — Verdade. Desculpa.

Ele fecha a cara de repente, me observando de canto de olho.

— Calma lá. Por acaso está dizendo que minha irmã é uma gostosona? Porque isso é estranho, cara.

— Não falei nada disso — rebato, um pouco afobado demais.

— Mas pensou?

— Não pensei em coisa nenhuma! Só comentei que ela cresceu, nada mais. Foi uma surpresa.

Uma surpresa que me deixou com os quatro pneus arriados, isso sim.

Jack me observa com ar desconfiado, depois enfim volta a sua atenção para a tela e resmunga:

— Nem pense em arrastar as asinhas pra minha irmã. Seria esquisito pra cacete. Quase incestuoso.

Abro a boca para argumentar que Lila e eu nem somos *parentes*, mas imagino que isso só complicaria ainda mais minha situação. Além disso, não faz a menor diferença, porque para todos os efeitos, ele tem razão. Seria esquisito ver Lila dessa forma.

Já *é* esquisito.

— Não pensei em nada disso — protesto, sem muita convicção. — Relaxa aí, cara.

Com uma pontada de culpa, lembro da reação do meu corpo à pequena lição de francês de Lila. Penso, com desespero, em como adoraria ter memorizado a frase para jogar no Google e descobrir o que raios significava.

— Hum.

Jack aperta um botão e um vídeo começa a rolar na tela, e sua distração me livra de mais uma rodada de interrogatórios.

— Puta merda. Viu aquilo? — pergunta ele. — Presta atenção. É insano o que aquele garoto consegue fazer com o taco.

Tento me concentrar no jogo, mas continuo a revirar as palavras de Jack na minha cabeça, quase como se elas pudessem adquirir um novo significado se eu as embaralhasse o suficiente.

"Para com essa palhaçada", me repreendo. "Você só ficou surpreso com o quanto ela mudou. Nada mais. Jamais veria Lila como algo além da irmãzinha mais nova que você nunca teve."

E são com essas rédeas que vou controlar meus pensamentos, porque não posso seguir por outro caminho. Não há nenhuma boa razão para cogitar algo diferente. Na verdade, seria melhor nem pensar em Lila. Está na cara que meu cérebro perdeu o juízo.

E, no entanto, apesar de toda essa determinação... nada consegue me impedir de pensar no sorriso dela.

5

Delilah

Estou dando uma última conferida nos ingredientes quando escuto passos no estúdio atrás de mim. Olho para o lado e relaxo ao ver que é apenas Ava.

— Garota — começa a dizer ela, com um olhar incisivo. — Por que não me contou que tinha um jogador de hóquei delicinha na palma da mão?

Reviro os olhos.

— Ele não está na palma da minha mão. É só um velho amigo, nada mais.

— Hum, você nunca tinha mencionado esse "velho amigo".

— É que... — Dou de ombros, voltando minha atenção para os medidores na bancada. — Ele passou um tempo fora. Nem tivemos contato nos últimos anos.

— Espero que a distância tenha aumentado a saudade porque... — Ava se abana de forma exagerada. — *Uau*.

Sei que não passa de brincadeira da parte dela, então não faz sentido eu ficar incomodada com seu desejo descarado por Ian. Nem posso culpar a coitada. O cara é um pedaço de mau caminho. Sempre foi, e só melhorou com o passar dos anos. Ian Chase envelhece como gouda e, *caramba*, como eu gosto de queijo.

— Não é assim — argumento, afastando o pensamento. — Ele me vê praticamente como uma irmã.

Ava me lança um olhar ressabiado, inclinando-se para me analisar daquele jeito esquisito que deixa claro que não consigo esconder nada dela.

— Mas você bem que ia gostar se fosse diferente, não é?

— Eu não disse isso — protesto, sem muita força.

— Ah, meu bem. — Ela me dá uma palmadinha no ombro. — Há quanto tempo você tem essa quedinha pelo ruivão gigante?

Faço careta, com as mãos imóveis sobre a tigela de cerejas.

— Praticamente desde a adolescência?

— Puta merda — sibila Ava, em tom mais compreensivo. — Tá sendo muito difícil pra você? Sei que ele já foi casado. Deve ser péssimo voltar a conviver com o cara depois de ter sofrido com o primeiro casamento.

Eu dispenso o comentário com um aceno.

— Faça-me o favor. Não passei esses anos todos esperando por ele ou coisa assim. Saí com muita gente desde que ele foi embora. Uma boa noite de sexo sempre ajuda a curar as feridas.

— Eu sei, mas... Bom, a gente nunca esquece o primeiro amor.

Dou uma risada incrédula. É uma ideia tão boba. Eu não *amava* Ian. Meus sentimentos por ele não passavam dos hormônios em ebulição de uma adolescente, apenas uma quedinha intensa pelo primeiro cara que me deu atenção, romântica ou não. Só isso.

— Sério, não é nada de mais — declaro.

Ava não parece muito convencida.

— Claro, claro.

— Não era pra você estar trabalhando?

— Mas eu estou — rebate ela, com toda a naturalidade. — Ver se a apresentadora está bem faz parte do meu trabalho.

— Arrã, sei.

Outra leva de passos ecoa atrás dela, mais pesados dessa vez, e quando me viro para olhar, vejo Ian entrar no estúdio com o uniforme dos Druids e uma expressão insatisfeita que cai como uma luva nele.

— Ei — chamo, mas a palavra soa como um coaxar.

Ava se vira de costas, encara Ian por um momento e depois volta a olhar para mim, e tenho certeza de que estou boquiaberta e perdida feito um peixinho fora do aquário. Um sorrisinho malicioso desponta nos lábios dela, e eu me seguro para não dar uma cotovelada bem no meio das suas costelas.

— Oi, Ian — cumprimenta Ava quando ele se aproxima da bancada. — Nossa Dee aqui vai te explicar tudo direitinho. Eu tenho que... hã... resolver uma coisa... lá no coiso.

Em seguida ela passa por nós e me oferece um joinha e uma piscadela, como se tivesse sido muito sutil com essa desculpa esfarrapada. Em outras circunstâncias, minha primeira reação seria pegar no pé dela, mas estou muito ocupada tentando não babar pelo já mencionado ruivão gigante, que parece atônito e rabugento de um jeito que o deixa *ainda mais* adorável.

— Eu não sabia que iam me maquiar — resmunga Ian.

— Sua masculinidade tóxica está no talo — comento com rispidez.

Ele solta um suspiro.

— Não dou a mínima pra isso, mas a maquiadora falou que queria deixar meus lábios *beijáveis*. Que caralhos isso significa? Agora minha boca está toda melecada e cheia de brilho. É esquisito.

Deixo meu olhar recair sobre os lábios em questão e percebo que Ian acertou em cheio. Estão mesmo beijáveis, tanto que sou tomada por um desejo louco e errado de chegar mais perto e prová-los. Por sorte, consigo me limitar a um sorrisinho contido.

— Bem-vindo ao show business, cupcake.

Ian espia os ingredientes dispostos na bancada.

— O que vamos preparar, afinal?

— Um *clafoutis* de cereja — respondo. — É uma iguaria francesa.

— Mais uma receita que você pegou dos chefes de lá?

— Entre outras coisas.

— Falando em pegação... — Ele faz uma careta. — Seu irmão me contou sobre um tal namorado francês babaquinha.

— A opinião de Jack é suspeita — comento, achando graça. — Etienne era um cara legal.

Ian fecha ainda mais a cara, e uma parte desesperada de mim deseja que esse mau humor todo seja motivado por ciúmes, por mais bobo que seja. Talvez seja isso que me leva a dizer:

— Além do mais, ele era um baita gostoso. E falar sacanagem é mil vezes melhor em francês.

A única reação de Ian é uma contração quase imperceptível na mandíbula, mas pode ser só desconforto. O mais provável é que seja isso mesmo, para ser honesta. Não sei por que sinto tanta vontade de continuar com as provocações.

— É, tenho certeza de que não preciso ouvir esse tipo de coisa — murmura ele, bem baixinho.

Céus, como eu queria que ele não me visse só como irmã. Queria mesmo. E ainda tive a cara de pau de dizer a Ava que já o superei. Talvez eu até acreditasse nisso, antes do nosso reencontro. Talvez a gente realmente nunca esqueça o primeiro amor. "Não foi amor", insisto. "Não foi."

— Enfim — retomo, alcançando a peça cor-de-rosa na extremidade do balcão. — Aqui está seu avental.

Ian encara o tecido como se eu tivesse acabado de sugerir que ele ficasse só de sunga no estúdio, e não consigo deixar de rir.

— Você não dá a mínima pro seu ego masculino, esqueceu?

— Tá, tá. Que seja.

Ele pega o avental — igualzinho ao meu, com o nome do programa bordado na frente — e prende as alças ao redor do pescoço. A cor rosada destoa totalmente de seus cabelos ruivos, mas só de o vestir, Ian passa de incrivelmente sexy a confortavelmente fofinho. Seria uma boa ideia obrigá-lo a usar avental mais vezes, assim eu não agiria feito uma tonta na presença dele.

— Dee! — chama o operador de câmera. — O pessoal quer saber se já podemos começar a gravar.

— Acho que sim — respondo.

Dou uma última olhada nos ingredientes para ter certeza de que, sim, estão todos medidos e separados. Em seguida me viro para Ian, que parece um pouco apreensivo com a aproximação da câmera.

— Está pronto, cupcake?

O rosto dele ainda está receoso quando encontra meu olhar, mas ele assente com a cabeça, concordando.

— Vamos acabar logo com isso.

— É assim que se fala — elogio, dando risada.

***

Passada meia hora de filmagem, devo admitir que tudo está correndo melhor do que eu esperava. Ian nunca levou o menor jeito para a cozinha, se bem me lembro, e fiquei um pouco preocupada que ele pudesse derrubar tigelas ou estragar a massa ou coisa parecida. Apesar de quieto, parece engajado diante das câmeras. Responde às minhas perguntas e lança algumas de volta enquanto o ajudo a misturar os ingredientes, e toda a experiência me faz pensar nos verões na cozinha da minha tia, quando ele se postava com impaciência ao meu lado para experimentar qualquer receita que eu estivesse preparando. A presença dele me distrai, mas não a ponto de afetar minha personagem diante das câmeras.

— Prontinho, acho que a massa já está boa — anuncio, avaliando a consistência. — E as cerejas, como estão?

Ian espia a travessa na qual dispôs as cerejas e as lascas de amêndoas com todo o cuidado, como se todas precisassem ficar perfeitamente alinhadas.

— Hã... estão ali.

Acho graça da resposta.

— A Julia Child morreria de orgulho.

Ele lança um olhar confuso para minha tigela.

— Isso aí parece massa de bolo.

— É bem parecido mesmo — concordo. — Mas a essência que usamos confere um sabor mais amendoado.

Mergulho a colher na tigela, levando a pontinha à boca para sentir a explosão de sabores na língua.

— Humm, que delícia.

Ian faz um ruído quase imperceptível, como se tivesse engolido em seco, e percebo que sua silhueta gigante se inquieta ao meu lado.

— Não pode lamber a massa crua — repreende-me ele.

— Nossa, foi mal aí, pai.

Abro um sorriso travesso para ele e dou outra lambida na colher.

— Mas essa é a melhor parte — acrescento, e dou uma piscadinha para a câmera. — Olha, eu sei que massa crua pode fazer mal, mas às vezes vale a pena correr o risco — digo com um suspiro exagerado. — A vida é curta ou, como dizem os franceses, *la vie est trop courte pour boire du mauvais vin*.

Os lábios de Ian estão curvados para baixo, mas seus olhos não estão fixos nos meus, e sim na minha boca. Quase consigo imaginar uma ligeira calidez em seu olhar, e se o encarar por tempo demais, quase posso perceber o leve rubor em suas bochechas. Essa reação me dá vontade de sussurrar mais coisas em francês ao seu ouvido. Verdade seja dita, falar sacanagem em francês é outro nível.

Ian ainda está vidrado nos meus lábios. Uma ideia estúpida me vem à cabeça, e tenho quase certeza de que vão cortar na edição, mas a expressão contida no rosto de Ian torna difícil resistir.

— Ah, deixa disso, cupcake — sussurro. — Você precisa aproveitar mais a vida.

Meu coração acelera quando pego outra colher e a mergulho na massa, amparo-a com a outra mão para pegar os respingos, e a estendo na direção de Ian. Por um instante, acho que ele vai recusar. Está com os lábios franzidos e uma expressão indecifrável, e eu estou prestes a puxar a colher de volta e rir como se fosse uma piada, quando seus dedos compridos alcançam minha mão e a envolvem em um aperto cálido.

O suspiro que escapa dos meus lábios é curto e silencioso, mas estamos tão perto um do outro que não posso deixar de me perguntar se ele o ouviu. Sem desviar o olhar do meu nem por um segundo, ele puxa a colher e deixa seus lábios aveludados provarem um pouco da massa pela qual tinha acabado de me repreender, mas não tenho forças para apontar a hipocrisia do gesto, trêmula como estou sob seu toque.

— É bom — admite Ian, com os dedos ao redor dos meus. — Mas ainda faz mal.

Engulo em seco, algo que não parecia tão difícil até uns segundos atrás, e recolho a mão, ao mesmo tempo triste e aliviada com a ausência do seu toque, considerando os estragos causados no meu sistema nervoso.

— Certo — respondo com a voz trêmula, tentando me recompor.

Consigo manter o jogo de cintura diante das câmeras, ou pelo menos acho que sim, e só me resta torcer para que não vejam minha pulsação acelerada através das lentes.

— Ian sempre gostou de seguir as regras.

Não olho para ele enquanto apoio a colher no descanso sobre a bancada, voltando a atenção para a tigela de massa que acabou de se tornar meu maior tormento.

— Hora de despejar a massa sobre as cerejas! — anuncio.

De repente me lembro de todo o apelo do "jogador de hóquei grandalhão na cozinha", então ofereço a Ian meu sorriso mais radiante e rezo para não ser traída pelo meu coração acelerado.

— Ou você quer fazer as honras?

— Claro, deixa comigo — responde Ian, assentindo enquanto alcança a tigela.

Aponto para as mangas do uniforme.

— Melhor enrolar isso aí, se não quiser gastar uma fortuna na lavanderia.

Ele olha para os próprios pulsos.

— Ah. Verdade.

Eu o observo agarrar o tecido da manga, iniciando o lento processo de a enrolar, e minha língua de repente parece colada à boca.

Puta.

Que.

Pariu.

Meus olhos se movem com avidez pelos músculos retesados e cobertos de sardinhas dos antebraços de Ian, absorvendo os redemoinhos de tinta que revestem a pele.

Quando ele fez essas tatuagens?

Consigo distinguir algumas formas e palavras indecifráveis a essa distância, e meus dedos anseiam por explorar, por descobrir até onde os desenhos vão. Será que tem outras tatuagens no resto do corpo?

Ian continua a arregaçar as mangas até os cotovelos, revelando os caminhos da tinta escura em direção aos bíceps, tornando-os ainda mais lambíveis. Meu cérebro quase entra em curto-circuito. A situação é tão grave que, se me perguntassem o nome do prato que estamos preparando, eu nem saberia responder. Poderia ser um suflê qualquer, até onde sei.

— Pronto — declara Ian, com as mangas perfeitamente arregaçadas depois de derreter meu cérebro. — Pode deixar que eu faço.

Concordo em silêncio quando ele tira a tigela de mim, e sei que eu deveria oferecer orientações ou curiosidades sobre a origem da iguaria, mas estou abalada demais para fazer qualquer coisa além de o ver despejar a massa sobre a travessa de cerejas como se fosse a coisa mais sexy que um homem já fez. E sinceramente, nesse momento, pode muito bem ser verdade.

Ian parece satisfeito quando termina, e me dá um dos seus raros sorrisos, tão lindo e radiante e *injusto* para o meu coraçãozinho. Cozinheiro, tatuado e sorridente? A emissora vai ter que me pagar uma indenização trabalhista por lesões induzidas pelo estresse. Só percebo que estou parada ali feito uma tonta quando Ava chama meu nome baixinho, uma forma gentil de me mandar acordar para a vida.

Sinto o rosto corar, e preciso reunir toda a minha força de vontade para sorrir para a câmera e fingir que aquele momento, seja lá o que tenha sido, não aconteceu. Infelizmente, porém, tenho plena consciência de que Ian e o resto do estúdio me viram perder o prumo por uns quatro segundos.

E ainda nem colocamos a maldita sobremesa no forno.

***

— E... corta! Foi ótimo, pessoal. Conseguimos.

Esboço um sorriso para Greg antes de dar uma espiadinha em Ian, que já se apressa em arrancar o avental meros segundos após o fim das gravações.

Rio com a cena.

— Caramba, você não via a hora de tirar essa coisa, hein?

Ian revira os olhos, atira a peça em cima da bancada e começa a massagear a nuca.

— A porcaria da alça estava me matando.

— É, imagino.

Tiro meu próprio avental e desço o olhar para confirmar que, sim, meus peitos estão cobertos de farinha.

— Como você conseguiu não sujar o uniforme? — pergunto.

Ele espia a camisa antes de responder:

— Talvez eu seja menos desastrado que você.

— Ah, vai te catar.

Um sorriso brinca nos lábios dele.

— Você que é a especialista aqui. Como consegue se sujar tanto?

— Bom, considerando que carreguei o time nas costas...

Ele volta a revirar os olhos.

— Ei, eu ajudei.

— Ajudou mesmo — concedo, divertida. — Não queimou nada, pelo menos.

Ian me segue quando começo a me afastar do cenário. Seus passos pesados não ficam muito distantes conforme descemos da área mais elevada e nos aproximamos da mesa dos lanchinhos. Pego uma garrafa de água e ofereço outra para Ian, permitindo que meu olhar se demore nas mãos dele, enquanto aqueles antebraços escondidos sob as mangas invadem meus pensamentos.

— Então... — começo a dizer, abrindo a tampinha da garrafa. — Não sabia que você gostava de tatuagem.

Ele parece pensativo por um instante, depois se limita a dar de ombros.

— Minha mãe sempre me disse para ficar longe porque era impossível fazer uma só. E, pelo jeito, ela tinha razão.

— Eu só tenho uma — argumento, tomando um gole de água antes de acrescentar: — Ainda não tive vontade de fazer mais.

Ian arregala os olhos e apoia as mãos na cintura, me lançando um olhar severo que *não* me faz reprimir um arrepio. Imagina, *claro* que não.

— Você tem tatuagem?

Retribuo o olhar, radiante.

— Claro que tenho.

— O que é?

— Seria melhor perguntar *onde é*...

Dou uma piscadinha e noto um ligeiro rubor em suas maçãs do rosto. Uau. Caramba. Gostei dessa reação. Quase me faz acreditar que um dia vai ser possível convencer esse homem a me ver como *Delilah*, e não apenas Lila, a irmãzinha mais nova do seu melhor amigo.

— Mas vou manter as duas coisas em segredo — acrescento. — Por enquanto...

Ele ainda parece um pouco atordoado com minha ousadia, e decido encarar isso como uma pequena vitória. Claro, nunca vou poder realizar todas as fantasias que tive com Ian Chase ao longo desses anos todos — fantasias que se tornaram ainda piores depois daquela colherada de meia hora atrás —, mas pelo menos posso retribuir uma fração do desconforto que ele me causou na juventude. Nada mais justo, creio eu.

— Oi, gente!

Ava praticamente saltita na nossa direção, com uma prancheta e uma expressão alegre.

— Foi o máximo. Eu tinha quase certeza de que Ian ia acabar se queimando cedo ou tarde...

Ian dá uma risada incrédula.

— Por que todo mundo acha que vou botar fogo nas coisas?

— ... *mas* vocês foram ótimos — finaliza Ava, ignorando os resmungos de Ian. — Ah, vocês combinaram aquela cena com a colher? Porque, minha nossa, deu até calor.

— Quê? — Ian parece confuso. — Mas não teve nada de mais.

Fecho a cara.

— Ava...

— O que foi? — pergunta ela, cruzando os braços. — É verdade, ué. Foi um espetáculo. Aposto que os espectadores vão ficar babando. Eu tinha certeza de que vocês tinham combinado.

— Claro que não — afirma Ian, parecendo quase irritado. — Nós somos só amigos. Não queremos passar a ideia errada pro público.

Não há razão para essa declaração doer, tendo em conta que é verdade, mas ainda sinto uma pontada no peito ao ouvir as palavras. Acima de tudo porque Ian parece tão desconfortável ali, mudando o peso de um pé para o outro, com os lábios torcidos em uma careta.

Lá se vai a esperança de que ele me veja com outros olhos.

— Exato — respondo com firmeza. — Foi só no calor do momento. Não significou nada.

— De um jeito ou de outro — insiste Ava, dispensando nossas explicações —, foi uma delícia de assistir.

Ian ainda parece incomodado, e mesmo tendo passado tantos anos desde que minha versão adolescente o seguia por toda a parte e implorava por migalhas de sua atenção, ter uma prova tão descarada de que ele ainda me vê como a garotinha boba que não saía do seu pé... não é a melhor sensação do mundo. Na verdade, é absolutamente horrível.

Olho para Ian e dou uma palmadinha no braço dele.

— Você mandou muito bem, cupcake. Fico feliz que tenha topado. A gente se vê por aí, certo?

O rosto dele murcha.

— Está com pressa para ir a algum lugar?

— Ah, sabe como é... — desconverso, evasiva. — Tenho umas coisas pra resolver. Mas a gente se fala em breve, está bem?

Ele dá um aceno brusco, ainda me olhando de um jeito esquisito. Provavelmente por causa do meu comportamento esquisito. Ou talvez meu comportamento esteja normal, e só pareça esquisito para mim. Dou as costas e começo a me afastar dos dois, rumo a qualquer lugar, movida apenas pela necessidade de me distanciar de Ian e deixar meu cérebro respirar. Não me conformo que, mesmo depois de todo esse tempo, ele ainda consegue bagunçar meus pensamentos.

E assim permanecem pelo resto do dia, mesmo horas depois, quando estou no conforto do meu apartamento e encaro a mensagem enviada por ele enquanto eu estava no banho.

> **IAN:** Eu me diverti muito hoje. Vamos combinar alguma coisa em breve.

Depois de escrever e apagar dezenas de respostas inofensivas, achei todas ridículas e por fim escolhi uma mais genérica:

> Também me diverti! Claro, vamos marcar!

Se o retorno de Ian for mesmo para valer, vou precisar dar um jeito nesses velhos sentimentos ressurgidos das cinzas, descobrir uma forma de contornar todos eles se houver a mínima chance de retomar a amizade com o cara cujo nome eu costumava rabiscar nas margens dos cadernos, cercado de coraçõezinhos.

Talvez a distância seja a melhor resposta. Não sou *obrigada* a ver Ian de novo assim tão cedo. Tirar um tempinho para botar a cabeça em ordem vai me ajudar a cair na real e parar de agir feito boba.

É, com certeza. Essa é a decisão correta. De agora em diante, só vou me encontrar com Ian se estivermos cercados de gente. Sair sozinha com ele está fora de cogitação.

Estou firme nessa decisão enquanto escovo os dentes e me preparo para ir dormir, quase me convencendo de que vai dar certo: com certeza vou me sentir menos maluca na presença dele com o passar do tempo.

Quando me enfio embaixo dos lençóis, estou bem mais otimista em relação a essa confusão toda. Pela primeira vez desde que Ian voltou à cidade, fecho os olhos sem pensar na sua voz, nos seus olhos ou naquela gargalhada profunda que me provoca arrepios.

Quer dizer, mais ou menos.

6

Ian

— Vamos lá, rapazes! Prestem atenção nas jogadas! — grita o técnico Harris perto da linha do gol. — Queremos marcar logo no início, certo? — pergunta, e aponta para Sanchez. — Bom passe! Desliza esse disco aí e vamos cavar uma brecha.

Ao final do treino, o técnico insistiu que praticássemos mais uma leva de exercícios de aperfeiçoamento. Colocou todos os jogadores alinhados na zona neutra, prontos para avançar em fila para uma série de tacadas rápidas.

Estou bastante satisfeito com meu entrosamento, considerando que é minha primeira interação com o time. Cheguei a pensar que haveria alguma resistência ou até mesmo piadinhas bem-humoradas sobre o retorno do "tiozão", mas a maioria dos jogadores que eu ainda não conhecia me tratou bem. Não que tenha sobrado muito tempo para provocações enquanto o técnico nos fazia suar a camisa.

Fico posicionado quando Olsson arremessa, com a adrenalina a mil apesar dos músculos doloridos, sem tirar os olhos do gol. Deslizo sobre o gelo com facilidade, movido pela memória muscular. A essa altura, andar de patins é uma tarefa quase instintiva. Mantenho os dedos firmes ao redor do taco, à espera do alinhamento, e percorro a curta distância até o disco antes de o acertar com força. O pequeno objeto desliza sobre o gelo em alta velocidade, chocando-se contra o canto interno do gol, mas ainda assim atinge a rede.

— Boa tacada, Dezoito — elogia o técnico antes de voltar sua atenção para Kennedy. — Vinte e Quatro, mais abertura! Quero ver transições de frente e de costas!

Jankowski me cutuca quando volto para a linha, lançando-me um sorriso amigável.

— Ainda dá um caldo, hein, tiozão?

Dou risada e encolho os ombros. Além de ser apenas alguns anos mais novo do que eu, Jankowski e eu jogávamos juntos antes da minha transferência para Calgary, então sei que ele só está pegando no meu pé.

— Pois é, hoje meus joelhos resolveram colaborar — devolvo.

Rankin solta um risinho zombeteiro.

— Será que fazem andadores com patins embutidos?

— Fica na sua, seu babaca — sibila Vasilevski. — Acha que não vi você cair de bunda no gelo semana passada?

— Calma, cara, era só brincadeira — resmunga Rankin.

Acho graça, apesar de tudo. Senti falta disso. Não que eu não gostasse do meu time em Calgary — todos eram muito legais, afinal —, mas aqui eu me sinto em *casa*.

— Muito bem, rapazes — grita o técnico. — Venham todos aqui!

Os jogadores atravessam o gelo para se aglomerar ao redor do técnico, que assente com a cabeça de forma bem-humorada ao nos ver reunidos ali.

— Vocês fizeram um ótimo trabalho hoje. Como sempre, ainda precisamos ajustar alguns detalhes. Fazer tudo com pressa, essa é para você, Kennedy... finalizar jogadas, cair na rede... Mas houve ótimos passes.

Ele dá uma palmadinha no peitoral de Olsson, depois sorri para todos nós e acrescenta:

— Mandaram bem, rapazes. Espero ver todos de volta na segunda-feira, para o primeiro dia na concentração, combinado? Estou bastante otimista em relação a essa temporada. Comportem-se até lá.

Os jogadores se dispersam e começam a patinar em direção aos vestiários enquanto eu me dirijo à linha lateral, onde Jack passou o treino todo aos berros para incentivar o time. Está com uma tipoia roxa hoje, e apesar de ainda estar no banco, vestiu o uniforme para demonstrar todo o seu apoio.

— Até que foi bem, hein, velhinho? — provoca ele. — Como estão os joelhos?

— Você sabe que é só dois meses mais novo que eu, não sabe?

Uma covinha se forma quando ele sorri, tão parecida com a de Lila que chega a ser estranho.

Não que eu esteja pensando em Lila. Não que eu tenha me forçado a *não* pensar nela durante toda a semana.

— É, mas eu sou jovem de espírito — rebate Jack, dando risada. — Pelo menos uns dez anos mais novo. Seu espírito provavelmente era um passageiro do *Titanic*.

— Babaca — murmuro.

Jack ri de novo.

— Eu falei que o treino ia ser bom. Todo mundo foi legal com você, certo?

— Hã, acho que sim — respondo. — Rankin gosta de encher meu saco, mas ele é inofensivo.

— O cara ainda é praticamente um novato — explica Jack. — Deve estar se sentindo diminuído.

— Ele tem mais de um metro e noventa — argumento.

— O espírito dele é pequeno — emenda Jack.

— Tá bom, jovem místico — brinco. — Vou te procurar quando quiser saber meu futuro.

— Sr. Chase?

Quando nos viramos, damos de cara com um homem quase da nossa idade ao lado do que imagino ser seu filho adolescente. É comum gente de fora vir assistir aos treinos. É um lugar aberto ao público, afinal.

Retribuo o sorriso do cara, reparando que o filho parece prestes a se mijar de nervosismo.

— Opa, como vai?

— Tudo certo — responde o sujeito, todo animado. — Você mandou bem lá no rinque. A gente está bem empolgado com seu retorno.

Ele aperta o ombro do garoto, depois continua:

— Meu filho estava com vergonha de vir dar oi. O carinha aqui é um baita fã. Não perde um jogo seu, mesmo quando você estava em Calgary — conta, dando risada. — Isso dificulta as coisas lá em casa, sabe? Somos fanáticos pelos Druids.

Aceno a cabeça, sorrindo.

— É um ótimo time.

— Enfim — diz o pai, e dá um empurrãozinho no filho. — Vai lá, cara. Pode falar.

— O-oi — gagueja o menino. — Ainda bem que você voltou. É o melhor ala esquerda que a gente já teve.

O garoto não deve ter mais de quinze anos, por isso não sei se pode ser considerado um especialista na história dos Druids. Ao ver a admiração estampada em seus olhos, porém, acho que não cabe a mim questionar o elogio.

— Valeu, carinha, fico muito feliz — respondo, e aponto para a camisa dele, idêntica ao meu uniforme. — Posso autografar, se você quiser.

O rosto dele se ilumina na hora.

— Puta merda, sério?

— Blake — repreende o pai, dando um tapinha na nuca do menino. — Olha a boca.

Com uma risada, pego a caneta que o homem já tinha sacado do bolso e faço um sinal para o garoto se aproximar e ficar de costas. Em seguida, assino meu nome e deixo uma pequena mensagem no tecido branco onde fica meu número de jogador. Tampo a caneta e devolvo ao homem, feliz ao ver a empolgação do garoto diante de um gesto tão simples.

— Obrigado, sr. Chase! — exclama o menino. — Obrigadão mesmo!

— Pode me chamar de Ian, carinha.

O garoto, Blake, parece prestes a explodir de felicidade.

— Claro. Ian. Uau. Caramba. Valeu, Ian!

— Muito legal da sua parte, Ian — elogia o homem. — Todo mundo lá em casa está na maior alegria com seu retorno. Aposto que seu pai não deve estar se aguentando de felicidade por ter você de volta ao time, hein?

Tento não deixar transparecer nenhuma emoção, forçando um sorriso nos lábios.

— É, ele e minha mãe estão radiantes.

Jack lhe faz uma pergunta que mal escuto, com o sangue a martelar nos meus ouvidos, e os dois conversam um pouco sobre a lesão. Por fim, o homem diz que não vê a hora de ter Jack de volta ao rinque, e pai e filho se despedem de nós antes de irem embora.

— Você está bem? — pergunta Jack.

Aceno a cabeça, afastando minha irritação.

— Estou, o cara não tem culpa de meu pai ser um otário.

— Mesmo assim. É uma merda você ter que fingir que ele não é um babaca.

Adoraria poder dizer que, depois de todos esses anos, já não sinto o peso das expectativas dele, já não ouço sua voz na minha cabeça a cada erro cometido, por menor que seja. Mas seria mentira. Bradley Chase pode ser muitas coisas, mas facilmente esquecível não é uma delas. Ele jamais permitiria que isso acontecesse.

— É, tenho que manter o legado vivo — murmuro com amargura.

Afinal, é a única coisa com a qual ele sempre se importou.

— Mas, ei, viu o que eu disse? — pergunta Jack, abrindo um sorriso largo. — Eu sabia que todo mundo ia ficar empolgado com seu retorno.

— *Todo* mundo não — retruco.

Jack dispensa meu comentário com um aceno da mão boa.

— Fodam-se aqueles imbecis da internet. São só um bando de fofoqueiros. Já, já esquecem essa história.

— Não vejo a hora.

Devo ter deixado transparecer minha tristeza à menção de todas as pessoas que ainda acreditam na minha suposta vilania na internet, porque Jack me dá um ligeiro empurrãozinho com o ombro.

— Reparou que o moleque não me pediu autógrafo? — pergunta ele enquanto arma um beicinho, mudando de assunto.

Abro um sorriso afetado.

— Aposto que ele não queria desvalorizar a camisa.

— Quem é o babaca agora?

— Aprendi com o melhor.

Jack olha feio para a tipoia.

— Estou contando os minutos para me livrar desse trambolho.

— Logo, logo você tira — tranquilizo-o. — Que sirva de lição pra não encher a cara e ir brincar de patinação artística da próxima vez.

— Nossa, parece até a Dee falando — resmunga ele, com um revirar de olhos.

Ouvir o nome de Lila me tira do prumo. Nossa última interação foi a troca de mensagens no início da semana, na mesma noite da gravação, apesar da minha vontade de estender a conversa. Tento pensar em algum jeito de puxar assunto, algo que não pareça esquisito, mas a estranheza se insinua em cada mensagem que digito e apago sem enviar, e nem consigo identificar o motivo. Tento me convencer de que é apenas por termos mudado muito. Tanto tempo passado entre dois amigos sem dúvida torna o reencontro um pouco estranho.

— Como está Lila? — pergunto casualmente.

Jack me lança um olhar ressabiado.

— Ué, vocês não se viram esses dias?

— Hã, vimos, mas foi no dia da gravação. A gente mal chegou a conversar depois disso.

— Então você pode simplesmente mandar uma mensagem pra ela, sabe? — diz Jack. — Se quiser saber como ela está.

Batuco a grade com o taco de hóquei, distraído, e desvio o olhar.

— É, sei lá... não quero incomodar. Sei que ela deve estar muito ocupada.

— Por que você está todo esquisito?

Fico tenso na hora.

— Não estou nada esquisito.

— Está aí criando caso só pra mandar uma mensagem e ver como a Dee está. Isso é bem esquisito.

— A gente não conversa há um tempão, sabia? É estranho se reaproximar depois de tanto tempo.

— É só a Dee, cara — insiste Jack. — Você já viu aquela menina até de calcinha.

— Sim, quando eu tinha *doze* anos — balbucio. — E ela tinha sete!

— E daí? Não muda nada. Vocês cresceram juntos. Pare de agir feito um esquisitão.

Por mais que minha vontade seja negar que estou esquisito, não seria inteiramente verdade. Dez anos atrás, eu não pensaria duas vezes antes de mandar uma mensagem para Lila. Caramba, naquela época eu fazia isso todo santo dia. Por que de repente tudo parece tão estranho?

Por descuido, meu pensamento voa longe para aquele momento durante a gravação, como tem feito várias vezes nos últimos dias, e lembro da mão dela na minha, nossos corpos tão próximos, quase colados, seu olhar atento a me observar lambendo a massa crua da colher estendida. Cacete, por que raios eu fiz aquilo? Tenho remoído o assunto sem parar, e ainda não encontrei uma boa razão para ter entrado na onda. Não quero nem *pensar* no tremor de satisfação que me percorreu com o ligeiro arregalar dos olhos dela, com o pequeno arquejar da sua respiração.

Sério, o que caralhos há de errado comigo?

Um alerta de mensagem me impede de mergulhar muito fundo nos meus pensamentos, e quando ergo os olhos vejo Jack lutando para tirar o celular do bolso com uma só mão para enfim desbloquear a tela.

— Ah, olha, tem um novo alerta do seu nome no Google — anuncia ele.

— Já falei pra você desativar essa porcaria — resmungo.

— Mas aí eu ia perder todas as fofocas! A gente precisa ficar de olho no que estão dizendo por aí.

Jack estreita os olhos enquanto desliza o dedo sobre a tela, a expressão cada vez mais confusa à medida que lê. Depois olha para mim de relance, ainda com a cara fechada, como se tentasse chegar a uma conclusão.

— Você tem algo pra me falar?

Agora é a minha vez de parecer confuso.

— Eu? Falar o quê?

— Tem alguma coisa rolando entre você e a Dee?

Dou um passo para trás, sem palavras.

— Quê? De onde você tirou essa porra?

— Daqui.

Quando ele me mostra a tela do celular, dou de cara com uma manchete em letras garrafais, e logo em seguida vem a foto. Nela, Lila leva aquela maldita colher aos meus lábios, e meus olhos a encaram com uma intensidade de que eu nem me sabia capaz, e os dela retribuem o olhar com o mesmo interesse. Parecemos... Bem. A manchete não é tão descabida quanto eu gostaria, considerando o teor daquela foto.

É IMPRESSÃO OU ROLOU UMA PITADA DE ROMANCE ENTRE A QUERIDINHA DA BBTV E O DESTRUIDOR DE CORAÇÕES DO DRUIDS?

A matéria continua a especular sobre um possível relacionamento entre nós dois, inteiramente baseado naquela foto que tem... verdade seja dita, muita tensão sexual. Aborda a carreira de Lila e nossa história e até mesmo as complicações do meu passado, e é uma sensação incômoda ver nossas vidas entrelaçadas de um jeito tão estranho. Não me agrada. Não gosto de saber que minha história pode prejudicar Lila de alguma forma.

— Jack, eu... não sei de onde tiraram isso, mas...

— Chase!

Olho na direção da voz e vejo Leilani emergir do interior da arena, com o celular pressionado à orelha enquanto faz sinais frenéticos para eu me juntar a ela. Volto a olhar para Jack, que ainda me encara como se eu fosse um bicho de sete cabeças, e levanto as mãos no que espero ser um gesto apaziguador.

— Escuta, cara, não sei o que está acontecendo, mas é mentira. Foi só uma coisa estranha tirada de contexto. Eu juro, está bem?

Jack acena lentamente a cabeça.

— Está bem.

— Chase!

— Já vou! — grito de volta para Leilani, depois lanço um olhar sério para Jack. — Eu já volto. Não saia daqui.

Avanço apressado para a saída do rinque de gelo, parando apenas por um instante para tirar os patins enquanto praticamente voo pelo vestiário e corro em direção ao escritório do técnico.

Leilani já está lá quando atravesso a porta, andando de um lado para o outro enquanto fala rapidamente ao telefone. O técnico coça a barba grisalha, sem desgrudar os olhos da tela do computador, e me cumprimenta com um aceno brusco antes de fazer sinal para eu me sentar.

Afundo na cadeira e observo Leilani com cautela, atento a seu olhar quando ela encerra a ligação.

— Tem alguma coisa acontecendo entre você e Delilah Baker?

Que merda é essa? Agora todo mundo vai achar que rolou algo entre a gente?

— Não — respondo com firmeza. — Somos apenas amigos de infância, nada mais. Aquela foto é um trecho do programa dela e foi tirada de contexto. Não tem nada a ver com essas insinuações.

Leilani estreita os olhos, como se tentasse descobrir se estou ou não mentindo, e por fim respira fundo e meneia a cabeça.

— A equipe de Delilah alegou a mesma coisa. Essa notícia aí não é a única. Já criaram até um nome de casal pra vocês dois.

— Um nome de casal?

Ela confirma com um aceno.

— *DelIan*. Já ouvi piores, mas a questão é que a internet está em polvorosa com o possível relacionamento entre o "bad boy" do hóquei e sua amiga de infância. Ela é conhecida como a "queridinha da confeitaria", sabe? Que situação desastrosa.

— Eu não sou o bad boy do hóquei — rebato, indignado. — Pelo amor de Deus, aquele jogador de Nevada foi pego em um esquema de apostas clandestino ano passado. Não sei se um divórcio tumultuado me qualifica pro título.

— Não fui eu quem escolheu o apelido, Ian, só estou aqui para lidar com qualquer possível repercussão negativa.

— Tudo bem, então podemos fazer uma declaração de que Delilah e eu somos só amigos — sugiro. — Simples assim.

— A internet nem sempre está disposta a aceitar a verdade, você sabe — intercede o técnico com delicadeza.

Minha boca se contrai em uma linha fina, ciente de que ele tem razão.

— Tem alguma ideia melhor?

— Até tenho — responde Leilani —, mas não sei se você vai gostar.

— Qual é?

Depois de digitar na tela, ela vira o celular e me mostra uma postagem de rede social. Há uma enxurrada de comentários com o tal nome de casal, e fico surpreso ao ler alguns deles.

> **@rainhadacocada**
> não, mas e esse CASALZÃO da porra?
> Amigos de infância que ficaram juntos?
> Plmdds, alguém liga pra Netflix!!
> Preciso desse filme na minha mesa
> pra ONTEM. #Dellan

> **@transbordandotesão**
> cara, pior que esses dois combinam MUITO!
> Um mais gostoso que o outro #Dellan

> **@trocadalhosdocarilho**
> qual a junção de hóquei e confeitaria francesa?
> patinsserie #Dellan

> **@kdmeubolinho**
> blza agora eu quero alguém que olhe pra
> mim como o Ian olha pra Delilah... meu mano
> tá caidinho #Dellan

Lanço um olhar confuso para Leilani.

— Que raios é isso?

— Pois é... — começa ela. — Pelo jeito, a internet adorou essa história.

— Mas nem é verdade — argumento, devolvendo o celular.

— Sim, eu sei, mas... — Ela morde o lábio inferior e encolhe o ombro. — Bom, pelo menos *finalmente* pararam de falar da sua ex.

— Mas nem é *verdade* — repito, dessa vez com mais ênfase.

— Eu sei, eu *sei*.

Leilani massageia a própria testa, com um suspiro resignado, e continua:

— Olha, eu conversei com a equipe da Delilah e achamos que podemos usar esse boato a nosso favor.

Estreito os olhos.

— Como assim?

— Só quero dizer... bem, se a internet continuar a acreditar nesse *suposto* romance entre vocês dois, é uma oportunidade de mudar a opinião do público em relação a você, considerando a popularidade dessa história entre as pessoas em geral.

Sinto minha boca se abrir de surpresa enquanto assimilo essas palavras.

— Então você quer que eu... minta?

— Não, não! Nada de mentir — acrescenta ela depressa. — Não queremos nenhuma declaração oficial nem nada do tipo.

Pelo olhar dela, percebo que ainda não terminou.

— Mas...?

— *Mas*... talvez seja uma boa ideia... alimentar os boatos.

— Alimentar os boatos — repito no automático.

— Isso! Bem... Vocês são amigos, não são? Então ajam como amigos. Sem tirar nem pôr. Mas... tentem ser amigos em público. Sejam vistos juntos por aí. Assim as pessoas vão querer focar em *outra* coisa além do seu passado.

Fico literalmente boquiaberto. Só pode ser brincadeira.

— Isso não é muito diferente de mentir — rebato sem muita convicção.

— É o suficiente pra garantir que não seremos responsabilizados por nada — explica Leilani enquanto ajeita a postura em cima do salto, me olhando de cima. — Você tem que admitir que é uma ideia simples, mas eficaz.

Pondero essas palavras na minha cabeça, deixando-as marinar enquanto tento ver as coisas do seu ponto de vista. Por um lado, o fato de a internet falar de *outra* coisa além do meu divórcio com Mei é fantástico, mas por outro...

Usar Lila dessa maneira? Não parece... certo.

— Isso não é justo com Lila — declaro por fim.

Leilani abana a cabeça.

— Pelo contrário, a equipe dela acha que é uma ótima ideia. Vai aumentar a audiência e o número de espectadores. Pode ser excelente pro programa dela. O episódio com sua participação foi ao ar ontem à noite, mas já é o mais visto nos últimos seis meses de programa.

Caramba. Ainda não vi o episódio. Não tive coragem de assistir enquanto ainda me sentia constrangido com o incidente da colher, preocupado em rever a cena e reviver todos os sentimentos estranhos que me invadiram naquele momento. Mas não posso fingir que não fiquei mexido com a ideia de ajudar Lila.

— E Lila? O que ela acha dessa história?

— Vão discutir o assunto com ela agora mesmo, mas estão confiantes de que vai topar. O programa dela precisa desse empurrãozinho, ainda mais com toda essa história de ser cancelado pela emissora.

Minha pulsação acelera de raiva.

— Querem cancelar o programa dela?

— É só conversa — corrige Leilani. — Pelo menos por enquanto.

Considero essas palavras, com o olhar voltado para o meu colo.

— E você acha que isso pode ajudar?

— Achamos que pode ser uma ótima oportunidade pra vocês *dois* — enfatiza ela. — E vocês são amigos, não são? É uma decisão fácil.

"Amigos." Parece uma palavra complicada, embora devesse ser simples. "Amigos" não pensam uns nos outros da mesma forma que venho pensando em Lila desde nosso reencontro, e "alimentar os boatos" sobre essa possível relação pode muito bem piorar esses sentimentos.

— Por quanto tempo?

— Pelo menos até o fim dos treinamentos — interrompe o técnico, apoiando-se nos cotovelos, que estão encostados no tampo da mesa. — Quando você voltar ao rinque, quando o público se lembrar do seu talento, ninguém vai dar a mínima para sua vida amorosa.

— Essa é a ideia — concorda Leilani, cheia de confiança.

Cruzo os braços, com os olhos voltados para meus próprios pés, ainda só de meias porque não tive tempo de calçar os sapatos enquanto corria até o escritório para descobrir o motivo de tamanha comoção. Mais uma vez, não tenho como negar meu entusiasmo por meu passado já não estar sob o escrutínio constante da internet, não mesmo. E, para coroar, essa ideia ainda poderia ajudar Lila também... Deveria mesmo ser uma decisão fácil. Somos *amigos*, afinal. Seria tranquilo e inofensivo se não fosse o constrangimento que parece ter se instalado entre nós desde o reencontro. Principalmente da minha parte, acho. E agora vou passear com ela por aí, só para plantar mais rumores sobre um possível relacionamento entre nós dois? Com certeza só vai tornar a situação ainda mais esquisita.

O problema é que... não sei se me resta opção. Ainda mais se Lila também estiver disposta a aceitar. Especialmente se isso for ajudar.

Mas... *será* que ela vai concordar com essa história? A possível resposta a essa pergunta me parece mais importante do que deveria, em um nível pessoal, por razões que não consigo compreender.

— Quero conversar com Lila — aviso a Leilani. — Depois da reunião com a equipe. Preciso ter certeza de que ela está confortável com a ideia.

— Claro, claro — concorda Leilani. — Ela está a caminho do estúdio agora mesmo. Você pode ir até lá mais tarde.

Aceno a cabeça, mais para mim do que para ela.

— Certo. Pode deixar.

— Então... você topa? Se ela concordar?

Por acaso tenho escolha?

— Sim — respondo, beirando a insanidade. — Desde que ela tope também.

O olhar de Leilani se acende com um brilho predatório, e fica evidente que essa mulher realmente ama o que faz. Nesse momento, porém, meu pensamento já está longe, a imaginar o que raios Lila vai pensar dessa história. Será que vai achar maluquice? Ou vai concordar logo de cara, por sermos *amigos* e nada mais? Por que pensar nessas possibilidades faz meu cérebro girar?

"Então ajam como amigos. Sem tirar nem pôr."

Parece tão simples. E deveria ser mesmo. E *é* simples, tento me convencer.

"Mas que merda", penso com um grunhido. "Jack vai ser um pé no saco quando descobrir essa história."

7

Delilah

Estou rolando a tela do celular há quinze minutos, e cada comentário parece agravar ainda mais a sensação inquietante no meu estômago. Estou acostumada a um certo nível de notoriedade, coisa pouca, por ser apresentadora de uma emissora local, mas ver milhares de pessoas especulando sobre minha suposta vida sexual é no mínimo... esquisito. Acima de tudo pelo fato de o outro envolvido ser alguém que eu nunca cheguei a ver pelado. Não por falta de imaginação, claro. Meu cérebro consegue conjurar imagens fantásticas com as lembranças de um Ian mais jovem na beira da piscina. Minha versão atual também deitou e rolou ao acrescentar nessa mistura o conhecimento recém-adquirido sobre todas as tatuagens dele.

— Então... — começo a dizer, prolongando a palavra como se os segundos extras fossem me ajudar a assimilar a situação. — Todo mundo acha que eu e Ian estamos... juntos?

— São só *especulações* — corrige Gia.

Franzo a testa.

— Claro, percebi.

— Tem certeza de que o lance da colher não foi planejado?

Viro a cara e olho feio para Ava, que se limita a dar de ombros no canto do escritório abarrotado de Gia.

— Não planejei nada. E para que tanta comoção? Não é nada diferente do que já aconteceu milhares de vezes com outras duplas de cozinheiros.

— Arrã, vai nessa — zomba Theo. — A diferença é que a dupla em questão tem dois gostosos.

— Você não está ajudando — chio para ele.

Ben pigarreia da ponta da mesa, onde tem contemplado a conversa em silêncio entre um ou outro olhar roubado ao meu agente.

— Como eu estava dizendo, Delilah — retoma ele —, essa pode ser uma ótima oportunidade.

— É, você mencionou, mas eu nem sei o que isso significa — respondo, exasperada. — O que vocês querem que eu faça, exatamente?

— Não *queremos* que você faça nada — salienta Gia, cheia de dedos. — Jamais pediríamos que você usasse sua vida pessoal em prol da audiência.

— Ah, mas ela poderia *aconselhar* com fervor — palpita Theo, com um risinho abafado.

Os olhos de Gia se estreitam quando ela lança um olhar fulminante para Theo, mas logo disfarça e me dirige o que presumo ser um sorriso pacificador.

— Queremos apenas mostrar a oportunidade de tirar proveito dessa repercussão toda.

— Ainda não ouvi ninguém explicar as implicações por trás dessa tal oportunidade — exponho, com um suspiro.

Ben tamborila as pontas dos dedos umas nas outras, como se fosse um personagem apreensivo de desenho animado.

— Tudo o que estamos sugerindo é que pode ser benéfico não... acabar com essas especulações.

— Não querem que eu negue os boatos, é isso?

Ben concorda com um aceno.

— Você não precisa dar uma declaração oficial.

— Então, o quê? Só querem que eu finja estar com Ian?

— Não, não, nada disso — garante-me Ben. — Estamos apenas dizendo que... — continua ele e se vira para Gia, que lhe oferece um olhar de incentivo, como o de um pai a encorajar a criança a admitir seus erros. — Que você pode deixar o público especular.

— E como eu faria isso? O episódio já foi ao ar.

— E foi o mais assistido dos últimos meses — enfatiza Gia.

Adoro Gia, adoro mesmo, mas a mulher poderia ser um tiquinho mais sutil.

— Entendi — respondo bem devagar. — Mas isso não me dá margem para improvisar outro momento aparentemente sexy como aquele.

— Você e Ian são amigos, certo? — pergunta Ben, todo animado. — Então não seria tão difícil apenas... passar mais tempo juntos.

— Passar mais tempo juntos — repito, feito um papagaio.

— Em público — esclarece Gia.

Posso sentir o leve franzir dos meus lábios. Claro, era inevitável que a gente começasse a se ver com certa frequência, considerando que Ian agora *mora* com meu irmão, mas, dada a minha recente decisão de colocar uma distância amigável entre nós dois, fazer um novo arranjo a essa altura do campeonato parece uma baita ironia do destino.

— E qual a opinião de Ian sobre o assunto?

— Conversei com a responsável da equipe dele — diz Ben. — Ian está completamente de acordo, desde que você também esteja.

Meu estômago dá cambalhotas com a notícia. Sei que Ian deve ter analisado a situação apenas com base na opinião pública, e deve achar que vai ser moleza passar um tempo com a irmãzinha mais nova do melhor amigo, tal como nos velhos tempos, mas isso não me impede de ficar toda arrepiada só de imaginar que ele concordou em participar de um boato romântico ao meu lado.

— Não me admira — resmunga Theo. — O cara é perseguido até hoje por aquele fiasco com a ex, então deve estar soltando fogos com a oportunidade de virar o jogo.

Sinto meu coração disparar, o sangue martelando nos ouvidos quando o ímpeto estranho de lutar contra toda a internet se apodera de mim.

— Calma, então essa história pode ajudar o Ian?

Theo me olha de um jeito que nem pretendo analisar em detalhes, porque deve estar *impregnado* de sarcasmo e decepção.

— É uma reação positiva ligada ao nome dele. O público ficou alucinado com a ideia de um possível romance entre vocês dois, muito por conta da história de amigos de infância e tudo mais, por isso tenho certeza de que Ian e a equipe estão radiantes em promover qualquer assunto que não envolva o divórcio.

Reflito por um instante, com as mãos torcidas no colo. É uma completa idiotice só cogitar essa proposta, já que minha paixonite não tão adormecida ainda está viva e forte (ok, talvez seja mais do que uma simples paixonite), mas eu nunca fui muito boa em negar as coisas para Ian. Mesmo quando ele nem me pediu nada diretamente, pelo jeito.

Quem eu quero enganar? Se Ian entrasse aqui agora e pedisse minha ajuda, eu mandaria todas as minhas preocupações para as cucuias e mergulharia de cabeça. E isso sem dúvida é um problema que eu deveria analisar mais a fundo.

— Posso pensar um pouco?

Gia faz uma careta.

— O melhor é agirmos o quanto antes. As coisas perdem a força muito rápido na internet. Logo, logo outra notícia pode surgir e enterrar essa.

— *Claro* que ela pode pensar um pouco — Theo praticamente rosna, como uma mamãe ursa. — Está pedindo que ela mude toda a vida pessoal por sabe-se lá quanto tempo e…

— Só até o início da nova temporada de hóquei — corrige Ben. — Um ou dois meses, no máximo.

O nariz de Theo enruga de desgosto, e vejo seu esforço para não dar uma resposta atravessada para Ben. Só decidiu se controlar, imagino, porque todo mundo nesta sala e, caramba, provavelmente nesta cidade, sabe que Ben está caidinho por ele, e Theo não é tão babaca quanto gosta de parecer.

— *Mesmo assim* — insiste Theo com firmeza. — Ela pode ter a porra de um dia pra pensar no assunto.

Gia batuca as unhas bem cuidadas no tampo da mesa, suspirando.

— Olha, Dee, você sabe que a gente jamais ia sugerir uma coisa dessas se não achasse que seria útil pra você e pro seu programa. Todo mundo aqui está bem ciente de que a audiência não tem sido lá grandes coi… — Ela se interrompe e encolhe os ombros, mas a implicação é clara. — É aquele velho ditado, a cavalo dado não se olha os dentes.

Sei que ela tem razão, e se fosse qualquer outro cara conhecido, seria uma decisão fácil. Mas não é. Porque é Ian, o protagonista de todas as fantasias adolescentes que tive antes mesmo de as entender por completo. Para ser sincera, tenho quase certeza de que Ian foi o responsável por motivar minhas primeiras tentativas de masturbação. Não sei nem como tenho coragem de olhar na cara dele hoje em dia.

— Preciso de uma noite pra pensar — determino, inserindo na minha voz toda a confiança que não sinto. — Vou conversar com Ian e amanhã dou uma resposta pra vocês.

Ben assente com afinco.

— Claro, claro. Isso mesmo. Pense direitinho. Pode nos dar a resposta amanhã.

Em seguida, Gia e Ben começam a conversar aos cochichos, e Ava sai do canto para me dar uma palmadinha no ombro.

— Tem certeza disso? — pergunta.

— Duvido muito — murmura Theo.

Nego com a cabeça.

— Nem um pouco. Mas tenho que ao menos pensar no assunto, não é?

— Foda-se essa merda — sussurra Ava bem baixinho, para que só nós três possamos ouvir. — Não deixe a emissora pressionar você a nada.

Mastigo a parte interna da boca, enfim respirando fundo antes de soltar o ar.

— Eu preciso conversar com Ian.

Ava me lança um olhar carregado de empatia, e minha vontade era voltar no tempo e nunca ter contado para ela sobre essa paixonite idiota. Theo parece apenas descontente, mas essa é sua aparência habitual.

Pego o celular para enviar uma mensagem a Ian antes de perder a coragem, e fico surpresa ao encontrar uma dele já à minha espera.

IAN: Podemos conversar?

Pelo jeito, o plano de evitar ficar a sós com ele já foi pelo ralo.

***

Digo a Ian para me encontrar na mesma cafeteria que fomos da última vez, com a esperança de o ambiente agitado servir de distração para a conversa constrangedora que certamente nos aguarda. Ainda mais agora que, pelo jeito, preciso estar sempre atenta aos meus arredores, preocupada com a possibilidade de alguém tirar uma foto nossa escondido e analisar tudo até os mínimos detalhes.

Claro que calhou de esta ser a primeira vez na *história* que a cafeteria está totalmente jogada às moscas.

Quando chego, Ian já está acomodado em uma das mesinhas de canto, e desgruda os olhos da tela do celular ao me ver passar pela porta. Os cabelos ruivos estão presos em um coque frouxo que não tinha o *direito* de ser tão atraente assim, e quando ele prende uma mecha solta atrás da orelha e me acena de longe, sinto meu coração se contorcer todinho até virar um origami.

Reúno cada gotinha de confiança enquanto atravesso o estabelecimento atipicamente vazio para me juntar a ele na mesa, tentando não cobiçar seus braços descobertos e as tatuagens pretas sombreadas em cinza. Pelo jeito Ian decidiu abolir as mangas compridas, como se meus pobres nervos em frangalhos já não sofressem o bastante, e optou por uma jaqueta verde toda surrada, que está pendurada nas costas da cadeira. Só de olhar já sei que deve ficar um espetáculo nele, contrastando lindamente com seu tom de cabelo. Estou dividida entre a vontade de ver a jaqueta no corpo e a esperança de ele continuar do jeitinho que está.

— Oi — diz Ian, quase acanhado, o que não é do seu feitio. — Obrigado por ter vindo.

Não consigo evitar a risada que me escapa.

— *Obrigado por ter vindo?* Sério? Parece que você está prestes a terminar comigo ou coisa parecida.

— Porra — responde ele, com uma gargalhada de satisfação. — Tem razão, foi esquisito mesmo.

— Ô se foi.

— Você chegou a ler os... hã... comentários?

— Li, sim. Adorei as enquetes sobre quanto tempo vai demorar para você colocar um bebê no meu forninho. Bem dentro do tema.

Ian arregala os olhos e parece ainda mais pálido, e eu rio outra vez, incapaz de me conter.

— Olha, se vamos cogitar entrar nesse circo todo, é melhor a gente começar a achar graça da situação — acrescento.

Ele alisa o rosto com a mão.

— É, tudo bem, mas não foi *você* que acabou de levar o maior esporro do seu irmão.

— Eita. Foi muito feio?

— Consegue imaginar todo aquele discurso de "se machucar minha irmã, vou acabar com sua raça" vindo de Jack?

— *Não acredito* que ele fez isso.

— Bem, ele tentou.

Meu riso sai abafado.

— Ele não deu sermão nem no Etienne, e olha que não podia ver o cara na frente dele.

— É, pelo jeito, o fato de a gente se conhecer desde sempre torna... — Ian parece perdido por um segundo, com a testa franzida em confusão, e por fim gesticula vagamente entre nós dois. — Torna *isto aqui* ainda mais errado.

Tenho que me esforçar para não fechar a cara. Amo meu irmão, mas ele é um baita de um empata-foda. Tudo bem, Jack não sabe que eu talvez não *queira* que essa foda específica seja empatada, mas mesmo assim! Não que isso faça a menor diferença, já que Ian parece querer morrer só de tocar no assunto.

— Bom, você recebeu o mesmo discurso sobre ser uma ótima oportunidade de cair nas graças do público, imagino?

Ian concorda com a cabeça.

— Aparentemente, vale qualquer coisa pra tirar meu divórcio da boca do povo.

A voz dele soa quase derrotada, e preciso reunir todas as minhas forças para não esticar o braço sobre a mesa e tomar a mão dele na minha, só para oferecer algum conforto. Tentei evitar os boatos a seu respeito ao longo dos anos, mas de repente me pergunto se não teria sido mais útil ter criado um perfil falso para defendê-lo de todos os ataques nas redes sociais.

— Sabe como é — começo a dizer, em tom de brincadeira —, eu posso fazer picadinho desses *haters*, se você quiser. — Pontuo a oferta com um murro na palma da minha mão. — Sou ótima em lidar com problemas.

— De jeito nenhum — bufa ele. — Sei muito bem como você "lida" com os problemas.

— Se isso for sobre aquele lance com Kevin Powers, saiba que nunca provaram que fui eu.

Ian me lança um olhar intrigado.

— Ah, é? Vai dizer que *não* colocou aquele peixe morto na mochila dele?

— O cara fraturou sua clavícula!

— Durante o treino! — exclama Ian, achando graça. — É hóquei, sabe? Às vezes as pessoas se machucam.

— Que seja — resmungo. — Ele sempre pegou pesado com você.

— O uniforme dele ficou fedendo a peixe durante semanas.

— Bom, aposto que quem colocou o peixe na mochila dele teve um ótimo motivo.

A expressão perdida no rosto de Ian dá lugar a um sorriso caloroso que eu conheço muito bem. Era uma das principais razões para eu ter sido tão obcecada por ele. É difícil não ser, quando ele sorri assim.

— Lembro que você assou uns trinta cupcakes para me animar.

— Ei, eu queria testar uma receita nova — rebato. — Foi só coincidência.

— Ah, é? — pergunta ele, desconfiado.

— Está bem — admito. — Não foi coincidência. Eu só quis te animar.

— Mas aí eu vomitei tudinho no tapete da sua tia Bea. Se não fosse a fratura, acho que ela teria me dado uma coça.

— Ninguém mandou você comer sete de uma vez, *cupcake*.

O sorriso dele aumenta, provocando uma onda de tremores na minha barriga.

— Bem, eu fiquei muito feliz por ter *alguém* ao meu lado — declara Ian baixinho.

Aceno a cabeça, sentindo o rosto corar. Não digo que sempre vou estar ao lado dele, porque até na minha cabeça isso soa brega. Volto minha atenção para o esmalte lascado no meu polegar e pergunto, em uma tentativa de casualidade:

— E aí, o que você acha?

Ian parece confuso.

— O que eu acho?

— É, em relação a toda essa história. Você quer tentar?

— Não depende só de mim, Lila. Também depende você.

— Mas não foi isso que eu perguntei. Quero saber se *você* tem interesse.

Não sei se foi o tom ou as palavras que o pegaram de surpresa, mas a vejo na forma como entreabre os lábios e arregala um pouco os olhos. Observo uma dúzia de emoções em seu rosto enquanto ele considera a questão e por fim afunda os ombros, parecendo resignado e pequeno apesar de sua enorme estrutura.

— Eu não vou fingir que não seria ótimo me livrar das críticas constantes vindas de completos desconhecidos, mas falei sério aquela hora: essa decisão não cabe só a mim. De acordo com a minha equipe, esse arranjo também pode ser benéfico para você, com a questão da audiência e tudo, e se isso for mesmo verdade, então sim, acho ótimo que a gente possa ajudar um ao outro. Mas, dito isso, eu jamais forçaria você a fazer algo com que não se sente confortável. Passamos muito tempo afastados, e só agora começamos a retomar a amizade de antes, então se você achar que seria muito esquisito embarcar nessa história, vou ficar cem por cento ao seu lado, e nossas equipes que se danem. Mando todos eles à merda se tentarem pressionar você.

Sinto-me atordoada com essa confissão, e um pouco comovida também. Ele parece tão sério, tão confiante ao mostrar que está determinado a lidar com tudo sozinho se eu não quiser seguir por esse caminho. Esse é *exatamente* o Ian de que me lembro. Alguém sempre disposto a encarar qualquer problema em prol das pessoas com quem se importa. Mais um dos inúmeros motivos pelos quais sempre fui tão caidinha por ele. Ainda assim, me dói ver o peso de tantos problemas sobre os ombros dele, o caos criado pela internet em relação ao divórcio.

Fico tentada a perguntar sobre todas essas coisas, como quero fazer há anos, apesar de nunca ter criado coragem. Em vez disso, porém, mantenho a boca fechada e analiso a situação. Por um lado, essa farsa não nos obrigaria a fazer grandes coisas. Sair juntos, ser vistos em público, atiçar a imaginação das pessoas, por assim dizer, não é nada. E não deveria ter a menor importância, mas a coisa muda de figura quando se tem sentimentos complicados pelo seu parceiro de crime. E será que ia mesmo funcionar? Alguém se importaria se eu e Ian parecêssemos um pouco amigáveis *demais*?

Um movimento chama minha atenção do outro lado da janela, onde vejo duas garotas paradas na calçada, com os celulares em riste para tirar uma foto nada discreta de nós dois. Quando percebem meu olhar, elas ao menos têm a decência de parecer envergonhadas e dar no pé.

Bom, aí está minha resposta.

Solto um longo suspiro.

— Acho que a gente deveria topar.

— O quê?

— Vamos aceitar de uma vez — continuo, tentando me convencer a cada palavra. — Que mal tem, afinal? Vamos ter que sair juntos? Talvez ficar um pouco perto demais? E vou ser obrigada a rir de todas as suas piadas bobas?

Ian estreita os olhos.

— Minhas piadas não são bobas.

— Pelo jeito, você já nem conta mais piadas — provoco. — Mas quando contava, lembro que eram todas beeem bobas.

— Chata — resmunga ele.

Meu estômago dá outra cambalhota.

"Nada de ficar excitada com isso", digo às minhas partes de baixo. "Quietinha aí, garota."

— Acho que a gente não tem nada a perder — argumento. — Você limpa sua imagem, eu melhoro minha audiência... Parece uma situação benéfica pros dois lados.

— Pode dar certo — pondera Ian, com o olhar distante. — É só torcer pra eu não estragar a porra toda.

Dessa vez, ao perceber a melancolia dele, eu estico o braço por cima da mesa e seguro sua mão, sentindo-o estremecer com o gesto.

— Você vai ter que melhorar essa reação aos meus toques, se vamos mesmo fazer isso — comento, dando risada. — Parece até que nunca chegou perto de uma mulher, cupcake.

Consigo ver uma faísca de desafio em seu olhar, uma velha chama daquela competitividade interminável entre nós que certamente ainda não foi esquecida. Quase saio do corpo quando a mão dele agarra a minha com mais força, o polegar deslizando com suavidade sobre meus dedos, e vejo seus lábios sorrirem em triunfo diante do meu susto.

— Talvez *você* precise melhorar essa reação — devolve Ian.

Minha mente se enche de lembranças de brincadeiras bobas, corridas apostadas e coisas ainda mais infantis que costumavam preencher nossos dias, e eu inclino o corpo para a frente, com um sorriso presunçoso.

— Acho melhor você não me desafiar, Ian. Vai perder feio.

— Até parece — responde ele, e dá risada ao soltar minha mão, sem nem imaginar o quanto já sinto falta do toque. — Nada me deixa desconfortável. Você ia pedir arrego bem antes.

Sinto meus lábios se curvarem, a cabeça tomada por devaneios sobre fazer Ian pagar por todos aqueles anos nos quais, sem saber, alimentou meus desejos tolos. Porque uma coisa é certa: eu não sou mais aquela garotinha. Ian não tem ideia de onde está se metendo.

— Veremos — rebato, com um sorriso malicioso.

Ele volta a ficar sério.

— Então, a gente vai mesmo aceitar?

"Dane-se", penso eu. "Quando vou ter outra oportunidade de me entregar a todas as minhas fantasias adolescentes? Talvez isso finalmente me ajude a superar essa história."

— Vamos — respondo com um aceno de cabeça. — Acho que vamos.

8

Ian

— Kennedy, para de comer poeira e vem logo! Desaprendeu a andar de patins, é? Vou te arranjar umas rodinhas.

Jankowski me dá um cutucão.

— Quem vai avisar o técnico que os patins não têm rodinhas?

— Eu é que não — esquiva-se Rankin. — Ele já me dá umas belas comidas de rabo de graça.

— Jura? — Sanchez se apoia no taco enquanto observamos o técnico conduzir o exercício de defesa. — E quanto você cobraria dele pelo serviço?

— Vai se foder — resmunga Rankin.

Solto uma risada ao ver Sanchez dar um empurrãozinho bem-humorado em Rankin.

— Não se preocupe, docinho, você não vai ser o novato para sempre.

— Mas eu não sou novato!

Sanchez encolhe os ombros.

— Vai ser novato até a gente arranjar outro. Eu não faço as regras.

Rankin solta alguns palavrões enquanto patina para longe, e Jankowski me lança um sorriso conspirador.

— Será que o técnico vai dar uma folguinha pra gente?

— Até onde lembro, ele nunca foi de nos dar muita trégua — respondo.

— Verdade — admite Jankowski, e depois sorri com malícia. — Mas e aí, vai mesmo esconder de nós seu *lance* com a irmã do Baker?

— Você sabe muito bem que não tem lance nenhum.

— É o que você e Jack dizem, mas me parece um baita desperdício. A Dee é uma gostosa.

Sinto um formigamento no peito, reprimindo um turbilhão de sentimentos ruins que não fazem o menor sentido.

— Cuidado com o que fala — aviso.

— *Uuuuh* — intromete-se Sanchez, todo alegre. — Assunto delicado? A gente não cisca no terreiro dos amigos, você sabe. Regras do time.

— Mas não tem *terreiro* nenhum — rebato. — A gente só está se dando uma mãozinha.

— Sei bem o que vocês fazem com essas mãozinhas aí — debocha Jankowski, erguendo as sobrancelhas com ar sugestivo.

O formigamento no peito se intensifica e eu olho feio para ele.

— Quer perder todos os dentes? Não esqueça que ela é irmã do Jack.

— Claro, claro — devolve Jankowski, com os olhos quase faiscando. — Aposto que é por causa disso mesmo, arrã.

— Ei! — grita o técnico do outro lado do rinque. — Se vocês têm tempo pra ficar de papo furado, podem muito bem vir aqui treinar mais um pouco.

Com outro cutucão, Jankowski dá risada e me diz:

— Bora, velhote. Vamos acabar logo com isso pra você correr pros braços do seu amor.

— Se não parar, eu é que vou acabar com *você* em uma tacada só, com o perdão do trocadilho.

Jankowski me lança um olhar inocente.

— Cara, eu estava falando do Jack...

Deslizo atrás dele sobre o gelo conforme se afasta, às gargalhadas, e tento me lembrar de que eu gosto desse otário.

***

— *Cacete*, eu estou só o pó — reclama Sanchez.

— Até meu saco está doendo — comenta Olsson, todo encolhido. — O técnico quer matar a gente já no primeiro dia, é isso?

— Engraçado, eu estou ótimo — dispara Rankin, com o cabelo encharcado de suor e o rosto vermelho feito pimentão.

Sanchez o empurra para longe, quase o derrubando.

— Vai se foder.

— E aí, Chase, os joelhos sobreviveram? — provoca Jankowski.

Reviro os olhos.

— Firmes e fortes. E você anda tão preocupado comigo que daqui a pouco vou começar a achar que tem uma quedinha por mim.

— Você não faz meu tipo — responde ele. — Estou me guardando pro técnico. — Depois se empertiga e me dá um tapinha no ombro. — Por falar em tipos...

Sigo o olhar dele em direção às laterais do rinque, onde vejo um emaranhado familiar de cachos castanhos ao redor do que sei serem olhos brilhantes e um sorriso mais radiante ainda. Não faz nem um dia que eu e Lila começamos nossa pequena jogada de marketing, e apesar de saber que tudo não passa de encenação, ainda sinto um leve frio na barriga ao vê-la de novo tão cedo. Ainda nem decidi como vou abordar essa situação.

Jankowski endireita os ombros e abre um sorrisinho cheio de malícia.

— Vou lá dar um oi para a Dee.

Céus, eu gosto mesmo desse mala, mas ele está pedindo para levar uma coça.

Meu corpo o segue por vontade própria, tão depressa que meu cérebro mal tem tempo de protestar. Jack me observa com ar ressabiado quando nos aproximamos do cantinho onde ele e Lila estão amontoados. Tivemos uma longa conversa ontem à noite, e apesar de eu saber (ou pelo menos *achar*) que ele está tranquilo em relação a esse circo todo, tenho a sensação de que ainda não digeriu a novidade por completo. E não é o único. Com certeza não.

Lila se ilumina quando me vê, com os lábios curvados em um sorriso largo e os olhos enrugadinhos nos cantos, e a eletricidade do gesto, somada ao fato de haver algumas dezenas de olhares voltados para nós, transforma aquele leve frio na barriga em um gigantesco nó na minha garganta. A calça jeans justinha e o suéter verde dão a ela um ar delicado, e a cor faz seus grandes olhos castanhos parecerem ainda maiores, mais doces até. Isso sem mencionar o sorriso. E aquela bendita covinha.

— Oi, cupcake — cumprimenta-me ela, com uma voz doce e musical e alta demais para me chamar desse jeito. — Mandou bem hoje.

— Calma lá — interrompe Sanchez, surgindo atrás de mim. — *Cupcake?*

Solto um resmungo e estreito os olhos para Lila, que parece plenamente ciente do que acabou de fazer.

— Sério? — pergunto.

— Ué, que foi?

Ela me dá uma piscadinha e, por razões além da minha compreensão, o gesto inocente me abala como se fosse um toque físico. Não faz sentido esse nervosismo repentino na presença dela só porque firmamos um acordo para suscitar alguns rumores. Talvez esteja relacionado ao escrutínio adicional ao qual estou sendo submetido, ainda que seja um pouco mais positivo.

— É, o *cupcake* aqui arrasou no treino — debocha Jankowski.

— Ok — começa Jack, abafando uma risada. — Está decidido, vou adorar essa história entre vocês dois.

Faço careta.

— Valeu mesmo pelo apoio, pessoal — ironizo, depois lanço um olhar curioso para Lila e acrescento: — E você, o que veio fazer aqui?

— Ah, sabe como é… — Ela encolhe os ombros e me lança outro sorriso doce. — Ser vista. Alimentar boatos. Esse tipo de coisa.

Dou uma rápida conferida nos arredores e, de fato, há mais de um celular apontado na nossa direção.

— Pelo jeito, está dando certo.

— Tudo pela equipe — diverte-se ela.

Viro a cabeça de novo quando vejo um flash disparar em algum ponto à minha direita.

— Não vejo a hora de ler os comentários na internet amanhã.

— Bem, é melhor você se acostumar — murmura Lila.

Em seguida se inclina sobre a grade, com o corpo posicionado bem entre meus braços, e estica o dedo para me dar um apertãozinho na ponta do nariz.

— Já estamos na boca do povo, cupcake.

O gesto é tão leve, pouco mais do que um roçar, mas sinto o calor se espalhar pelo rosto, o suficiente para transparecer na minha pele clara. Será de vergonha ou divertimento? Não sei, e nem me permito pensar em qualquer outra possibilidade.

— Que ótimo — resmungo.

Jack se aproxima da irmã enquanto Sanchez e Jankowski discutem sobre alguma manobra qualquer, alternando-se entre olhar para nós dois.

— Você contou pra ele sobre o evento?

Fico intrigado.

— Evento? Quê?

— Uma ideia da Dee. Começou há um tempo, e agora repetimos todo ano lá no St. Michael.

Demoro um segundo para reconhecer o nome, não mais do que isso. Depois do acidente dos pais, Jack e Lila passaram seis meses naquele orfanato antes de a tia conseguir a custódia, mas deve ter sido tempo suficiente para deixar uma marca.

— Como funciona?

Pela primeira vez desde nosso reencontro, Lila parece quase tímida ao prender uma mecha solta atrás da orelha, com as bochechas tingidas de um adorável tom de rosa.

— Não é nada muito grandioso — explica ela. — Foi só um evento que organizei uns anos atrás e vingou. As crianças adoram.

— Ela está sendo modesta — intervém Jack. — A verdade é que se esforçou pra caramba, e ainda se esforça. Todo ano. Quando voltou da França, ela organizou um evento beneficente gigantesco e conseguiu arrecadar dinheiro suficiente para construir um rinque de hóquei atrás do orfanato. Todos os anos, eu e alguns outros caras do time tiramos o dia para treinar com as crianças, brincar um pouco, nada muito intenso. E a Dee sempre aparece com uns apetrechos e ensina a garotada a cozinhar. Os que não querem jogar, no caso. É sempre um baita sucesso.

Lila ainda parece acanhada ao ouvir os elogios do irmão, e eu sou invadido por uma onda enorme de orgulho. Realmente, é a cara da minha Lila fazer uma coisa dessas.

Espera, *minha* Lila?

Recuo mentalmente. Mas que raios foi isso?

— É uma ideia fantástica — elogio, com toda a sinceridade. — Sério, Lila. Que atitude incrível.

O rubor dela se intensifica, os dentes se fincam na boca, acentuando os lábios cheios e atraindo meu olhar por tempo demais. Sem consentimento, minha mente se enche de imagens daquela mesma boca macia a me explorar em lugares totalmente inapropriados. Aqueles mesmos dentes cravados na minha pele. São pensamentos tão rápidos, tão vívidos que mal tenho tempo de me censurar por eles.

Desvio o olhar quando ela enfim quebra o silêncio.

— As crianças adoram mesmo — diz Lila bem baixinho. — E eu adoro organizar tudo. Os rapazes também parecem se divertir bastante. Pensei que seria um bom lugar para você ser visto. Isso se não estiver muito ocupado, claro. Não precisa se sentir pressionado a…

— Claro que eu quero ajudar — declaro com firmeza. — Sem sombra de dúvida. Mesmo se não fosse por toda essa ladainha da internet. Pode contar comigo.

O sorriso dela é tão radiante que arde meus olhos, mas talvez seja só pelo esforço de não a encarar tanto.

— Que ótimo! Obrigada, Ian.

— Bom, eu sou péssimo com crianças, mas topo mesmo assim.

Lila ri de leve.

— Você vai se sair bem.

— Ei! — grita Jack de repente. — Que porra é essa?

E logo começa a marchar para a outra ponta do rinque, onde alguns jogadores brincam de lutinha perto das grades.

Meneio a cabeça.

— Os idiotas vão acabar se machucando. Não tem painel de proteção na pista de treino.

— Jack adora bancar a babá dos jogadores — comenta Lila, divertida.

Abafo uma risada.

— É, ele é especialista nisso.

— Você não se importa mesmo de ajudar lá no orfanato?

— Como assim? — pergunto, sem entender. — Claro que não me importo. — Reprimindo um sorriso, acrescento: — Além do mais, quando foi que já consegui negar algo a você?

Lila revira os olhos.

— Faz muito tempo que não coloco isso à prova.

— Pois é, tem muita bajulação pra pôr em dia.

— Não se preocupe, não vou abusar tanto do meu poder.

— Hum, não sei se acredito — comento, com uma risada descrente. — Você vivia pedindo alguma coisa.

Ela cruza os braços sobre a grade, apoiando o queixo neles antes de abrir um sorrisinho malicioso.

— Pois eu acho que você era um *baita* molenga.

— Ah, é?

— Arrã. Tão fácil de manipular — afirma ela. — Eu te fazia de gato e sapato, Ian Chase.

Não revelo minha leve suspeita de que ela ainda conseguiria fazer isso comigo, se quisesse.

— É mesmo?

— Com toda a certeza, cupcake.

Estreito os olhos e os deixo cair sobre as pernas de Lila, depois faço a primeira coisa que me vem à cabeça: com os dois braços, envolvo suas coxas e a puxo na minha direção até ela deslizar por baixo da grade com um gritinho. Em seguida, ela cai em cima de mim com uma risada aguda, com meus braços ao redor dos seus joelhos e ombros enquanto suas mãos enlaçam meu pescoço para se equilibrar.

— Que merda foi essa, Ian?

— Pelo jeito, você é mais molenga e manipulável do que eu — respondo na lata.

Ela solta um muxoxo enquanto se livra dos meus braços, resmungando ao cair de pé no gelo, e eu a seguro pela cintura para que não escorregue, todo presunçoso. Dez anos atrás, eu não teria pensado duas vezes antes de fazer uma coisa dessas, então tento não me martirizar pela impressão que a cena pode ter causado. Mesmo que assim, tão de perto, agora ela pareça muito mais macia e... adulta.

Quando a vejo toda vermelha, decido provocar.

— E aí, acha que já fui visto o bastante?

— Você se acha tãããão esperto.

— Tenho meus momentos.

Só tenho uma fração de segundo para registar o olhar calculista dela antes de sua mão deslizar por baixo do meu braço, passando pelas costas do uniforme até alcançar as pontas suadas do meu cabelo que escaparam do capacete.

— Eu avisei pra não me desafiar — diz ela, com ar inocente. — Você vai perder.

Com o leve tremor que me percorre a espinha ao sentir seu toque, devo admitir que talvez ela tenha razão.

De repente, vem um puxão forte no meu cabelo que sinto até nas bolas, e mal consigo entender que porra foi essa antes de ouvir os passos pesados e a voz estrondosa de Jack.

— Ok, ok, já chega de carícias, vocês dois — reclama ele. — É esquisito pra cacete.

Em seguida ele se agacha e estende o braço, e só então consigo desviar os olhos do sorrisinho convencido de Lila, que se desenrosca de mim e aceita a ajuda do irmão.

— E que caralhos você está fazendo aí? — pergunta Jack. — Quer quebrar o pescoço?

— Fazer merda no gelo é especialidade *sua* — rebate ela, erguendo-se sobre o parapeito para rastejar por baixo da grade.

Resisto à vontade de espiar a bunda dela enquanto se afasta e, para a surpresa de ninguém, é incrivelmente difícil.

— Sério, Ian, qual o seu problema?

— Deixem para ficar com essa melação toda em público — resmunga Jack.

Franzo a testa.

— Mas a gente está em público.

Eu o escuto murmurar algo que soa muito como *que porra esquisita*, e tenho a sensação de que soltaria os cachorros para cima de mim se desconfiasse dos pensamentos estranhos que ando tendo.

Lila, por sua vez, permanece impassível.

— Então a gente se vê no orfanato semana que vem?

Demoro um segundo para perceber que a pergunta foi dirigida a mim, e apenas concordo com um aceno estúpido, incapaz de formar palavras enquanto a sensação dos dedos dela no meu cabelo ainda me domina por inteiro.

— Com certeza. Estarei lá.

Outro sorriso radiante que abala uma parte ainda mais inapropriada do meu corpo, e em seguida ela lança um olhar severo para o irmão.

— E você também. Não vai conseguir jogar com as crianças, mas ainda pode ser meu assistente.

— Assistente meu ovo — debocha Jack.

Lila acena para nós dois, parecendo tranquila e despreocupada, como se não tivesse acabado de me causar pensamentos estranhos e sentimentos mais estranhos ainda.

— Tchau, meninos.

Jack a espera sair de perto para dizer:

— Ela é tão pé no saco.

Aceno com a cabeça, distraído demais para prestar atenção, mas não posso dizer que concordo.

— Porra, vai ser muito esquisito vocês dois fingindo que estão a fim um do outro — comenta ele, fingindo vomitar. — Não vejo a hora de essa palhaçada acabar.

Concordo outra vez, ainda distraído, e ainda sem encontrar, por mais que eu procure, um motivo para desejar o fim dessa situação tanto quanto ele. Mesmo que eu não faça a mínima ideia do que isso significa.

Mais tarde, durante as conversas fiadas de vestiário, ainda estou perdido em pensamentos. Quando lembro do toque de Lila, sua mãozinha pequena e delicada agarrada ao meu cabelo e a sensação despertada em partes bem menos apropriadas do meu corpo, sinto um formigamento intenso por toda a pele. Como se meu corpo se recusasse a esquecer a intensidade avassaladora daquele gesto quase inocente. É confuso para caramba.

— Ei — chama Sanchez do outro lado do vestiário, me despertando daquele torpor. — Vai sair pra tomar umas com a gente?

Encolho os ombros.

— Não sei. Estou meio cansado.

— Cara, o time sempre sai pra tomar cerveja no primeiro dia de treino — comenta Jankowski, todo sério. — É tradição.

— Não é só superstição?

— Ei — reclama Olsson. — Ninguém aqui julga esse seu corte de cabelo desgrenhado.

Fecho a cara, passando os dedos pelos fios suados.

— Vou cortar... no fim da temporada.

— Não liga pra isso — intromete-se Jankowski, me soprando um beijo. — Você continua gostoso.

— Vai se foder — murmuro.

Sanchez cruza os braços.

— E aí, vai beber com a gente ou não?

— Ok, ok, eu vou — cedo, por fim. — Deixa só eu tomar uma ducha e ver onde Jack está.

—Ah, ele já está lá — responde Olsson. — Foi mais cedo para pegar mesa.

— Vamos esperar você lá fora, pode ser?

Aceno para Jankowski.

— Claro, pode ser.

Quando começam a sair do vestiário, tiro a segunda pele térmica e alongo os ombros, sentindo o ar frio no meu corpo encharcado de suor. Uma ducha parece uma ideia fantástica, na verdade.

Estou quase todo despido quando meu celular começa a tocar no meio da pilha de roupas. Vasculho as peças em busca do aparelhinho estridente e atendo antes mesmo de ver quem é.

— Merda.

Por um segundo, cogito desligar e fingir que a ligação caiu, mas sei que não posso evitar esse momento para sempre.

— Alô?

A voz do meu pai está idêntica ao que sempre foi, áspera e cheia de irritação, provavelmente direcionada a mim.

— Como foi o treino?

— Foi... normal. O mesmo de sempre.

— Não banque o espertinho comigo — ironiza ele. — Como foi a reação do time? Algum jogador te tratou mal?

— Não. E se tivesse?

— Bom, nós resolveríamos a situação, claro.

— Não preciso que vocês resolvam nada — rebato. — Sei me virar muito bem sozinho.

— É, percebi mesmo pelo seu desempenho vergonhoso no ano passado — debocha ele com desdém. — Poderia estar entre os melhores jogadores da liga, se você se esforçasse.

Fecho os olhos, com a mandíbula cerrada. Não adianta dizer que estou pouco me fodendo para essa história, porque entraria por um ouvido e sairia pelo outro. Meu pai nunca deu a mínima para minha opinião, nem durante a infância e muito menos agora, por isso apenas o deixo reclamar sobre tudo que eu poderia fazer para me tornar um jogador melhor, e só volto a falar quando ele parece ter esgotado o repertório.

— E minha mãe, como está? — pergunto, ignorando tudo o que acabou de dizer.

Ele solta um grunhido, parecendo incomodado.

— Que raio de pergunta foi essa? Sua mãe está normal, igual a sempre. Se você a visitasse de vez em quando, saberia.

Também não comento que as visitas seriam muito mais frequentes se todas elas não acabassem em críticas direcionadas a mim por cada deslize cometido em relação ao "seu jogo". Não vale a pena discutir com ele, sei disso. É impossível discutir com alguém que não aceita a ideia de estar errado. Mesmo se eu me tornasse o melhor jogador da liga, mesmo se os visitasse dia sim, dia não, ele ainda me veria como uma decepção.

— Vou tentar dar uma passada aí em breve — respondo, por fim. — Tenho que entrar no banho. Estão me esperando.

— E não se mete em encrenca, entendeu? Já estou a par daquela sua armação com a menina Baker, e apesar de não ser muito fã da ideia, vou permitir. Só pra ver se aqueles abutres arranjam outro assunto que não seja você e aquelas malditas fotos.

Vai *permitir*? As palavras reverberam na minha cabeça, e sinto o rosto esquentar. Como se *ele* não fosse tão cúmplice dessa confusão quanto eu.

Como se eu não tivesse dedicado os últimos seis anos da minha vida a salvar a pele *dele* dos holofotes. Adoraria dizer que não passa de preocupação paternal, mas seria mentira. Ele só se importa com a própria reputação. Jamais vai admitir que *todos* os problemas que me afligem nesta cidade foram obra dele.

— Essa história vai cair no esquecimento — declaro com firmeza, rezando para que seja verdade.

— Acho bom mesmo — rebate ele. — Não faça eu me arrepender de ter deixado você voltar para casa.

De ter me *deixado* voltar para casa. Chego a morder a língua para não responder.

— Claro, pai — digo em vez disso. — Vou me esforçar.

Desligo o celular, e como sempre acontece depois de uma conversa com meu pai, me sinto exausto. Esgotado e cheio de uma raiva que parece arder feito brasa dormida. Quente, mas também apagada, à espera de ser atiçada pelo próximo golpe.

Estou prestes a jogar o celular de volta na pilha de roupas quando vejo o alerta de mensagem. Quase ignoro, na hipótese de ser mais uma bronca que meu pai esqueceu de dar por telefone.

Para a minha grata surpresa, porém, não é dele.

> **LILA:** Mais uma vez, obrigada por ter topado participar do evento no orfanato. As crianças vão adorar.

Sorrio ao digitar a resposta.

> E você? Também vai adorar, né?

> **LILA:** É. Mas não muito.

Cubro a boca com a mão, os dedos pressionados sobre meu sorriso ao imaginar a provocação em seus lábios quando escreveu a mensagem. Por incrível que pareça, todos os sentimentos amargos que ameaçavam me consumir se dissiparam à mera sugestão daquele sorriso imaginado.

E eu ainda não faço a mais puta ideia do que isso significa.

9

Delilah

— Tá uma bosta.

Contenho uma risada e tento manter a expressão séria, virando-me para a precoce menina de doze anos que olha com nojo para o biscoitinho de açúcar.

— Jamie, não sei se você pode falar essas coisas.

— Mas parece uma bosta mesmo — concorda Corbin, espiando por cima do ombro dela.

Jamie dá uma cotovelada na costela do garoto, quase o deixando sem ar.

— Não se meta. Por que você está aqui, afinal? Meninos não podem cozinhar.

Largo a colher na tigela de glacê separada para decorar os biscoitos e apoio as mãos na cintura.

— Ei, ei, nada disso. Meninos podem fazer tudo o que as meninas fazem, se quiserem. E a mesma coisa vale para as meninas, entendeu?

Jamie parece envergonhada.

— Sim, entendi.

— Eu não gosto de patins — murmura Corbin. — Não consigo me equilibrar.

— E não tem o menor problema — respondo, dando-lhe uma palmadinha no ombro. — Nem todo mundo nasceu para jogar hóquei.

Uma sombra se aproxima da mesa e, ao me virar, vejo o rosto sorridente do meu irmão, com a mão espalmada sobre o tampo, a tipoia turquesa do mesmo tom do uniforme.

— Querem saber um segredo? Minha irmã caiu de cara no gelo quando tentou jogar hóquei pela primeira vez. Passou um mês com o nariz do tamanho de uma berinjela.

As crianças ao meu redor começam a rir, e eu reviro os olhos para Jack.

— Falou a Frozen! Não vai contar pra eles por que está de tipoia ô, Kristi Yamaguchi? Ou prefere que eu conte?

— Grossa — retruca ele. — O que vocês estão fazendo aí?

— Biscoitos de açúcar — responde Brittany, uma das adolescentes mais velhas, em tom entediado. — Não é óbvio?

Jack nem se abala, e apenas sorri para ela.

— Foi mal, não me pagam para usar o cérebro.

— Ainda bem — brinco, dando risada. — Sua renda ia cair pela metade.

— Não vou nem responder, em respeito às crianças.

— Então ele ia falar algum palavrão — ouço Jamie sussurrar, seguida por uma risada baixinha de Corbin.

Observo o rinque ao ar livre do outro lado do edifício, com cuidado para não me demorar demais em um jogador em particular, um esforço que estive aperfeiçoando durante essa última hora.

— E aí, tudo certo por lá?

— Bom, o Sanchez ainda não atropelou nenhuma criança — debocha Jack. — Então já dá pra considerar uma vitória.

Desvio o olhar, pego a tigela na bancada e começo a mexer o glacê, distraída.

— E o Ian, tudo bem?

— Seu namorado está ótimo — responde Jack com uma pitada de sarcasmo. — Ainda não gritou com ninguém.

Reviro os olhos de novo.

— Ele não gritaria com uma criança.

— Vai achando. Aquele miudinho ali gosta de botar pilha.

— Botar pilha?

— É, provocar. Está doidinho pra dar uma rasteira no Ian.

Abro um sorriso só de imaginar aquele garotinho minúsculo derrubando meu jogador de hóquei gigantesco no gelo. Quer dizer, não *meu* jogador, mas deu para entender.

— Vou lá ver como ele está — aviso, entregando a tigela para Jack. — Mexe isso aí.

— Mexer o quê? — pergunta ele, e olha para a tigela como se eu tivesse lhe entregado uma bomba. — Como assim, mexer isso aqui?

— Está vendo a colher? Ótimo, é só pegar e mexer em sentido horário.

Quando começo a me afastar, ele grita de volta:

— Mas eu só tenho uma mão!

— Aposto que, para *aquelas* coisas, você consegue se virar muito bem com ela — respondo, aos risos.

Ouço as crianças começarem a fazer uma enxurrada de perguntas para ele conforme caminho para longe, as vozes cada vezes mais abafadas pelos gritos dos cinco jogadores de hóquei voluntários à medida que me aproximo do rinque. Inclino o corpo sobre a grade e vejo Jankowski ensinar manobras defensivas para um grupo de adolescentes na área do gol. Observo a cena por um momento, tentando fingir que minha visita não foi motivada por um jogador específico, mas é inútil.

Ian está ao lado de um molequinho de sete anos chamado Kyle, se não me engano, com uma expressão séria enquanto gesticula sem parar em direção ao taco de hóquei. Em seguida, endireita a postura e tenta mostrar a Kyle como acertar o disco. Pelo jeito, está ensinando a tacada rápida. Apoio o queixo nos braços cruzados e continuo a assistir, e levo alguns segundos para perceber o leve sorriso que se formou nos meus lábios.

Depois de entregar o taco para Kyle, Ian cruza os braços e observa o garotinho estudar o disco com toda a intensidade de um homem adulto. Ele ajeita a postura, aproxima a ponta do taco no disco e recua para pegar impulso, e enfim golpeia com toda a força, vendo-o deslizar pelo gelo.

Um sorriso radiante toma as feições de Ian ao dar tapinhas no ombro de Kyle, a cabeça assentindo sem parar enquanto os lábios proferem o que presumo ser um elogio, dada a forma como o rosto do garotinho se ilumina. Meus ovários dão um nó ao ver a cena, como se fossem um cabinho de cereja.

— Tudo bem aí, Dee? Parece um pouco sem ar — comenta uma voz, soando inocente.

Olho para o lado e vejo um sorrisinho familiar.

— Vai se foder, Sanchez.

— Caramba. — Ele leva a mão ao peito. — Vai falar palavrão na frente das crianças?

— Como elas estão, aliás?

— Acho que estão se divertindo — responde Sanchez. — E a estação de biscoitos, como vai?

— Coloquei Jack pra fazer o glacê.

Sanchez dá uma gargalhada.

— Puta merda, vou tirar os patins e correr para lá agora. Preciso ver essa cena.

— Só tomem cuidado pra ele não quebrar mais nenhuma parte do corpo — repreendo. — Pelo jeito, isso sempre acontece quando você está por perto.

— Ei, foi só *uma* vez — defende-se ele. — E seu irmão que inventou de fazer graça no gelo.

— Continue acreditando nisso, se vai aliviar sua consciência — provoco.

Sanchez estreita os olhos.

— Babaca. Bem, vou deixar você aproveitar a vista.

— Não tem nada a ver, você sabe.

— Eu sei, eu sei, já ouvi toda a história da jogada de marketing — responde, se aproximando para me beliscar a bochecha. — Mas isso não impediu o grandalhão ali de me olhar feio só por conversar com você.

Sanchez já começa a se afastar quando viro o rosto na direção de Ian e flagro seus olhos em mim por um segundo antes de os desviar. Mesmo de longe, eu o vejo ficar vermelho, com os lábios pressionados em uma linha fina.

Hum, interessante.

Caminho até a outra ponta do rinque e abano a mão para Ian, que retribui o aceno e fala alguma coisa para Rankin. O outro jogador se aproxima e assume os exercícios com Kyle enquanto Ian patina na minha direção, parando do outro lado da grade.

— Está bonito de ver, hein, cupcake.

— Se continuar me elogiando assim, vou começar a achar que está flertando comigo.

Arregalo os olhos por um instante, mas logo me recomponho e esboço um sorriso.

— Você quer que eu flerte com você, Ian?

— Não, eu não quis dizer...

A garganta dele oscila ao engolir em seco, o rosto ainda mais vermelho por motivos que nada têm a ver com o cansaço do jogo, imagino, e os olhos se voltam para o chão.

Por fim, ele ri baixinho.

— Porra, Lila.

Aponto o rinque com um gesto do queixo.

— Pelo jeito, você se divertiu bastante.

Ian parece envergonhado, coçando o pescoço ao lançar outro olhar na direção de Kyle e Rankin, que ainda praticam as tacadas.

— O garoto se saiu muito bem. Dá para ver que tem talento.

— Mas você se *divertiu*?

Ele afasta o cabelo do rosto, as mechas escurecidas pelo suor, com uma expressão quase tímida e o sorriso ainda mais acanhado.

— Sim — admite —, me diverti. E ainda estou me divertindo. É muito legal o que você fez aqui, Lila.

Chega a ser estúpido como algo tão simples quanto esse apelido, usado apenas por ele e mais ninguém, provoca reações tão fortes em mim, mas imagino que seja mais pela forma como pronuncia a palavra. A forma como o tom dele sempre, *sempre* se torna mais suave, como a boca molda as sílabas com todo o cuidado do mundo.

Ou, pelo menos, é nisso que meu cérebro, ainda motivado por aquela quedinha, decide acreditar.

— Pareceu a coisa certa a fazer — respondo com sinceridade, e observo as crianças espalhadas pelo ambiente se divertindo, algumas mais, outras menos. — Não passamos tanto tempo aqui, eu sei, mas lembro como foi

DOCE JOGADA 109

solitário. Aquela sensação de que ninguém viria nos buscar. De que ninguém *queria* a gente. Aí pensei que se pudesse distrair essas crianças por um dia que fosse... — Dou de ombros, envergonhada sob seu olhar penetrante. — Sei lá — concluo. — Só me pareceu certo.

Eu era muito nova na época do acidente, então não me lembro de tantas coisas em relação aos meus pais, mas jamais esquecerei aquele sentimento de solidão. Apesar da pouca idade, a sensação de não ter mais ninguém deixa marcas pelo resto da vida. Tive a sorte de ter pelo menos Jack, minha tia Bea e até Ian, por um tempo, mas e essas crianças? Algumas delas não têm mais ninguém no mundo. Nada se compara a isso.

— É realmente incrível — elogia ele, com uma admiração tão genuína na voz que me sinto prestes a voar. — Mas, pensando bem, você sempre foi incrível.

Sinto meu rosto esquentar. Embora eu saiba que não há nenhum significado especial por trás dessas palavras, tenho que me conter para não escancarar um sorriso.

— Olha quem fala! — respondo, com uma risada. — O jogador de hóquei profissional.

Ian revira os olhos.

— Ser bom com um taco nem se compara a tudo isso, Lila. Aceite logo o elogio, chata.

Puta merda. Qual é a dessa palavra? Por que me deixa assim? Ou é só porque vem de Ian? De um jeito ou de outro, sou tomada pelo desejo doentio de ser chamada assim por ele de novo, e nunca senti algo parecido em toda a minha vida adulta.

— Se continuar me elogiando assim — respondo, com um sorrisinho — vou começar a achar que *você* está flertando *comigo*.

Dessa vez há menos surpresa, substituída por um ar desafiador em seu olhar enquanto limpa a garganta e pergunta:

— Você *quer* que eu flerte com você, Lila?

— Bom... — Encolho um dos ombros e me inclino sobre a grade para alcançar uma mecha do seu cabelo úmido, enrolando-a na ponta do dedo. — Não é isso que a gente deveria fazer?

Ian estreita os olhos, mas torce os lábios como se quisesse sorrir.

— Por acaso você quer me superar, Lila?

— Estou apenas desempenhando meu papel, cupcake — respondo com doçura.

A mão dele envolve a minha de repente e me puxa para mais perto, e eu estremeço quando seus lábios roçam minha orelha para sussurrar:

— Dois podem jogar esse jogo, chata.

— *Cacete* — deixo escapar com um suspiro, e sinto o corpo de Ian se retesar contra o meu.

Ele recua, com a boca ligeiramente entreaberta, e estuda meu rosto. Deve ter percebido o quanto estou vermelha, pois sinto minhas bochechas em chamas, e o divertimento colore suas feições enquanto os lábios se curvam em um sorriso travesso.

— Tudo bem aí, Lila?

— Que seja, dessa vez você venceu — resmungo.

O sorriso se transfora em gargalhada conforme ele se afasta, e logo de cara já sinto falta do seu toque.

— Acho melhor eu voltar pra lá — avisa Ian. — Só pra garantir que o Rankin não vai cair de bunda no gelo. Aquele Kyle é sorrateiro.

— Uuuh, o grande e assustador Kyle — debocho, torcendo para meus joelhos não cederem sob a sensação persistente do seu toque, da nossa proximidade. — Bem, e eu preciso conferir se Jack não se trancou dentro do forno.

— Eu ia dizer que parece bem improvável, mas infelizmente conheço a peça...

— E nós o amamos por isso — comento em tom sério.

Ian faz careta.

— Discutível.

— Enfim, me encontra lá quando terminar aí, pode ser? Quero mostrar uma coisa.

Ele parece confuso por um instante, mas depois assente.

— Claro. Pode ser.

— Ah, cuidado com esses joelhos — alerto. — Não quero que Kyle te derrube.

Ian me lança um olhar que parece carregado de luxúria, ou talvez seja apenas a forma como meu cérebro decide interpretar, e por sorte se afasta antes de me ver arrepiar da cabeça aos pés. Com o calor de hoje, eu nem teria como explicar.

Deixo meu olhar se demorar nele por mais tempo do que seria apropriado, acho, observando seus ombros largos envoltos no uniforme preto e azul-petróleo conforme ele patina ao lado de Rankin, ambos emparelhados, e lança um sorriso para o garotinho concentrado.

— Ei, Dee!

Quando me viro para a estação de culinária, vejo Jack acenar para mim com uma expressão desamparada no rosto e a camiseta toda suja de glacê cor-de-rosa.

É, era o que eu imaginava.

***

Estou ocupada limpando a bagunça quando Ian vem me encontrar. A cozinha, cuja construção acompanhei de perto, é toda aberta e arejada, então consigo ouvir os passos dele cada vez mais próximos. A essa altura, todas as crianças já estão de volta ao prédio principal e se preparam para o jantar depois de um longo dia.

— Oi — diz ele. — Onde Jack se meteu?

— Está aqui do lado com o resto do pessoal, tentando descobrir o que vai ter para o jantar. As crianças adoram a companhia deles.

Ao dizer isso, percebo que Ian não está sozinho.

— Oi, Kyle — acrescento com um sorriso. — E aí, se divertiu hoje?

O garotinho assente com firmeza.

— Arrã, o Ian falou que eu vou ficar muito fodão no hóquei.

Ian fica todo vermelho, com ar envergonhado.

— Hã, não pode repetir essas coisas.

— Tudo bem. — Kyle dá outro aceno solene, com o rostinho franzido ao olhar para ele. — Pode vir jogar com a gente de novo?

— Eu... — Ian parece um pouco desconcertado, mas logo se recupera e abre um sorriso, pousando a mão nos cachos loiros do menino. — Claro, carinha. Logo, logo eu volto, ok?

— Ok!

Kyle assente com a cabeça outra vez, com uma expressão séria demais para seu rosto angelical.

— Por que você não dá um pulo na cozinha pra ver como anda o jantar? — pergunto ao menino. — Ian vai me ajudar a arrumar essa bagunça.

Ian dá risada.

— Vou, é?

— Claro, você é manipulável, esqueceu?

Ian abana a cabeça e dá um leve empurrãozinho no ombro de Kyle.

— Vai na frente, carinha. Já, já eu te alcanço.

Nós o observamos se afastar, com os cachinhos balançando a cada passo.

— Acho que alguém fez um amigo — comento.

Ian ainda sorri com doçura ao ver Kyle desaparecer porta afora.

— Ele é um bom menino. Realmente talentoso. Acha que me deixariam voltar aqui pra jogar com ele de vez em quando?

— Você quer mesmo?

Ian me encara como se fosse uma pergunta boba, e meu coração derrete um pouquinho.

— Não que eu tivesse muita coisa pra fazer.

— Além de ser jogador de hóquei profissional e alimentar as fofocas da internet, você diz?

Ele revira os olhos.

— Vi uns repórteres aqui mais cedo, todos com aqueles trambolhões de câmera.

— Não vejo a hora de acompanhar os comentários na nossa hashtag de casal.

Ele franze os lábios.

— Acho que você está adorando essa história.

— Talvez um pouquinho — admito, aos risos.

— Afinal, o que você queria me mostrar?

Aponto para a pia cheia de louça.

— Termine de lavar aqueles pratos primeiro.

— Ah, então aquele negócio de ajudar com a bagunça era sério mesmo.

Arqueio a sobrancelha.

— Vi você de olho nos biscoitinhos, então vai ter que botar as mãos na massa se quiser um.

— Tão chata — resmunga Ian.

Abro um sorriso.

Ah, ele não faz ideia.

***

— Eu não sabia que isso ficava aqui atrás.

Os dedos de Ian alisam a velha corrente presa a um dos balanços, agitando-a de um lado para o outro.

Passo por ele e me acomodo no assento emborrachado.

— Eu e Jack brincamos muito aqui durante nossos dias no orfanato.

Pego impulso com as pontas dos pés e começo a balançar, depois lanço um olhar sugestivo para Ian.

— E ele sempre me empurrava, sabe...

Ian resmunga ao se aproximar, dando um leve empurrãozinho nas minhas costas.

— Muito sutil.

— Mas consegui o que queria, não foi?

— Você só me trouxe aqui pra te empurrar?

Jogo a cabeça para trás e dou um sorrisinho para ele.

— Ah, se fosse isso, você já teria percebido.

Os dedos dele pairam sobre minhas costas por um segundo, imóveis, e fico radiante ao perceber que o enganei feito um patinho.

— É sempre estranho voltar aqui — sussurro, com os olhos voltados para o parquinho vazio. — Desperta velhas lembranças.

— Por que você volta, então?

— Acho que... porque sei o quanto significa para essas crianças ter alguém que se importa com elas. Às vezes, só o fato de estar presente já faz toda a diferença.

— Isso é... — Ele limpa a garganta. — Isso é incrível, Lila. De verdade.

— É, acho que sim. — Deixo as pontas dos meus sapatos arrastarem no chão enquanto balanço. — Eu só queria saber como você tem lidado com tudo isso.

— Tudo isso?

— É, com tudo, sabe? A farsa, os treinos, os idiotas da internet... Nem tivemos tempo de conversar.

— Mas nem tem o que falar.

— Não faz assim — peço, com um suspiro. — Tem sido um caos, Ian, e você sabe disso. Mesmo com toda a reação positiva nas redes sociais ultimamente, as pessoas ainda comentam sobre seu passado. Sei que isso deve incomodar você.

— Já estou acostumado.

— Pois é, mas não deveria chegar a esse ponto.

Ele para de empurrar o balanço, com as mãos se fechando ao redor das correntes.

— Por que esse assunto agora?

— Sei lá... — Jogo a cabeça para trás e volto a encontrar seus olhos. — Acho que me sinto culpada por nunca termos conversado sobre isso.

— Cada um tinha sua vida, Lila — diz ele. — Não era sua responsabilidade.

— Mesmo assim. Quando tudo aconteceu, acho que eu poderia ter ido atrás de você. Já fomos muito próximos.

Ian parece pensativo, com os lábios carnudos pressionados em uma linha fina.

— Eu estava um caco naquela época. Não sei se estaria muito disposto a receber ajuda.

— Ainda podemos conversar sobre essas coisas, se você quiser. Sobre Mei e as fotos. Sempre estarei aqui para ouvir.

Vejo quando a mandíbula dele se contrai, a testa franzida, antes de voltar a empurrar o balanço com um gesto repentino.

— Não tem o que falar, sério. São águas passadas. As pessoas só não perceberam ainda.

Quero insistir no assunto, tanto pela curiosidade quanto pela preocupação com os sentimentos dele, mas já entendi o recado. Para ser sincera, nem sei por que quero tanto saber. Só para descobrir mais sobre a vida dele? Para entender melhor? E qual o sentido, afinal? Não é como se *realmente* existisse alguma coisa entre nós.

— Quando vi suas fotos com aquela mulher, juro que nunca acreditei que...

Com um suspiro frustrado, Ian para de me empurrar e se afasta do balanço.

— Lila, sério, a gente não precisa tocar nesse assunto. Já nem tem importância.

— Ah, tudo bem — respondo de cabeça baixa, sentindo o rosto esquentar. — Desculpa.

— Não, não... porra — murmura ele. — Ei.

Em seguida se ajoelha aos meus pés, com o rosto voltado para mim. Respiro fundo quando seus dedos envolvem meu queixo, inclinando-o para encontrar meu olhar.

— Não peça desculpas, está bem? Só não quero que você pense nessas porcarias. Todo mundo pode me achar um lixo, menos você.

Menos eu?

Minha cabeça já está dando mil voltas com a frase.

— Eu não acho nada disso — declaro baixinho. — Nunca achei.

Vejo o esboço de sorriso nos lábios dele, a calidez no olhar, e sinto a leve carícia do seu polegar no meu queixo antes de sua expressão mudar e ele se levantar de forma abrupta.

— Que bom — murmura. — Sua amizade sempre foi importante pra mim, tanto quanto a do seu irmão. Espero que saiba disso.

Minha *amizade*.

Depois de tantos anos, a palavra ainda tem um gosto amargo.

— Claro — sussurro de volta. — Sei, sim.

Os olhos dele se demoram no meu rosto por mais um segundo, ilegíveis, mas ainda calorosos.

— Acho melhor voltarmos para lá. Devem estar nos procurando.

— Tudo bem.

Dou um impulso para descer do balanço, fincando os pés no chão. Nossa diferença de altura parece gritante nessa posição, e a proximidade me faz sentir minúscula, até delicada, mesmo com as coxas grossas. A parte reptiliana do meu cérebro se pergunta se Ian poderia simplesmente agarrar minha bunda e me pegar no colo sem o menor esforço.

Trato de afastar os pensamentos desesperados e, para tentar resolver essa tensão repentina entre nós, dou um encontrão no quadril dele e me obrigo a sorrir.

— Quem chegar por último é mulher do padre.
— Quê? — pergunta Ian, confuso. — Eu não vou apostar corrid...

Arranco a toda a velocidade, às gargalhadas, e não demora nem um segundo para seus passos pesados começarem a ecoar atrás de mim, a risada trazida pelo vento.

Distraída, me pergunto se seria possível correr rápido o bastante para fugir de todos os sentimentos conflitantes despertados por ele... mas, de alguma forma, isso me parece impossível.

10

Ian

A FOTO QUE CIRCULA na internet após o evento no orfanato não é a que eu imaginei que seria. Não são vislumbres da conversa com Lila no rinque de hóquei, nem da arrumação subsequente, nem sequer do sussurro que lhe fiz ao pé do ouvido, cuja lembrança ainda me abala. Todos esses momentos teriam sido perfeitos para alimentar os boatos e, no entanto, a fotografia escolhida foi uma que eu nem vi ser tirada.

Não é a primeira vez que analiso a imagem, nem mesmo a décima, para ser sincero, acima de tudo porque há alguma coisa em me ver ajoelhado diante de Lila, seu olhar voltado para mim do alto daquele balanço antigo, que me parece estranha. Ou talvez a estranheza venha da *naturalidade* do momento. Não sei ao certo. Na foto, meus dedos seguram o queixo dela com delicadeza, a expressão séria no meu rosto contrastando com a suavidade estampada no dela, e a cena como um todo parece tão… crível. Não parecem ser apenas dois amigos, isso é certo.

E nem foi uma encenação armada para as câmeras.

A única explicação é que senti uma necessidade tão forte de a confortar, de mostrar que não estava chateado com ela, porque aquela minha confissão foi verdadeira. Posso lidar com o fato de completos desconhecidos me acharem um merda, seja agora ou no passado, mas a mera ideia de Lila compartilhar dessa impressão me embrulha o estômago. Quando éramos mais novos, seu afeto óbvio por mim era tão caloroso, tão reconfortante, que me levava a ficar perto dela sempre que possível, só para sentir de perto. Lila sempre foi um porto seguro, e mesmo que esteja crescida e diferente da garota que conheci, está na cara que nada disso mudou. Ainda sinto aquela vontade de estar perto dela, de a proteger, de a fazer rir... e quando ela era criança, todas essas coisas pareciam tão naturais. Com a mulher que Lila se tornou, porém, tudo parece diferente.

E isso me deixa tão, tão confuso.

Uma batida na porta da frente me desperta desses desvaneios e, quando espio por cima do sofá, vejo a porta do banheiro ainda fechada, com os sons do chuveiro escapando pelo vão. Com a tipoia, os banhos de Jack passaram a demorar o dobro do tempo.

Levanto do sofá com um grunhido e vou até a porta, abrindo a corrente antes de girar a maçaneta, tomado por uma surpresa repentina ao ver o que me espera do outro lado.

— Abby?

Os lábios dela esboçam um sorriso tímido, e os olhos cinzentos parecem nervosos e inseguros.

— Ah, oi — diz. — Desculpa, eu sei que deveria ter ligado antes, mas pensei... — Ela espia o corredor. — Posso entrar?

Faz anos que não vejo Abigail pessoalmente. Houve alguns telefonemas aqui e ali, conversas estranhas que nenhum de nós parecia saber como conduzir, mas nossa última interação ao vivo foi parar na internet, o catalisador para a implosão da minha vida pessoal. Ela mudou desde então, o cabelo loiro está mais curto, emoldurando seu rosto em um corte elegante que a faz parecer mais velha, apesar da aparência doce.

Uma vez controlado meu choque, dou um aceno sem graça e me afasto da porta aberta.

— Claro, pode entrar.

— Belo apartamento — comenta ela ao cruzar a soleira. — Você mora aqui com seu amigo, é isso?

— Isso — respondo, fechando a porta. — Com Jack.

Abby parece nervosa, oscilando de um pé para o outro enquanto se ocupa em observar o apartamento.

— Desculpa aparecer assim do nada, eu estava só... — Ela solta um suspiro trêmulo. — Acho que eu precisava ver um rosto amigo.

— O que aconteceu?

Vejo uma expressão quase culpada em seu rosto quando me espia por cima do ombro.

— Eu liguei pra ele.

— Ah.

A tensão toma conta dos meus músculos. Não é assim tão surpreendente que os dois ainda mantenham contato, mas pensar nisso me traz uma sensação... esquisita. Mesmo depois de todos esses anos, ainda não me habituei a esse triângulo bizarro em que nos metemos.

— Pode sentar, fique à vontade — aviso, apontando para o sofá. — Quer tomar alguma coisa?

Ela nega com a cabeça.

— Não, obrigada — diz, e deixa escapar uma risada. — Sinceramente, nem sei o que vim fazer aqui. Eu deveria ter só ligado.

— E por que não ligou?

Abby me lança um olhar intrigado, e eu tento consertar.

— Foi mal. Não quero parecer babaca, mas é que...

— Eu sei — intercede ela. — Foi muito do nada.

— Aconteceu alguma coisa?

— Não, não, nada importante.

Os dentes dela pressionam o lábio inferior, o dedo ocupado em enrolar uma mecha do cabelo loiro-acobreado.

— É só que... — continua. — Tenho pensado muito esses dias, e não sei bem o que fazer, e como você voltou para cá agora, eu...

Atravesso a sala com cuidado e me acomodo no lado oposto do sofá, olhando-a com cautela.

— Tem pensado muito em quê?

— Em tudo. Acho que... acho que estou cansada de guardar tantos segredos, Ian.

A confissão me deixa perplexo.

— Quê?

— Sei que não é justo com você — diz em um fiapo de voz. — E eu sei que concordei em não contar nada, mas...

Minha voz sai mais áspera do que eu pretendia.

— Já pensou no que vai acontecer se disser alguma coisa?

— Pensei, sim — responde Abby, com um leve aceno. — Eu sei que seria um pesadelo. — Ela se vira pra mim, com os olhos cheio de culpa. — Para você também.

— Por que quer fazer isso, então?

Ela fecha os olhos, parecendo mais velha do que seus vinte e cinco anos.

— Estou cansada de só ter conversas escondidas quando dá na telha. Cansada de ter que mentir sobre quem eu sou. Só estou... cansada disso tudo.

Não posso dizer que não entendo essa sensação. Nem imagino o inferno que ela foi obrigada a aturar, ainda pior do que o meu em certos aspectos, mas também sei o caos que essa confissão traria a todos os envolvidos.

— Abby, eu... — Cerro a mandíbula, buscando a melhor forma de me expressar. — Eu não posso dizer o que você deve ou não deve fazer.

— Mas?

— Mas não posso ignorar a merda federal que isso vai dar — concluo, com os olhos fixos nos dela. — E não só pra você.

Ela baixa o olhar para os joelhos, parecendo tão jovem e vulnerável que sinto um ímpeto quase visceral de envolvê-la em um abraço. Mas nem imagino se ela o receberia de bom grado. Depois de todo esse tempo, ainda não sei como lidar com nossa... relação.

— É, eu sei — responde ela por fim. — Sei mesmo. É uma ideia idiota.

— Não foi isso que eu disse — argumento.

O olhar dela parece mais duro agora.

— Mas aposto que pensou.

— Abby...

Dou um suspiro.

— Está tudo bem — diz ela em tom áspero, levantando-se do sofá. — Caramba, nem sei por que vim. Até porque eu e você... — Os lábios se fecham, e ela parece tão... perdida. — Enfim, me desculpa.

Também me levanto, e faço menção de me aproximar.

— Abby, não precisa pedir descul...

— Cara, acabou nosso sabonete líquido, acredita? Tive que usar aquele seu em barra. Espero que não seja pra lavar o saco ou coisa do tipo, senão minha pele vai ficar seca pra cace...

Jack aparece no fim do corredor, apenas com uma toalha enrolada na cintura, alternando-se entre olhar para nós dois. Vejo a expressão surpresa de Abby, os olhos arregalados, e em seguida ela dispara na direção da porta, com a mão já esticada para abrir a maçaneta. Depois se demora na soleira por um instante, lançando-me um último olhar triste.

— Desculpa — pede outra vez. — Eu não deveria ter vindo sem avisar. A gente se fala outra hora, pode ser?

Dou um aceno lento e pesaroso.

— Claro.

E com isso Abby vai embora, e a porta do apartamento se fecha a suas costas como se ela nunca tivesse aparecido. O silêncio deixado por sua presença é palpável, tão denso que a respiração de Jack parece estar a poucos passos de distância, e não do outro lado do cômodo.

— Era ela, não era?

Concordo com a cabeça.

— Era.

— O que ela queria?

— Eu... — começo, mas perco o fio da meada. — Nem sei direito.

Não é de todo verdade, nem de todo mentira. Abby parecia mesmo insegura em relação a tudo.

— Quer conversar sobre isso?

Caramba. Qual é a dos irmãos Baker com essa história de me incentivar a botar tudo para fora?

— Não, está tudo bem — respondo. — E, de qualquer forma, temos que ir andando.

— Verdade — concorda Jack, esboçando um sorriso. — A tia Bea vai arrancar nosso couro se a gente chegar atrasado pro jantar.

Como se não bastasse todo o caos da minha vida, é claro que a tia de Jack e Lila decidiu nos convidar para jantar esta noite, então serei obrigado a compartilhar a mesa com a mulher que tem dado um nó na minha cabeça, na casa que sempre pareceu mais minha do que a dos meus pais, tudo enquanto tento fingir que *não* estou a ponto de perder a sanidade. Isso sem falar em Abigail. A essa altura, meu cérebro já deve ter virado purê.

— Vou só tomar um banho rápido — aviso. — Aí a gente vai.

— Beleza — responde Jack. — Mas acabou o sabonete líquido mesmo, só pra você saber. — Vejo o nariz dele se torcer em desgosto antes de perguntar: — Mas você não usa aquele sabonete em barra pra lavar o *saco*, né?

Reprimo um sorriso e me faço de desentendido enquanto caminho em direção ao banheiro.

— Será que não?

No fim das contas, a ofensa que ele murmura e minha gargalhada em resposta devem ter sido a parte mais normal do meu dia.

***

É ao mesmo tempo estranho e perfeitamente natural estar de volta à casa de Bea. Nos últimos anos, só a encontrei em jantares na casa de Jack ou em partidas de hóquei, mas esta é a primeira vez que piso nesta casa desde que tinha vinte e dois anos e estava prestes a ser recrutado para a NHL. Por quase uma década antes disso, eu mal saía deste lugar. Devo ter passado mais tempo aqui do que na minha própria casa. Por isso, tenho a sensação de estar de volta ao lar, sentado aqui na sala de jantar enquanto ela arruma a mesa.

— Acabei de colocar o brownie no forno — avisa para nós três. — Podemos comer com sorvete depois da janta.

Lila está sentada bem ao meu lado, com um sorriso leve impossível de ignorar. Jack está do outro lado da mesa, já prestes a pegar um pãozinho com a mão boa, que Bea afasta com um tapa.

— Espere eu terminar de arrumar a mesa, seu morto de fome.

Jack faz beicinho.

— Poxa, cara, eu estou machucado.

— E vai ficar ainda mais se não sossegar o facho — rebate ela, depois olha feio para o sobrinho. — E não me chame de "cara".

— Está bem, está bem — resmunga Jack.

— Ian, aceita um pãozinho?

— Claro, Bea — respondo.

Jack solta um grunhido indignado.

— Ei!

— Pode fechar a matraca — repreende a tia. — Ele não alcança o prato.

Lila ri baixinho e Jack a fuzila com os olhos, mostrando a língua. A cena é tão parecida com as das noites da minha adolescência que sinto uma onda de nostalgia me invadir e levar embora um pouco da tensão nos meus ombros. Não deveria ter esperado tanto tempo para fazer essa visita.

Depois de todos estarem servidos, uma conversa agradável se instala na mesa, embora eu só consiga pensar na forma como o cotovelo de Lila resvala no meu. No jeito como ela sorri para mim quando derrubo um punhado de ervilhas no prato, com um brilho brincalhão no olhar. Caramba, só consigo pensar *nela* e ponto. Essa, sim, é uma grande diferença desde minha última vez aqui.

— Então... — começa Bea entre um assunto e outro, apontando o garfo para nós dois. — Que história é essa de vocês bancarem o casal apaixonado diante das câmeras? Jack me contou tudo.

Quase engasgo com a comida. Lila me dá tapinhas nas costas e estala a língua para o irmão.

— Qual é, Jack!

— Ué, que foi? — pergunta ele com ar de inocência, a boca cheia de batata. — Não sabia que era segredo.

— Não é mesmo — consigo dizer por fim, depois de engolir o pedaço de pão. — Não é nada, Bea. Só uma jogada de marketing da nossa assessoria.

As palavras parecem pesadas na minha língua. Não é uma mentira propriamente dita, porque não deixa de ser uma farsa, mas algo no rótulo não me cai bem. Mal tenho tempo de analisar esses sentimentos, porém, porque Bea logo volta a falar.

— Sempre torci pra vocês dois se casarem — diz ela em tom despreocupado, como se não tivesse acabado de largar uma bomba no meio da conversa. — Assim poderia considerar os três como filhos.

— *Tia Bea* — chia Lila, com o rosto todo vermelho. — Sério?

Bea faz cara de desentendida.

— Qual o problema? Só porque sou velha não posso sonhar? — Depois inclina o queixo na minha direção. — Mas aquela mocinha com quem você se casou era simpática. Como ela está?

— Mei está bem — respondo. — Ela acabou de se casar de novo. Estão na lua de mel.

— Foi ela que casou com uma mulher, não foi? — pergunta Bea, e franze a testa. — O que você fez pra coitada não querer mais saber de homem?

— *Tia Bea* — repete Lila, incrédula. — Pelo amor de *Deus*.

— Ela é bissexual — explico, com uma risada. — Mas acho que ela sempre se relacionou mais com mulheres.

Bea reflete por um instante, perdida em pensamentos.

— É, imagino que elas sejam mais doces. Não posso culpar a moça.

— Por favor, não quero ver onde essa conversa vai dar — comenta Jack.

— Então, vocês dois vão ter que se beijar na frente das câmeras? — dispara Bea.

Fico boquiaberto e olho para Lila em busca de ajuda, mas ela parece igualmente atônita. Meus pensamentos são dominados pela imagem dos lábios macios e rosados de Lila nos meus, implacáveis, e deveria ser mera especulação. Não mais do que uma curiosidade passageira plantada pelo comentário de Bea, mas o efeito que tem em mim... Meu coração acelera, o corpo esquenta e a respiração fica entalada na garganta, incapaz de se soltar. *Com certeza* não é uma curiosidade passageira. Afinal, os pensamentos parecem determinados a deixar a cena tatuada no meu cérebro.

— Acho que não vai chegar a tanto — respondo com alguns segundos de atraso, a voz rouca. — O pessoal da internet cria os boatos por conta própria, sabe? Basta plantar a ideia e eles mesmo se encarregam de regar.

Espio Lila de relance e, em vez de aliviada com a minha desculpa, ela parece quase... irritada. Não estou acostumado a vê-la assim, mas o sentimento evaporou rápido demais para que eu pudesse analisar mais a fundo.

— É só uma coisinha boba, tia Bea — diz ela por fim. — Só vai durar algumas semanas.

"Só vai durar algumas semanas."

Por que esse pensamento me incomoda tanto? Pelo jeito, perdi o controle das minhas emoções.

— Claro, claro — responde Bea, divertida. — Vocês é que sabem. — Ela aponta o garfo para Lila. — E aí, que tal uma partida de Farkle?

— Porra, eu odeio essa merda de jogo — reclama Jack.

Bea lhe dá um tapa no ombro bom, fazendo-o gritar.

— Olha a boca! Quer quebrar o outro braço?

— Por que você é tão malvada comigo?

Bea revira os olhos.

— Chega de chororô — debocha ela, depois acrescenta: — Vocês dois não querem ir lá buscar o jogo, por favor? Está no guarda-roupa da Dee, bem lá em cima. Seria bom Ian dar uma ajudinha pra alcançar a prateleira sem derrubar tudo.

Os olhos dela brilham como se estivesse tramando algo, mas Lila já está de pé, deixando o guardanapo cair sobre a mesa.

— Claro — responde, em seguida se dirige a mim: — Pode vir me ajudar?

— Posso, sem problemas.

Conheço o caminho para o quarto de Lila. Já estive aqui muitas vezes, afinal, mas entrar lá depois de tanto tempo parece... diferente. Ainda que tudo permaneça idêntico ao que era antes.

— Caramba — comento. — Bea não mudou nadinha de lugar.

— Acho que isso a ajuda a se sentir melhor — responde Lila enquanto atravessa o quarto até o armário. — Ela se sente solitária nesta casa.

— Mas vocês sempre a visitam, não?

— Ah, com certeza. Pelo menos uma vez por semana.

Chego mais perto da cama de Lila e sorrio ao ver o coelhinho de pelúcia encostado nos travesseiros.

— O carinha aqui continua firme e forte.

— Quem? — Lila se vira para mim, e dá risada quando vê o que tenho em mãos. — É, o Orelhudo vai viver mais do que todos nós.

Passo os dedos sobre as orelhas macias que inspiraram o nome do coelho.

— Você não conseguia dormir sem essa praga, lembra?

— Eu tinha sete anos — resmunga ela.

— Ah, é? — continuo, e reprimo um sorriso enquanto balanço a pelúcia de um lado para o outro. — E quantos anos você tinha mesmo quando parou de dormir com ele?

Lila revira os olhos.

— Fica na sua.

— Lembra aquela vez que você ficou obcecada em brincar de chazinho? — pergunto, pensativo, colocando o coelho de volta na cama antes de espiar a mesinha de vime no canto. — Jack e eu bebemos tanto chá de mentirinha que nem sei como não ficamos doentes.

Ela cruza os braços sobre o peito e arqueia as sobrancelhas perfeitas, e meu olhar logo é atraído por sua expressão presunçosa, os lábios franzidos em um beicinho que leva meus pensamentos para lugares onde não deveriam estar.

— Também aconteceram umas coisas legais por aqui, sabia?

— Jura? — pergunto, com uma risada. — Deu muitas festinhas aqui?

— Não, mas uma vez fumei maconha escondido bem ali, naquela janela.

— Nossa — respondo, fingindo estar chocado. — Que escândalo. O que mais você aprontou, rebelde?

— Hum, deixa eu pensar.

Ela batuca a boca com a ponta do dedo, e preciso me esforçar para não ficar encarando, tomado por uma vontade repentina de acariciar aqueles lábios.

— Bem... Eu trouxe um menino aqui quando tinha dezesseis anos.

Sinto um arrepio nos pelos da nuca. Essa informação não deveria significar nada, já que eu tinha mais de vinte anos na época, então *por que* me deixa tão abalado? Por que de repente já não quero continuar com a brincadeira?

— É?

— Arrã. — Os lábios dela revelam um sorriso enigmático. — Dei meu primeiro beijo bem ali, naquela cama — continua.

— Com quem?

— Tommy Dalton. Ele era da minha sala.

Cerro os dentes.

— E foi bom?

— Pior que não — responde Lila, e ri. — Teve língua demais.

Cacete, por que isso me incomoda tanto?

— Pobre Tommy — murmuro, sem um pingo de sinceridade.

— É, fazer o quê? — diz ela, com outra risada contida. — Eu gostava de outra pessoa, então o coitadinho nunca teve a menor chance.

— Outra pessoa?

O olhar dela encontra o meu, os lábios se franzem enquanto me estuda com atenção.

— Isso. Alguém mais velho.

Meu peito se agita com... alguma coisa.

— Ah, é?

— É, sim.

Ela dá um passo na minha direção, e sinto o coração acelerar.

— Alguém que só me via como uma garotinha.

Engulo em seco e a vejo dar mais um passo.

— Pelo jeito nunca deu certo, então?

— É, não mesmo. Naquela época, ele me enxergava como a irmã mais nova de Jack.

Os dentes dela mordiscam o lábio e, *caralho*, não consigo desviar o olhar.

— Mas eu ainda penso nele.

Puta merda, será que...?

Limpo a garganta.

— Alguém que eu conheço?

— Hum, dá para dizer que sim.

Ela está tão perto agora, com a mão esticada para ajeitar a gola da minha camisa, e apesar da leveza do toque, basta para me encher de arrepios. Sem pensar, envolvo os dedos ao redor do seu pulso e vejo as pupilas dilatadas quando o seguro com força, levando a palma para descansar no meu peito. Consigo sentir seu calor através do tecido. Devagar, os olhos de Lila recaem sobre minha mão e ali permanecem por um segundo, talvez mais, e quando ela enfim os levanta para encontrar meu olhar, percebo que estou prendendo a respiração.

— Lila, eu...

— Você nunca percebeu mesmo?

A voz dela mal passa de um sussurro, e me sinto enfeitiçado ao ver seu rosto cada vez mais próximo.

— Eu...

Tenho dificuldade em encontrar as palavras certas, porque a sugestão está ali, mas dar o próximo passo seria um divisor de águas para nós dois. Envolveria mudar tudo o que já conhecemos, tudo o que já fomos um dia, e seria mesmo sensato? É impressão minha ou também estou cada vez mais perto?

— Lila, eu...

— E aí, acharam ou não? — pergunta Bea da sala de jantar. — Está na prateleira de cima.

Lila se afasta feito um raio, o calor de sua presença se dissipa como se nunca tivesse existido, e uma máscara de felicidade domina suas feições ao me lançar um sorriso.

— Desculpa — diz. — Eu gosto de ver você todo acanhado, cupcake. Só isso.

Abro a boca, depois a fecho, me sentindo esvaziado por dentro. Era só uma brincadeira com a minha cara? Sério?

— Rá, rá, muito engraçado — respondo secamente.

Aquela pontada de tristeza retorna ao seu olhar, e vem e vai tão depressa que quase a perco, mas não me escapa. Consigo ver, e com tanta clareza que chego a me perguntar se ela estava mesmo brincando. E se não estava, o que isso significa para nós dois, para todos os pensamentos que não me saem da cabeça?

— Melhor a gente pegar o jogo e voltar para lá — avisa Lila. — Tia Bea fica mal-humorada quando a deixam esperando.

— Claro — respondo, distraído, com o cérebro ainda a girar.

Ela aponta para a caixa cheia de dados e fichas, depois sai do quarto sem nem me esperar tirar o jogo do armário. Parado ali, eu a vejo ir embora, e levo de um segundo para me recompor antes de a seguir.

Você nunca percebeu mesmo?

Quero chamar Lila de volta e perguntar o significado dessas palavras. Quero entender a tristeza em seu olhar. Quero descobrir se era mesmo brincadeira ou não. Acima de tudo, porém...

Quero saber por que estou tão decepcionado com a possibilidade de não ter sido verdade.

11

Delilah

— E... corta!

Ajeito o cabelo enquanto as pessoas começam a se dispersar pelo set de filmagem. Consegui manter a concentração durante a gravação do programa, mas confesso que foi por pouco. Minha mente parece voar para longe sempre que a deixo solta por muito tempo, e tenho a impressão de que tudo começou graças a um certo momento no meu quarto de infância, dias atrás.

— Seu cabelo está cheio de farinha — avisa Ava ao se aproximar.

Pego uma mecha solta e vejo que, infelizmente, ela tem toda a razão.

— Merda.

— Tão fofa minha fantasminha confeiteira — debocha ela.

— Vê se me erra.

— Nossa, alguém acordou com o pé esquerdo hoje.

Em seguida ela me conduz em direção à pia, apoiando-se na bancada enquanto eu lavo as mãos.

— Pronto, pode contar tudo pra mamãe aqui.

— Não tem nada para contar.

— Deixa de ser mentirosa. Você passou o dia com a cabeça nas nuvens.

Quando termino de enxugar as mãos, ela enlaça o braço ao meu e chega mais perto, cochichando com ar conspiratório:

— Por acaso tem alguma coisa a ver com um certo jogador de hóquei?

Sinto minha expressão vacilar, e é tudo de que Ava precisa para confirmar suas suspeitas.

— Ahá! — exclama, e me dá uma cutucada com o cotovelo. — Desembucha. Quero todos os detalhes. As fotos que andam circulando por aí estão bem... convincentes.

— Não é nada — respondo no automático, com o estômago embrulhado ao ouvir as palavras. — Somos só amigos.

— Alô, você viu aquela foto no parquinho? O cara estava caidinho por você, quase literalmente jogado aos seus pés.

— Foi tirada de contexto — explico. — A gente tava no meio de uma conversa séria.

— Pode se enganar o quanto quiser, meu bem — rebate Ava, aos risos. — Mas eu acho que rola uma química absurda entre vocês.

Quem me dera fosse verdade.

Esse teatrinho está se provando muito mais difícil do que eu imaginava. A cada encontro com Ian, a cada interação com ele, eu me lembro de todos os motivos que despertaram aquela obsessão na adolescência. Há algo tão... reconfortante na presença dele. Uma sensação sólida e confiável, como a estabilidade de um lar, além de uma porção de coisas boas que me fazem perder o prumo perto dele.

Como se não bastasse, ele ainda consegue ser um baita de um gostoso.

— Para ser sincera, acho que tenho andado meio esquisita — admito, e vou buscar uma garrafa de água na mesinha. — Nem tive coragem de mandar mensagem pra ele nos últimos dias.

— Quero detalhes — declara Ava com um estalar de dedos. — Agora mesmo.

— Enfim... Fomos jantar na casa da tia Bea esta semana, sabe?

— Sim, e daí?

— E daí que estava tudo bem. Parecia até que estávamos nos velhos tempos. Só que... rolou uma coisa no meu quarto.

Ava solta um suspiro ofegante e leva as mãos ao peito, toda dramática, e eu reviro os olhos.

— Só fomos lá buscar um *jogo*, ok? Mas aí começamos a relembrar o... passado, acho?

— E como foi?

— Primeiro a gente começou a falar sobre umas coisinhas bestas — continuo. — Sobre a infância e tudo mais. Depois resolvi contar sobre meu primeiro beijo, que aconteceu naquele quarto, e aí...

Fecho a cara e fito meus próprios pés, sem saber como explicar o que senti naquela ocasião.

— Enfim, acho que foi um pouco demais, sabe? Ver Ian no meu quarto daquele jeito. Parecia o início de todas as fantasias que tive com ele quando era mais nova, e de repente o vi ali, em carne e osso. E talvez eu tenha dado a entender que gostaria que meu primeiro beijo tivesse sido com ele.

— Menina do céu! — Ava praticamente grita. — Isso mesmo, amei. E o que ele disse?

— Para ser sincera, nem sei se ele percebeu — respondo, desanimada.

E por que teria percebido? Sempre estive tão fora do seu radar que nem me parece uma possibilidade.

Mas a forma como ele me tocou...

Não consigo entender essa parte. Por acaso o peguei desprevenido? Ou o deixei desconfortável? Quero acreditar que o olhar dele não pode ter sido motivado por mera surpresa, mas não tenho como saber. E, justamente por isso, minha mente continua a rodar em círculos.

— Ah, meu bem — diz Ava, com a compaixão transbordando na voz. — E o que você fez?

— Fiz de conta que era piada. O que mais eu poderia fazer?

— Poderia ter sido direta — sugere ela. — Para ver o que ia acontecer.

— Seria uma péssima ideia.

— Seria?

— *Ué*, não seria?

Ava encolhe os ombros.

— Sei lá, na pior das hipóteses, ele não teria interesse e os dois poderiam continuar amigos, e aí você conseguiria superar essa história de uma vez por todas.

— Claro, e sofreria uma rejeição terrível no meio do caminho.

— E se ele não te rejeitar?

— Impossível.

— Como você sabe?

— Porque ele sempre vai me enxergar como aquela garotinha boba de mil anos atrás!

Ava parece surpresa com meu tom cortante, e eu também.

— Desculpa — acrescento depressa, balançando a cabeça. — Não quis ser grossa.

Ela ergue as mãos, concordando.

— A questão é que você não é mais aquela garotinha de antes. É um mulherão da porra, toda gostosona, e ele seria muito burro se não reparasse.

— Isso... isso *não* é verdade — murmuro.

— Tá doida? Eu mataria pra ter uns peitões e uma bunda perfeita assim — insiste ela. — Além do mais, você é um raio de luz ambulante.

— Devo ficar ofendida com isso?

— Só se você almeja ser uma cretina cínica como euzinha aqui.

— É, sei lá...

Ava me dá uma palmadinha no ombro.

— Pensa direitinho. Talvez se surpreenda com a reação dele. O que você tem a perder, afinal?

"Meu orgulho", penso com amargura. "Minha dignidade."

— Está bem, vou pensar — digo sem o menor entusiasmo.

— Ótimo — responde Ava, e sorri para mim. — Agora já posso avisar que Gia te chamou pra conversar na sala dela.

Dou um grunhido.

— Por que não me falou logo?

— E deixar você aparecer lá com essa carinha de cachorro abandonado? De jeito nenhum. Precisava resolver essa sua bagunça primeiro.

— Eu não me sinto nem um pouco resolvida.

— Bem, sou produtora, não terapeuta.

— Produtora júnior.

— Uma *amiga* de verdade não me corrigiria.

Sinto um sorriso brotar nos meus lábios.

— É, fazer o quê? Você é uma babaca, esqueceu?

— Justo — admite Ava, e já começa a me enxotar. — Anda, chispa daqui.

No meio do caminho, ela para e me observa com a testa franzida.

— Seu cabelo ainda está cheio de farinha, aliás.

Dou uma conferida.

É, claro que está.

***

Para meu alívio, Gia parece eufórica quando desabo em uma das cadeiras do escritório.

— Já viu a repercussão da sua história com Ian?

Para ilustrar, ela vira a tela do computador e mostra uma matéria que eu ainda não tinha visto, estampada com uma foto tirada no dia do evento no orfanato. Nela, estou apoiada na grade do rinque de hóquei enquanto Ian sorri para mim. Com um clique, Gia mostra outra foto, dessa vez do momento em que ele me cochichou algo ao pé do ouvido. Se alguém desse zoom, aposto que conseguiria ver meus pelos arrepiados. Sinto um agito no peito só de pensar.

— Eu ainda não tinha visto essa — respondo. — Mas com certeza já li algumas.

— As pessoas estão alucinadas com a ideia de um romance entre vocês dois — comenta ela, toda animada. — E o melhor de tudo é que está repercutindo no programa. Já vi umas duas menções ao *Pitada de sorte* nas matérias.

— E a audiência? Teve alguma melhora?

— Um leve aumento — responde Gia. — Não tanto quanto eu gostaria, mas já é um bom começo. — Ela me lança um olhar tranquilizador. — Só faz duas semanas. Nesse ritmo, logo, logo as coisas vão estar do jeitinho que a gente espera.

— É, vamos torcer.

Ainda estou um pouco chateada com a perspectiva de enfrentar a tortura de estar perto de Ian enquanto sei que ele só me vê, e sempre verá, como amiga.

— Na verdade — retoma Gia —, tive a ideia de convidar Ian pra mais um episódio.

Fico sem reação.

— Quê? Como assim?

— É que vocês se saíram tão bem no primeiro, e agora com toda essa repercussão... O segundo episódio teria um desempenho ainda melhor, em termos de audiência. Poderíamos até alimentar essa pulguinha atrás da orelha do público, explorar mais a dúvida do "estão juntos ou não estão?" dessa vez. Um pouco mais de flertes, essas coisas.

É difícil manter meu rosto impassível sem ceder à frustração.

— Não sei se Ian vai ter tempo pra outro episódio.

— Ah, com certeza ele vai topar, não é? Essa repercussão toda também está sendo ótima pros Druids. Além do mais, conversei com a equipe dele ontem e houve uma queda drástica nas postagens negativas relacionadas ao divórcio. Só isso já seria motivo suficiente para ele aceitar, creio eu.

Droga.

Uma parte de mim quer recusar, em prol da minha sanidade. Flertar com Ian na frente das câmeras? Será que vou ter estômago para aguentar uma coisa dessas, sabendo que é puro fingimento? Por outro lado... Sei que essa história o ajudou, que tornou a vida dele um pouco mais fácil, então como vou negar?

— Posso perguntar pra ele — cedo por fim, sem um pingo do entusiasmo de Gia.

— Ah, maravilha! — responde ela, radiante. — Também seria bom se vocês fizessem algum passeio juntos em breve.

Dessa vez eu *sinto* a careta se formar.

— Passeio?

— É, andei conversando com Ben, e depois de todas as fotos do evento no orfanato, achamos que seria uma boa ideia vocês dois serem vistos juntos em público novamente. Talvez só os dois dessa vez? Pode gerar uma boa repercussão, o que traria ainda mais destaque.

— Tipo um encontro? É isso que você quer dizer?

— Não, de jeito nenhum! Não podemos pedir que você vá a encontros em nome da emissora — desconversa Gia com uma risada nervosa, revelando que é exatamente essa a intenção. — Só queremos que vocês... passem um tempinho juntos em público. É importante que sejam vistos, lembra?

— Lembro, sim — respondo, resignada.

Reflito por um instante, sem saber como seria um "passeio em público" com Ian. Por acaso esperam que a gente vá andar de bicicleta no parque ou algo assim?

— Olha, vou ter que falar com Ian primeiro — aviso. — Não quero fazer planos sem o consentimento dele.

— Claro, claro — diz Gia. — Conversa com ele esta noite, se puder, e amanhã você me diz o que ficou combinado. Aí a gente pode vazar as informações pras pessoas certas.

Nem quero mais detalhes sobre o assunto. Prefiro continuar sem entender como funciona a rede de boatos interna da emissora.

— Tudo bem — limito-me a responder. — Pode deixar.

— Perfeito! Está tudo dando certo.

Tento igualar seu entusiasmo, mas provavelmente sai forçado. Sei que ela tem razão, as coisas de fato estão saindo conforme o planejado, e ainda não me arrependo de ter embarcado nessa história, não mesmo. Tive ótimas razões para isso.

Só não imaginei que seria tão difícil.

***

Decido ter uma conversa pessoalmente com Ian em vez de contar todas as bobagens da emissora por telefone, por isso, quando ele me avisa que está livre, vou até o apartamento de Jack, me sentindo mais e mais ansiosa a cada passo do caminho. Estou quase empapada de suor quando bato na porta. E isso não é normal. Não sou de ficar nervosa por causa de homem.

Estou quase me lembrando de que sou uma mulher empoderada quando a porta se abre e sou surpreendida por cachos ruivos molhados, olhos cinzentos tempestuosos e camiseta azul-marinho colada ao peitoral largo, os ombros úmidos por conta do cabelo. Está na cara que ele acabou de sair do banho, e a mera visão basta para mandar para as cucuias todo o meu discurso ensaiado sobre *não* ficar bobinha por um cara. Agora já foi. A determinação caiu por terra. Nem tenho tempo de ir buscar de volta, porque meus olhos estão muito ocupados devorando cada pedacinho de Ian.

— Oi — cumprimenta ele naquele tom baixo e caloroso. — Pode entrar.

Passo pela porta e engulo o nó na minha garganta antes de dar uma olhada na sala de estar.

— Cadê meu irmão?

— Foi na fisio — responde Ian, fechando a porta atrás de nós.

— Ah, verdade. — Dou um aceno vago de cabeça enquanto me afundo no sofá. — Tinha esquecido.

Teria sido bom lembrar desse detalhe antes de me enfiar neste apartamento com ele, só nós dois.

Ian pega uma toalha jogada no encosto do sofá e esfrega os cabelos úmidos antes de se acomodar na outra ponta.

— Você disse que queria conversar?

— Isso — respondo, limpando a garganta. — Falei com Gia hoje e, pelo jeito, eles querem outra participação sua no programa.

Ele parece surpreso.

— Sério?

— Arrã, sério. Agora que caímos na boca do povo, Gia acha que um novo episódio vai ter ainda mais audiência.

— É, faz sentido — concorda Ian, pensativo, com a mão parada a meio caminho do cabelo e o cenho franzido em contemplação.

A posição acentua ainda mais os músculos do bíceps, e quando ele volta a esfregar a toalha na cabeça, sinto vontade de lamber as gotinhas de água espalhadas pelo braço tatuado.

— Mas só se você quiser — acrescento.

Ele encolhe um dos ombros, pelo jeito decidido a abandonar a secagem, pois larga a toalha de volta sobre o encosto do sofá.

— Mal não vai fazer — responde, sorrindo para mim. — Já avisei que, desde que não tentem me botar pelado diante das câmeras, eu topo qualquer coisa.

Ai, inferno. Não pense em Ian pelado agora. E está todo molhado, ainda por cima. Não pense nele pelado, não pense.

Cerro a mandíbula, assentindo com uma rapidez nada casual.

— Perfeito. Vou avisar a Gia.

— Você veio até aqui só para me perguntar isso?

O tom dele é brincalhão, e sinto meu rosto corar em resposta.

— Hum, não. Ela sugeriu uma outra coisa, mas fiquei um pouco receosa.

— Ah, o quê?

— Bem, a emissora acha que seria bom a gente... ser visto em público de novo, igual ao dia do orfanato.

— E eles já têm algum evento em mente?

— Na verdade, sugeriram um... passeio... só nós dois.

Ian pestaneja por um instante, depois pergunta:

— Tipo um encontro?

— É, eles não podem chamar de encontro — resmungo —, mas a ideia é basicamente essa.

A ponta do dedo dele começa a traçar o lábio inferior, e meu olhar fica vidrado no movimento, como se tivesse sido colado por camadas generosas de fita adesiva. Meus pensamentos voltam para aquele momento idiota no meu quarto idiota onde só falei coisas idiotas.

O que me faz soltar a língua para dizer *ainda mais* idiotices.

— Talvez a gente tenha que fazer umas demonstrações públicas de afeto — comento baixinho.

O dedo de Ian fica imóvel sobre a boca, e seu olhar encontra o meu.

— É?

— Sim, para ser mais convincente, sabe?

Ele assente devagar, ainda acariciando aquele maldito lábio.

— Faz sentido.

— Mas não vai ser esquisito pra você, vai?

Uma ligeira ruga se forma entre suas sobrancelhas.

— Por mim tudo bem, se você conseguir lidar com isso.

— Bom, por mim tudo *ótimo* — disparo de volta, ao ouvir o desafio em seu tom.

— E que tipo de demonstração você tem em mente?

— Eu não disse que tinha alguma coisa em mente — respondo com a voz embolada.

O dedo dele faz outro movimento arrastado de vaivém no contorno da boca, e os olhos ficam pensativos enquanto estudam meu rosto.

— No mínimo vamos ter que andar de mãos dadas.

— É, acho que sim — concordo, com a voz ainda esquisita. — Posso fazer aquele lance de enfiar a mão no seu bolso de trás.

Ian me lança um olhar intrigado.

— As pessoas ainda fazem isso?

— Ô, se fazem.

— Hum.

O olhar dele se aquece, e há uma leve sugestão de dentes fincados no lábio de baixo, e sinto uma eletricidade estranha no ar, a mesma que jurei ter imaginado entre nós no meu quarto de infância aquele dia, a que me levou a despejar todas aquelas palavras desconexas.

— Vou até onde você for, Lila.

Se eu estivesse de pé, acho que meus joelhos já teriam cedido a essa altura. Não sei o que isso significa para mim, para *nós*, mas pareço incapaz de impedir as palavras de jorrarem dos meus lábios. É só mais um dos nossos joguinhos? Ou dessa vez tem algo além?

— Ah, é? Porque eu estou bem empenhada, sabe. Melhor tomar cuidado ou você vai acabar em uma sessão de beijos improvisada comigo.

Puta merda, menina. Fecha essa matraca.

Prendo a respiração quando Ian olha para mim com uma expressão indecifrável, impossível de entender. Eu daria um dedo só para ler seus pensamentos.

— Lila — começa a dizer ele lentamente, cauteloso —, eu vou até onde você for.

O ar me escapa, o coração acelera até quase sair pela boca, que se abre para dizer alguma coisa, só não sei o quê. O ar parece mais denso, o cômodo mais abafado, ou talvez seja só eu, e sei que preciso dar uma resposta, *qualquer* uma, mas...

Tomamos um susto quando a porta se abre de supetão e Jack aparece ali, resmungando enquanto tenta puxar as chaves da fechadura e equilibrar a sacola presa na tipoia.

— Cara, a gente precisa arranjar uma daquelas fechaduras eletrônicas, essa história de usar uma mão só é dureza, não tem como...

Jack fica surpreso ao me ver ali.

— Nossa, parece que toda vez que eu entro nessa sala tem uma mulher diferente no meu sofá.

Sinto meu estômago afundar.

— Sério?

— Não é o que parece, juro — declara Ian com firmeza, sem desviar os olhos dos meus.

O ar carregado se dissipa ao nosso redor, e apesar da expressão no rosto de Ian, aquela que me pede para confiar nele mesmo quando não me deve a menor satisfação, eu me sinto abatida de repente. Enjoada, até.

— Só vim repassar algumas sugestões da emissora — explico com indiferença, já me levantando do sofá.

— Lila — chama Ian, também de pé.

Esboço um sorriso fingido.

— Mais tarde a gente conversa sobre o passeio, pode ser? Podemos trocar ideias por mensagem.

— Lila — repete Ian, com ar de irritação.

Por que está irritado? Não é da minha conta quem ele traz ou deixa de trazer para esse sofá.

— Não quer ficar mais um pouco? — convida Jack. — Vou fazer nachos pro jantar.

— Já comi — respondo, já a caminho da porta. — E, de qualquer forma, tenho que resolver umas coisas lá em casa.

— Azar o seu — rebate Jack, felizmente alheio ao ar carregado do ambiente, e segura a porta aberta para mim. — Tem que ser muito *burrito* para recusar meu nacho.

— Que piada péssima — resmungo, abraçando-o com cuidado por cima da tipoia, sem olhar na direção de Ian. — Vejo vocês outro dia.

Posso sentir os olhos de Ian em mim quando a porta se fecha, e só volto a respirar ao ouvir o clique da fechadura. Mal cheguei ao elevador quando meu celular vibra no bolso, e já imagino de quem seja a mensagem.

CUPCAKE: Não é o que parece.

Encaro a tela durante todo o trajeto do elevador, e só começo a digitar a resposta quando já estou atravessando o saguão do prédio de Jack.

> Não esquenta com isso. Nem é da minha conta.
> Amanhã a gente conversa sobre o passeio. Boa noite!

Ainda não digeri muito bem essa informação, mas não posso exigir explicações de Ian sobre essas mulheres, perguntar quem eram, o que significam para ele, por que estavam lá. Não é mesmo da minha conta, e não cabe a mim questionar.

E, pensando bem, acho que é exatamente o motivo de eu me sentir tão mal.

12

Ian

Mesmo sentado do lado de fora do rinque enquanto amarro os patins, estou inseguro com a ideia de trazê-la aqui. E, para piorar, estou inseguro com a minha insegurança em relação ao convite. Mais uma vez, tento me lembrar de que isso não é um *encontro*, mesmo que o suor e o nervosismo digam o contrário.

Delilah tem andado distante nos últimos dias. Eu quis explicar as palavras de Jack várias vezes desde aquele dia, mas além de nem saber por onde começar, também tenho receio de que ela tenha falado sério naquele dia e realmente não esteja nem aí. E de que tudo isso não passe de paranoia da *minha* cabeça.

Com os patins amarrados, eu me ajeito no banco e espio a multidão razoável já aglomerada no meio da pista. Gente o bastante para garantir que seremos fotografados, mas não o suficiente para causar incômodo. A nostalgia desse lugar me invade como uma onda, trazendo lembranças de joelhos ralados e hematomas roxos na minha versão mais jovem, com meu pai ao lado cuspindo ordens para fazer *de novo*, e dessa vez *direito*.

O celular vibra no bolso da calça, me despertando desse torpor, e sinto um nó se formar no estômago ao ver o nome da minha mãe na tela. Tivemos algumas conversas esporádicas desde meu retorno à cidade, mas ainda não fiz a visita prometida, algo de que ela não me deixa esquecer. Respiro fundo e levo o celular ao ouvido, pronto para atender a ligação.

— Oi, mãe.

— Ian! Oi, querido. O que você está fazendo?

— Eu? Hã, estou...

Não posso contar a verdade, revelar que estou muito ocupado arrancando os cabelos por causa de um possível encontro hipotético com a mulher que não sai da minha cabeça. Em vez disso, pigarreio e respondo:

— Estou naquela pista de patinação que eu sempre vinha com meu pai.

— Ah, seu pai ama esse lugar. Ele está aí com você?

Torço o nariz, incomodado. Meu pai não patina comigo desde os meus quinze anos, e apesar de estar curioso quanto ao seu paradeiro, já que pelo jeito nem minha mãe sabe, decido não tocar no assunto.

— Não, vim encontrar outra pessoa.

— Uma *garota*? — provoca ela.

— Mãe...

— Não pense que não tenho internet em casa, filho. Vi suas fotos com a irmã de Jack. Delilah, é isso? Que mulher linda. Sempre foi bonita, desde criancinha, mas, minha nossa, que belezura ela se tornou.

Tento engolir o nó na minha garganta. Minha mãe não faz ideia do quanto esse fato me atormenta.

— É — respondo. — Mas você sabe que é tudo fachada, certo?

— Hum, não sei, não — comenta ela com malícia. — Aquelas fotos me pareceram bem convincentes.

Abafo uma risada.

— Esse é o objetivo.

— Claro, claro. Se você diz...

Mas ela não parece nem um pouco convencida.

— Eu *digo* que somos apenas amigos — enfatizo, as palavras soando fracas aos meus próprios ouvidos.

— Ah, por que você não a convida para jantar aqui em casa? Seria tão bom. Posso preparar uma caldeirada de mariscos e...

— De jeito nenhum — declaro sem rodeios, incisivo demais.

Posso ouvir sua hesitação, quase imaginar a mágoa em seu rosto, e me sinto ainda pior do que antes.

— É só que... — retomo.

Porra. Quem me dera poder confessar tudo a ela. Seria bom ter alguém com quem compartilhar esses sentimentos complicados, mas sei que não posso seguir por esse caminho. Não enquanto não puder lhe contar *toda* a verdade.

— É só que... eu não quero que ela se sinta pressionada. Ela tem me ajudado bastante.

— Ah.

Minha mãe se esforça para esconder a própria decepção, mas é palpável. Imagino, porém, que ela ficaria ainda mais decepcionada comigo se soubesse de tudo.

— Tudo bem, não tem problema — diz. — Quem sabe mais para frente, né?

— Claro — respondo, sem saber se é sincero. — Quem sabe.

— Enfim, eu só queria ver como você está. Estou com saudade, filho. Pelo menos vai vir me visitar em breve, não vai? Sei que anda bem ocupado esses dias, mas eu sinto falta do meu garotinho.

Uma pontada dolorosa se espalha pelo meu peito, e fecho os olhos ao sentir o aperto.

— Também estou com saudade, mãe. Desculpa por estar tão ocupado. Vou visitar você em breve, está bem?

— Olha que eu vou cobrar — responde ela, aos risos. — Eu te amo, filho.

Minha voz fica um pouco embargada ao responder:

— Eu também te amo, mãe.

Por fim nos despedimos e eu volto a guardar o celular no bolso, com mais uma camada de culpa para agravar meu nervosismo. Há tantas apreensões rondando minha mente, tantas pessoas que posso decepcionar. Já até perdi as contas. Minha mãe, Lila, Abby, meu *pai*... não que isso seja novidade para ele. Às vezes me custa respirar sob o peso desse fardo, me faz desejar que tudo fosse diferente.

— Só você mesmo pra querer patinar no seu dia de folga — ouço uma voz atrás de mim dizer, seguida de uma risada.

Viro o rosto e vejo Lila se aproximar com ar pensativo, o cabelo escondido sob um gorrinho de lã cor-de-rosa. A mera visão dela, estranhamente, parece quase acalmar a ansiedade que ainda se agita no meu peito. O pequeno sorriso em seus lábios ajuda a dissipar a sensação nebulosa na minha mente, e mesmo que as dúvidas e os medos ainda persistam, parecem menos avassaladores quando Lila está aqui.

Com isso, fica ainda mais difícil ignorar os sentimentos que venho nutrindo por ela.

— Muito óbvio?

Ela encolhe os ombros, desabando ao meu lado no banco antes de tirar os sapatos e começar a calçar os patins.

— Vindo de você? Sei lá. Parece a escolha certa.

O silêncio nos envolve enquanto ela amarra os cadarços, e consigo sentir a estranheza ainda pairando entre nós, tão intensa quanto da última vez que a vi, apesar da minha esperança de que tivesse diminuído. É difícil ver a mágoa estampada em seu olhar. Decepcionei muitas pessoas ao longo da vida, e não quero de jeito nenhum que Lila seja mais uma delas.

Durante toda a tarefa, ela evita meu olhar, com a atenção voltada para os patins até estarem bem presos. Por fim se levanta e testa seu equilíbrio antes de deslizar para a entrada da pista de gelo.

Só então se vira para mim, com o mesmo ar inexpressivo de antes, tão diferente da Lila que conheço. Como se fizesse um esforço deliberado para não deixar transparecer suas emoções.

— E aí, você vem ou não?

Só me resta assentir em silêncio antes de me levantar do banco e a seguir pelo gelo, avançando sem pressa para me igualar ao seu ritmo. Damos uma volta inteira na pista sem trocar uma palavra, mas de repente não aguento mais e limpo a garganta, torcendo para soar mais despreocupado do que me sinto.

— Pelo jeito você aprendeu a patinar — comento, partindo direto para as provocações.

Ela abafa uma risada.

— Bem, na última vez que você me viu patinar, eu ainda era uma adolescente despeitada.

Porra, Chase, não se atreva a olhar. Sabe muito bem que ela sofreu uma grande mudança nesse quesito. Não precisa dar outra conferida.

— Certo, verdade — respondo com uma risada esquisita que nem parece minha. — Acho que já faz tempo.

— É, o tempo passou pra muitas coisas — diz ela, enigmática.

Diminuo o ritmo.

— O que isso quer dizer?

— Nada — acrescenta ela depressa, tomando a dianteira.

Sou forçado a patinar mais rápido para alcançá-la.

— Por acaso você tem me evitado esses dias?

A testa dela se franze em confusão.

— Mas a gente mal se viu. Como eu ia te evitar?

— Sei lá. Você estava... diferente.

— Estava?

Paro com um movimento brusco e a seguro pela mão.

— Lila.

— Ian — devolve ela, quase petulante, com o queixo erguido e os olhos semicerrados.

— Olha — começo a dizer. — Não sei como consertar o que fiz, seja lá o que tenha sido, mas não gosto desse clima estranho entre a gente. Só sei que a fala do seu irmão naquele dia não é o que parece. Não estou saindo com ninguém. Não saí com ninguém desde Mei. E com certeza não estou levando mulheres aleatórias lá pra minha... para a casa do Jack. Enfim.

Ela crispa os lábios, desviando o olhar.

— Já disse, não é da minha conta.

— Não é?

Os olhos dela saltam para os meus, a boca entreaberta.

Porra.

Nem sei o que estou fazendo. Talvez ela não se importe mesmo. Talvez eu esteja preocupado à toa. Não consigo dizer, porém, qual dessas opções é pior.

Observo sua expressão se alterar várias vezes até se moldar a algo mais característico *dela*, os lábios curvados em um sorriso tão suave quanto o ligeiro aceno de cabeça.

— Eu acredito em você — declara Lila, com uma risada. — Bobão.

Aos poucos, o aperto no meu peito começa a se soltar, e eu sorrio de volta.

— Olha, você vai me perdoar, mas, se tem um bobão aqui, com certeza não sou eu.

— Arrã, vai sonhando, cupcake.

Solto a mão dela com cuidado para que volte a patinar, e de soslaio percebo os olhares alheios, algumas pessoas tão curiosas a ponto de tirar fotos sem o menor pudor.

— Acho que logo, logo vai ter mais fotos nossas na internet — resmungo.

— O objetivo era esse, não?

— Era, mas não deixa de ser esquisito.

— Pelo menos não tem taaanta gente aqui — comenta Lila, depois olha para mim. — Por que você escolheu este lugar, afinal?

Sinto minhas orelhas em chamas debaixo do cabelo.

— Quando era criança, vivia treinando aqui com meu pai. Ele me trazia quase todo dia pra praticar.

— Sério?

— Seríssimo.

— E como eu nunca fiquei sabendo?

— Hã… sei lá — desconverso. — Quando eu estava com vocês, não gostava muito de falar do meu pai.

— Ele ainda é…?

— Um puta babaca? Com certeza — respondo com uma risada amarga. — Não que os outros saibam disso. A cidade inteira ainda o enxerga como um exemplo de pai e marido.

— Hum, sei lá — reflete Lila. — Ele nunca me pareceu flor que se cheire.

Abro um sorriso afetado.

— Ah, é?

— Dá pra ver no olhar dele — explica ela com seriedade. — Os olhos nunca mentem.

— Temos os mesmos olhos — trato de lembrar.

Lila se vira para mim, com os lábios sorridentes e a expressão calorosa, e diz:

— Não, não têm mesmo.

Nem sei como responder, fico incapaz de pensar qualquer coisa com o coração a martelar meus ouvidos, por isso me limito a assentir de leve.

Sou pego desprevenido quando ela toma minha mão, os dedos se curvando ao redor dos meus, quase entrelaçados. Paro de patinar e pouso os olhos ali, depois a vejo arquear a sobrancelha, com um esboço de sorriso nos lábios. O indicador traça um círculo lento sobre o dorso da minha mão, com a pele arrepiada ao toque.

— Posso? — pergunta Lila, com ar de desafio. — Não quero passar dos limites.

Solto uma risada debochada e entrelaço os dedos dela aos meus, sentindo o calor que irradia da palma. Depois dou um apertãozinho, tentando fingir que o simples peso da sua mão não é o suficiente para me deixar inquieto, para fazer meu coração disparar.

— Já falei — declaro com firmeza. — Eu vou até onde você for.

Quando a sinto retribuir o aperto, não me escapa como parece *natural* estar assim, de mãos dadas com ela. Engulo em seco, tentando me distrair da pequenez de seus dedos em contraste com os meus, de como segurar a mão dela me faz querer segurá-la por inteiro.

— Mei também nunca gostou dele — digo de improviso. — Do meu pai.

De imediato, sinto Lila se retesar, a mão enrijecendo ao redor da minha.

— É?

— Sim, mesmo na época do namoro ela já dizia que o comportamento dele parecia puro fingimento.

— Entendi.

Um olhar rápido me revela sua expressão pensativa, o nariz ligeiramente enrugado e as sobrancelhas franzidas, a atenção toda voltada para a camada de gelo à frente.

Deslizo o polegar pelo dorso da mão dela.

— O que foi?

— Você ainda ama ela?

A pergunta me pega completamente desprevenido.

— Quem? A Mei?

Lila apenas assente.

Abro e fecho a boca, sem saber como formular uma resposta à altura desse questionamento complicado.

— Eu...

Paro por um instante, pensativo. Quase consigo sentir a tensão de Lila à espera das minhas palavras. Não tem motivo para eu estar tão interessado no seu aparente interesse, mas isso não impede o sentimento. Não mesmo.

— Não — respondo por fim. — Posso ser sincero? Nem sei se chegamos a nos amar desse jeito. Ela era minha melhor amiga. Passamos por muita coisa juntos. Sempre a apoiei, e ela sempre fez o mesmo por mim. E, no fim, acho que nós dois pensamos que isso era motivo suficiente para casar.

Lila ainda mantém o olhar fixo no chão.

— Oh.

Não sei o que me motiva a continuar, mas já não tem mais volta.

— Os pais dela são muito... antiquados. São abertamente homofóbicos. Por causa disso, Mei manteve sua bissexualidade em segredo. Eu era o único que sabia.

Reflito por um momento, relembrando tudo.

— Quando olho para trás... Acho que ela só aceitou casar comigo por acreditar que bastaria estar ao lado de alguém que amava, mesmo que apenas como amigo. Deve ter pensado que isso a ajudaria a esquecer aquela parte dela que tentava esconder.

— Mas não adiantou?

— E alguma vez adianta? Esconder uma parte de nós mesmos só serve para nos destruir por dentro. Não se pode viver pela metade.

Eu a vejo prender a respiração, com os olhos arregalados.

— Eu... Sim. Isso é verdade, acho.

— Com o tempo, ficou ainda mais difícil — conto. — Continuar juntos e saber que nunca nos amaríamos *daquele* jeito. Eu queria que Mei encontrasse alguém por quem pudesse se apaixonar, não apenas amar. Entende?

— Então, quando vocês se separaram...

— Foi totalmente amigável. Ainda somos amigos. Muito amigos, na verdade. Sou fã da esposa dela — acrescento, sorrindo. — Bem, na maior parte do tempo.

— Caramba, isso é... muita coisa para processar.

— Por quê?

— Não era assim que eu imaginava seu casamento.

— Sem nada além daquelas fotos, deve ter sido difícil chegar a outras conclusões. Porra, até hoje a internet inteira acha que eu traí Mei desde o início do nosso relacionamento.

— Eu nunca acreditei nessa história — diz ela com firmeza, diminuindo o ritmo. — Nunca. Você jamais faria uma coisa dessas. É confiável demais para isso.

— Naquela época, já fazia anos que a gente não se via — murmuro. — Como você poderia saber disso?

Lila morde o lábio, tomada por uma timidez repentina nada característica.

— Porque eu continuei vendo você — sussurra ela, tão baixo que mal consigo ouvir. — Sempre.

Engulo em seco, sem palavras.

— Lila, sobre aquelas fotos, a verdade é que…

Ela abana a cabeça, me interrompendo.

— Não precisa me contar nada, Ian. Você não me deve explicação. Nem a mim, nem a ninguém. Eu conheço você.

Céus, nunca quis tanto desabafar com alguém, mas meu lado racional diz que esse não deve ser o melhor lugar para revelar *todos* os meus segredos.

— Obrigado — digo em vez disso, soando tão ofegante quanto me sinto.

Puxo a mão dela, fazendo-a parar, e não a solto mais. Não consigo ignorar a visão das nossas mãos entrelaçadas, à espera da sensação de que há algo errado nesse gesto, mas ela nunca vem. Eu seguro a mão de Lila com mais força, espalmando seus dedos sobre meu peito, bem em cima do coração, enquanto tento encontrar uma forma de confessar o que sinto. Lila observa nossas mãos unidas, depois volta a olhar para mim, surpresa. Mas logo sou recompensado com seu sorriso doce, com o aperto dos seus dedos nos meus, e de repente percebo que já não a vejo como a irmã mais nova de Jack, como a garotinha adorada da minha juventude. Não, neste momento ela é apenas… Lila. Com sorriso perfeito, coração bondoso e lábios macios que mesmo agora me chamam a atenção.

E por falar neles…

— Lila.

Continuamos parados bem ali, no meio da pista de gelo, cercados por sabe-se lá quantas câmeras. Vejo a linha delicada de sua garganta oscilar ao engolir em seco, o rosto carregado de expectativa ao olhar para mim.

— Sim?

— Havia mesmo alguém? — Não consigo tirar os olhos dela, buscando em suas feições os vestígios de uma verdade que estou, agora percebo, desesperado para descobrir. — Alguém que você gostava. Alguém que não te enxergava.

Lila respira fundo, soltando o ar lentamente antes de dizer:

— Acho que você já sabe a resposta.

Meu coração dispara, dominado pela necessidade esmagadora de chegar mais perto, como se eu estivesse à mercê das ondas e ela fosse meu ar.

— E se... — começo. — E se essa pessoa te enxergasse agora? Seria tarde demais?

Os lábios dela estremecem, mas os olhos... porra, os olhos *brilham*.

— Acho que... você também já sabe a resposta.

— Eu enxergo você, Lila — sussurro bem baixinho.

A mão dela está trêmula contra a minha.

— Só demorou uma eternidade.

— O que a gente faz agora? Eu... Eu não sei o que vem a seguir.

Uma curva sedutora desponta em seus lábios, ela diminui a distância entre nós, e a calidez do seu corpo afugenta o gelo que nos cerca.

— Considerando quanto tempo já esperei, acho que... agora? Bem, agora você me leva direto pra sua casa.

— Jack não está lá — digo com a voz rouca. — Fisioterapia.

O sorriso dela é quase predatório.

— Ah, eu sei muito bem.

É loucura, é imprudente, e não faço a menor ideia de como contar a Jack, de qual seria sua reação, mas ainda assim, neste momento... só consigo pensar em qual deve ser o gosto do beijo dela.

E estou determinado a descobrir.

13

Delilah

Faz anos que quero beijar Ian Chase. Tive muito tempo para fantasiar com esse beijo. Muitos e muitos anos. *Mesmo*. Uma quantidade *absurda* de segundos dedicada a esse momento.

Por isso, a breve subida até o apartamento deles, confinados no espaço minúsculo daquele elevador, é ao mesmo tempo um misto de tortura e adrenalina. Perguntas ricocheteiam pelo meu cérebro como uma bolinha de pinball, sem saber se eu já deveria ter partido logo para o beijo na pista de gelo, se seria muito difícil o convencer a me jogar sobre o ombro e me carregar porta adentro feito um homem das cavernas…

Como eu disse, já fantasiei *muito* sobre o assunto.

Ian parece tão nervoso quanto eu, pelo menos, me lançando olhares furtivos de dois em dois segundos, tal como faço com ele, e o ruído do elevador só serve para tornar mais palpável a energia carregada entre nós à medida que nos aproximamos do andar certo. Fico na expectativa de ele dizer alguma coisa, mas ambos permanecemos calados por todo o caminho, sem a menor pressa de interromper o silêncio elétrico que vibra ao nosso redor.

Então é um pouco surpreendente quando a mão dele torna a envolver a minha tão logo o elevador chega ao nosso destino — uma *ótima* surpresa, fantástica para *cacete*, eu diria — e em seguida praticamente me puxa pelo corredor conforme avança apressado em direção ao apartamento. Não me solta quando pesca as chaves do bolso, nem quando as gira na fechadura, ainda me segurando com força quando fecha a porta atrás de nós e passa a chave.

E aí ele... não faz nada. Nadinha mesmo.

Apenas continua a segurar minha mão, a olhar para ela com o lábio preso entre os dentes.

Puta merda, ele vai voltar atrás, não vai?

— Ian?

O olhar dele recai sobre mim, as sobrancelhas franzidas em dúvida.

— Será que isso é uma boa ideia?

— Quê? — pergunto, sem deixar transparecer o quanto suas palavras me atingem como um soco no estômago. — Como assim?

— É que... somos amigos há tanto tempo, Lila. Sei que passamos alguns anos afastados, mas você, Jack e Bea sempre foram meu lar enquanto eu crescia. Jamais iria querer estragar essa relação.

— Ah. — Desvio os olhos para o chão, na esperança de esconder como estou arrasada. — Claro, eu entendo. Se você não quiser mais, eu entendo perfeitamente.

— Não.

A determinação da voz dele me pega de surpresa, e quando ergo o rosto para encontrar seu olhar, a mão livre já avançou, envolvendo meu queixo. A expressão é séria, os olhos cinzentos encaram os meus com uma intensidade que nunca vi nele antes. Pelo menos não dirigida a mim.

— Não?

— Vou ser muito claro — diz ele com firmeza. — Tenho pensado nisso há muito mais tempo do que deveria. Porra, desde o segundo em que você voltou pra minha vida. Tem ideia de como fiquei atordoado aquele dia no estúdio? Ao descobrir que a criancinha adorada da minha adolescência se transformou nessa mulher maravilhosa que de repente não saía da minha cabeça? Porque essa é a verdade, Lila. Não sei o que isso significa, nem se é uma boa ideia, mas nessas últimas semanas só consegui pensar em você. E, cacete, tudo que eu mais quero é descobrir qual é o gosto do seu beijo.

O ar ficou preso nos meus pulmões ao ouvir Ian me chamar de *mulher maravilhosa*, e mesmo quando está claro que o discurso já terminou, levo vários segundos para me lembrar de respirar. Solto um suspiro trêmulo, ouvindo as batidas aceleradas do meu próprio coração, e sinto o rastro de calor deixado por seus dedos ao longo da minha pele.

— Acha *mesmo* que isso é uma má ideia, Ian?

Os olhos dele percorrem meu rosto e por fim pousam nos meus lábios.

— Provavelmente — responde, quase um sussurro. — Seria melhor você recusar.

— E você *quer* que eu recuse?

Ele me estuda por um bom tempo, os segundos tornados minutos na minha percepção, antes de enfim dizer:

— Não. Não quero. Só quero levar você para aquele quarto e descobrir se sua boca é tão macia quanto parece.

— Bem... — Um sorriso me brota nos lábios enquanto passo os braços ao redor do seu pescoço. — Está esperando o quê?

Nada, nadinha mesmo — nem anos de desejo, nem fantasias vertiginosas de adolescente, nada — poderia me preparar para a forma como sua boca se encaixa na minha. Ele se lança ao meu encontro com a mesma urgência que sinto, e as mãos alcançam minhas coxas e me puxam para seu colo como se eu não pesasse um mísero grama.

Ian deixa escapar um som suave e faminto quando deslizo a língua por seus lábios entreabertos, meu corpo tomado por um arrepio enquanto ele a chupa como se fosse bala. Tenho a breve noção de estarmos a caminho do quarto, mas mal a registro, consumida como estou pela forma como suas mãos agarram minha bunda, pela maneira como sua boca aprofunda o beijo e parece sempre querer mais.

Ouço o rangido da porta do quarto, seguido pelo estrondo do batente quando ele a fecha com um chute atrás de nós, e depois solto um gritinho surpreso quando ele me joga no meio da cama. Só tenho um segundo para me recompor antes de seu corpo se assomar sobre o meu, os dedos emaranhados no meu cabelo ao me envolver a nuca.

Ele levanta a cabeça, com o cabelo ruivo caindo em cascata ao redor do rosto, os olhos dominados por uma luxúria que nem meus sonhos mais *loucos* poderiam conceber, a garganta trêmula com a tomada de fôlego, e o corpo todo pressionado ao meu.

— Está tudo bem?

— Ian, eu quero te beijar desde que era uma adolescente despeitada, esqueceu? Volta aqui.

Com as duas mãos, agarro seus ombros e o arrasto de novo ao encontro da minha boca, fechando os olhos para me deliciar com a sensação dos seus lábios cálidos, da língua macia, o momento embalado pelos grunhidos que lhe escapam quando me arqueio contra seu peito. A barba dele me arranha de leve, logo imagino como seria a sentir em outro lugar, e o mero pensamento me faz estremecer. Ele ainda envolve minha nuca com uma das mãos, me manobrando a bel-prazer a cada beijo desmedido, e a outra logo se junta à exploração, os dedos suaves a mapear todas as curvas do meu corpo. Mesmo através das roupas, cada toque me arrepia, e ao inclinar o quadril encontro outra surpresa, percebendo mais uma vez que minha imaginação não fez jus à realidade.

Porque Ian Chase está nitidamente excitado. Por *minha* causa.

E posso ver em seu rosto que ele também percebeu que eu senti.

— Foi mal — diz com a voz rouca, os lábios ainda repousados sobre os meus. — Não consigo evitar.

— Ah, jura? — Abro um sorriso cheio de malícia e rebolo o quadril só por diversão. — Não consegue, é?

— *Caralho*, Lila.

Ian fecha os olhos, e seus dedos enormes apertam minha cintura, me pressionam contra o colchão. Uma respiração trêmula lhe escapa ao esfregar o corpo contra o meu, me arrancando um gemido silencioso enquanto os arrepios se acumulam na minha barriga.

— Gostou disso, garotinha?

Caramba. Minha imaginação deveria ser demitida por nunca ter me oferecido essa preciosidade.

Levanto a perna para enlaçar seu quadril, puxando-o mais para perto.

— Quero mais.

— Gulosa — murmura ele, pressionando com mais força para me fazer sentir cada centímetro delicioso entre minhas pernas. — Assim?

— Perfeito — sussurro. — Mas seria ainda melhor sem tanta roupa.

Ian repete o movimento, e minhas pernas o envolvem como se tivessem vontade própria.

— Lila — chama baixinho, quase como uma prece.

Com o rosto enterrado no meu pescoço, ele estica a língua para me saborear, ainda se esfregando contra minha virilha de um jeito que me deixa maluca.

— Você sempre teve um cheiro tão doce. Agora sei que seu gosto é doce para cacete também. Quero provar cada pedacinho seu.

A mão dele serpenteia entre nós, e fico ofegante quando sinto o calor dos seus dedos entre minhas pernas, mesmo por cima do jeans.

— Especialmente este aqui.

Meu corpo todo estremece só de imaginar o rosto de Ian entre minhas coxas, e um gemido faminto me escapa quando levanto o quadril para encontrar sua próxima arremetida, sentindo-o trêmulo contra mim, mais ofegante a cada respiração.

— Vai me fazer gozar na cueca feito um adolescente — grunhe ele.

Enrosco os dedos nas pontas do cabelo dele, puxando de leve para arrancar um gemido suave dos seus lábios.

— Hum... nada mais justo, considerando quantas vezes já gozei pensando em você.

Ian estremece.

— Você é mesmo chatinha, não é?

— Ah, você nem imagina — praticamente ronrono, beijando o cantinho da sua boca. — E aí, vai fazer o que em relação a isso?

— Tenho várias ideias — responde ele com a voz rouca, sibilando quando meus dentes mordiscam sua orelha.

— Vai me castigar, Ian?

— *Cacete* — vocifera ele, com o corpo trêmulo, e sou inundada por uma onda de prazer. — Quer ser castigada, Lila?

— Só quero suas mãos em mim — determino, e começo a percorrer seu rosto com os lábios, sentindo as cócegas provocadas pela leve aspereza da barba, e por fim os pouso sobre sua boca, me entregando outra vez à intensidade do beijo. — Tanto faz onde ou como.

Ele se impulsiona para cima, com as mãos espalmadas sobre o colchão, e me estuda por um momento. Na luz tênue que espreita por entre as cortinas, consigo distinguir as sardinhas borrifadas sobre o nariz, sobre as bochechas. Percebo o leve movimento da língua a umedecer os lábios. O desejo estampado em seu olhar, tão intenso que me faz contorcer por dentro.

— Você vai acabar comigo, não vai?

Esboço um leve sorriso.

— Ah, pode apostar.

Meus dedos agarram a camisa dele, desesperados para o trazer para perto de mim, e consigo sentir a curva macia dos seus lábios contra os meus quando, de repente, uma porta se fecha com força ao longe.

Ficamos imóveis na hora.

— Ian? — chama meu irmão. — Já chegou?

— Jack — sibila Ian, bem baixinho.

Faço careta.

— Puta que pariu.

— O que a gente faz agora?

— Melhor fingir que você não está em casa.

— Cara — continua Jack —, por que você deixou os sapatos jogados no meio do corredor?

Ian chega a estremecer. Claro que nem sequer pensamos em sapatos enquanto ele me carregava para o quarto. Só me resta torcer para que os meus estejam ao lado da cama, não largados lá fora.

— Jack não pode descobrir desse jeito — sussurro. — Vai ter um treco se entrar aqui e flagrar a gente assim, praticamente transando de roupa.

— É, não quero levar bronca de Jack enquanto estou de pau duro — comenta Ian com uma careta.

— Bom, então fala alguma coisa!

— O quê?

— Sei lá. Qualquer coisa para ele não entrar aqui.

A voz de Jack parece mais próxima agora.

— Ian?

— Hã, oi! — grita Ian, a expressão tomada pelo pânico. — Estou aqui no quarto, cara. Só... — Ele me lança um olhar desesperado, e eu sacudo a cabeça, tão perdida quanto. — É que eu estou pelado.

Jack está do outro lado da porta.

— Tipo... peladão à toa?

— Isso. Só para relaxar, sabe?

— Hum. — Alguns segundos de silêncio, e depois: — Tranquilo. Às vezes eu gosto de jantar pelado no meu quarto. Tipo um homem das cavernas e tal.

— Ah... claro — responde Ian, confuso.

Sinto meu rosto se contorcer de desgosto.

— Maneiro — diz Jack. — Enfim, vou lá tomar um banho. Que tal a gente pedir comida tailandesa mais tarde?

— Claro, pode ser — grita Ian de volta.

Nenhum de nós respira enquanto os passos de Jack se afastam pelo corredor, e só arriscamos dizer qualquer coisa quando a porta do banheiro se fecha ao longe.

— Eu *não* precisava saber isso sobre meu irmão — resmungo.

Ian se desvencilha de mim a contragosto, e fico feliz em reparar nesse detalhe.

— Pois é, eu também preferiria ter passado sem essa.

Ele se ajoelha na cama e eu me apoio no colchão, e o peso do momento interrompido por Jack se faz presente na nossa troca de olhares.

Com a mandíbula cerrada, Ian diz:

— Vai ter continuação, né?

— Vai? — pergunto, radiante.

— Porra, mas *com certeza* — enfatiza Ian, depois faz careta. — Talvez só... não enquanto seu irmão estiver em casa.

Endireito os ombros e o puxo para perto de mim, capturando sua boca em um beijo lento e arrastado, ao mesmo tempo doce e carnal, recheado de promessas.

— Combinado — digo, um pouco ofegante.

— Combinado — repete ele. — Agora, vamos te tirar daqui antes que Jack me dê uma surra com uma mão só.

— Até que eu ia gostar de ver isso — provoco.

Ian dá risada.

— Não quero magoar seu irmão. Eu meio que gosto dele, sabe?

— E eu?

Estamos os dois de pé enquanto calço os sapatos, e ele para de ajeitar a roupa para olhar para mim, com um sorriso quase travesso nos lábios, o suficiente para fazer meu coração acelerar. Em seguida segura minha mão e a leva à boca, plantando um beijo suave nas juntas dos dedos.

— Hum, eu meio que gosto de você também.

— E eu de você — respondo, atordoada como se meu crush, meu *primeiro* crush, tivesse acabado de me beijar na cama dele.

Ian me leva pela mão em direção à porta. Espia o corredor para ver se a barra está limpa antes de me conduzir pela sala de estar até a porta, me puxando para um último beijo que me faz ficar na ponta dos pés.

— Me avisa quando chegar em casa — sussurra ele quando enfim me afasto.

Abro um sorriso.

— É um pedido ou uma ordem?

— Uma ordem — responde Ian com firmeza, antes de me dar um tapão na bunda. — Chata.

Depois fecha a porta, e eu fico ali em uma mistura de surpresa e tesão, passando os dedos sobre a calça jeans bem no ponto onde ele acabou de bater. Honestamente, o fato de ter acontecido na frente do apartamento do meu irmão mal cruza meus pensamentos.

Estou ocupada demais me perguntando quando vamos repetir a dose.

14

Ian

Achei que nada no mundo seria capaz de me deixar triste hoje. Faz dias que não paro de pensar em Lila: naquela boca cálida, nas curvas suaves, na sagacidade e no coração bondoso… cada detalhezinho único da existência dela tem preenchido meu cérebro desde sua fuga sorrateira do apartamento dias atrás, acima de tudo porque me parece surreal ter vivido todas essas coisas. E ter a chance de continuar a viver, pois, por alguma razão, essa mulher tão fora do meu alcance, tão superior a mim em tantos sentidos, *me quer*. Há muito tempo, pelo que ela diz.

Essa é uma experiência inebriante para alguém que nem se sabe digno de tanto desejo.

Por isso, nem preciso descrever meu bom humor no caminho para o estúdio esta manhã. Com suas mensagens provocantes para me manter saciado nos dias que se passaram desde nosso último encontro (temos andado bem ocupados entre meus treinos e as reuniões dela), não houve nada capaz de me botar para baixo.

Bastou uma única ligação, porém, para tudo isso cair por terra.

Estou na porta do estúdio quando atendo a chamada, dessa vez de propósito. Fico curioso para saber o que o motivou a ligar, já que as coisas têm corrido exatamente como ele queria e, até onde sei, não há razão para me criticar.

— Alô?

— Que palhaçada é essa de aparecer de novo no programa daquela menina Baker?

Fico irritado na hora.

— Como é que é?

— Uma vez, tudo bem — continua ele. — Entendo a parte da publicidade, mas você não precisa se tornar uma mercadoria barata. Passa a mensagem errada.

Paro de andar, com a boca aberta de surpresa.

Sério? Mensagem errada?

— Essa foi boa — debocho. — Ainda mais vindo de você.

— Olha como fala comigo, moleque. Ponha-se no seu lugar.

— Ligou para falar alguma coisa importante? Não que não seja sempre um prazer conversar com você, claro.

— Pode parar de graça, espertão. Não se esqueça de que ainda sou eu que dou as ordens por aqui. Só porque você usou sua mãe nessa tramoia para voltar ao time, não pense que...

— Eu não fiz porra nenhuma — sibilo. — Minha *mãe* me queria de volta, e caso já tenha esquecido, ela tem tanto poder de decisão sobre esse time quanto você.

— Tem, claro — responde ele com frieza. — Desde que você não estrague a merda toda. Sabe o que vai acontecer se tentar bancar o herói, não sabe?

Infelizmente, sei. É a única razão para eu ainda aturar as babaquices dele.

— Já entendi o recado, pai. O programa já foi combinado, não posso voltar atrás. Você me disse para fazer tudo que Leilani mandasse, lembra? Foi uma decisão *sua*.

— Não decidi que você se tornasse o maldito fantoche de um programa de televisão!

— Bom, agora já foi. Não vou cancelar.

— Se quer mesmo jogar sua carreira pelo ralo com esse desempenho de merda e essas decisões imbecis, bancando o mico de circo daquela garota estúpida, pois saiba que...

— Cala a porra dessa boca — vocifero, surpreendendo até a mim. Nunca respondi assim para ele nesses anos todos em que tenta controlar cada aspecto da minha vida. — Não se atreva a falar dela. Ouviu? Nunca mais fale dela, caralho.

Meu pai solta um estalo para externar seu desagrado.

— Não vá me dizer que está metido com aquela garota Baker. Depois de toda a palhaçada do seu divórcio, acha mesmo que é uma boa ideia ter outro relacionamento público com...

— Eu disse para *nunca mais* falar dela — rosno entre dentes. — Não esqueça, pai, estou de boca fechada para salvar a *sua* pele. A porra do *seu* legado. Se não fosse pela minha mãe, eu...

As palavras morrem na minha boca quando vejo ondas castanhas suaves e um sorriso capaz de fazer minha raiva passar de inferno a fogo brando. Engulo o restante da fúria, decidido a não perder mais tempo com Bradley Chase.

— Tenho que ir — murmuro ao telefone. — Não me liga se isso é tudo o que tem a dizer.

Ainda consigo ouvir a gritaria do outro lado da linha quando afasto o celular da orelha. Encerro a ligação e guardo o aparelho no bolso, vendo Lila se aproximar de mim.

— Oi, cupcake — diz ela com doçura, e estende o dedo para enganchar minha calça.

Em seguida, dá um puxão forte e fica na ponta dos pés para plantar um beijo delicado nos meus lábios. Quando dou por mim, já estou me inclinando na direção dela quase por instinto, com os olhos fechados por conta própria enquanto as mãos gravitam ao redor da sua cintura.

Fico até um pouco atordoado quando Lila se afasta, muito depressa para meu gosto, mas ela parece perfeitamente composta.

— Nossa, eu já estava prestes a mandar a polícia atrás de você — brinca ela.

— Ah, foi mal — respondo, tentando tirar meu pai dos pensamentos. — Tive que atender uma ligação.

— Está tudo bem? Você parecia meio estressado quando cheguei.

— Não é nada — desconverso. — Só meu pai e as baboseiras de sempre.

Lila fecha a cara.

— Continua sendo babaca?

— Babaca é elogio.

A mão dela encontra a minha, apertando de leve.

— Sinto muito.

— Não esquenta com isso. Temos um programa para gravar, certo?

Ela sorri.

— Certo. Espero que você esteja pronto para entrar na onda, porque Ava não está para brincadeira.

— Entrar na onda?

Seu sorriso se torna tímido, e ela começa a me puxar pela mão.

— Ah, você já vai descobrir.

***

— É brincadeira, né?

Lila parece absolutamente encantada enquanto ajusta o chapéu cor-de-rosa de chef na minha cabeça, do mesmo tom dos aventais que fizeram para nós, ambos com nossos respectivos nomes no peito, bordados em linha roxa.

— Achei que fica uma gracinha em você — comenta ela com meiguice, recuando para admirar seu trabalho. — Muito respeitável.

Estreito os olhos.

— Eu pareço um idiota.

— Mas é um idiota *muito* fofo.

Dou uma ajeitada no chapéu para ficar mais confortável.

— Você é tão chata.

— Sou mesmo. — Ela chega mais perto, baixando a voz ao traçar meu nome na parte da frente do avental. — Mas você adora.

Estremeço de leve, ciente de que há uma equipe inteira ao nosso redor, e por isso não posso a puxar para perto e a beijar até perder o fôlego. Um fato lamentável, já que ela está perto demais e tem um cheiro doce demais para resistir.

— Tem lá seus méritos — murmuro de volta.

— Se você se comportar direitinho hoje, talvez eu deixe me mostrar o quanto adora.

E então dá as costas como se não tivesse acabado de largar o equivalente sexual da bomba atômica no meu colo, com um ar inocente enquanto ajeita os potes e os ingredientes na bancada. Espio os arredores para ver se tem alguém por perto, depois a alcanço por trás, a centímetros de distância, com a minha boca quase colada ao ouvido dela.

— Se *você* se comportar direitinho hoje, talvez não precise levar umas palmadas por ser tão chata.

Ouço a respiração ofegante dela, sinto o ligeiro tremor em sua garganta, por fim escuto o sussurro em resposta:

— E se eu quiser as palmadas?

Estou a cerca de três segundos de a inclinar sobre a bancada e enfiar a língua em sua boca, a equipe de filmagem e as câmeras que se danem, e se não fosse a chegada da amiga dela, Ava, me forçando a recuar rapidamente, acho que teria feito isso mesmo.

— Ai, vocês dois estão uma graça — comenta Ava conforme me afasto. — Os chapéus foram a cereja do bolo, modéstia à parte.

— Estou parecendo a versão cor-de-rosa do Cozinheiro Sueco — resmungo.

— Todo mundo adora os Muppets — rebate Ava.

— Eu não — digo com um ligeiro arrepio. — Aqueles bichos são meio esquisitos.

Lila solta uma risadinha ao meu lado.

— Com treze anos Ian ainda tinha medo do Conde da Vila Sésamo.

— Ei! Não tinha, não. Só não gosto de fantoches. Eles se mexem de um jeito estranho.

— Claro, claro — ironiza Lila, com um sorrisinho. — Se você diz…

Dou um suspiro alto.

— Vamos cozinhar alguma coisa?

— Estamos quase prontos para começar — avisa Ava. — Lila vai abrir o programa como de costume, depois volta para apresentar você. Acho bom os dois mergulharem de cabeça dessa vez. Tipo, o objetivo é fazer o público acreditar que vocês estão se comendo fora das câmeras, mesmo que não seja verdade.

Sinto um leve rubor nas orelhas, e Lila escolhe esse momento para inspecionar um potinho com sal. Enquanto isso, Ava continua a descrever o desenrolar do episódio, mas só consigo pensar na insinuação de algo a mais entre nós, com a mente longe, de volta ao momento em que isso quase aconteceu. Não que tenha saído da minha cabeça desde então. Quando não estou preocupado com as implicações desse ato, minha vontade é cruzar aquela maldita linha como se eu fosse um maratonista e Lila fosse a medalha de ouro.

E, verdade seja dita, ela é mesmo.

— Ah, e se tiverem algum problema com o chapéu, avisem e a gente faz uma pausa para arrumar. A ideia é que vocês fiquem assim durante todo o programa. Vai ficar bom nas câmeras, acho.

De tão distraído pensando em Lila, perdi metade do discurso de Ava. Espero que não tenha sido nada muito importante. Quando a produtora se afasta, Lila me dá uma cutucada com o cotovelo e ajeita o próprio chapéu, que realmente fica *adorável* nela. Vai entender.

— Cuidado para não queimar nada, hein?

Reviro os olhos.

— Pode deixar.

— Isso, bom menino — graceja ela.

Sinto meu pau latejar. Parece até que um interruptor foi ligado, e agora já não tem mais volta. Será possível não ficar subindo pelas paredes com qualquer coisinha que ela faça?

Lila dá uma piscadinha para mim, e o meninão lá embaixo quase escapa da cueca.

É. Pelo jeito, não.

***

Pela segunda vez durante a gravação, Lila me faz uma pergunta que não entendo, distraído como estou ao ver as mãos dela em movimento. Acho que ninguém pode me culpar. Seus gestos são tão confiantes, tão naturais, mas tal como na nossa adolescência, um pequeno vinco se forma entre suas sobrancelhas quando se concentra nos ingredientes espalhados pela bancada, e esse detalhe continua a ser tão cativante agora quanto era naquela época.

— Pode recomeçar — alguém da produção instrui.

Lila sorri para mim.

— Está dormindo, cupcake?

— Hã, só estou muito… interessado no processo.

Posso ver, pela forma como seus dentes pressionam o lábio inferior, que ela sabe *muito bem* por que estou tão distraído, e tem tudo a ver com a voz doce e o comando autoritário que ela tem da cozinha. Está tão à vontade, tão cheia de confiança, então fica difícil não me deixar levar por seus encantos. Sou dominado por uma mistura de tesão e orgulho, um conjunto de emoções muito confuso para encarar ao mesmo tempo.

Seu sorriso se ilumina por um segundo, e então ela se recompõe, diminuindo a velocidade da batedeira para regravar a cena.

— Sabe por que chamam isso de massa *choux*?

Lila pronuncia como "chu", mas isso não me ajuda em nada.

Nego com a cabeça.

— Hum, sei lá, leva meio chuchu na massa?

— Claro que não. — Ela revira os olhos, mas esboça um sorriso. — *Choux* significa repolho em francês.

Continuo sem entender.

— E…?

Ela abafa uma risada, achando graça.

— Depois de pronta, a massa fica parecida com cabecinhas de repolho.

Torço o nariz.

— Nossa, parece bem… apetitoso.

— Vai ficar uma delícia — rebate ela, divertida, e depois volta a atenção para a câmera. — Querem apostar que ele vai devorar umas três quando estiverem prontas?

— Veremos — respondo com ceticismo.

Enquanto explica a próxima etapa da receita, Lila transfere a massa para um saco de confeitar, depois de ter forrado uma assadeira com papel-manteiga e pincelado água, e observo mais de perto quando ela começa a despejar bolinhas perfeitas de três camadas que parecem muito uma pilha de…

— Hã, era para ficar parecido com aquele… emoji?

Lila parece confusa.

Doce jogada

— Quê?

— Isso aí — explico, apontando para as bolotas em questão. — Bem, tem três camadas e essa ondinha no topo...

Lila observa a massa por alguns segundos, e de repente arregala os olhos e me dá um tapão no peito.

— Ei, não têm nada a ver com *aquele* emoji.

— Ah, parece um pouquinho, vai?

— Não acho. De jeito nenhum.

Faço careta e dou uma olhadinha para a câmera.

— Ela com certeza acha. Todo mundo aí concorda, não?

As bolinhas são idênticas ao emoji de cocô, e ela sabe muito bem disso.

— Você é um... — Lila aperta os lábios, estreitando os olhos. — Um *péssimo* ajudante.

— Pois eu me acho um ótimo ajudante — rebato com confiança, e sua expressão me diz que ela não está irritada de verdade. — Provavelmente o melhor que você vai ter.

Os olhos dela se arregalam e os lábios se separam por um milésimo de segundo, um instante tão breve que deve ter passado despercebido para todo mundo, menos para mim. Só então percebo a implicação por trás das minhas palavras, e de repente já não penso mais em massas, e pelo rubor nas bochechas de Lila, a mente dela também deve ter ido para outro lugar.

— Bem — diz ela, limpando a garganta. — É por isso que você precisa molhar a pontinha do dedo. — Em seguida mergulha o indicador em uma tigelinha de água, sem tirar os olhos de mim. — Ajuda a alisar a ondinha do topo.

Observo seu dedo traçar círculos lentos e ritmados para suavizar a superfície dos montinhos de massa, e engulo em seco quando minha imaginação voa longe, contra minha vontade, para aquele mesmo dedo repetindo os movimentos em outro lugar. De preferência no meu corpo. Será que ela me provocaria assim?

O cantinho dos lábios dela se curvam de leve e os olhos se enchem de diversão. Pelo jeito, a chata sabe *muito bem* o que está fazendo.

— Melhorou?

— É, acho que sim — consigo dizer.

— Espere só até ficar pronto — promete ela.

Preciso me esforçar para não encarar a bunda de Lila quando ela se afasta para colocar a massa crua no forno, e então alguém grita "Corta!" de algum canto do estúdio.

— E agora, o que falta?

Ela vai até a geladeira.

— Como já preparamos o recheio mais cedo, agora é só esperar amolecer um pouco. Queremos que fique bem cremoso na hora de rechear a massa.

Nunca imaginei que ficaria excitado ao ouvir a palavra *cremoso*, mas acho que há uma primeira vez para tudo.

— Está com uma cara ótima — comento quando ela pousa a tigela na bancada.

Lila abre um sorrisinho travesso.

— Está mesmo, mas você é todo certinho, esqueceu? Não podemos experimentar a massa crua.

— Hum. Alguém me disse para aproveitar mais a vida.

— Verdade — concorda ela. — Mas aposto que esse certo alguém nunca imaginou que você levaria a sério.

— Acho que nem eu imaginava.

Os dedos dela se enroscam na tira do meu avental, bem rente ao peito, e preciso me segurar para não estremecer.

— Esse alguém está bem feliz. Na verdade, deve até achar que você deveria se soltar ainda mais.

— Ah, é?

— Com certeza.

Chego mais perto, mas mesmo com as câmeras desligadas, sei que não posso a beijar aqui. Em vez disso, estico a mão e mergulho o dedo na tigela de creme, depois o levo à boca para provar.

— Ouvi dizer que às vezes a rebeldia compensa.

A respiração lhe escapa com um suspiro trêmulo, e eu a escuto ofegar quando pego mais um pouco de creme. Dessa vez, levo meu dedo aos lábios dela, observando os contornos suaves, e o deixo pairar ali, sem encostar.

— Abra a boca — sussurro.

Lila nem hesita, deixando os lábios entreabertos enquanto seu olhar encontra o meu. Nem respiro quando ela me lambe a pontinha do dedo, e sinto meu corpo formigar de interesse da cintura para baixo, depois estremecer de desejo enquanto ela suga a ponta inteira para dentro da boca, deixando escapar um doce e suave suspiro. Entra e sai em questão de segundos, como se nunca tivesse acontecido, mas a calidez escorregadia da sua boca permanece por muito mais tempo. Quero sentir aquela língua nos meus lábios, na minha pele, no meu *pau*, mas a porra do estúdio de gravação do programa dela não é o lugar apropriado para isso.

Um pigarro alto interrompe o momento e ambos nos afastamos, assustados, dando de cara com a expressão sugestiva de Ava.

— E aí, pessoal, podemos gravar a última parte?

Lila ainda parece um pouco atordoada, e eu limpo o restinho de creme nos lábios dela, depois lambo meu dedo. Sei que as pessoas estão de olho, provavelmente tirando mil conclusões, mas não dou a mínima neste momento.

— Ei, Lila? Está pronta?

Ela se sobressalta ao ouvir o próprio nome, como se despertasse de um transe.

— Arrã — responde Lila com uma rouquidão nada característica, mas que ameaça me deixar duro mesmo assim. Depois repete, com mais segurança: — Arrã! Estamos prontos. Eu estou pronta. — Solta um suspiro carregado, olhando para mim. — E você, está ponto?

— Quando quiser — respondo com um sorrisinho.

Por pouco não escuto sua resposta sussurrada:

— Acho bom mesmo.

Em seguida, ela já começa a ajeitar aquele chapéu ridículo que não deveria ser tão adorável e a misturar a tigela de creme, com o rosto ainda todo coradinho. Não estou em posição de julgar, já que minhas próprias orelhas estão em chamas, e mais uma vez agradeço aos céus por ter cabelo comprido. Não menti naquela hora, porém: por mim, a gente partia para os finalmentes aqui mesmo.

Acima de tudo, para ver se consigo arrancar outro suspiro doce dos lábios dela.

***

Gosto de Ava, gosto mesmo, mas essa enrolação toda no camarim de Lila, que me obriga a manter uma distância respeitável e fingir muito interesse nos vasinhos de planta, não é muito legal.

— E a audiência vai ficar lá em cima — continua Ava. — Estou sentindo.

— Se Ian de avental e chapeuzinho cor-de-rosa não bater recordes de audiência, nem sei o que fará — comenta Lila aos risos enquanto penteia o cabelo, de olho no espelho para se livrar de qualquer resquício de farinha. — Talvez assim a Gia saia do nosso pé.

— Ela só obedece às ordens dos figurões lá de cima, sabe — aponta Ava.

Lila revira os olhos.

— Eu sei, eu sei.

— E você, bonitão? — pergunta Ava, com um sorrisinho malicioso. — Feliz com esse sucesso todo?

Abafo uma risada.

— Olha, faz tempo que ninguém me chama de adúltero.

Lila interrompe a escovação e encontra meu olhar no espelho, os lábios franzidos em uma careta. Porra. Não deveria ter tocado no assunto. Desvio o olhar e encolho os ombros, como se não me incomodasse.

— Enfim, já é um alívio.

— Certo — responde Ava, se alternando entre olhar para nós dois. — Bom, é melhor eu ir lá ver se o pessoal precisa de alguma coisa.

Tenho a impressão de que essa partida repentina tem a ver com minha tentativa involuntária de pesar o clima, mas pelo menos finalmente posso ficar a sós com Lila, seja qual for a razão. Ela ainda me observa no reflexo do espelho conforme me aproximo, determinado a afastar seus pensamentos do meu passado patético, desesperado para retomar a nossa sintonia de antes.

— Sabe — começo a dizer, brincando com a alça do avental na sua nuca —, isso aqui ficou ridículo em mim, mas em você é muito tentador.

Lila arqueia a sobrancelha, com um sorriso nos lábios.

— Ah, é?

— Muito — respondo, me inclinando para beijar seu pescoço. — E você sempre tem um cheiro tão bom, tão doce.

Ouço o baque da escova na penteadeira, e em seguida a mão dela alcança meu cabelo, acariciando os fios.

— Tenho?

— Tem. Tudo em você é uma tentação, Lila. — Pelo reflexo no espelho, eu a vejo estremecer quando deslizo os lábios pela lateral do pescoço dela. — Mas esse maldito avental... Ah, quero fazer tantas coisas com você nesse aventalzinho, e nenhuma delas é doce.

O sorriso dela se enche de malícia.

— Eu gosto disso.

— Gosta?

— Arrã — responde, pousando o olhar trêmulo sobre o meu no espelho. — Faz tempo que quero te provocar.

— E já começou a tirar o atraso, pelo jeito.

— *Mieux vaut tard que jamais* — sussurra Lila.

— Cacete — gemo, sem saber como a voz dela pode soar ainda mais doce em outra língua. — Já falei o que isso faz comigo?

— Deu pra perceber — provoca ela.

— O que significa?

— Antes tarde do que nunca, ou quase isso — diz, e suspira baixinho quando sente meu sorriso contra seu pescoço, com a voz mais baixa ao perguntar: — O que você vai fazer agora?

Endireito os ombros, com a sobrancelha arqueada.

— Não tenho planos. E você?

— Vou para casa. Moro aqui pertinho.

As palavras são vertidas lentamente, sugestivas, me provocando uma onda de calor.

— É, seu irmão comentou.

— Você pode me acompanhar até em casa — continua ela em voz baixa, e mais uma vez sou tentado pela visão da sua língua rosada deslizando sobre o lábio inferior. — Se quiser.

O convite me parece cheio de significados além do óbvio, e embora eu tenha passado dias obcecado com a ideia, também sinto um leve receio, sem saber quais serão as consequências desse ato. Uma vez que cruzarmos essa linha, não tem mais volta. E o que vai acontecer depois? O que vai significar para nós?

Mas os olhos dela estão cheios de um desejo que espelha o meu, seu peito sobe e desce a cada respiração, tão ofegante quanto a minha, e as batidas do seu coração devem ecoar a cadência do meu, e só há uma coisa da qual tenho certeza.

— Eu quero — respondo baixinho, enrolando uma mecha sedosa do cabelo dela ao redor do dedo, depois chego mais perto para sentir seu doce perfume. — Quero ir com você.

E talvez seja uma má ideia, talvez seja uma *péssima* ideia, mas ao ver o sorriso suave nos lábios de Lila, ao vê-la olhar para mim como se eu fosse a coisa mais incrível do mundo... percebo que estou disposto a arriscar.

15

Delilah

É UMA SENSAÇÃO INUSITADA, estranha até, quando a mão de Ian encontra a minha na entrada do prédio. O gesto é silencioso, discreto, vem sem alarde, mas de repente nossos dedos se entrelaçam e o aperto dele se intensifica e estamos mesmo de mãos dadas, e eu me pergunto o que a Lila adolescente pensaria ao ver a cena. Quantas tardes passei a sonhar com isso, só isso e nada mais? Meu corpo se enche de palpitações, quase todas de euforia, mas pelo menos algumas motivadas pelo nervosismo, e isso me surpreende, porque quase nunca fico com os nervos à flor da pele. Especialmente quando se trata de homens.

"Mas estamos falando de Ian", meu cérebro me lembra. Como se eu pudesse esquecer.

— O prédio é bem legal — comenta Ian enquanto subimos as escadas. Rio de desdém.

— Seria melhor se consertassem a droga do elevador. Não me dou muito bem com as escadas.

— Faz bem para a saúde — diz ele, despreocupado. — É bom fazer exercício.

Abro um sorriso malicioso.

— Tem jeitos melhores de se exercitar.

Ele fica todo vermelho e olha para o teto, murmurando algo que mais parece uma oração, mas não consigo ouvir direito. Adoro quando o deixo abalado assim, quando consigo acabar com sua compostura. Parece um lado secreto de Ian que só eu conheço.

Quando chegamos ao patamar do terceiro andar, um abaixo do meu, ele decide mudar de assunto.

— Faz tempo que você mora aqui?

— Desde que voltei da França — conto. — Gosto muito do bairro, e é tão perto do trabalho... O apartamento em si é pequeno, mas nunca vi sentido em procurar um maior. É perfeito pra quem mora sozinha.

— Confesso que estou curioso para ver como é.

— Por quê?

— Você ainda tem aquela coleção de gatinhos de porcelana?

Estreito os olhos.

— Por acaso está insinuando que meus Porcelagatos não são maravilhosos?

— Misericórdia, tem até nome. Ainda coleciona? Já deve ter pelo menos uns cem agora.

— Eu me reservo o direito de permanecer calada.

— Então pelo jeito sim — comenta ele, aos risos.

Reviro os olhos quando chegamos ao meu andar, conduzindo-o pelo hall.

— Mas agora ficam todos organizadinhos. Tem até uma prateleira especial só pra eles.

— Quero só ver.

— Se não for para dizer que são incríveis, melhor ficar quieto.

Ian finge passar um zíper nos lábios, e não consigo evitar o sorriso que se espalha pelo meu rosto. A sensação palpitante voltou, cada vez mais intensa à medida que nos aproximamos da porta. Só agora me ocorre que Ian está *aqui*, na minha *casa*. Só agora me dou conta do que provavelmente vai acontecer depois de entrarmos. Tenho fantasiado com esse momento há tanto tempo que chega a ser constrangedor, considerando que ele só começou a me enxergar com outros olhos há um mês, na melhor das hipóteses. Um arrepio gelado me percorre enquanto procuro as chaves na bolsa, e engulo o nó entalado na garganta ao alcançar a maçaneta. Enfio a chave na fechadura.

E depois congelo no lugar.

Estou nervosa para cacete, percebo. Nervosa para *valer*. Com direito a coração acelerado, embrulho no estômago e pânico total, o chaveiro trêmulo nas minhas mãos, com o pingente besta de batedeira tilintando no hall silencioso.

Por que raios estou nervosa assim? Eu literalmente *sonhei* com esse momento durante anos. Tantos que, a essa altura, poderia ter criado um roteiro detalhando todos os possíveis cenários tim-tim por tim-tim.

Talvez esse seja o problema, percebo. Criei tantas expectativas, fantasiei tanto sobre como seria quando Ian fosse meu, realmente meu, mas e se não for como eu esperava? E se isso estragar tudo? Será que eu sobreviveria ao baque? Será mesmo que...

— Lila... — chama Ian com delicadeza atrás de mim, quando estamos ambos ainda parados diante da porta do apartamento. — Lila — diz ele outra vez, e acaricia meu antebraço com a ponta dos dedos, minha mão ainda estendida em direção à maçaneta. — Você está tremendo.

— Desculpa — balbucio. — Desculpa, é só idiotice minha. Eu...

— Lila.

O toque fica mais intenso, pousando sobre a cintura para me virar de frente, e quando me forço a olhar para ele — para esse garoto que se tornou homem enquanto eu nem percebia, mas que sempre foi grandioso aos meus olhos —, vejo tudo o que sempre quis estampado em seus olhos calorosos e cinzentos.

— Sabe que não precisa acontecer nada aqui, certo? — A mão dele se aproxima, acaricia meu queixo. — Não vai mudar nada. Não vai mudar como me sinto.

— Não é que eu não queira você aqui — digo, com toda a sinceridade.

Ian inclina um pouco a cabeça.

— Você pode se abrir comigo, ok?

— Eu só... — Engulo em seco, o olhar dele acompanha o movimento, e sua mão fica mais firme ao segurar meu rosto. — Sei que você tem noção de que há tempos isso já era importante para mim, mas não sabe *como*, entende?

Os lábios dele se curvam de leve.

— Não sei, para ser sincero.

— É que... Antes mesmo de saber o que era sentir alguma coisa por alguém, eu já sentia algo por você. Quer fosse apenas me sentir mais segura na sua presença, ou procurar por você em qualquer cômodo, ou me desdobrar para fazer você sorrir porque seu sorriso me deixava feliz... Sempre foi você, Ian. *Sempre*.

— Lila...

Por mais que ele tente falar, as palavras vertem dos meus lábios antes que eu as consiga conter, e já nem sei de onde vêm, totalmente enredada por essa crise de ansiedade repentina.

— E eu sei que não é seu caso, e que tudo isso é novidade para você, mas para mim não é, entende? O sentimento ficou em segundo plano durante esse tempo, claro, mas nunca *sumiu* por completo. E se chegarmos lá e você perceber que não pode sentir essas coisas por mim? E se eu finalmente tiver você, para logo em seguida *perdê-lo*? Eu só... Não sei o que isso significaria para mim, para você ou, caramba, até mesmo pro Jack, mas tenho medo de...

Aperto os lábios em uma linha fina, baixando a cabeça para fitar meus pés. Respiro fundo, oscilando entre a sensação de burrice por ter estragado o que poderia ser minha única oportunidade de *finalmente* ter Ian ao meu lado e o medo de estar *certa*, e de repente são as mãos dele que me tiram desse turbilhão. Aquelas mãos calejadas e ásperas, tão grandes que quase envolvem os dois lados do meu rosto por completo.

— Tem medo de quê?

Engulo em seco, me agarro aos antebraços dele como se o aperto fosse me firmar nesse momento de instabilidade.

— De me tornar egoísta — sussurro. — Porque eu ainda quero isso. Ainda quero você.

Os olhos de Ian vasculham os meus, procurando por sinais de incerteza, e talvez até mesmo por suas próprias razões para não seguirmos em frente com essa história, por isso é uma surpresa e um alívio quando ele se aproxima lentamente, pairando a meros centímetros da minha boca, e pergunta:

— Você confia em mim?

— Eu... — Demoro um segundo para assimilar a pergunta, sobretudo porque a resposta é tão, tão óbvia. — Sim. Confio.

Ele me levanta com um movimento fluido, as mãos enlaçadas por baixo das minhas coxas, e me puxa para o seu colo, me pressionando com firmeza contra a parede, bem ao lado da porta do meu apartamento. A solidez do toque me deixa um pouco menos instável. Seus olhos recaem sobre minha boca e depois voltam a encontrar os meus com uma pergunta silenciosa, e tudo que posso fazer é concordar, porque eu jamais me recusaria a estar ainda mais perto dele.

O beijo de Ian, como tudo o que ele faz, é discreto, mas com uma força silenciosa capaz de fazer qualquer um se entregar, tal como eu tenho desejado fazer durante a maior parte da minha vida. É inacreditável ter a chance de me entregar agora.

— Lila — diz ele outra vez, e acho que nunca vou me cansar de o ouvir chamar meu nome assim. Como se fosse importante. Como se fosse a sua palavra favorita. — Tem razão. Não sei como é querer você durante tanto tempo assim. Eu sempre te amei...

Não é nesse sentido. Você sabe que não.

— E mesmo que não fosse da mesma maneira, você sempre fez parte de mim. Pode ser que as coisas sejam diferentes, porque naquela época não poderíamos ser o mesmo de agora. Não teria dado certo. Por várias razões. E talvez seja essa a questão, entende? Talvez a gente esteja exatamente onde deveria estar, porque de uma coisa eu sei: posso não ter desejado você por tanto tempo quanto você me desejou, mas afirmo, com toda a certeza, que agora eu te quero tanto quanto é possível querer alguém. Não sei quando você passou da garota que eu adorava para a mulher que não sai dos meus pensamentos, mas aconteceu. Você sempre esteve no meu coração, mas agora também está na minha cabeça. Está por toda parte, Lila. E está tão entranhada, tão lá no fundo, que não vejo como eu conseguiria tirar você de lá.

Não percebo que estou prendendo a respiração até seus lábios macios se pressionarem aos meus novamente, apenas por um segundo, antes de ele continuar.

— E eu não quero. Do jeito como me sinto agora... Acho que nunca vou querer.

Tudo bem, talvez não fosse mesmo naquele sentido, mas ainda assim me deixa feliz.

Minha voz sai baixa, nada característica, quando respondo:
— Ah.
— Só isso?
Esboço um sorriso.
— Não sei se "puta merda" seria uma resposta apropriada.
— Poderia ser — brinca ele, divertido. — Se for um puta merda bom.
— É o *melhor* puta merda de todos — sussurro, sem fôlego.
— Você é tão estranha às vezes.
— Isso não é novidade.
— Mas o fato de eu achar adorável é.
Arqueio as sobrancelhas.
— Você não me achava adorável naquela época?
— Às vezes — admite Ian. — Mas na maior parte do tempo você era uma chata.
Chego mais perto, meus lábios curvados pairam sobre os dele, tocando-os de leve.
— Posso fazer alguma coisa para compensar?
— Lila, já falei, não precisamos fazer nada ago...
Eu o beijo com força, um beijo intenso o bastante para que suas palavras se transformem em um gemido gutural que me faz estremecer com outra coisa além de nervosismo.
— Fica quieto e abre a porta, Ian — murmuro contra sua boca. — A chave está na fechadura.
— Só não quero dar a entender que estou esperando alguma coisa.
— Depois do seu discursinho, estou a ponto de ajoelhar e te chupar aqui mesmo.
— *Cacete* — engasga-se ele, e consegue me segurar com *uma só mão* enquanto a outra se atrapalha com a fechadura. — Você não pode me falar essas coisas.
Deixo meus lábios explorarem seu rosto, sentindo a aspereza da barba contra a pele.
— Ué, por que não?
— Vou acabar fazendo alguma idiotice.
— É? Qual?

— Deixar você me chupar bem aqui, nesse corredor.

— E seria tão ruim assim?

Ele geme outra vez quando a porta se escancara ao nosso lado.

— Arrasta essa bunda pra cá, chata. Tenho planos para ela.

Ian me solta, meu corpo escorrega do seu colo até eu estar de pé, e ele apoia o braço ao meu lado na parede, com o rosto transtornado de tensão como se fosse uma luta não poder me agarrar aqui mesmo. Gostei de ver. Gostei *muito*.

E justamente por isso, decido caprichar na rebolada quando passo por Ian, e lanço um olhar sedutor por cima do ombro conforme ele me acompanha porta adentro, seguido por um gritinho surpreso quando ele me dá um tapão na bunda.

— Está demorando muito, Lila.

— Poxa, nem vai querer dar uma olhadinha nos Porcelagatos?

— É isso que você prefere fazer agora?

Faço de conta que estou cogitando a ideia.

— Hum, não sei... Pode ser.

— Acho que você só quer testar minha paciência, isso sim.

— E funcionou?

Ian parece muito sério ao responder:

— Você já vai descobrir.

Arregalo os olhos quando ele começa a vir na minha direção, com o coração disparado conforme me afasto depressa, aos cambaleios, até o quarto, ouvindo seus passos pesados logo atrás. Uma risadinha gritada me escapa quando o braço dele me envolve a cintura na porta do quarto, e seu corpo sólido colide com o meu.

Acho que nunca vou superar a facilidade com que ele consegue me atirar de um lado para o outro. Ian Chase me trata como se eu fosse uma pluma, como se estivesse em um campeonato de arremesso de peso, determinado a ganhar a porra da medalha de ouro. A impressão é que mal se esforça para me jogar na cama, rastejando por cima de mim como um predador, com um olhar igualmente predatório, enquanto seus ombros largos me bloqueiam a visão do teto. Seus olhos cinzentos estão mais escuros, ardendo como carvão recém-aceso.

Deslizo os dedos sobre a extensão musculosa dos seus antebraços tatuados, com as mãos dele espalmadas no colchão, uma de cada lado de mim. Mantenho o toque leve, provocante, desfrutando da felicidade de explorar seu corpo da forma que eu sempre quis. Arrasto os dedos mais para cima, em direção aos seus bíceps, aos ombros, e por fim enrosco as mãos ao redor do seu pescoço, entrelaçando meus dedos ali.

Não lhe dou um puxão muito forte, mas felizmente ele entende a deixa e se aproxima até seu corpo estar praticamente colado ao meu. Consigo sentir cada centímetro de sua rigidez contra a maciez de cada pedacinho do meu corpo, e o contraste é maravilhosamente prazeroso. Fecho os olhos quando os lábios dele se moldam aos meus, que se entregam sem questionar, e sua língua se lança para explorar a minha boca. Não tem mais ninguém aqui, percebo, ninguém para interromper, ninguém para nos impedir de realizar todas as fantasias sonhadas ao longo dos anos, e a constatação disso me faz beijá-lo com mais urgência, me faz pressionar o corpo contra o dele como se pudesse, de alguma forma, chegar ainda mais perto.

"Vai mesmo acontecer", penso eu, sem conseguir acreditar. "Ian está aqui. Ele me quer."

Uma sensação de euforia me invade.

Minha mão serpenteia entre nós, tateando, procurando, até alcançar sua ereção dura e quente com a ponta dos dedos. Ele sibila por entre os dentes, interrompendo o beijo, soprando seu hálito quente contra meu rosto enquanto fecha os olhos.

— Lila — chama ele com a voz rouca.

Meus lábios se arrastam ao longo da sua bochecha.

— Quero você — sussurro, sem fôlego. — Por favor, Ian.

— E vai ter, garotinha — murmura ele contra a minha pele, e em seguida seus lábios plantam um beijo demorado bem ali. — Mas não quero fazer nada às pressas, e se você continuar me tocando desse jeito, não vou durar muito.

— Falei sério sobre querer te chupar — digo com petulância, sentindo-me roubada da oportunidade.

— *Porra* — geme ele. — Dessa vez não. Não vou conseguir me segurar. Mas eu posso fazer isso por você.

— Isso o quê? Chupar meu pau? Eu nem tenho um.

Solto outro gritinho ao sentir o tapa na minha bunda. Pelo jeito, já virou tradição. Será que ele percebe o quanto eu gosto disso?

— Para de ser chata — avisa Ian — e eu te faço gozar.

Puta merda. Estou sonhando. Só pode ser um sonho. Se bobear já até morri. Estou no céu, é isso? Mas por acaso tem orgasmos no céu? Se não tiver, nem sei se quero ir para lá.

Ele se ajoelha sobre o colchão, arranca a camisa com um só movimento e a joga para longe, e todo o meu cérebro se transforma em geleia ao ver as tatuagens espalhadas ali. Meus olhos absorvem as linhas pretas e cinzentas de escrita e do desenho de garra revestindo toda a extensão do seu peitoral esquerdo, até chegar ao bico rosado do mamilo que, estranhamente, tenho vontade de lamber. O tesão é tanto que me deixou até sem rumo, pelo jeito.

— Sua vez — murmura Ian, com os dedos já na bainha da minha camiseta.

Sou tomada por uma série de preocupações repentinas, sem saber se o sutiã escolhido é o ideal, ou se a depilação das axilas está em dia, e mais uma série de coisinhas ridículas enquanto ele me arranca a blusa por cima da cabeça. Mas quando vejo os lábios dele entreabertos, a garganta trêmula ao engolir em seco, a expressão ávida ao me ver só de sutiã (estampado com bolinhas cor-de-rosa, o que não é tão terrível, no fim das contas), todos esses anseios caem por terra.

— Caralho, Lila, você é…

Ian perde o fio da meada, com os olhos ainda famintos ao admirar meu corpo, e sinto uma necessidade urgente de ouvir o restante da frase, seja lá qual for.

— Eu sou…?

Ele pressiona um dedo grosso entre as minhas clavículas, deslizando-o lentamente em direção ao esterno até alcançar o vale entre meus seios, com a respiração ofegante.

— Lambível pra cacete.

Não era bem o que eu esperava, mas a julgar pela forma como tudo entre minhas pernas se contrai, aparentemente a descrição me conquistou. Estou prestes a dizer para ele vir até aqui e me provar, mas já o sinto alcançar

DOCE JOGADA 183

o botão da minha calça jeans, parecendo muito afobado para alguém que, minutos antes, insistiu em não fazer nada com pressa. Distraída como estou diante dos seus esforços em revelar mais do meu corpo, até esqueço o que o aguarda lá embaixo. De repente, porém, ele interrompe o movimento, com o jeans enrolado na altura do meu quadril, e afasta uma das mãos para alisar a pele macia junto ao osso. A ponta do seu dedo traceja as cores suaves, deslizando sobre o glacê cor-de-rosa, sobre a forminha azul, e se demora um pouco mais na pequena cereja vermelha no topo, com o olhar cada vez mais semicerrado.

— Você tem mesmo uma tatuagem.

— Eu falei que tinha — sussurro.

— Um cupcake? — pergunta ele com a voz contida. — Quando fez?

— Quando tinha dezenove anos.

Ian acaricia a cereja no topo do glacê, encontrando meu olhar com uma intensidade que me faz tremer.

— E pensou em mim quando fez?

— Talvez — respondo baixinho. — Só um pouquinho.

— *Cacete*. — A palma da mão dele cobre toda a tatuagem, com os dedos agarrados na lateral do meu quadril. — Isso não deveria me deixar excitado, deveria?

— Olha, espero que sim, porque estou ansiosa para chegar logo naquela parte que você prometeu.

O corpo dele se curva e eu respiro fundo, sem ter qualquer aviso antes de a boca quente e úmida beijar a tatuagem que sua mão tinha acabado de cobrir.

— Mas deixa mesmo — murmura ele contra minha pele. — Tudo em você me excita.

Em seguida Ian volta a tirar minha calça, arrastando-a pelas minhas pernas com uma urgência que faz meus mamilos enrijecerem e meu clitóris latejar.

— Quero sentir seu gosto. Quero saber se você é tão docinha quanto parece.

— O-ok... — consigo dizer, com a pele trêmula de expectativa. — Fica à vontade.

Meus jeans se juntam à camisa dele no chão, e fico sem fôlego quando Ian começa a deixar uma trilha de beijos pelo meu corpo, da panturrilha ao joelho. Por fim alcança as coxas, afastando-as antes de enterrar o nariz na minha calcinha, e a intensidade do gesto me faz arquear as costas do colchão, incapaz de me controlar. Acho que meu cérebro nunca foi capaz de imaginar isto, essa *ferocidade* dele, essa necessidade de me tocar, de me provar, mas é melhor do que qualquer fantasia. É melhor porque é *ele*, porque é *real*.

— Tudo bem? — pergunta ele diretamente para o tecido cada vez mais molhado entre minhas pernas. — Posso?

Tão educado, meu Ian.

Abro um sorriso preguiçoso.

— Vá em frente, cupcake. Me prometeram um orgasmo.

— Caralho, graças a Deus — grunhe ele de volta.

Pelo jeito, a impaciência é tanta que ele nem se dá ao trabalho de tirar minha calcinha, apenas enfia o dedo por baixo do elástico e puxa o tecido para o lado, sem perder tempo enquanto desliza a língua quente pela minha virilha.

— *Ai, meu Deus* — gemo.

— Meu nome — ele praticamente rosna, me surpreendendo da melhor maneira possível. — Quero ouvir *meu* nome enquanto eu estiver entre suas pernas.

— Ian — sussurro quando ele dá outra lambida, envolvendo minha parte mais sensível antes de traçar o contorno do meu clitóris. — Isso — digo com um suspiro. — Aí mesmo. Desse jeitinho.

A língua dele volta a encontrar meu clitóris.

— Aqui?

— *Isso* — sibilo por entre os dentes. — Bem aí.

Ian o envolve com os lábios e começa a chupar, e não consigo resistir à vontade de esticar o pescoço para assistir. Nossos olhares se encontram enquanto ele alterna entre longas chupadas com a boca e suaves movimentos da língua, ciente de como isso me deixa maluca.

Nunca o ouvi fazer sons assim, grunhidos suaves e gemidos carregados que consigo sentir bem lá embaixo, e minhas coxas se apertam contra a maciez do seu cabelo ruivo, as mechas me fazendo cócegas na pele. Ofegante, boquiaberta, não consigo tirar os olhos da visão dele ali, mas também sou fisicamente incapaz de formar qualquer pensamento coerente além de "puta merda Ian está com a cabeça enfiada entre minhas pernas", concentrada demais na forma como ele me lambe e me chupa como se tentasse me devorar, e isso basta para me deixar alucinada, à beira do êxtase.

— Ian, e-eu... — choramingo, estendendo a mão para agarrar seu cabelo. — Assim mesmo, *isso*. Cacete, eu vou gozar.

Os olhos dele se fecham com força, ele estica uma das mãos por baixo do próprio corpo, e consigo ver o tremor nos seus ombros, sentir os espasmos contra minhas coxas quando um grunhido torturado lhe escapa. Solto um resmungo de protesto quando Ian se afasta de repente, com a testa pousada no meu quadril, e sua respiração irregular no meu clitóris quase basta para me levar ao clímax, mas não totalmente.

— Ei, que história é essa? — ofego. — Volta aqui.

— Vou gozar — grunhe ele, com o braço contraído debaixo do corpo, e só então me dou conta de que ele está se *contorcendo* para evitar que isso aconteça. — Porra, esses seus gemidos — sussurra ele. — Seu gosto. — Outro tremor. — Desse jeito *você* vai me fazer gozar.

Eu gosto disso. Gosto *mesmo*. Ian Chase fica tão empolgado em me chupar que quase goza? É. De repente, já não estou tão indignada por ter sido deixada na mão.

Agarro seus ombros até ele rastejar de volta para cima de mim, fundindo sua boca com a minha. Consigo sentir meu gosto na língua dele, e isso basta para me fazer estremecer.

— Quero gozar com você dentro de mim — murmuro. — Quero sentir o pau com que tanto sonhei.

— *Meu Deus*, Lila — geme ele. — Quer me matar?

— Os franceses chamam o orgasmo de "pequena morte" — conto, rindo baixinho. — *La petite mort*.

— Isso, continua falando francês para ver se eu não gozo mesmo.

Abro um sorrisinho e me inclino para o seu ouvido, sussurrando:

— *Je veux que tu me baise*, Ian.

— Porra.

Com as mãos agarradas na minha cintura, Ian começa a lamber meu pescoço, um pontinho logo abaixo da orelha, e por sorte ergue o quadril apenas o suficiente para eu conseguir alcançar o fecho da sua calça jeans. Cada raspar suave da sua barba contra minha garganta me faz estremecer, e pelo jeito não sou a única, pela forma como ele treme quando minha mão mergulha por baixo do cós da sua calça. Sinto a ereção, a pele quente sob a camada fina de algodão da cueca, e não resisto a envolver seu pau em uma carícia lenta que o faz se retesar contra mim.

— *Je veux cette grosse queue* — digo-lhe suavemente.

Ian se arqueia contra a minha mão.

— Ei, me fala o que isso significa.

— Quero esse pau grande — ronrono. — Você me prometeu um orgasmo, esqueceu?

Quase consigo ouvi-lo engolir em seco, de tão alto.

— Tem camisinha?

— Na mesa de cabeceira.

Há uma tensão em seu maxilar quando ele se levanta e olha para mim, como se pensasse sobre a última vez que usei os preservativos. Se fosse qualquer outro homem, eu já teria mandado pastar. Mas este é Ian, e estou percebendo que gosto dele com ciúmes. Gosto de saber que ele detesta me imaginar com outra pessoa.

Chego mais perto para beijar sua bochecha.

— Estão aí pegando poeira há um tempão.

— Mas eu nem falei nada — murmura ele, envergonhado.

Sinto um sorriso despontar nos meus lábios.

— Eu sei.

Ian se afasta de mim com uma urgência renovada, e eu aproveito a oportunidade para me livrar do sutiã, atirando mais uma peça de roupa ao chão.

— Ei, eu queria fazer isso — reclama ele, com o joelho afundado na cama, sem jeans e com o preservativo na mão. — Porra, olha só para você.

E ele olha mesmo. Vidrado. Apoia a mão bem no meio da minha barriga, depois avança lentamente até que seus dedos estejam alisando a pele macia entre meus peitos.

— Tão lambível — murmura ele mais uma vez.

E como se para provar seu ponto de vista, ele se aproxima até eu poder sentir o calor da sua respiração no meu mamilo, que endurece em antecipação. O primeiro movimento da sua língua é hesitante, quase uma provocação, mas tal como aconteceu quando estava enfurnado entre minhas pernas, não demora nada para envolver os lábios ao redor do bico intumescido e chupar tudo para dentro da boca. Eu não passo de uma confusão de gemidos quando ele me liberta com um estalo molhado.

— Como você vai querer?

Pisco, atordoada, tentando processar a pergunta.

— Hã?

— Você disse que fantasiava com isso. — Mais um puxão lento dos seus lábios ao redor do meu mamilo antes de acrescentar: — Quero garantir que vou fazer direito.

Sou inundada por uma dúzia de cenários imaginados ao longo dos anos, e a sensação de poder escolher entre eles faz com que eu me sinta como uma criança em uma loja de doces, embora essa me pareça uma daquelas situações em que não existe resposta errada. Ainda assim, uma fantasia se destaca nos meus pensamentos, e se vamos explorar todas elas, parece um bom ponto de partida.

— Quero ficar por cima — respondo sem fôlego. — Para rebolar no seu colo.

— Você vai mesmo me matar com essa boca — comenta Ian. — Acho que nunca vou me acostumar.

Com um sorriso, eu me endireito na cama e engancho o dedo no elástico da cueca dele, empurrando as laterais do seu quadril até estarem na posição que eu quero. Ian cai de costas com a mesma avidez com que fez todo o resto, os olhos estreitos vidrados em mim quando começo a puxar a cueca boxer por suas coxas grossas. Seria impossível estar preparada para a experiência que é ver o pau de Ian pela primeira vez. Está estirado sobre o abdômen, duro e vermelho e tão grosso que chego a fechar as pernas na expectativa, e se não fosse minha urgência em sentir tudo aquilo dentro de mim, com certeza insistiria mais na questão do boquete.

Mais tarde. Sem sombra de dúvida.

— Você também me parece bem lambível, cupcake — provoco, depois aponto para o preservativo que ele ainda tem em mãos. — Passa pra cá.

Ele obedece sem dizer nada, atento a cada gesto meu. Consigo sentir o peso do seu olhar quando rasgo a embalagem com os dentes, mordiscando meu lábio concentrada enquanto desenrolo a camisinha sobre sua ereção generosa. Os dedos de Ian se fecham ao redor da base quando termino, dando a si mesmo um estímulo lento e preguiçoso, ainda a seguir todos os meus movimentos conforme me ajoelho na cama, com um sorriso nos lábios, e começo a tirar a calcinha. As mãos dele agarram as laterais da minha bunda de fora a fora, e isso por si só me excita, dada a generosidade do meu quadril, e me mantêm firme no lugar enquanto me encaixo na sua cintura, com o coração a martelar meus ouvidos quando o olhar dele recai entre minhas pernas.

— Puta merda, caralho.

Com a palma da mão, Ian acaricia o osso do meu quadril, e mergulha o polegar entre minhas coxas para estimular o clitóris.

— Você está tão molhadinha — continua ele, com o dedo ainda ocupado com um lento vaivém, ofegante como se o mero ato de respirar fosse uma tarefa árdua. — Isso é tudo por minha causa?

Meus cílios tremulam quando aceno em concordância, soltando um suspiro.

— É, sim.

— Vem cá, garotinha — murmura ele. — Quero ver você sentar no meu pau.

Apoio as mãos no abdômen dele, tão musculoso que mais parece granito sob meus dedos, imaginando por um momento traçar cada gominho com a ponta da língua. Outra coisa para mais tarde, penso eu. Inclino o quadril para a frente e para trás, assim posso me esfregar no seu pau sem o levar para dentro de mim, deliciando-me com o fato de seu suspiro ser tão alto quanto o meu.

— Lila — chama Ian. — Preciso de você.

Fico abalada de um jeito bom ao ouvir isso, a euforia de saber que ele precisa de mim, que me quer, ameaçando me preencher até transbordar, tal como estamos prestes a fazer juntos. Ian ainda segura o pau com uma mão, mas a outra explora meu corpo, provocando as curvas suaves da minha barriga, a pele macia da minha coxa até cada centímetro de mim se sensibilizar com o toque, a ponto de quase entrar em ebulição.

— Olha pra mim — digo a ele, e estendo a mão na direção dos seus dedos. Assumo o comando, segurando-o com firmeza, e capturo seu olhar enquanto o posiciono exatamente onde quero. — Olha pra *mim*.

E ele obedece, sem desviar os olhos da junção entre nossos corpos conforme desliza lentamente para dentro de mim. A sensação de ser preenchida por Ian é deliciosa, com uma contração involuntária que me tensiona ao seu redor e me arranca uma respiração irregular dos lábios. Eu o tomo centímetro por centímetro até sentir os pelos macios de suas coxas grossas contra minha bunda, sustentando meu peso, e não resisto a rebolar um pouco o quadril, só para o sentir dentro de mim.

A cabeça de Ian pende para trás, com os lábios entreabertos.

— *Caralho*.

— Hum, gosta assim?

Ele range os dentes.

— Sorte sua eu ainda não ter gozado.

— Vou tomar isso como um elogio.

— Rebola mais, por favor, eu imploro — grunhe ele. — Acaba com o meu sofrimento, Lila.

Empino o corpo para cima, depois volto a me encaixar no colo dele, e o estalo de pele com pele ecoa pelo ar.

— Assim?

— Você está sendo uma chata de novo — resmunga ele através de dentes cerrados.

Uma gargalhada ofegante me escapa.

— E você adora.

— Adoro, é? — Ele agarra meu quadril com as duas mãos, e seu olhar derretido se eleva para encontrar o meu. — E eu acho que você adora me provocar.

O tapa me pega de surpresa, um pouco mais forte do que os outros, mas talvez seja pela ausência de roupas. A resposta ensaiada morre na minha língua, substituída pelo gemido distorcido que escorrega dos meus lábios, e minha boceta se contrai ao redor do volume latejante do pau de Ian, enterrado bem lá no fundo.

— Ian.

— Assim? — pergunta ele, me ecoando. — Gosta disso, garotinha?

Meus movimentos são instintivos agora, levantando o corpo antes de voltar a afundar, enquanto dou um aceno frenético com a cabeça.

— Quero mais.

— Ah, é?

Outro estalido alto ecoa pelo cômodo quando a palma de Ian atinge a curva arredondada da minha bunda, fazendo-a tremer, e eu começo a acelerar o ritmo a cada rebolada.

— Quer levar umas palmadas, chata?

— Preciso — sussurro. — Preciso de você.

— Estou aqui, meu bem — murmura ele, dando outra palmada. — Sou todinho seu.

Jogo a cabeça para trás ao sentir a arremetida do seu quadril, com os pés dele fincados no colchão para se firmar quando começa a espelhar meus movimentos.

— Ai, caralho. Você é gostosa demais.

— Não para — suplico com um gemido baixo. — Por favor, não para.

— Só vou parar quando você gozar no meu pau — grunhe ele. — Quero sentir sua bocetinha doce toda encharcada.

Por tudo que há de mais sagrado, louvados sejam os deuses padroeiros da putaria.

— Então me fode com mais força — peço, soando ofegante e muito menos sexy do que pretendia. — Eu aguento.

Mais um tapão na bunda como recompensa, e eu chego a tremer.

— Tão linda, porra — murmura ele, com o polegar novamente mergulhado entre minhas pernas para estimular meu clitóris latejante. — Preciso te ver gozar. Goza para mim, goza? Quero sentir você.

— Isso, aí mesmo — gemo. — Não para.

As arremetidas dele ficam mais fortes, me fazendo quicar no seu pau e sacudir a cama inteira com a intensidade das estocadas, e preciso me agarrar à sua cintura só para me manter firme. Sinto aquela pressão quente crescer entre minhas pernas, prestes a me lançar ao abismo de um clímax avassalador.

— Você está tão apertadinha — diz ele, ofegante. — Cacete, tão apertadinha. Está quase?

Concordo com um rápido aceno, os olhos bem fechados enquanto espero o orgasmo me alcançar.

— Isso, não para. Assim mesmo... *isso*, bem aí... *puta merda*, eu vou go...

Sinto tudo se contorcer quando chego lá, descansando minha testa contra o peito de Ian enquanto meu corpo inteiro estremece. As estocadas dele não param, prolongando o momento de tal forma que me sinto prestes a morrer, mas da melhor maneira possível.

Os franceses têm razão. Parece mesmo uma pequena morte.

Ainda estou trêmula quando sinto o ritmo de Ian vacilar, as investidas errantes e os braços me envolvendo com força enquanto ele se desmancha no caos molhado de sua própria autoria, com os lábios pousados na minha testa, a respiração cálida contra minha pele.

— *Caralho*, Lila. Puta que pariu.

O corpo de Ian se contorce debaixo do meu enquanto se entrega ao ápice, com um aperto dos dedos tão intenso a ponto de possivelmente encher minha pele de hematomas, mas eu quero isso. Quero a lembrança do que fizemos. Quero a prova de que isso é *real*.

Depois, ficamos os dois deitados, ainda sem fôlego, o tempo a transcorrer em um ritmo desconhecido. Não sei dizer quando meu cérebro liquefeito registra o acariciar vagaroso dos seus dedos subindo e descendo pelas minhas costas; talvez seja quando os lábios deles começam a plantar beijos demorados na lateral do meu rosto, talvez seja quando volto a mim.

— Uau — comento com uma risada, minha voz com uma aspereza nada característica. — Isso foi...

— Incrível para caralho — conclui Ian.

Sorrio com o rosto colado ao seu peito.

— É?

— Só me dá um minutinho e já vamos partir para a próxima.

Levanto a cabeça, sentindo um estranho tipo de emoção me percorrer.

— Sério?

Ian parece confuso com a pergunta. Ele está *tão* gostoso assim, com a pele escorregadia de suor, os lábios corados e as íris cinzentas ainda mais escuras ao redor das pupilas dilatadas, e só então me ocorre que bem, bem lá no fundo, uma parte de mim se preocupava com a possibilidade de ele mudar de ideia depois de nos entregarmos um ao outro.

— Achou mesmo que eu não ia querer outra vez?

Achei? A dúvida deve ter cruzado minha mente, certo? Que outra razão poderia me despertar essa insegurança tão repentina?

— Eu... Talvez?

Com a testa franzida, ele se ajeita no colchão e nos põe sentados sem o menor esforço. Não tem *condição* o quanto fico abalada com sua facilidade em me conduzir para onde quer.

— Lila — começa a dizer, quase em tom de censura. — Isso não foi... — Ele solta um suspiro, abanando a cabeça. — Para mim, não foi só uma transa qualquer. Eu não poderia fazer isso. Não com você. Jamais faria uma coisa dessas com você. O que aconteceu... — A mão dele se estende para acariciar minha bochecha, e meus dedos a envolvem como se tivessem vontade própria. — O que aconteceu entre nós vai muito além. Entende?

Não posso dizer que entendo, não para valer, mas a sinceridade nos olhos dele, a verdade absoluta estampada ali, torna difícil questionar.

— Está bem — respondo baixinho. — Para mim também.

Ian me beija daquele jeito dele, como se tivesse todo o tempo do mundo, mas quisesse dedicar cada segundo apenas a *mim*, um beijo lento, sexy, mas com a promessa de muito mais.

— Além disso, você tem preocupações maiores agora — murmura ele, com um sorriso na voz.

Afasto o rosto, sem entender.

— Tenho? Quais?

— Bem... — Ele leva o dedo aos meus lábios, traçando os contornos com delicadeza enquanto um sorriso travesso domina suas feições. — Ainda temos que contar para o seu irmão.

Solto um grunhido e desabo no colchão, ignorando o suspiro entrecortado de Ian quando o cubro com meu peso, afundando o rosto no seu ombro.

A última coisa que eu queria era pensar no meu irmão logo depois de uma foda incrível com o cara dos meus sonhos.

— Mandou bem, seu imbecil — resmungo. — Belo jeito de cortar o clima.

Ian se atreve a gargalhar, o filho da mãe, como se fosse a coisa mais hilária do mundo, mas para mim não tem a menor graça. Acho. Talvez só um pouquinho. Nem mesmo os beijos delicados que ele começa a salpicar pelo meu ombro são suficientes para me fazer perdoar essa afronta. Não mesmo. De jeito nenhum.

De repente, a língua dele passa a explorar a curva que vai até meu pescoço.

Hmm, pensando bem...

16

Ian

FECHO A PORTA DO QUARTO DE LILA atrás de mim sem fazer barulho para não acordá-la. Ela adormeceu nos meus braços depois da segunda rodada, e apesar da tentação de vigiar seu sono feito um tarado, imagino que ela vá estar faminta quando acordar. Afinal, tecnicamente, nós pulamos o jantar. Algo de que não me arrependo. Nem um pouquinho.

Sinto um sorriso nos lábios quando imagens frescas dela por cima e por baixo de mim cruzam meus pensamentos, quase tentado a dar meia-volta e acordá-la para repetir a dose. Agora que tive Lila em meus braços, parece que sempre vou querer mais, e embora essa percepção seja um pouco assustadora, também me parece… certa, de alguma forma. Essa é a parte mais chocante dessa história, o fato de não ter um pingo de estranheza. Uma parte de mim deve ter imaginado que, considerando nosso passado, a progressão do que éramos e do que estamos nos tornando, as coisas poderiam ficar esquisitas. Mas não sinto nada disso. Honestamente, pela primeira vez em muito tempo, eu me sinto… em paz. Feliz, até.

E sei que é tudo por causa da linda mulher ecoando baixinho na própria cama.

Mantenho meus passos silenciosos enquanto me dirijo para a cozinha de Lila, parando apenas para rir da prateleira de vidro na sala de estar onde repousam os Porcelagatos, e sigo em frente após alguns segundos para não roubar de Lila o prazer de me mostrar suas mais recentes adições. Em vez disso, começo a explorar os armários da cozinha. Não chego nem perto do seu nível de proeza culinária, mas decerto consigo preparar alguma coisa razoável sem incendiar a cozinha, ao contrário do que ela parece acreditar.

No momento, estou decidido a ignorar a mensagem não lida de Jack no meu celular, que está enfiado no bolso de trás da calça jeans. Não tenho a menor intenção de mentir para ele, mas contar tudo o que aconteceu entre nós dois deve ser um esforço conjunto. Cabe a Lila decidir como vamos proceder nesse caso, acho, uma vez que se trata do irmão dela. Quero acreditar que Jack não me rechaçaria por causa disso, pois sabe o quanto me importo com Lila, mas não consigo ignorar a preocupação arraigada no fundo da minha mente, por menor que seja. O jeito é esperar para ver.

Como tem molho bolonhesa na geladeira e até eu sei usar o micro-ondas, decido pegar um pacote de espaguete na despensa quando, de repente, sinto a vibração do celular indicando uma chamada. Eu o tiro do bolso e dou uma olhada na tela antes de atender.

— Mei?

— Olá, ruivão.

Reviro os olhos, emendando:

— Bella.

— E aí, como vão as coisas? Minha esposa quer convidar você para jantar lá em casa, sabe-se lá por quê.

— Talvez ela esteja com saudade de mim — provoco. É uma brincadeirinha inofensiva, já que Bella e eu sabemos que Mei está perdidamente apaixonada por ela, mas não deixa de ser divertido. — Vai ver ela já enjoou de você.

— Duvido muito — zomba Bella. — Ela ia sentir muita falta das minhas habilidades com a lín...

— *Bella* — sibila minha ex-esposa depois do que parece ser uma pequena comoção do outro lado da linha. Ouço Mei suspirar pesadamente, e depois sua voz ressoa pelo celular. — Puta merda, sabe? Será que está muito cedo para pedir o divórcio?

— Ei, você me ama! — grita Bella ao fundo. — Nada de voltar atrás!

Mais um suspiro carregado, e então:

— A gente voltou de viagem ontem, aí decidi ligar para ver como você estava.

— Eu estou... — Um sorriso desponta em meus lábios ao pensar na mulher adormecida no quarto ao lado. — Estou ótimo, na verdade.

— Hum.

— O que foi?

— Você até parece... feliz — interrompe Bella, em tom desconfiado. — O que rolou?

— Estou no viva-voz?

— Dã, óbvio — diz Bella.

Ao mesmo tempo que Mei responde:

— Claro que não.

— Caramba — comento, achando graça. — Bem discretas.

— Anda, desembucha logo — insiste Bella. — Por que você está todo felizinho assim, hein?

— E eu não posso parecer feliz?

— Bom, geralmente parece que você acabou de ver seu cachorrinho ser atropelado.

— Credo, que coisa horrível — repreende Mei.

Bella bufa.

— Ué, estou errada?

— Mas você... — Mei se interrompe, como se estivesse pensativa. — Parece mesmo feliz, Ian.

Fico em silêncio depois de encher uma das panelas de Lila com água, ponderando a minha resposta.

— Só tive um mês bem... interessante.

— Por acaso esse mês interessante teve algo a ver com uma confeiteira gostosa? — cantarola Bella.

— Bella — chia Mei. — A gente disse que não ia se intrometer.

— *Você* disse — corrige Bella. — Eu não falei nada.

— Mas a gente deveria ser uma frente unida — argumenta Mei.

A voz de Bella fica acanhada de repente.

— Posso unir nossas frentes se você quiser, querida.

— Meninas — interrompo, sem querer ouvir suas preliminares. — Foco, por favor.

— Hã, certo — responde Mei. — Enfim. Nós estamos curiosas.

— Mas já expliquei que era só uma jogada de marketing.

Não é de todo mentira, mas também não é a verdade nua e crua. Não mais. Só não sei até que ponto posso revelar, já que a Lila e eu ainda não discutimos o que vamos dizer às pessoas. Se é que vamos dizer alguma coisa.

— Nossas equipes orquestraram tudo.

— Hum, vi umas fotos que pareciam bem *calientes* — comenta Bella.

Franzo a testa.

— Quem é que fala *caliente* hoje em dia?

— *Eu*, otário — retruca Bella com um muxoxo de desdém. — Não fuja do assunto.

— Mas eu nem tenho nada pra contar — respondo, cauteloso. — Pelo menos... não por enquanto.

— Hum — diz Mei, pensativa. — Que tal você convidar sua amiga pra jantar com a gente? Eu ia adorar.

Torço o nariz, distraído com as pequenas bolhas de fervura na panela de água.

— Não ia ser meio esquisito?

— Só se estiver rolando alguma coisa — responde Bella em tom acusador.

Mei estala a língua.

— Não, nem assim. Não seria nada estranho, porque se Ian gostasse de alguém, seria totalmente franco em relação ao nosso antigo relacionamento, *certo*?

— Certo — respondo na lata, depois trato de acrescentar: — Se esse alguém existisse, claro.

—Arrã, vai nessa — zomba Bella. — Pare de fazer doce e traga a garota pra jantar com a gente. Rá, pare de fazer doce. Entendeu? Porque ela é confeiteira e vocês fizeram uns doces juntos e...

Mei dá um suspiro exausto.

— Meu bem, eu te amo, mas às vezes tenho lá minhas dúvidas.

— Claro, claro — responde Bella, e eu a ouço dar um beijo estalado na esposa. — Vou fingir que acredito.

Ouço a voz de Mei com mais clareza, como se tivesse me tirado do viva-voz.

— A gente ia adorar *mesmo* ver você — enfatiza ela. — E sua... amiga também. Sabe disso, não sabe?

— Sei, sim — respondo. — Só preciso ter certeza de que a minha... amiga vai topar. Antes de confirmar qualquer coisa, entende?

— Claro que entendo — garante-me ela. — Quando estiver tudo resolvido, dá uma ligadinha para gente, pode ser?

— Vocês vão ser as primeiras a saber — prometo, o que provavelmente é verdade, com exceção de Jack. Vamos ver no que dá. — Tenho que desligar, está bem? Depois te mando uma mensagem sobre o jantar.

— Tudo bem. Amo você.

— Também amo você.

Deixo o celular na bancada depois de desligar, refletindo sobre a conversa, sem saber se Lila vai querer contar às pessoas sobre nós. Eu quero, percebo de repente. Quero que todo mundo saiba que ela é minha. Quero ter a certeza de que não há qualquer chance de alguém roubá-la de mim. Nunca fui possessivo, mas alguma coisa em Lila me desperta um sentimento primitivo, uma vontade de envolvê-la nos meus braços e escondê-la em algum lugar, feito um homem das cavernas.

Lila certamente arrancaria meu couro se eu me atrevesse a tentar.

Afasto o pensamento enquanto despejo o espaguete cru na água fervente, com uma olhada de relance para a bancada quando o celular volta a tocar. Dessa vez, atendo sem nem olhar, muito ocupado em procurar o saleiro para temperar o macarrão e certo de que deve ser Mei de novo, ligando só para me dizer algo de que se esqueceu da primeira vez, como sempre faz. Aperto até o botão do viva-voz para lhe dar um gostinho do próprio veneno.

— O que você esqueceu dessa vez?

— Ian?

Congelo na hora, com a mão suspensa no ar a meio caminho do armário, e viro a cabeça em direção ao celular. Cerro os lábios, tentado a fingir que estou muito ocupado para conversar. Não quero que nada estrague meu bom humor, e essa ligação tem todo o potencial de fazer justamente isso. O mero pensamento me enche de culpa.

— Abby — digo por fim. — Aconteceu alguma coisa?

— Nada de mais — responde ela calmamente, mas sei que não é verdade.

Ela nunca me liga a não ser que haja alguma coisa, e eu sempre me pergunto se não tenho uma parcela de culpa nisso.

Fecho a cara e volto a procurar o saleiro, depois jogo uma pitada na água fervente e começo a mexer o macarrão.

— Tem certeza?

— Eu... — ela começa a dizer, e então solta um suspiro frustrado. — Acabei de falar com ele.

— Nunca é uma boa ideia, pela minha experiência — murmuro.

— É, enfim. — Ela é muito jovem para soar tão cansada assim. — Acho que gosto de sofrer, só pode.

— O que ele disse, afinal?

— A mesma ladainha de sempre — conta Abby. — Eu só... não sei por que ainda acho que vai ser diferente.

— Abby...

Eu me interrompo, franzindo a testa. Sei como ela se sente, mas não quero ser o único a minar suas esperanças por completo.

— Você não vai encontrar o que procura, não com ele. Não adianta... Ele não é assim.

— Sim, eu sei disso, sei mesmo, mas... — responde ela, soltando o ar pelas narinas. — É uma droga, sabe? Eu não queria nada disso.

— Eu sei que não queria — digo baixinho. — A culpa não é sua.

— Desculpa por despejar meus problemas em você — continua ela. — Sei que a culpa também não é sua, você não queria nada disso, sei bem, mas...

— Abby — interrompo em tom calmo. — Por favor, me escute. Não precisa me pedir desculpa, está bem? Estou aqui. Vou estar sempre ao seu lado, ok? Eu me preocupo com você, então quero ajudar sempre que precisar. Sei que não tenho sido muito presente nos últimos tempos, mas não é porque eu não...

— Ian?

Olho para trás com a boca entreaberta no meio da frase, e vejo Lila parada na sala de estar, com os braços enrolados ao redor do corpo e uma expressão confusa no rosto sonolento.

— Lila — sussurro.

A voz de Abby ressoa do outro lado da linha.

— Quem é?

— Abby — digo, limpando a garganta. — Posso te ligar depois?

— Ah. Certo. Tudo bem.

Devo parecer um babaca por me esquivar desse jeito, mas não sei o quanto Lila ouviu, e a mera ideia de ela interpretar alguma coisa errado basta para me embrulhar o estômago.

— Obrigado — agradeço a Abby. — Logo, logo a gente conversa.

— Ok.

Continuo imóvel mesmo depois de Abby desligar, ainda observando Lila enquanto ela me olha com curiosidade.

— Oi — arrisco bem baixinho. — Dormiu bem?

— Dormi, sim — responde ela, com as sobrancelhas franzidas. — Você já tinha saído quando eu acordei.

— É, eu... — Aponto para a panela à minha frente. — Encontrei um pouco de molho na geladeira, e tinha macarrão na despensa, aí pensei...

Um sorriso brinca nos lábios dela.

— Quer mesmo me impressionar, hein, cupcake?

— Isso — consigo dizer, inundado de alívio com a brincadeira. Deve ser um bom sinal. — Só uma comidinha muito gostosa quase toda preparada por você mesma.

Lila reprime o sorriso, mas ainda há uma pitada de incerteza em seu olhar.

— Desculpa interromper.

— Você não interrompeu nada — trato de explicar. — Não mesmo. Era só... — Franzo a testa, sem saber por onde começar. — Sabe, na verdade era...

— Ian — corta ela, levantando a mão. — Você não me deve explicação nenhuma. Sério. Eu confio em você.

Um nó começa a se soltar no meu peito antes mesmo de eu ter notado sua presença, banhando-me com uma sensação cálida e intensa demais para o curto espaço de tempo desde que Lila voltou para minha vida.

Dou um leve aceno em resposta, com a língua parecendo muito pesada na boca.

— Obrigado — digo roucamente. — Fico feliz por você confiar em mim.

Balanço de um pé para o outro, decidido a contar tudo. Ela merece saber.

— Mesmo assim, quero explicar, se você não se importar. Acho que... — Aponto para mim mesmo. — Acho que eu me sentiria melhor se contasse.

— Tudo bem — concorda Lila em voz baixa, atravessando a sala de estar em direção à cozinha. Depois vem até mim, fica na ponta dos pés e me dá um beijo na bochecha. — Termina de cozinhar e depois a gente conversa sobre isso, pode ser?

Envolvo a cintura de Lila com um braço, puxando-a contra mim, com o nariz enterrado no cabelo dela só para sentir o cheiro.

— Claro — murmuro. — Por mim tudo bem.

Lila está sorrindo quando se afasta para ir ao banheiro, e eu a acompanho com o olhar, sem saber como revelar todos os meus segredos para a pessoa que mais tenho medo de decepcionar. Mas ela merece saber, decido. Especialmente se houver alguma esperança de que essa história entre nós seja duradoura.

E eu quero que seja, percebo de repente.

Mais do que qualquer coisa.

***

O jantar transcorre sem grandes problemas. Lila me dá espaço do início ao fim, me deixando à vontade para abordar o assunto da ligação quando bem entender. Ela é sempre tão cuidadosa com as outras pessoas. Sempre me pareceu que Lila conseguia sentir as necessidades dos outros antes deles mesmos. Quando éramos crianças, era tão simples quanto um biscoito oferecido depois de uma prova difícil, ou talvez até uma piada boba contada ao final de um dia complicado. Acho que nunca me dei conta do seu talento absurdo em ler as pessoas, principalmente a mim.

Isso só me faz gostar ainda mais dela.

— Estava uma delícia — elogia Lila, largando o garfo no prato.

Não posso deixar de rir.

— Você fez o molho. Eu só esquentei.

— Ei, pelo menos não queimou nada.

Reviro os olhos.

— Quase nunca queimo a comida, você sabe disso, certo?

— *Pfft*, me engana que eu gosto.

— Mereço — bufo.

Como a última garfada de comida no prato, com o maxilar cerrado enquanto tento encontrar a melhor forma de começar a conversa que me parece tão necessária. A conversa que eu *quero* ter com ela.

— Então, sobre aquela ligação...

— Se for muito difícil, a gente não precisa falar sobre isso.

Ela estende a mão por cima da mesa e a deixa repousar sobre a minha, e bem nessa hora me vem um pensamento distante, a sensação de que era inevitável acabarmos aqui, juntos. Como poderia ser diferente, se Lila sempre foi tão segura em sua fé cega em relação a mim? Alguma outra pessoa já me tratou assim?

— Eu quero falar — declaro com confiança. — Quero mesmo. Só que... Não sei por onde começar.

— Por onde preferir — responde ela em tom suave. — Vou ouvir tudo o que você tiver a dizer.

— Bem, você sabe por que eu fui embora para o Canadá.

— Eu sei... em partes — explica ela, cuidadosa.

— Quer dizer que sabe o que leu por aí.

— Já disse, nunca acreditei naquela história.

— E eu acredito em você — asseguro a ela. — Mas sei que você não tinha outras versões da história naquela época.

— Mas eles se enganaram, certo? Você não traiu Mei.

Há certeza na voz dela, mas também uma pergunta. Como se uma parte de Lila estivesse desesperada por uma confirmação de que sua confiança inabalável em mim não foi equivocada. É essa pergunta suave em seu tom que me deixa mais determinado a revelar tudo.

— Não traí.

Minha voz é calma, principalmente porque é a primeira vez em anos que tenho essa conversa com alguém que não está diretamente envolvido no assunto.

— Eu e Mei já estávamos separados quando aquelas fotos saíram. Já tínhamos percebido que não nos amávamos daquela maneira.

— Então aquela mulher... — Vejo o tremelicar em sua garganta macia ao engolir em seco, os lábios ligeiramente franzidos. — Era a mesma com quem você estava conversando no telefone?

Mesmo agora, quando a voz dela vacila, não vejo qualquer indício de desconfiança em seu olhar. Isso faz com que eu me sinta... completo. Em troca, quero retribuir cada gotinha de confiança depositada em mim.

— Sim, era — respondo com sinceridade.

Quando os olhos de Lila recaem sobre a mesa, e ela assente com um movimento suave, as palavras que venho escondendo do mundo inteiro há anos me escapam de uma só vez:

— Ela é minha irmã.

O olhar de Lila encontra o meu de imediato, a boca entreaberta de surpresa.

— Sua irmã?

— Meia-irmã — corrijo.

— Então... — começa a dizer, com o cenho franzido em confusão. — Então quem...

— Meu pai. Ele traiu minha mãe quando eu tinha oito anos. Abigail é o resultado.

— Ai, meu Deus.

A mão dela aperta a minha como se quisesse me confortar. Como se *eu* fosse a vítima.

— Há quanto tempo você sabe?

— Descobri naquela semana — conto. — Na mesma em que as fotos foram tiradas. Foi quando a conheci.

— Ian... — O rosto de Lila murcha, com a expressão quase atormentada. — Por que você não contou para ninguém? Por que deixou todo mundo dizer aquelas coisas horríveis sobre você durante tantos anos?

Uma risada amarga me escapa, e eu encolho os ombros em derrota.

— Pelo mesmo motivo que me levou a fazer tantas coisas equivocadas na vida. O desgraçado do meu pai.

— Bradley?

— Minha mãe não sabe — explico. — Não consigo... Eu sei que deveria ter contado tudo há muito tempo, mas não posso fazer isso com ela, sabe? Minha mãe sempre... amou meu pai. Não sei que caralhos ela vê nele, mas ficaria arrasada se descobrisse. Não consigo causar esse sofrimento a ela.

— Então você guardou o segredo para proteger sua mãe?

— Meu pai disse que ela perderia o time se o largasse — digo, quase em um sussurro. — Pelo jeito, meu avô estipulou algumas condições no testamento — continuo, com os lábios crispados. — Ele queria ter certeza de que o time ficaria nas mãos de alguém que "soubesse o que estava fazendo". No fim das contas, acho que ele era tão escroto quanto o meu pai.

— Isso não é justo — comenta Lila, indignada.

— Não é mesmo — concordo. — Minha mãe é maluca pelo time. Nem sei o que faria se o perdesse. Ela participa de tudo desde criancinha. Não entra na minha cabeça que meu avô, pai dela, tenha feito uma coisa dessas. Nem sei se ela sabe dessa questão do testamento, pra falar a verdade. Ou talvez saiba, mas confia tanto no meu pai que nunca se preocupou com isso. É só que... Sei lá. Só me mata pensar que ela poderia perder tudo por minha causa. Ela me odiaria.

— Ela *jamais* te odiaria — enfatiza Lila. — Ela é sua mãe.

— E Bradley é meu pai — argumento. — Isso nunca o impediu de me odiar.

— Resumindo, seu pai usou sua mãe para fazer chantagem.

— Entre outras coisas. Ele sempre dá um jeito de se proteger. Agora, está pagando os estudos de Abby. A mãe dela era garçonete quando os dois se conheceram, e morreu quando Abby estava no último ano do ensino médio. Foi quando descobri tudo. Meu pai brotou no meu apartamento do nada e disse, "Essa aqui é a sua irmã, vai ficar com você até eu descobrir o que fazer com ela" — conto, abanando a cabeça. — Ela só tinha dezoito anos e estava muito assustada. Meu pai simplesmente a largou comigo, Lila. Um cara que ela nem conhecia. A garota tinha acabado de perder a mãe, depois foi abandonada com um completo estranho, e nós dois tínhamos as ameaças do meu pai pairando sobre nossa cabeça... Sei lá. Eu não podia arriscar que meu pai arruinasse ainda mais a vida dela, por isso... fiz o que ele mandou. Mantive a boca fechada.

— Mesmo quando isso acabou respingando em você — sussurra Lila.

— Eu poderia ter arcado com os estudos dela, sei disso, e teria feito de bom grado, mas... — Solto um suspiro. — Abby ainda o quer como pai. E eu sei que se a gente não continuar na linha, ele vai se afastar de nós dois. De vez. Eu não daria a mínima para isso, sinceramente, mas... Abby ainda tem a esperança de que ele volte a ser o pai de que ela tanto precisa. Não posso tirar isso dela. Não posso tirar a única pessoa que lhe resta.

A mão de Lila volta a segurar a minha, e ela baixa a cabeça até eu ser forçado a encontrar seu olhar, vendo a determinação estampada ali.

— Ela ainda teria *você*.

— Sim, eu sei, mas não sou o pai dela. Sou só um cara que também a deixou para trás, como todos os outros.

— Mas você não foi embora porque queria — declara Lila com firmeza. — Não é bem assim. Você não *queria* abandonar ninguém. Fez o que podia para proteger sua irmã. Foi isso, não foi? Se você não tivesse ido embora, a imprensa teria continuado a vasculhar a vida dela até descobrir tudo. E você quis evitar isso. Para *proteger* Abby.

— Como você sabe?

O sorriso dela é lento, doce.

— Porque você é assim, Ian. Sempre foi. Faz com que as pessoas se sintam seguras. — A mão de Lila se afasta da minha e envolve meu rosto, seu polegar acaricia a pele logo acima da barba. — Sempre me senti segura com você.

Não consigo deixar de olhar para ela, para essa mulher que parece ver em mim algo melhor do que jamais fui capaz de enxergar, e preciso respirar fundo para manter afastadas as emoções que ameaçam vir à tona.

— Ele me disse para aceitar a transferência — sussurro.

— Como assim?

— Meu pai — esclareço. — Foi ele quem orquestrou a troca de time.

— Ele mandou você *embora*?

— Mais ou menos — continuo. — Ele disse que seria melhor não envolver o time no caos que minha vida tinha se tornado. Que seria melhor para todo mundo se eu desse no pé.

— Você deveria ter mandado seu pai à merda, isso sim — irrita-se Lila. — Não me conformo com a cara de pau daquele idiota.

As bochechas dela estão coradas de indignação por minha causa e, estranhamente, isso ajuda a dissipar um pouco da minha melancolia.

— É, acho que deveria ter feito isso mesmo — comento, pensativo. — Mas, na época, acreditei que ele tivesse razão.

— Em que sentido?

— Toda aquela bagunça parecia ser culpa minha, no fim das contas. Acho que uma parte de mim pensou que seria *mesmo* melhor para todo mundo se eu fosse embora.

— Mas que palhaçada — ela praticamente cospe.

Eu recuo.

— O quê?

— Nada do que aconteceu foi culpa sua, Ian. Pelo amor de Deus, sabe? O escroto do seu pai tem um caso, some da vida da filha, depois larga a responsabilidade no seu colo, e aí vem culpar você quando dá tudo errado? — pergunta Lila, inconformada. — De jeito nenhum. Tem alguém bem errado nessa história, Ian, mas não é você.

— Caramba — comento, ainda rouco com as emoções entaladas na garganta. — Não sei se mereço a fé que você tem em mim.

— Eu *conheço* você — diz ela com um ligeiro abanar de cabeça. — Desde os meus seis anos de idade. A gente se conheceu antes de você virar amigo do meu irmão. Lembra?

Concordo com um aceno, vendo uma melancolia nostálgica dominar suas feições.

— Eu estava chorando no ponto de ônibus porque Jack estava doente e eu tinha medo de entrar sozinha.

— Você era tão pequenininha — murmuro. — Uma coisinha minúscula.

— Aí você veio até mim, todo ruivo e cheio de sardinhas, tão alto que parecia um gigante, e se ajoelhou na minha frente e... sorriu para mim.

Abro um sorriso ao me lembrar da cena.

— Perguntei por que você estava chorando.

— E eu contei que meu irmão estava doente e eu tinha medo de me sentar sozinha no ônibus. — O sorriso dela se alarga, tão radiante que parece iluminar todas as partes sombrias dentro de mim. — Lembra o que você respondeu?

— Eu... eu falei que não precisava mais ter medo, porque agora você tinha a mim, e eu jamais te deixaria sozinha.

— Sei que você conheceu Jack quando me acompanhou até em casa, e sei que se tornaram melhores amigos desde então, mas eu... sempre senti como se você fosse meu antes. Até hoje me sinto assim, acho.

— Lila, eu...

— Mas dali em diante, eu sempre me sentia melhor quando você estava por perto. Sempre soube que, na sua presença, nada de ruim me aconteceria. Porque *você é assim*, Ian. Para mim, para Jack, e para Abby também, pelo jeito. Passa tanto tempo preocupado em garantir o bem-estar de *todos* ao seu redor, mas não se dá ao trabalho de fazer o mesmo por você. O mundo não vai acabar se você estiver bem, Ian. Sabe disso, não sabe?

O calor no meu peito é sufocante; o tipo de calidez que nos rouba a respiração, que nos passa a impressão de morrer aos poucos. Sinto tantas coisas, coisas que parecem impossíveis, que parecem rápidas demais, e todas elas começam e terminam com a vontade irresistível de abraçar Lila, então eu me rendo a esse sentimento e a puxo na minha direção, deixando-a se enroscar no meu colo enquanto a envolvo nos meus braços como se ela estivesse me mantendo inteiro — e, de certa forma, está mesmo.

— Não quero magoar ninguém — confesso com dificuldade. — Eu me sinto preso, de mãos atadas. Como se alguém fosse sair machucado dessa história, não importa o que eu faça.

— Você não pode colocar esse fardo em si mesmo — apazigua Lila. — Você ama demais, Ian. Sempre amou. Qualquer pessoa que conheça você sabe que jamais magoaria alguém de propósito. Você precisa começar a cuidar de si mesmo da mesma forma que cuida dos outros.

Reflito por um instante, tentando lembrar se houve alguma época da minha vida em que segui esse conselho, em que me preocupei mais comigo do que com os outros. Nada me vem à mente. Passei tanto tempo sob o peso desses fardos, com a ameaça constante de ser esmagado por eles... Nem imagino como seria me colocar em primeiro lugar.

— Com exceção de Jack, eu nunca tinha contado a ninguém sobre o papel do meu pai na minha partida — admito baixinho.

Lila passa os dedos pelo meu cabelo.

— Fico feliz por você ter me contado.

Por um momento, ficamos ali em silêncio, com as palavras dela marinando entre nós. Quando Lila finalmente volta a falar, antes planta um beijo suave na minha têmpora.

— Não sei se essas cadeiras aguentam duas pessoas ao mesmo tempo, ainda mais se uma delas for um jogador da NHL.

— Vou arranjar umas cadeiras mais resistentes — murmuro, com o rosto enterrado em seu cabelo.

— Caramba, a gente transou *uma* vez e o cara já quer me encher de coisas — brinca ela. — Assim vou me sentir sufocada.

— Duas vezes — corrijo.

— Ah, sim. Por acaso esse é o número mágico para atrair *sugar daddies*?

Dou uma leve palmadinha na bunda dela, aos risos.

— Chata.

— Você adora que eu sei.

Lila se afasta um pouco, com os braços ainda enlaçados ao meu pescoço e um brilho divertido no olhar.

— Obrigada — acrescenta em tom sincero. — Por ter me contado.

— Eu queria mesmo contar — declaro. — Eu... Eu também confio em você.

— Fico feliz — sussurra ela.

Eu a puxo para perto até seus lábios encontrarem os meus, preenchido por aquela mesma sensação de *paz*, de *completude*, de *felicidade*, tão intensa a ponto de explodir por dentro.

— E aí, o que você me daria se rolasse uma terceira vez? — provoca ela, mordiscando meu lábio inferior.

Abro um sorriso, com a euforia borbulhando no peito por ter Lila ao meu lado. Por finalmente a ter enxergado com outros olhos.

"Cedo demais", diz meu cérebro, ao mesmo tempo que meu coração sussurra, "tarde demais."

17

Delilah

— Calma, deixa eu ver se entendi direito — diz Theo, batendo a colher na xícara de café. — Você está namorando Ian Chase?

Franzo os lábios, pensativa. Já dá para chamar de namoro? Bom, eu *adoraria* que fosse, mas ainda não chegamos a definir um rótulo, por isso…

— Nós somos… alguma coisa.

Ava bufa.

— Uma coisa que envolve muita meteção, só se for.

— Será que dá para manter a classe? — pede Theo com desagrado.

Ava mostra a língua para ele.

— Já vi você enroscado com o baterista de uma banda de ska em um bar de quinta categoria depois de ter enchido a cara de bebida duvidosa. Quer mesmo me falar sobre manter a classe?

— Dee — começa Theo calmamente —, posso sugerir que você faça novos amigos? Pelo bem da sua imagem.

— Falou o cara que teve coragem de meter o linguão na boca de um sujeito de cavanhaque — rebate Ava com doçura.

— Vocês dois precisam falar mais baixo — repreendo, e olho de relance para a cafeteria movimentada, reparando nas pessoas que circulam por ali. — E que tal deixar a troca de farpas para outra hora? Ainda estou meio surtada por causa desta noite, e vocês deveriam estar me dando apoio.

— Claro, aposto que não vai ser nada estranho jantar com a ex-esposa do seu crush de longa data e atual possível namorado — oferece Theo, impassível.

— Larga mão de ser mala — censura Ava. — Ian contou que os dois nunca estiveram apaixonados de verdade, não foi? Já ajuda bastante.

— Não mesmo — confirmo. — Mas ela ainda é importante para ele.

— E também é uma das artistas mais populares de Massachusetts nos últimos vinte anos — acrescenta Theo.

— Ah, valeu — retruco secamente. — Ajudou muito.

— E *você* é uma confeiteira jovem, *gostosa* e bem-sucedida, com seu próprio programa de televisão — lembra-me Ava. — Não tem motivo para ficar intimidada.

— Pior que nem estou... intimidada — respondo com sinceridade. — É mais como... eu quero que ela goste de mim, entende? Ela é importante para Ian, praticamente a melhor amiga dele, então sinto que seria um desastre se não gostasse.

— Ah, sossega o facho — resmunga Theo, tomando um gole de seu chá Earl Grey. — Você é um raio de luz ambulante quando não está ocupada em me torrar a paciência. É impossível não gostar de você.

— Caramba — comento, achando graça. — Obrigada pelo elogio nada crítico.

— Se quisesse puxação de saco, não deveria ter contratado seu amigo como agente.

— Não é estranho que a ex dele saiba de vocês dois antes de Jack? — pergunta Ava, reflexiva.

Franzo a testa.

— Talvez... Mas prefiro ter uma ideia mais definida dessa relação, seja lá qual for, antes de envolver meu irmão. Já vai ser esquisito para caramba do jeito que está.

Ava estreita os olhos.

— Acha que Ian não leva esse lance entre vocês a sério?

— Não é isso — começo. — Eu só não quero forçar a barra, sabe? Sonhei com isso por tanto tempo, e agora que finalmente aconteceu... sei lá, tenho medo de estragar tudo.

— Bem. — Theo estala a língua. — É melhor vocês dois tomarem muito cuidado até entenderem o que está rolando. Se a imprensa descobrir essa história, não tem mais volta.

— Eu sei, eu sei — respondo. — Mais um motivo para eu não querer apressar as coisas. Não quero que Ian se sinta pressionado a assumir um relacionamento caso isso tudo saia pela culatra. Ele precisa de um tempo para ter certeza de que quer mesmo isso, sem que a internet faça um inferno na vida dele outra vez.

— Você está preocupada com tudo isso? — Ava me lança um olhar apreensivo. — Ele parece um cara legal e tal, mas com toda aquela história com a ex...

Tenho que me segurar para não sair em defesa dele. Não cabe a mim compartilhar a versão verdadeira de tudo o que realmente aconteceu tantos anos atrás, e por isso não posso sair por aí e acusar todo mundo de ter se equivocado em relação a essa história. Mesmo que me mate deixar as pessoas acreditarem que Ian poderia ser capaz de fazer aquelas coisas.

— Eu confio nele — declaro. — Ele nunca faria nada para me magoar de propósito.

— É, vamos torcer para que não — comenta Theo, pensativo. — Porque se essa merda estourar tanto quanto o divórcio, pode ser tão prejudicial para você quanto para ele.

— Como assim?

— Por enquanto as pessoas acham que é só curtição e tudo são flores, mas se descobrirem que é para valer e Ian fizer alguma besteira, você vai ser só mais uma otária que caiu no papinho dele.

— Ei — intromete-se Ava, indignada. — Não seja babaca.

— Só quis dizer que, na internet, as pessoas de "bem" adoram chutar cachorro morto. Algumas podem até ficar do seu lado, é verdade, mas já vi atrocidades demais nas redes sociais para não me preocupar com a possibilidade.

— Ele não vai me magoar — repito, mais firme desta vez. — Ian não é assim.

— Pelo seu bem — diz Theo com simpatia no olhar —, espero que tenha razão.

O silêncio se instala na nossa mesinha, e os burburinhos de conversa e os ruídos da cafeteria enchem o ar enquanto nós três refletimos sobre as palavras de Theo.

— Enfim — continua ele, limpando a garganta —, estou contente por você ter me contado. Vou ficar de olho nas fofocas sobre vocês dois, só para estar a par de tudo.

A reação dele quase me deixou arrependida por ter contado, na verdade, mas não digo isso, pois sei que seria idiotice me envolver com Ian sem avisá-lo. Afinal, agente serve para essas coisas.

Ava olha feio para Theo, mas felizmente muda de assunto.

— Então, que horas vai ser o jantar?

— Sete em ponto — respondo. — A casa delas fica um pouco longe, por isso Ian vem me buscar às seis.

— Já sabe o que vai vestir?

— Não faço ideia — confesso, suspirando. — Qual a roupa apropriada para conhecer a ex-esposa do seu... Hã, para conhecer a ex-esposa do cara?

— Algo que acentue seus peitos — sugere Theo, despreocupado.

Ava e eu o encaramos, boquiabertas, mas ele faz cara de desentendido.

— Ué, que foi? Não é porque eu não gosto de mulher que não reconheço. São mesmo uns peitões de respeito.

— Pior que ele tem razão — comenta Ava, rindo. — Vale aproveitar qualquer coisa para se sentir mais confiante.

Lanço um olhar descrente para os dois e pego a bebida — sim, a mesma que Ian pediu para mim quando viemos aqui pela primeira vez, porque sou uma tonta e retomei o velho hábito —, mexendo no canudo enquanto tento acalmar o nervosismo despertado por esse jantar.

"Vai dar tudo certo", tento me convencer. "O fato de Ian querer me apresentar a ela é um bom sinal."

Quem sabe, se eu repetir vezes o suficiente, me livro dessa vontade de vomitar.

***

— Fala a verdade, você escolheu esse vestido de propósito para eu não conseguir me concentrar em mais nada esta noite, não foi?

Estamos lado a lado, subindo a entrada da garagem, e não consigo evitar o sorriso que se forma em meus lábios ao ver a expressão consternada de Ian.

— Poxa, você não gostou?

— Gostei até demais — resmunga ele.

— Meus amigos me aconselharam a destacar meu ponto forte para eu me sentir mais confiante — explico para ele, apontando para o decote redondo.

Ian aperta minha mão, levando-a até os lábios para plantar um beijo ali.

— Embora seja uma caraterística muito boa, eu não diria que é a sua melhor.

— Ah, jura? — Meu coração acelera. — E qual você acha que é?

Um sorriso brinca em seus lábios, com um ar divertido nos olhos cinzentos.

— Mais tarde eu te mostro.

— Você vai *mesmo* me provocar antes de eu conhecer a sua ex? Golpe baixo.

Ele vira minha mão e dá um beijo bem na palma.

— Bom, eu diria que é carma.

— Vou te mostrar o que é carma, seu...

Minhas palavras morrem na boca quando a porta se abre antes mesmo de termos a chance de bater, revelando uma mulher alta e esguia com cabelo preto e maçãs do rosto proeminentes que parecem destacar ainda mais seu sorriso brilhante.

— Vocês vieram mesmo!

— Ué, eu meio que confirmei que a gente vinha — graceja Ian.

A mulher, que reconheço como Mei pelas fotografias, dá um tapinha no peito dele.

— Para de ser chato. — Depois volta a atenção para mim, com o sorriso ainda maior. — E você deve ser a Delilah.

— Pode me chamar de Dee — respondo. — Todo mundo me chama assim. — Olho para Ian. — Menos ele.

Vejo um ar de reconhecimento no rosto de Mei, mas ela se limita a fazer sinal para entrarmos.

— Venham, fiquem à vontade. Espero que gostem de empanadas. Bella está lá na cozinha.

— Parece uma delícia — digo enquanto passamos pela porta.

A casa delas é enorme. Até o hall de entrada é imaculado, com piso de ladrilhos reluzentes e teto alto adornado por um lustre cintilante. Consigo ver uma ampla sala de estar mais além, com sofás cor de creme e almofadas em tom de tijolo queimado, e imagino que a decoração toda seja obra da Mei, já que ela é artista.

— Que casa linda — elogio, ainda admirada ao olhar em volta. — Ian comentou que vocês acabaram de se mudar, não foi?

— Um pouquinho antes do casamento — conta Mei enquanto tiramos os sapatos. — Bella insistiu em botar as mãos na massa, então a obra acabou atrasando um pouco.

— Sua esposa ajudou a construir a casa?

— Ela é empreiteira — explica Mei. — Ou seja, botava os fornecedores para correr se não fizessem tudo do *jeitinho* que ela queria.

— Nossa, *foi mal* por tentar deixar nossa casa perfeita — diz uma voz com leve sotaque vinda do cômodo ao lado.

Mei revira os olhos e começa a andar na direção da voz, e nós a seguimos. Uma mulher alguns centímetros mais baixa do que Mei, mas com o mesmo cabelo preto, está parada diante da bancada, arqueando uma sobrancelha para a esposa.

— Ela adora me ver com o cinto de ferramentas — acrescenta Bella. — Então no fim deu tudo certo.

Mei bufa.

— Bella.

— Essa é a sua garota? — pergunta Bella para Ian, mas logo volta a pousar seus olhos escuros em mim. — Quais são as suas intenções com o nosso Ian?

— Bella! — exclama Mei.

Olho para Ian em busca de ajuda, mas o vejo cobrir a boca com a mão como se tentasse conter o riso, então decido me arriscar.

— São terríveis — respondo para Bella. — Só tenho péssimas intenções.

Bella assente com seriedade e o mais leve esboço de sorriso nos lábios ao dizer:

— Gostei dela.

— Peço perdão pela minha esposa — intervém Mei, exasperada. — Ela se acha muito engraçada.

— *¿Perdón? No te ríes cuando uso mi boca para...*

— *Callate* — chia Mei.

— Entendo espanhol bem o bastante para saber que também não quero que ela termine essa frase — murmura Ian.

— Quem me dera *não* entender espanhol — lamenta-se Mei, mas seu rosto corado me diz que ela não está tão irritada quanto parece.

— Eu só sei falar francês — conto. — Então não entendi nada, felizmente.

— Ah, eu sempre quis aprender francês! — exclama Mei, toda empolgada. — Ian comentou que você estudou na França, não?

— Isso, eu passei alguns anos lá. Foi uma experiência incrível.

— Aposto que deve ser maravilhoso falar sacanagem em francês — comenta Bella com um suspiro.

Não posso deixar de rir enquanto passo o braço ao redor da cintura de Ian.

— Ian que o diga, né?

— Chega — queixa-se Ian, apontando para nós duas. — Está decidido, vocês não podem ser amigas.

— Hum, acho que já é tarde demais para isso — argumenta Bella com um sorriso.

Retribuo o sorriso e acrescento:

— É, agora já era.

Mei volta a repreender a esposa da boca para fora, chamando Ian para dar apoio de vez em quando, sem sucesso. Assisto à cena com um sorriso no rosto, e a pilha de nervos da chegada já se dissipa ao perceber que tudo é exatamente como Ian descreveu. Não há nada entre ele e Mei além de uma profunda amizade, tão sincera que posso sentir só de ver os dois juntos.

— Dee — chama Bella, acenando para mim. — Venha me ajudar aqui na cozinha enquanto os dois quadradões arrumam a mesa.

Vejo a pergunta silenciosa no olhar de Ian, como se quisesse saber se estou bem, mas eu apenas dou um apertãozinho na cintura dele antes de me afastar.

— Claro, só preciso de um avental.

— Foi um erro apresentar essas duas, não foi? — ouço Ian perguntar a Mei quando saem juntos da cozinha.

Mei solta um longo suspiro em resposta.

— É — concorda ela. — Provavelmente foi.

18

Ian

— Gostei dela — sussurra Mei para mim, observando o papo animado entre Bella e Lila sobre algum filme idolatrado pelas duas.

De relance, reparo no seu sorriso caloroso ao olhar para a esposa ao lado da minha... da minha Lila, e sinto meus lábios se curvarem em resposta, com uma sensação de aperto no peito. Estico a mão para esfregar o ponto dolorido através da camisa, acenando com a cabeça.

— Eu também gosto dela — murmuro de volta.

Gostar soa quase... errado para definir o sentimento, mas ainda está muito, muito cedo para a alternativa. Por mais verdadeira que seja.

— Acho que o fato de trazer ela aqui significa que está tudo resolvido?

— Não... exatamente — respondo. — Quer dizer, estabelecemos que ela não se importa em vir aqui, nem com o fato de você saber que somos... alguma coisa, mas quanto a definir *que coisa* é essa...

— Ah. — Mei assente, pensativa. — Bem, pela forma como ela olhou para você durante todo o jantar, eu diria que é uma boa hora para ter essa conversa.

— Como ela olhou para mim?

— Igualzinho a como você olhou para ela — comenta Mei, achando graça.

Meu sorriso se alarga. Esse jantar tem sido muito mais agradável do que eu pensava. É ótimo ver Lila se dar tão bem com pessoas tão importantes para mim, mesmo quando ela teria todo o direito de ficar com o pé atrás. Se *ela* me levasse para jantar com o ex, não sei se eu agiria com essa mesma tranquilidade. Expliquei toda a história do meu antigo relacionamento, é verdade, mas ainda assim, o fato de Lila ter se mostrado tão amigável com Bella e Mei me tira dos ombros um peso que eu nem sabia que estava lá.

— Você está diferente hoje — diz Mei, me despertando desses pensamentos.

— Diferente?

— É — confirma ela. — Diferente. Mas de um jeito bom. Nos últimos anos... você sempre parecia tão fechado, na sua. Não acho que estivesse exatamente infeliz, mas às vezes me deixava preocupada.

— Eu não parecia feliz?

— Sei lá — responde Mei com um encolher de ombros. — Talvez eu tenha visto coisa onde não tinha. Mas você era sempre tão tranquilo na época da faculdade. Lembra?

— Lembro de ter feito um monte de besteira por causa dessa tal tranquilidade — ironizo.

Mei ri baixinho.

— Mesmo assim. Você vivia sorrindo. Era contagiante, sabe? Acho que foi difícil acompanhar sua mudança de cara feliz e despreocupado para o homem calejado que precisou se tornar nesses últimos anos.

— Eu nem tinha reparado, sério — admito, com o cenho franzido.

— Estranho seria se tivesse — comenta Mei, suspirando. — Você vive preocupado com tudo e todos. Sempre tive medo de você não estar tão bem quanto tentava transparecer.

Fico com a boca entreaberta quando as palavras dela trazem à lembrança algo muito parecido dito por Lila dias atrás.

O mundo não vai acabar se você estiver bem, Ian. Sabe disso, não sabe?

Será que estive mesmo tão diferente nesses últimos anos?

— Não foi minha intenção — explico para ela. — Acho que era só... mais fácil assim. Sempre esperar o pior para nunca se decepcionar, não é o que dizem?

— Esse é um jeito horrível de ver a vida — repreende Mei. — Enfim, o importante é que hoje... — Ela dá um leve sorriso. — Hoje você está mais parecido com o Ian de antes. Aquele de que me lembro. Sei lá, você parece... mais radiante. Perto dela.

Quando olho para o lado, vejo Lila jogar as mãos para o alto, com um misto de divertimento e desespero no rosto enquanto Bella se agita e continua a tagarelar sobre seja lá o que for. Percebo que basta *olhar* para Lila para eu me sentir mais calmo, para todo o caos na minha cabeça se dissipar e as preocupações que rondam meu cérebro parecerem menos importantes, e eu me pergunto se é normal me sentir assim por alguém tão depressa, ou se nosso passado de alguma forma preparou o terreno para esses novos sentimentos. Se o carinho e a amizade de anos estavam apenas segurando a porta para algo mais. Se era inevitável que eu viesse parar aqui.

A voz de Mei torna a interromper meus pensamentos.

— Ela sabe?

— Sabe. — Nem preciso perguntar ao que se refere. — Contei tudo para ela.

— Ainda bem — comenta Mei. — Isso é ótimo. E como foi?

— Foi bem melhor do que eu esperava. Lila foi... Bom, ela é incrível.

— Não sei por que você sempre espera o pior — ralha Mei. — Nada do que aconteceu foi culpa sua. Já cansei de repetir.

— Sim, claro. Agora só falta convencer o... resto do mundo.

— Eu *tentei* — resmunga Mei. — Teria falado muito mais se você não fosse tão teimoso. Não sei por que se esforça tanto para proteger aquele escroto só porque ele é seu pai. Ele não merece.

Se Mei soubesse que meu pai me obrigou a ir embora, tenho certeza de que formaria fila atrás de Lila para arrancar as bolas dele.

— Eu não faço isso por ele — trato de lembrar.

— Eu sei, eu sei — reclama ela. — É que só de pensar nisso eu já fico irritada.

— Porque você é uma manteiga derretida.

— Vai se ferrar — zomba ela, me dando uma cotovelada. — Não sou, não.

Bella desaba no sofá ao lado da esposa, passando o braço ao redor dos ombros dela.

— E aí, qual é o assunto sobre a Mei?

— Eu disse que ela é uma manteiga derretida — respondo.

— Nossa — diverte-se Bella. — É mesmo. Dá até vontade de passar no pão.

— Ei, isso não é verdade! — Mei cruza os braços sobre o peito, indignada. — Posso ser uma vaca insensível se eu quiser, ok? — Em seguida olha para Lila, suplicante. — Dee, fala para eles que eu posso ser uma vaca.

Lila solta uma gargalhada enquanto se acomoda do meu outro lado no sofá.

— É, não vou falar isso nem a pau.

— Aceita de uma vez — retomo, dando uma palmadinha no ombro de Mei. — Você tem coração mole.

Mei ainda resmunga baixinho quando a mão de Lila desliza sobre minha coxa, um gesto totalmente inocente, ao contrário da minha reação a ele.

— Vocês duas finalmente chegaram a um acordo sobre o filme? — pergunto.

— Nós concordamos em discordar — responde Lila, soprando ar pelas narinas. — Já que Bella claramente tem um péssimo gosto.

— Ah, desculpa aí — interrompe Bella, se empertigando na hora. — Acho que entendo mais sobre quem a srta. Swan deveria ter escolhido. Nós *literalmente* temos o mesmo nome, sabe?

— O filme inteiro é centrado na história de amor de Bella e Edward! Não se pode discutir com o enredo.

— Eu posso quando ele está errado — rebate Bella.

Lanço um olhar confuso para Mei.

— Sabe do que elas estão falando?

— *Crepúsculo* — responde Mei, resignada. — Eu também não entendo, vai por mim.

— Claro que não entende, seus pais esconderam todas as coisas boas de você. Se dependesse deles, você ainda não conheceria as maravilhas de um belo par de seios.

— Mas eu tenho peitos — argumenta Mei.

— Além dos seus, claro — emenda Bella. — Ninguém merece passar o resto da vida brincando com um pau.

— Bom, eu não tenho o menor problema com isso — lança Lila, levantando a mão e sorrindo.

Bella a dispensa com um aceno.

— Já combinamos que não dá para confiar nas suas escolhas.

Mei solta um suspiro.

— Será que podemos falar sobre outra coisa? Qualquer uma. Quem teve essa ideia de jerico de marcar um jantar todos juntos, afinal?

— Você — respondemos Bella, Lila e eu em uníssono.

Mei abana a cabeça.

— Já me arrependi. Xô, podem ir embora.

— De jeito nenhum. — Bella dá um beijo na testa da esposa. — Ainda temos que jogar *Cards Against Humanity*.

— Nossa, esse jogo é indecente — resmunga Mei.

— Sim, essa é a graça — explica Bella.

Lila observa a discussão das duas com um sorriso no rosto, como se estivesse *mesmo* se divertindo, e isso me faz relaxar ainda mais.

— Estou até com medo de saber do que se trata esse jogo — comento quando nossos olhares se encontram.

— Não se preocupe, cupcake — tranquiliza-me ela. — Você vai adorar.

— Saibam que se alguém tirar a carta sobre a bundinha deliciosa do Daniel Radcliffe — começa Bella —, vai ser uma vitória instantânea em qualquer uma das minhas rodadas. Sempre me acabo de rir com essa merda.

— Espera — balbucio. — A *o quê* do Daniel Radcliffe?

A cabeça de Lila cai para trás em uma daquelas gargalhadas que eu tanto amo, me distraindo da minha incredulidade. Ela se recupera apenas o suficiente para me puxar pelo braço e me arrastar para fora do sofá, dando tapinhas no meu ombro enquanto Bella faz o mesmo com Mei. Juntos, nós quatro vamos para a sala de jantar para o que promete ser um jogo de cartas saído do inferno.

— Isso vai ser tão divertido — empolga-se Lila, com os olhos brilhando.

Duvido muito, para ser sincero, mas ao ver a felicidade dela, a tranquilidade *genuína* para lidar com esse jantar e com todo o resto, meu passado e meu presente colidindo para criar o que espero ser um futuro melhor, o mesmo aperto de antes se instala no meu peito. Aquele aperto maravilhoso e assustador ao mesmo tempo.

Por isso, me deixo conduzir à sala de jantar para o jogo aparentemente péssimo, começando a aceitar o fato de que eu deixaria essa mulher me levar para onde quer que fosse. E o mais curioso... também percebo que essa revelação não me incomoda nem um pouco.

***

A casa de Mei e Bella fica um pouco afastada da cidade, então na viagem de volta precisamos encarar a rodovia ladeada por florestas. Um cenário bem diferente do trânsito habitual nos limites da cidade. Lila passa o caminho todo comentando sobre a noite de hoje — como o jantar foi bom, como se divertiu com Bella e Mei — e eu me contento em ouvir, distraído com o suave circular dos seus dedos no meu joelho.

— E a Bella confessou que até escrevia fanfics sobre Bellice na adolescência — conta Lila, aos risos. — Ela não quis me dizer o nome de usuário, mas vou dar um jeito de arrancar isso dela.

— E Bellice é o quê, exatamente?

— O nome de casal de Alice e Bella — explica Lila, como se fosse óbvio.

Concordo com a cabeça, sem entender nada.

— Ah, claro.

— A gente tem que ver esses filmes para *ontem* — determina ela. — Preciso de você ao meu lado no time Edward.

— Sim, senhora — provoco.

Ela bate no meu joelho.

— Quietinho.

— Mas e aí, você se divertiu?

Lila deve perceber a pontada de preocupação na minha voz, porque volta a pousar a mão na minha perna, apertando meu joelho através da calça jeans.

— Muito. Adorei as duas.

— Que bom — respondo, disfarçando meu suspiro de alívio. — Ótimo mesmo.

— Ah, você estava nervoso? Uma situação tipo "conhecer os pais"?

— Você já conhece meus pais — lembro a ela.

— É verdade. — Outro apertãozinho. — Eu gostei muito das duas, sério. E me diverti para caramba.

— Fico feliz — digo com sinceridade. — Eu estava um pouco nervoso. Fiquei com medo de ter sido uma ideia idiota te convidar para ir lá.

— Por quê?

— Sei lá... Eu sei que expliquei tudo sobre nosso antigo relacionamento, mas ainda me pareceu meio coisa de otário chamar você para jantar com a minha ex.

— Ian — diz Lila com um tom mais firme. — Eu falei que confiava em você. Se me disser que não tenho nada com que me preocupar, então não vou me preocupar. Tudo bem?

A tensão se dissipa no meu peito. Agarro o volante com força para não ceder à vontade de tascar um beijão nela agora mesmo. Eu sempre soube que Lila era boa demais para este mundo, mas estou começando a desconfiar que talvez ela seja boa demais para *mim* também.

Solto um suspiro.

— Não precisa se preocupar com nada mesmo — respondo, incapaz de conter o riso estrangulado que me escapa. — Cacete, Lila. Se continuar a ser tão perfeita assim, vai ter que me desgrudar de você com um pé de cabra.

— Hum. — De relance, eu a vejo mordiscar a pontinha do lábio. — Até que não é má ideia.

— O quê, se livrar de mim com um pé de cabra?

— Não, você ficar tão perto de mim a esse ponto.

— Ei, não pode me falar essas coisas quando não posso fazer nada. Ainda mais com esse vestidinho aí.

A mão dela desliza mais para cima da minha coxa, com um sorriso tímido nos lábios.

— Quem disse que você não pode fazer nada?

— *Lila*.

Solto um gemido quando os dedos dela tracejam o formato do meu pau através da calça jeans. Seu toque ainda é delicado, provocante até, mas o lento vaivém do seu dedo por meu volume cada vez mais proeminente basta para fazer minha cabeça girar.

— Não posso garantir que vou dirigir com segurança se você continuar me tocando desse jeito — aviso.

Ela intensifica o movimento, e eu respiro fundo.

— Eu confio em você. Só fica de olho na estrada.

— Acha mesmo que eu consigo me concentrar na estrada quando você está abrindo a porra do meu zíper?

— Hum... — E pelo jeito Lila não está para brincadeira, pois já começou a abrir a braguilha da calça, deslizando os dedos por baixo do elástico da minha cueca. — Eu quero brincar, e você vai dirigir.

— E se eu quiser brincar também?

— Mais tarde — murmura ela. — Agora é minha vez.

Não sei por que essa frase me deixa tão excitado, mas a voz baixa e rouca a me dizer que é a vez dela de me provocar enquanto livra meu pau da cueca, basta para me deixar visivelmente tenso e suado. Com o polegar, Lila acaricia a pontinha para recolher os respingos de sêmen que já se acumulam ali, circulando a cabeça do meu pau enquanto meu quadril se levanta por vontade própria, como se procurasse mais do seu toque. Ela me aperta suavemente enquanto agarro com força o volante, sem tirar os olhos da estrada, como estivesse no exame de condução mais indecente da história.

Um som patético se desprende de mim quando ela me solta, mas uma espiada de canto de olho quase me faz engasgar quando a vejo lamber a palma da mão. Nossos olhares se encontram quando a língua rosada e escorregadia mergulha de volta em sua boca, e os lábios se curvam em um sorriso malicioso.

— Presta atenção na estrada, Ian.

— Porra — sibilo. — Você sabe que quando a gente chegar na sua casa vai ter troco, não sabe?

—Ah, estou contando com isso — ela praticamente ronrona, e o calor molhado dos seus dedos circula o contorno do meu pau outra vez. — Mas antes...

Minha cabeça tomba contra o encosto do banco, ainda vigiando a estrada com os olhos semicerrados, enquanto Lila me acaricia lentamente da base até a ponta. Mordo o lábio para não ofegar quando ela faz um pequeno movimento de torção sobre minha glande, coletando mais respingos de gozo para facilitar o deslizar do seu punho para cima e para baixo.

— *Cacete*, Lila. — Piso no freio com mais força enquanto deslizo para o acostamento e estaciono o carro, com as mãos agarradas ao volante. — Desse jeito você vai me matar. Literalmente.

— Não conseguiu se concentrar na estrada? — provoca ela roucamente, rodando o pulso para me bombear com uma firmeza que quase me deixa vesgo. — Caralho, está tão duro.

— Você está adorando, né? — consigo dizer por entre dentes cerrados.

— Estou mesmo — admite ela.

— Gosta de me tocar sabendo que não posso fazer nada?

Quando ela volta a torcer a pontinha do meu pau, minha boca se abre em uma expiração trêmula, e eu estendo os dedos para cobrir os dela, sem assumir o controle, apenas sentindo seus movimentos.

— Gosto mesmo — ronrona ela.

— Quer que eu goze na sua mãozinha, é?

— *Quero*.

Os movimentos se tornam mais vigorosos, meu pau a escorrer sobre seu punho a cada estocada, mas parece que ainda não é suficiente. Meu coração martela os ouvidos com um rugido, e eu agradeço aos céus pela estrada vazia. Só me faltava alguém parar no acostamento bem agora para ver se precisamos de ajuda. Quando olho para Lila, reparo na forma como ela me observa atentamente, com o rosto iluminado pelo brilho suave do painel e uma expressão extasiada, como se estivesse excitada só de me ver nesse estado.

E essa constatação quase me deixa maluco.

— Cospe em cima — gemo.

Sinto a mão dela imóvel, ouço a sua inspiração trêmula.

— Posso usar a minha boca...

— Não — respondo com firmeza. — Se colocar essa sua boquinha no meu pau agora, vou querer arrastar você para o banco de trás, e não temos tempo para isso. Não aqui. — Envolvo os dedos com mais força ao redor da sua mão, apertando meu pau através do seu punho. — Mas posso imaginar. — Arrasto a mão dela em um movimento lento para cima, e meu abdômen se contrai com a sensação. — Cospe, garotinha.

Doce jogada 227

— Jesus.

— Meu nome — lembro a ela. — Você chama o *meu* nome.

— Ian — sussurra Lila.

Cubro a mão dela com a minha, mantendo meu pau no lugar. É preciso toda a minha força de vontade para não a arrastar para o banco de trás, e quando ouço o som da sua obediência, quando sinto o calor da sua saliva escorrer pelo meu pau e por nossos punhos unidos, quase mando o autocontrole para longe.

— Caralho. *Porra*.

Ela começa a me bombear com mais força, a mão ainda coberta pela minha enquanto conduzo seus movimentos. Não aperto a ponto de interferir no espetáculo, que é todinho dela, mas gosto de sentir sua pele macia contra a minha, adoro a forma como as linhas delicadas dos seus dedos acariciam minha palma.

— Quando a gente chegar na sua casa — sussurro enquanto ela faz movimentos de vaivém com o punho, um atrás do outro. — Vou arrancar esse seu vestidinho aí. — Meu queixo cai por um momento quando ela se inclina e cospe no meu pau de novo, e um som molhado e desleixado reverbera pelo carro a cada arremetida da sua mão. — E vou te comer até você esquecer seu próprio nome.

— Quero só ver — sussurra Lila, toda ofegante, como se fosse difícil encontrar a sua voz.

Fico cheio de tesão por ela parecer tão afetada por me tocar quanto eu estou por ser tocado.

— Puta merda, Lila, não para. — Fecho os olhos e volto a tombar a cabeça contra o encosto do banco. — Cacete, eu vou gozar. Isso, me faz gozar, garotinha.

— Ian — choraminga ela.

— Você tá toda molhadinha? — Mordo o lábio inferior, sentindo o calor do orgasmo se insinuar pelo meu corpo, mas quero saborear o momento por mais um tempinho. — Se a gente não estivesse no meio da estrada, eu poderia te encaixar aqui no meu colo, direto no meu pau?

— Arrã — geme ela com a testa pressionada contra meu braço, que se move no mesmo ritmo de sua mão. — Eu quero.

— E vai ter. Vou gozar na sua mão agora, mas depois vai ser nessa sua bocetinha gostosa.

— Está quase lá?

— Hum. Isso, continua. Arrã, assim mesmo. *Isso.* Boa menina. Não para, garotinha. Porra. *Cacete.* Eu vou... Caralho. *Porra.*

Meu pau escapa da sua mão, jorrando com tanta força que ela mal tem tempo de o agarrar de volta. Nem quero pensar no carro todo respingado. Isso é um problema para amanhã. O sangue bombeia nos meus ouvidos e as cores piscam atrás das minhas pálpebras, ainda de olhos bem fechados, com a respiração me escapando em arquejos profundos e ásperos e os pulmões prestes a arder em chamas.

Ainda estou ofegante quando meus olhos voltam a se abrir, reparando que a mão dela ainda me acaricia com delicadeza, toda lambuzada de porra. Apesar de ser uma das coisas mais sexy que já vi, também ajuda a despertar meu cérebro, e eu me endireito no banco.

— Merda. — Envolvo os dedos dela com força para tentar não a sujar toda, depois estendo a mão livre para vasculhar o console central em busca dos guardanapos de fast-food aleatórios enfiados por ali. — Aqui, pode se limpar. Foi mal.

— Está de brincadeira? — Acendo a luz do teto e vejo suas bochechas coradas e o pescoço ainda mais vermelho, os peitos arfando como se ela estivesse tão ofegante quanto eu. — Isso foi gostoso pra caralho.

— Olha, vou te contar... — murmuro, distraído pela linda visão de Lila toda coradinha, com ar satisfeito enquanto limpa meu gozo da mão. — Quase desmaiei por sua causa.

— E você parou o carro — resmunga ela, acusatória. — Era para ter prestado atenção na estrada.

— Preferi não arriscar um acidente por causa de um orgasmo, por mais incrível que tenha sido.

— Hum, parece até que não fiz um bom trabalho.

Solto uma risada e me inclino no banco, envolvendo os dedos ao redor do seu pescoço para a puxar na minha direção. Dou um beijo longo e voraz nela, mordiscando seu lábio inferior antes de me afastar.

— Eu falei sério aquela hora, chata — aviso. — Quando a gente chegar em casa, você vai ver só.

— Bom, tem um problema — responde ela com doçura, recostando-se no banco. — Se demorar muito, talvez eu tenha que começar sozinha aqui mesmo.

O sorriso dela é malicioso, e fico dividido entre lhe dar um tapão na bunda e a beijar outra vez.

Em vez disso, meto o pé no acelerador e não paro até chegar na casa dela.

19

Delilah

Sorrio feito boba ao ver a foto enviada por Ian, debruçada sobre o celular em um cantinho isolado do set. Ainda estou surpresa que ele tenha mandado uma quando pedi. Ele saiu com Mei e Bella para um brunch, e por mais que eu queira abandonar as filmagens para me jogar nos braços do meu ruivão gostoso, sei que Gia me esfolaria viva se eu tentasse. Especialmente agora que a audiência finalmente começou a subir.

Jamais vou contar a Ian que pretendo usar a foto como fundo de tela, mas imagino que logo, logo ele vai acabar descobrindo. Está tão lindo ali, de cara amarrada e sobrancelhas franzidas enquanto mostra o cupcake cor-de-rosa para a câmera.

CUPCAKE: Bella vai passar o resto da vida me atazanando com essa história de "cupcake". Sabe disso, não sabe?

Tudo bem aí no brunch, imagino?

CUPCAKE: Bom, a Bella encheu a cara de mimosas, mas fora isso, tudo certo. A gente deveria vir aqui qualquer dia. Você vai adorar os bolinhos.

Meu coração palpita diante desses planos tão casuais para um encontro. Já se passaram duas semanas desde o início do nosso... seja lá o que for, e eu ainda não me acostumei com a ideia. Ainda parece surreal que, depois de ter passado tantos anos desejando esse homem, ele finalmente seja *meu*.

> Vai fazer alguma coisa depois?

CUPCAKE: Vou dar uma passada na academia. Bella foi buscar o carro e eu e Mei estamos aqui fora esperando.

CUPCAKE: E você, quando vai acabar de filmar aí?

> No meio da tarde, acho.

CUPCAKE: Seu irmão vai sair com o Sanchez hoje à noite.

> Vixe, lá vem bomba. 😬 Esses dois juntos são um perigo.

CUPCAKE: Pelo menos o braço já está quebrado. O que mais ele pode aprontar?

> Ainda tem outro braço. Duas pernas. Jack sempre dá um jeito. Enfim, você não quer ir com eles?

CUPCAKE: Então... Na verdade eu queria aproveitar para trazer uma certa chata aqui para casa.

Mais palpitações, dessa vez na minha barriga.

> Ah, é? Para fazer o quê?

CUPCAKE: Vem cá que eu te mostro.

Mordo o lábio para conter o sorriso enquanto leio a mensagem. Por mais que minha ficha ainda não tenha caído, estou adorando esses flertes descontraídos entre a gente. A uma hora dessas, minha eu adolescente deve estar dançando no quarto ao som de Katy Perry.

— Misericórdia, sua carinha de apaixonada vai acabar comigo — resmunga Ava, se aproximando de mim para ir até a cafeteira. — Essa melação toda vai me encher de cárie.

Enfio o celular no bolso e pego uma xícara vazia.

— Não sei do que você está falando.

— Ah, me poupe. Ontem mesmo vi você toda sorridente para o espelho do camarim enquanto ouvia "Enchanted".

— Ué, eu só estava feliz com a versão da Taylor — murmuro.

— Arrã, tá bom. — Ava revira os olhos enquanto mexe o açúcar no copo de papel. — Vou fingir que acredito. Sei muito bem que você é fã do álbum *1989*.

— Taylor Swift é Taylor Swift — pontuo.

— Enfim, está… tudo bem, né?

Odeio o fato de ela estar certa, mas um sorriso já começa a despontar nos meus lábios. É realmente ridículo como só de pensar em Ian já fico toda bobinha.

— Está, sim — respondo.

— Mas você ainda não contou para o seu irmão, né?

— Não mesmo — respondo, com um suspiro. — Mas vou contar. Só preciso descobrir como abordar o assunto direitinho. Não quero Jack bancando o irmão mais velho protetor para cima de mim.

— Nossa, eu pagaria para ver isso.

— Para ser sincera, eu também — respondo, aos risos. — Se a bronca não fosse sobrar para mim, claro. Já imaginou como ele vai ficar *insuportável* quando descobrir que ando dormindo com o melhor amigo dele?

— É… ele vai pegar no seu pé pelo *resto* da vida, mesmo depois de a poeira baixar.

— Exatamente.

— Mas é melhor contar logo de uma vez — aconselha Ava.

— Eu sei, eu sei. Vou contar tudo em breve. É que Ian está muito estressado por causa dos treinos e de todo o resto, então não quero acrescentar o surto do meu irmão superprotetor ao problema.

— Ai, caramba. Você está toda apaixonadinha. — Ela levanta a voz em uma terrível imitação da minha. — *Ian* isso. *Ian* aquilo...

— Não enche — resmungo.

— Você *aaaama* Ian — provoca ela.

E é uma brincadeira, sei disso, mas não tem nada de engraçado na forma como meu estômago se contrai. Não vou fingir que não tem sido... intenso estar com Ian depois de tantos anos de desejo, assim como não posso ignorar que *gostar* parece uma palavra muito pequena para descrever o que tenho sentido por ele. Jamais admitiria isso em voz alta, claro. Não vou correr o risco de assustar o cara quando acabei de conquistá-lo.

Dou uma cotovelada em Ava.

— Você não tem nada melhor para fazer, não?

— Tenho, garantir que seu programa seja perfeito.

— Bom... — digo, e a enxoto com um aceno. — Pode ir então.

— Nossa — responde ela, rindo. — Claro, majestade. É para já, majestade.

— Vai se ferrar — rebato.

— Enfim, fala para o seu namorado parar de te distrair, por favor. Mais tarde vocês ficam de baixaria por mensagem.

"Namorado."

Essa palavra aumenta ainda mais meu aperto no estômago. Só não sei se de um jeito bom ou ruim.

Observo Ava acenar por cima do ombro enquanto se afasta com o café, com a palavra *namorado* ainda me rondando a mente. Gosto do que sinto, concluo. Talvez até demais. Pego o celular no bolso, com o coração ainda um pouco acelerado, e envio outra mensagem.

> Quero só ver, cupcake. 😉

***

Quando Ava me reencontra depois da gravação, a atitude brincalhona de antes parece ter sido substituída por um ar preocupado. Ela não para de roer as unhas conforme atravessa o set na minha direção, com a expressão que só usa quando precisa dar más notícias.

— O que aconteceu?

Ela coça a nuca.

— Sei lá, talvez não seja nada.

— Se não fosse nada, você não estaria com essa cara.

— Então... — começa ela, deixando as mãos pousarem na cintura. — Gia quer conversar com você.

— Hum, ok? E qual é o problema?

— Ela estava meio... estranha.

— Estranha como?

— Bem, ela perguntou se eu tinha visto alguma notícia sobre você na internet.

— Sobre mim?

— Sobre você e Ian.

— Por que ela...? Espera. Você viu alguma coisa?

— Só depois de ter falado com ela.

Já estou a sacar o celular do bolso.

— O que é?

— Dee, talvez seja melhor não...

Pesquiso nossos nomes no Google e dou de cara com várias reportagens publicadas há menos de uma hora.

MAIS UM CORAÇÃO PARTIDO PELO GALÃ DO HÓQUEI?

O DESTRUIDOR DE CORAÇÕES ATACA NOVAMENTE: SERÁ O FIM PARA DELILAH BAKER?

IAN CHASE E MEI GARCIA REATARAM?

Minha primeira reação é de pura confusão, especialmente porque tive uma noite fantástica com os três na semana passada e posso confirmar que Mei e Bella ainda estão muito apaixonadas e que não há absolutamente nada entre Ian e a ex-esposa. Abro uma das manchetes e, ao ver a foto estampada na matéria, faço o oposto do que Ava deve estar esperando: caio na gargalhada.

— Isso aqui não é nada — garanto a ela, que me olha como se eu fosse maluca.

— Mas ele a beijou — argumenta Ava, incrédula.

Reviro os olhos.

— Na *bochecha*.

Ian está com a mesma roupa da selfie que me enviou com o cupcake horas atrás. Na capa da reportagem, ele está de braços dados com Mei na calçada, seus lábios pressionados gentilmente contra o rosto dela enquanto os dois parecem se despedir depois do brunch.

— Não está preocupada com isso?

Nego com a cabeça. Embora não possa contar a Ava o motivo de tanta tranquilidade, pois não cabe a mim revelar segredos dos outros, estou aliviada por não ter com que me preocupar.

— Juro — garanto a ela. — Não é nada. Os dois foram tomar um brunch mais cedo, só isso.

— Só eles dois?

— Não, Bella estava junto, mas não faria diferença se estivessem sozinhos. Não tem nada rolando entre os dois, e eu confio em Ian.

Ava ainda me observa com ar ressabiado. Por mais que eu entenda a desconfiança, já que ela não sabe da missa a metade, ainda é um pouco irritante ver alguém duvidar de Ian.

Com um suspiro, percebo que todas as manchetes pintaram a cena como *mais uma* traição de Ian. Ou seja, a internet inteira vai voltar a atacar a imagem dele sem ter a mais puta ideia de nada.

— Merda — reclamo. — Gia quer falar comigo, então?

— Isso. — Ava acena com a cabeça. — Já tem vários boatos sobre ele ter traído você e coisas do tipo.

— Mas as pessoas nem sabem se estamos juntos para valer!

— Isso não faz a menor diferença pro pessoal da internet.

— Mas que palhaçada — reclamo.

— Enfim, Gia quer ver se está tudo bem e... hã, você sabe. Descobrir qual é seu plano agora.

— Meu plano?

— Sim, é que... essa história toda começou como uma jogada de marketing, né? E se a repercussão negativa continuar, pode ter o efeito oposto na audiência do programa.

— Não vou... — Sinto meu rosto corar. — Não vou parar de sair com Ian.

— Não é isso que eu quis dizer. Enfim... — Ava solta um suspiro, cruzando os braços. — Melhor você ir conversar com a Gia. Eu só trouxe o recado.

— Tudo bem.

Dou um aceno distraído com a cabeça, espanando a farinha da camisa antes de me afastar, quando ouço a voz dela atrás de mim:

— Depois me conta como foi!

Vou até a sala de Gia com a cabeça a mil, apreensiva por ter que repetir a conversa que acabei de ter com Ava e preocupada com Ian por causa dessas notícias. A ideia de ele ser alvo de mais uma leva de difamações me enche de raiva, e só me resta torcer para que não tenha olhado o celular nas últimas horas. Algo bem provável, já que ele quase não usa.

Quando chego lá, nem me dou ao trabalho de bater na porta e já vou logo entrando. Gia está com a cara fechada, com o olhar voltado para a mesa de trabalho antes de pousá-lo em mim.

— Ah, aí está você — diz ela. — Já viu as notícias?

— Vi, sim — respondo, afundando em uma das cadeiras. — Ava me contou.

— E você tem algum comentário sobre o assunto? Sabe se tem algo rolando entre Ian e a ex-esposa?

— Não — nego com mais veemência do que pretendia. — Os dois não têm mais nada.

Gia parece desconfiada.

— Como pode ter tanta certeza? Sei que vocês são amigos, mas ele não contaria uma coisa dessas se fosse...

— Não tem *nada* rolando entre os dois — insisto.

Gia me estuda com atenção, pressionando uma unha perfeita no lábio inferior.

— Estou por fora de alguma coisa?

Penso por um instante, mordendo o interior da bochecha. Não acho que seja da conta da emissora o que eu e Ian somos ou deixamos de ser, mas como essa ideia toda partiu deles, acho que devo no mínimo uma explicação.

— Eu e Ian... nos aproximamos desde que ele voltou para a cidade.

— Vocês estão em um relacionamento sério?

— Não sei se chega a tanto — admito a ela, e apesar da minha vontade em classificar nossa relação assim, preciso falar com Ian primeiro. — Mas somos próximos o bastante para eu poder afirmar que não existe mais nada entre os dois. Fomos até jantar com Mei e a esposa dela esses dias. Juntos. E eu *sabia* que eles tinham saído para tomar brunch esta manhã. Caramba, a esposa dela estava lá também! As câmeras só não mostraram.

— Tem certeza de que é uma boa ideia se envolver assim?

— Essa história toda foi ideia sua!

— Bem, não foi necessariamente *minha* ideia...

— Você entendeu — interrompo, também de cara amarrada. — Posso fingir que estamos juntos, mas não deveria me envolver de verdade, é isso?

— Como eu disse, Dee — retoma Gia, cheia de dedos — Jamais tentaríamos dizer com quem você pode ou não namorar. Só estou preocupada com você. Não quero que se machuque.

— Não quer que a audiência seja prejudicada, isso sim — murmuro amargamente.

— Isso não é justo — repreende ela.

Solto um suspiro.

— Tem razão, desculpa. Só estou frustrada com esse rolo todo.

— Eu sei. — Gia assente como se de fato entendesse, e isso ajuda a amenizar meu desconforto. — Olha, você sabe que não dou a mínima para suas decisões na vida pessoal, mas os figurões lá de cima... Bem, como eu disse, eles só querem saber de números. Seria mentira dizer que não se importam com a possibilidade de Ian começar a manchar sua imagem.

— Não vou terminar com ele — declaro com firmeza.

Gia arqueia as sobrancelhas.

— Ah, então vocês estão *mesmo* juntos?

— Porra, sei lá. Mas... seja lá o que exista entre nós, não vou parar.

— Repito, não posso influenciar suas escolhas — salienta Gia. — Só quero que você esteja ciente das possíveis implicações.

— Tudo bem. Já entendi. Mesmo. Antes de mais nada, preciso conversar com Ian sobre essa história toda. Quero saber como ele está.

Gia me estuda por um momento, com o olhar cheio de compaixão. E isso me irrita um pouco. Odeio o fato de todos acharem que Ian seria capaz de me magoar. Minha vontade é contar a Deus e o mundo o quanto esse homem é maravilhoso, mas sei que não posso dar com a língua nos dentes enquanto ele usa esses segredos para proteger a irmã.

Por isso, fico de bico fechado.

— Enfim, era só isso mesmo?

Ela assente.

— Toma cuidado, Dee.

— Obrigada — respondo, exausta.

Sem dizer mais nada, levanto e saio do escritório, já a caminho das portas dos fundos para dar o fora. Nem tento ligar para Ian, decidida a encontrá-lo o mais rápido possível. Espero, do fundo do coração, que ele ainda não tenha visto as notícias. Assim, posso contar tudo com delicadeza e o aconselhar a evitar a internet por um tempinho. Quanto menos ele vir, melhor.

Só preciso chegar a ele primeiro.

***

Basta Ian abrir a porta do apartamento para eu perceber que cheguei tarde demais. Está nítido na sua expressão tensa, no olhar abatido e nos lábios franzidos enquanto me deixa entrar.

— Oi — cumprimenta ele, afastando-se para fechar a porta atrás de mim. — Achei que você só vinha mais tarde.

— Meu irmão já saiu?

Ian acena que sim.

— Ele até quis me fazer companhia depois de… — começa a dizer, mas se interrompe com um pigarro. — Enfim, eu o convenci a sair. Falei que precisava ficar sozinho um pouco.

— Quer que eu vá embora?

Ele nega com a cabeça na hora.

— Não, você não.

— Tudo bem — respondo com óbvio alívio. — Então, você já viu.

— Seu irmão tem alertas do Google para o meu nome, sabia?

Dou um suspiro.

— Caramba, eu amo meu irmão, mas às vezes ele bem que merece uma coça.

— Pelo menos a intenção é boa — argumenta Ian, desabando no sofá. — A emissora já sabe?

— Sabe — confirmo com pesar. — Gia me chamou para uma conversa depois da gravação.

— Aposto que te aconselharam a pular fora — teoriza ele, inexpressivo.

— Eles não podem fazer isso — rebato.

Ian franze os lábios.

— Mas podem sugerir com veemência.

— Não faz diferença. Eu nem daria ouvidos mesmo. Não aconteceu nada. Você não fez nada de errado.

— É, fala isso pro resto do mundo.

— Não estou *nem aí* para o que os outros acham ou deixam de achar.

Ele me olha com tristeza.

— Mas deveria.

Recuo um passo, com a boca entreaberta de surpresa.

— Como assim?

Ian alisa o rosto com a mão, o peito subindo e descendo quando solta o ar.

— Sei lá. Detesto a ideia de você ser arrastada para os meus problemas.

— Eu já sabia dos riscos quando começamos essa história.

— Sei disso, sei mesmo, mas… — A cabeça dele tomba no encosto do sofá. — Odeio essa porra. Ainda mais do que ver as baboseiras que falam sobre mim. Por causa do meu histórico, as pessoas agem como se você fosse *ingênua* por ter se envolvido comigo. Nem sabem se existe mesmo alguma coisa entre nós, e agora já começaram a julgar você por essa *suposta* relação? É tão zoado, Lila.

Fico comovida com sua preocupação tão evidente comigo. Chego mais perto, passo o braço ao redor da cintura dele e o puxo para um braço, com a cabeça apoiada em seu ombro.

— É mesmo, mas a culpa não é sua. De jeito nenhum.

— Às vezes tenho a impressão de que é, sim. Pelo visto, sempre dou um jeito de estragar tudo em que toco. Não consigo dar a porra de um passo sem decepcionar alguém.

Apesar do tom derrotista, sinto o braço dele me envolver com mais força, a testa apoiada no meu cabelo enquanto seu corpo libera um pouco da tensão. Com a ponta do dedo, começo a traçar círculos lentos por cima da camiseta, no que espero ser um movimento calmante.

— Vai ficar tudo bem — prometo a ele. — Vai passar.

— Mas isso não resolve o problema — explica Ian calmamente. — Como vai ser quando... confirmarmos os boatos sobre nosso relacionamento? Se é que você ainda quer fazer isso. Vou entender se tiver mudado de ideia.

— Como assim? — pergunto, afastando a cabeça para olhar para ele. — Claro que eu quero.

Ian parece genuinamente surpreso.

— Sério?

— Está de sacanagem? Preciso pedir para a Alexa tocar "Teenage Dream" para ver se entra nessa sua cabecinha? Ainda não entendeu que estou literalmente vivendo um sonho que virou realidade?

A garganta dele estremece ao engolir em seco.

— Acho que estou sempre com o pé atrás, esperando algo ruim acontecer. Às vezes nem parece real.

— É real — insisto. — Pelo menos para mim. E para você?

— Claro que é — responde Ian sem qualquer hesitação. — Lila, estar com você... — Ele balança a cabeça. — É real pra cacete.

— Viu? Então está tudo certo — tranquilizo-o. — Vai ficar tudo bem.

— Como você pode ter tanta certeza?

Há insegurança no olhar dele, acompanhada de algo que se assemelha a medo. Só então me dou conta: apesar de ter sugerido que me afastar poderia ser a melhor solução, Ian está aterrorizado com essa possibilidade. Saber disso torna muito mais fácil insistir nessa história.

— Não posso — respondo com sinceridade. — Não posso ter certeza de nada, foi isso que a vida me ensinou. Aprendi essa lição quando tinha seis anos.

Sinto um aperto no peito ao pensar nos meus pais, a ausência deles como uma velha ferida já quase cicatrizada, mas lembrar deles agora, cogitar a possibilidade de também perder Ian um dia, basta para me deixar emotiva.

— Mas pelo menos me ensinou também quando vale a pena insistir em alguma coisa. — Intensifico o abraço como se quisesse provar meu ponto de vista, inclinando-me para deixar a boca dele roçar a minha. — E você vale a pena, Ian.

— Você também, Lila — responde ele com a voz embargada e os cílios trêmulos quando nossos lábios se encontram.

Mantenho os beijos leves mesmo ao esboçar um sorriso, depois me acomodo no colo dele, com os joelhos apoiados no sofá, e envolvo os braços ao redor do seu pescoço.

— Então não desista de mim.

— Quer mesmo fazer isso? — As mãos dele pousam nas laterais do meu quadril, apertando de leve. — Comigo?

— Ian.

Ele meneia a cabeça.

— Verdade. Sonho realizado. Esqueci que você é obcecada por mim e tal.

— Nem vem! — rebato com uma risada, beliscando-o até ele se contorcer. — Como se você também não estivesse obcecado por mim.

Ian se junta ao riso, mesmo quando uma das suas mãos me segura pela nunca e a outra levanta meu queixo para trazer sua boca de volta à minha.

— Eu realmente estou obcecado por você.

— Sério?

Não queria soar tão insegura. Detesto parecer tão carente com ele, mas não consigo evitar. Ian me querer assim… é *tudo*.

— Sério — murmura ele, com os lábios colados aos meus. — Estou a ponto de rabiscar seu nome no caderno. A Lila adolescente não está muito atrás do Ian de meia-idade.

Sorrio tanto que minhas bochechas doem, e sinto na ponta da língua aquelas palavrinhas que não deveriam estar lá. Aquelas que luto tanto para conter.

— Meia-idade — repito em vez disso, aos risos. — Não se preocupe, eu ainda acho que você é bem gostoso… — Lambo seu lábio inferior, cantarolando por dentro. — Pra um tiozão.

Ian rosna, e de repente estou embaixo dele no sofá.

— Ah, é? Vou te mostrar o tiozão.

20

Ian

Fecho os olhos quando começo a me alongar. O movimento desperta uma queimação quase agradável nas minhas coxas, como se meu corpo soubesse que a parte extenuante do dia está prestes a terminar. O técnico ainda está aos berros com Rankin do outro lado do rinque, mas eu e alguns outros rapazes já começamos os alongamentos finais. Pelo jeito, o homem acordou disposto a mandar o time todo quebrado para casa, com direito a músculos doloridos e zumbidos no ouvido, provavelmente por estarmos tão perto do início da temporada. Jankowski está praticamente deitado de bruços no gelo, Sanchez me acompanha nos alongamentos, enquanto todos tentamos aliviar a tensão de um treino difícil.

Não consigo evitar a forma como olho para ela. Meu olhar se desviou para as arquibancadas várias vezes durante o treino, tão distraído nessas tentativas de observá-la o mais discretamente possível que acabei levando duas broncas do técnico. Era quase como se meus olhos a procurassem por conta própria. Hoje, o cabelo de Lila pende dos ombros em uma cascata de ondas suaves, e nem preciso chegar perto para saber como é sedoso ao toque. O casaco também parece macio, de um tom de rosa clarinho com pequenos corações mais escuros estampados, abraçando todas as curvas dela de uma forma tentadora que torna quase impossível me concentrar em qualquer outra coisa.

Ela também me observa, com um ligeiro aceno de cabeça ao escutar seja lá o que Jack esteja cochichando ao seu ouvido, mas não tira os olhos de mim enquanto inclino o quadril na direção do gelo, com as coxas entreabertas e a virilha quase tocando o chão. Nunca pensei nas implicações do movimento; já é pura memória muscular a essa altura. Ao ver a forma como Lila me olha, porém, com os dentes fincados no lábio inferior e os braços cruzados firmemente sobre o peito, meus pensamentos seguem por um caminho bem menos casto.

Dou um sorrisinho enquanto alongo o quadril, vendo os lábios dela se entreabrirem mesmo a essa distância. Sei que ela está pensando na noite passada, em como a tive embaixo de mim na cama, quase nessa mesma posição, e não dá para fingir que não me lembrei da cena também. Achei que as coisas seriam mais difíceis diante do nosso primeiro obstáculo, com a reação explosiva das pessoas na internet por causa daquelas fotos desastrosas tiradas no dia do brunch, mas eu não deveria ter duvidado de Lila. Afinal, ela se mostrou boa demais para mim em todos os sentidos. Seu jeito de me tranquilizar desperta aquela mesma sensação reconfortante de paz que passei a associar a sua presença, e só agora percebo que é tudo mérito *dela*. Só Lila faz com que eu me sinta assim.

Ainda sorrio quando finalmente me ponho de pé, esticando os braços acima da cabeça para um último alongamento antes de me afastar do resto do time e patinar até a beira do rinque onde ela e Jack estão sentados. Ele ainda tagarela sem parar, algo sobre o novo jogador vindo da Flórida, acho eu, pelo que apanho no final, e só fica quieto quando eu apoio os braços na grade das arquibancadas.

— E aí, se divertiram?

Lila dá de ombros.

— Se depender do meu irmão, vou começar minha própria liga imaginária de hóquei este ano.

— Espero ser um dos primeiros escolhidos — provoco.

Ela abana a mão, como se ponderasse suas opções.

— Hum, vou pensar no seu caso.

— Chata — retruco, aos risos.

Os dentes dela voltam a pressionar o lábio inferior, tão depressa que quase perco, e tenho que desviar os olhos antes de ser flagrado por Jack.

— Você estava meio lerdinho na segunda leva de exercícios de velocidade — comenta ele com uma careta.

— Obrigado, querido — zombo. — Seu apoio significa muito para mim.

Jack revira os olhos.

— Cara, só quis dar um toque.

— É só você parar de se quebrar inteiro e treinar comigo, que tal?

— Só mais umas semanas — resmunga Jack, esfregando a tipoia de um tom berrante de laranja. — Está com dor?

— Sei lá. Ele pegou pesado com a gente hoje. Acho que eu deveria me alongar mais um pouco, mas estou doido para me livrar dessas porras desses patins.

— Alongar — debocha Lila. — Se é que dá para chamar essa palhaçada de alongamento.

Jack enruga o nariz.

— Como assim?

— Ah, qual é — continua Lila, com um brilho de divertimento nos olhos castanhos. — Desde quando dar uma sarrada no gelo é alongamento?

Não há nenhuma razão para que a palavra *sarrada* seja sequer remotamente sedutora, mas vinda da boca de Lila... Pois é. Ainda bem que estou escondido por uma porrada de camadas de uniforme da cintura para baixo.

— É para alongar a virilha — explico, segurando uma risada. — É importante.

— Sua virilha é importante — diz ela, e dá para ver que está se esforçando muito para não cair na gargalhada. — Não acredito que você teve coragem de falar uma coisa dessas na maior tranquilidade.

— Mas lesões na virilha são muito comuns — interfere Jack com a testa franzida. — Cacete, metade dos movimentos que a gente faz lá no rinque envolve a virilha.

— A virilha é muito importante — repete Lila com ar de seriedade fingida. — Saquei.

Não consigo conter o sorriso que desponta nos meus lábios, tapando a boca com a mão enquanto uma gargalhada me escapa, com Lila tendo um ataque de riso não muito depois.

Jack abana a cabeça.

— Ei, o imaturo aqui sou eu. Parem de me imitar.

— Pelo jeito alguém está mal-humorado hoje — graceja Lila com um beicinho.

Estico a mão e esfrego a ponta do sapato dele.

— Quer um abraço, docinho?

— Odeio vocês — resmunga Jack. — Parem de ser tão... casalzinho. É esquisito.

Disfarço minha careta com uma tosse, recolhendo a mão para cobrir a boca. Encontro o olhar de Lila por apenas um segundo, mas basta para ver a surpresa estampada ali.

— Enfim, tenho uma reunião daqui a pouco — avisa ela, dando um pigarro enquanto se levanta do banco. — Mas vocês estão mandando muito bem, viu? Vão arrasar nos jogos.

Estranhamente, o comentário parece aumentar o mau humor de Jack. Ainda assim, ele oferece a bochecha para receber um beijo estalado da irmã, me enchendo de inveja. Minha vontade era ficar na ponta dos pés e receber um beijão ali mesmo. Em vez disso, porém, Lila se agacha e apoia os dedos no meu capacete, sorrindo para mim.

— Até mais, cupcake.

Preciso me segurar para não acompanhar seus movimentos, ciente de que a calça jeans vai acentuar aquela bunda perfeita de tal forma que vou querer pular a grade e correr atrás dela feito um cachorrinho de desenho animado. Por isso, mantenho os olhos fixos em Jack, onde é seguro.

— Ainda é esquisito pra cacete ver todo esse teatrinho de casal — comenta ele quando Lila some de vista. — Vocês estão muito amiguinhos ultimamente.

Tento me manter impassível.

— Como assim?

— Ai, sei lá — continua Jack. — É que agora vocês vivem andando juntos para cima e para baixo.

— Mas é de propósito. Faz parte do plano, esqueceu?

— É, eu sei. Só não me lembro de ela ter vindo a tantos treinos assim antes de você voltar para cá.

A culpa me consome. Não gosto de esconder coisas dele, mas não cabe a mim decidir a melhor hora de contar a verdade. Por isso, vou ficar de bico fechado até Lila se sentir confortável para tirar essa história a limpo. Eu amo Jack, mas... Bem, os sentimentos dela vêm em primeiro lugar. Antes mesmo dos meus.

— Para a farsa funcionar, as pessoas precisam nos ver juntos — lembro a ele.

— Sim, em público!

Arqueio a sobrancelha.

— Tecnicamente, estamos em público.

— Sei lá, continua esquisito.

Fecho a cara ao ouvir seu tom frustrado, sentindo que tem mais alguma coisa por trás desse incômodo.

— Por que você está tão chateado? Passou o dia inteiro assim.

— Não passei, não.

Reviro os olhos.

— Está com essa cara fechada desde o café da manhã, então anda, desembucha logo.

— Porra, sei lá. — Ele esfrega o rosto com as mãos. — Acho que caiu a ficha que não vou participar dos primeiros jogos com vocês. É uma merda, cara. Tudo porque resolvi bancar o idiota.

— Acontece, cara — tento tranquilizar. — Logo, logo você vai estar cem por cento.

— Para piorar, tem o jogo beneficente na semana que vem. Vai ser o primeiro que não jogo desde que entrei no time.

Fico confuso.

— Jogo beneficente?

— Ah, não vá me dizer que esqueceu. A gente sempre se reúne na última semana de treinamento.

— Cacete, esqueci mesmo — respondo, com o estômago embrulhado de nervosismo. — Nem sei se devo jogar.

— O quê? Por que caralhos não jogaria?

— Bom... Não é só o pessoal do time que participa, né? Logan e Oscar ainda vão, imagino? E Lyle também?

— Sim, mas você conhece os caras.

— Eu *conhecia*, no passado. E nunca tive muito contato com eles fora dos jogos.

—Ah, deixa disso. Eles vão ficar animadaços por jogar com você outra vez.

Sinto meu rosto se contorcer em dúvida. Já se passaram anos, afinal. Sou praticamente um forasteiro a essa altura.

— Pode parar com essa palhaçada — repreende Jack. — Você vai jogar e se divertir para caramba. Todo mundo vai ficar feliz com sua presença, está bem?

Sinto um calor nas orelhas.

— Não era para a gente animar *você*?

— Pois é, né? Então que tal você parar de graça e me deixar sofrer em paz?

— Não tem motivo para sofrimento — respondo, apaziguador. — Daqui a pouquinho você vai voltar com tudo.

— A gente não tem como saber — argumenta ele baixinho. — É só que... E se este for meu último ano como jogador? E se eu tiver desperdiçado parte dele por ter sido burro feito uma porta?

— Você decide quando sua carreira acaba — digo calmamente. — Só vai terminar quando você estiver pronto. Só porque estou achando que este pode ser meu último ano, não quer dizer que tenha que ser o seu.

— É, sei lá. — Jack assente com a cabeça, taciturno. — Mas é uma merda.

Estico a mão e dou outro tapinha no sapato dele, esperando que ele encontre meu olhar.

— Queria muito que você estivesse com a gente no primeiro jogo. Vai ser uma droga sem você, cara.

— Porque eu te completo, certo?

Aquele sorriso debochado tão característico domina suas feições, e eu suspiro de alívio quando o mau humor dele vai embora. Ver Jack triste é tão ruim quanto ver um cachorrinho chorar.

— Praticamente a minha cara-metade — respondo em tom sério.

— Eu sabia — diz ele com um suspiro. — Minha irmã vai ficar arrasada quando descobrir que você está apaixonado por mim.

— Vamos dar a notícia com cuidado — brinco.

— Valeu, cara — acrescenta Jack, quase um sussurro. — Acho que eu estava meio para baixo hoje.

— Claro, eu entendo. Eu estaria na mesma.

— Mas nada de ficar sofrendo por causa do jogo beneficente, ouviu? Vai ser legal pra cacete. Combinado?

— Tá, que seja — resmungo.

Ele dá outro aceno, respirando fundo antes de soltar o ar.

— Certo. Chega dessas baboseiras sentimentais. Vou lá perturbar o Rankin por ter sido mais lerdo do que você no treino, velhote.

— Ei, a gente tem a mesma idade — reclamo, mas Jack já está longe.

No meio do caminho, ele olha para trás e me mostra o dedo do meio.

— Não em espírito!

Abano a cabeça e volto a olhar por onde Lila partiu, me perguntando onde ela foi parar. O combinado era a gente se encontrar depois do treino, por isso fiquei surpreso com essa tal "reunião".

Caramba.

Trato de me dar uma bronca mental. Seria melhor arranjar uma coleira com o nome dela, de tão rendido que estou.

Não que eu ligue para isso, devo admitir.

Eu me afasto da grade e começo a patinar em direção à saída do rinque, pronto para tomar um banho quente e vestir roupas limpas que não cheirem a saco suado. Tenho certeza de que Lila vai me mandar uma mensagem quando estiver livre. Não há necessidade de ficar todo amuado por causa disso.

Consigo ficar longe dela. Consigo mesmo. Às vezes. Bom, eu me virava muito bem antes.

Sou o primeiro a chegar ao vestiário. Normalmente, está lotado de caras contando piadas ou estalando toalhas na bunda uns dos outros, mas neste momento, está tudo silencioso. Vou até o armário e começo a tirar o uniforme até ficar só com os trajes de compressão, depois vasculho a mala em busca do meu celular. Escuto alguém se aproximar pelo corredor enquanto desbloqueio a tela, reparando em uma mensagem de Lila enviada há menos de dez minutos. Deve ter sido bem na hora que ela deu no pé.

— Cara — diz Sanchez ao entrar pela porta. — Por acaso sua bunda está dolorida? A minha parece até que vai cair, juro. Que porra de treino foi esse?

Viro a cabeça para lhe sorrir por cima do ombro.

— É melhor apelar para o rolinho de massagem esta noite.

— Caralho, pode crer. — Ele me manda um beijo de longe. — Quer vir fazer isso por mim?

Reviro os olhos.

— Vai sonhando.

— Nem adianta, já sei que você tem outra pessoa disposta a cuidar dos seus músculos doloridos.

— Vai encher o saco de outro, babaca.

Sanchez dá risada.

— Vi sua carinha de bobo olhando pra Dee na arquibancada outra vez.

— Está com ciúmes? Posso te olhar assim também, se quiser.

— Arrã, claro — responde ele com uma piscadela. — Apostei uma grana nessa farsa toda, sabia? Acho bom você não me deixar na mão.

— Quanto?

— O suficiente para que seja melhor eu estar certo.

Uma risada me escapa.

— Se perder, pelo menos vai aprender a não se meter na vida dos outros.

— Claro, claro. Veremos.

Enquanto Sanchez se dirige aos assobios para a próxima fileira de armários, eu volto a atenção para o meu celular, com a testa franzida em confusão ao ler a mensagem de Lila.

> **LILA:** Vem pro último chuveiro do vestiário assim que ler isso. Rápido.

Mas que caralhos? Espio os chuveiros enfileirados ao longe, cada qual separado por cortinas, sem notar nada fora do normal. Por acaso ela está...? Não pode ser.

Arranco a camisa de compressão às pressas, depois a jogo no banco e pego uma toalha no cabideiro, sem nem me preocupar em tirar a bermuda enquanto avanço pelo vestiário a passos largos. Consigo ouvir outras vozes chegando ao cômodo atrás de mim, com o coração prestes a saltar pela boca com a sugestão por trás daquela mensagem, porque é impossível que Lila tenha mesmo...

A mão dela surge por trás da primeira cortina que separa o vestiário do chuveiro propriamente dito, e de repente sou puxado para dentro do cubículo, apertado contra um corpo macio com um sorriso diabólico e olhos castanhos brilhantes que me observam com malícia.

— O que você está fazendo? — pergunto entre dentes.

Ela passa um dedo pelo meu peitoral, tracejando as sardas espalhadas por ali.

— Sendo malvada.

— Sabe que tem mais uns seis caras lá fora, né?

Os dedos dela brincam com o cós da bermuda de compressão, o tecido já incapaz de esconder minha ereção cada vez maior.

— Sei, sim. Você vai ter que ficar bem quietinho.

Consigo ouvir alguns dos rapazes às gargalhadas nos chuveiros ao lado, a poucos metros de distância. Nunca fiz nada tão imprudente assim, mas só de pensar já fico excitado. Enrosco os dedos no cabelo dela e a puxo mais para perto, com os lábios roçando sua orelha.

— Eu consigo ficar quieto. E você?

— Hum... — Ela abaixa a bermuda e tira meu pau para fora, dando uma estocada lenta da base até a ponta. — Minha boca vai estar ocupada.

— *Caralho* — sibilo.

Arranco a bermuda e começo a tirar as roupas dela com uma avidez que me encheria de vergonha se não estivesse tão excitado. Fecho a cortina atrás de nós enquanto ligo o chuveiro sem pensar. Um jato de água fria me acerta em cheio nas costas, me arrancando um gritinho tão agudo que Lila precisa cobrir a boca para abafar o riso.

— Tudo bem aí, cara? — pergunta Jankowski.

— Arrã, só entrei muito rápido — respondo na hora. — Água fria da porra.

— Ó que seu pau vai encolher, hein? — brinca ele.

Lila ainda se chacoalha em uma gargalhada silenciosa quando eu a puxo para mim, com um sorrisinho nos lábios ao deslizar minha ereção contra seu corpo cada vez mais molhado.

— Não esquenta com isso — lanço de volta a Jankowski.

Depois me curvo para capturar a boca de Lila na minha, deslizando a língua pelos lábios entreabertos enquanto as mãos dela alisam a superfície dura do meu peitoral e seguem em direção aos ombros. Afundo os dedos na carne molhada do seu quadril, puxando-a para o mais perto possível enquanto a beijo até perder o fôlego.

Solto um leve grunhido de protesto quando Lila se afasta, mas o som morre na minha garganta ao vê-la levar o dedo aos lábios e abrir um sorriso malicioso, me fazendo sinal para ficar quieto antes de se ajoelhar. A visão dela ali me deixa tonto: as mãos espalmadas nas minhas coxas e os dedos encaixados nos ossinhos do quadril enquanto meu pau lateja a meros centímetros do seu rosto. Ainda não tínhamos chegado nessa parte, acima de tudo porque sempre que a vejo pelada, fico tão ansioso para estar dentro dela que nem consigo cogitar a possibilidade. Quando a vejo ali, porém... começo a suspeitar que, no fundo, uma parte de mim sempre acreditou que eu jamais sobreviveria à experiência.

A suposição logo ganha mais força, pois meus joelhos ameaçam ceder assim que sua linguinha cor-de-rosa lambe a cabeça do meu pau.

Preciso morder os lábios para conter um gemido quando ela fecha os lábios sobre a pontinha, com os cílios trêmulos ao girar a língua em uma volta completa. Luto contra a vontade de fechar os olhos, sem querer perder nem um segundo da linda boquinha de Lila deslizando sobre meu comprimento, e posso sentir a parte plana da sua língua me embalar conforme ela me leva mais fundo. Ver minha ereção desaparecer entre seus lábios faz meu estômago se apertar de desejo, e minhas bolas se contraem como se eu já estivesse em perigo de gozar direto na garganta dela.

Consigo ouvir a conversa do vestiário enquanto ela me chupa, e tenho que cobrir a boca para reprimir outro gemido. Os olhos dela se abrem sem pressa quando envolve o punho ao redor da base, girando os dedos e deslizando os lábios ao me abocanhar por inteiro. Sinto uma pressão suave logo abaixo da glande enquanto sua língua lambe a fenda sensível na cabecinha do meu pau, e minhas mãos deslizam sobre as têmporas dela por vontade própria, esparramadas sobre seu cabelo. Lila emite um gemido suave no fundo da garganta quando volta a me chupar até o talo, com as unhas da outra mão fincadas na minha coxa conforme o punho e a boca trabalham em sincronia, com um leve aceno de cabeça como se para mostrar que está tudo bem.

— E aí, Chase? Qual sua opinião?

Com um tremor no quadril, meu corpo todo fica imóvel.

— Quê?

— Sobre o novo jogador da Flórida — explica Sanchez. — Acha que o cara é tão fodão quanto o Jack diz?

Cacete.

Qualquer capacidade de raciocínio já se esvaiu do meu cérebro a essa altura. Tenho quase certeza de que Lila está a segundos de chupar meu último neurônio funcional. Não estou em condições de interagir com outro ser humano.

— Eu... — Lila escolhe este exato momento para pressionar os lábios ao redor do meu pau, com um movimento lento da base até a ponta. — Ele parece... muito bom.

— Vi algumas partidas — comenta Rankin de algum lugar ali perto. — O garoto manda bem.

— Claro, o cara parece um tanque de guerra — acrescenta Jankowski, depois ri, levantando a voz. — Espero que você consiga lidar com ele, Ian.

— Eu consigo... *porra*.

— Calma, mano — diz Jankowski com tom preocupado. — Era só brincadeira.

— Não, eu...

Inclino a cabeça para baixo e vejo Lila me encarando conforme leva meu pau até o fundo da garganta, com um brilho travesso no olhar que me faz cerrar a mandíbula. Agarro os cabelos dela e a seguro ali por um segundo enquanto seus olhos tremulam.

— Eu consigo lidar com isso — repito, já mais recomposto. — Vai ficar tudo bem.

Afrouxo o aperto em Lila, observando seus lábios inchados e os olhos vermelhos quando se afasta para recuperar o fôlego. Mesmo nesse estado, ela me oferece um leve sorriso, com ar de pura satisfação.

— Chata — sussurro.

Ela mostra a língua, deslizando-a pela cabeça do meu pau antes de lhe dar um beijo provocador.

— O velhote diz que aguenta — graceja Jankowski. — Podemos dormir tranquilos.

Em seguida começam a falar de outra coisa qualquer, mas não entendo uma palavra, absorto como estou na tentação ajoelhada na minha frente, quase me fazendo desabar de joelhos também. Pendo a cabeça para trás quando Lila encontra um ritmo; o deslizar lento e escorregadio dos seus lábios se transforma em um vaivém ininterrupto que meu quadril persegue com pequenas arremetidas abortadas. Com a boca entreaberta de prazer, enrosco os dedos no seu cabelo molhado, com as mechas agarradas no meu punho, e dou uma estocada hesitante, dessa vez mais profunda, mais intensa.

Sou recompensado com aquele mesmo gemido suave, quase inaudível, mas a vibração ainda reverbera pelo meu corpo, ameaçando me levar à loucura. Isso basta para me deixar um pouco ganancioso. Minha próxima arremetida é forte demais para ela, e posso sentir a contração na sua garganta, o engasgo abafado pela torrente de água do chuveiro, mas é o suficiente para me fazer parar. Deslizo para fora dela e a observo com preocupação.

"Desculpa", sussurro, mas Lila se limita a balançar a cabeça, com um sorriso presunçoso nos lábios conforme traceja os músculos das minhas coxas. Com um puxão nas laterais do meu quadril, ela me acomoda no banco do chuveiro, com a boca a meros centímetros do meu pau. Depois chega mais perto e deixa os lábios percorrerem toda a minha ereção, com as unhas fincadas na minha perna e o rosto cheio de malícia ao me oferecer o mesmo sorrisinho de antes. Recua apenas para levar um dedo aos lábios em um pedido de silêncio, respondendo à minha pergunta tácita ao inclinar o corpo para a frente e encaixar meu pau entre seus peitos.

Puxo o ar com força pelas narinas, e o suspiro ecoa pelo chuveiro na mesma altura das batidas do meu coração, e chego a cobrir a boca para evitar novos ruídos quando ela abocanha a cabeça do meu pau, o restante ainda envolto pelo túnel macio e molhado dos seus peitos perfeitos. Com um olhar ensandecido, eu a vejo pressionar os seios escorregadios para me fazer sentir cada pedacinho enquanto os movimenta para cima e para baixo, com a boca seguindo o ritmo conforme me leva cada vez mais para o fundo.

Quero acompanhar cada segundo, decidido a não perder nem um mísero instante da experiência mais erótica que já vivi, mas sou fisicamente *incapaz* de manter os olhos abertos quando Lila começa a se mover mais depressa, a me chupar com mais força. Tento agarrar a borda do banco para não escorregar, uma possibilidade cada vez mais concreta à medida que minhas coxas começam a tremer e vacilar.

Posso sentir aquela pressão quente se formando, posso sentir a calidez dela inundando minhas bolas e preenchendo meu pau à medida que ele incha na boca de Lila, e ela nunca para, nunca desacelera. O vaivém de seus seios escorregadios e a sucção quente de seus lábios trabalham juntos para me levar ao limite, à beira de algo que me faz curvar os dedos dos pés e bambear os joelhos. Abro a boca para dizer alguma coisa, para dar um aviso, talvez, para sussurrar que estou quase lá, mas sinto a língua emaranhada, a garganta seca, e as palavras simplesmente não saem.

Estico a mão para espalmar a cabeça dela e dou um empurrãozinho fraco, só para ela saber que estou perto, mas Lila logo se desvencilha e retorna aos seus esforços. Arregalo os olhos, com os dentes fincados no lábio inferior, vendo meu pau deslizar entre os peitos dela antes de desaparecer na sua boca, uma vez atrás da outra. Meus calcanhares escorregam no azulejo do banheiro, debatendo-se para lá e para cá enquanto engulo respirações ofegantes, e chego a revirar os olhos de prazer quando ela volta a me abocanhar por inteiro, a cabeça do meu pau quase na sua garganta, e isso basta para me levar ao êxtase.

Levo o punho à boca, mordendo a parte carnuda abaixo do polegar para abafar os gemidos entalados na minha garganta, e meu pau pulsa contra a língua de Lila ao inundar sua boca, sua garganta, ao derramar goela abaixo cada gotinha que ela aceita de bom grado. E ela continua a me chupar, agora com movimentos lânguidos, quase doces, enquanto sua língua acaricia a pele latejante para me levar a um orgasmo que me faz ver estrelas. Não sei quando volto a enxergar meus arredores, quando volto a ouvir os sons do vestiário, mas quando enfim consigo olhar para baixo, entre minhas pernas, a língua de Lila provocando a cabecinha do meu pau e suas pupilas dilatadas me encarando provocam uma nova onda de excitação no meu estômago.

Para a minha surpresa, Lila não emite qualquer som quando a puxo para mim, quando a viro e a coloco sentada e me ajoelho a seus pés. Estico o corpo até colar os lábios junto a seu ouvido, mantendo a voz baixa para que mais ninguém consiga escutar.

— Quer acabar comigo, é? — Mordisco o lóbulo da orelha dela, apreciando a expiração trêmula que se segue. — Queria que eles ouvissem? Queria que viessem aqui e flagrassem você com essa boquinha linda no meu pau? — Ela estremece contra mim, e eu deixo minha língua traçar o contorno da sua orelha. — Quer que todos entrem aqui e vejam exatamente a quem você pertence?

— Ian — sussurra ela, ofegante.

— Talvez eles ainda vejam — ronrono. — Talvez eu possa fazer você gritar alto o bastante para que todos venham correndo conferir.

Aprecio o gemido abafado que escapa de Lila quando passo as pernas dela sobre meus ombros, mergulhando entre suas coxas para chupar o clitóris até que eu não seja o único a ver estrelas.

Não a provoco, estou excitado demais para pensar nisso, só meto dois dedos bem lá no fundo enquanto abocanho o pontinho sensível entre os lábios. As coxas dela me apertam a cabeça e os dedos agarram meu cabelo, mas eu gosto da dorzinha ardida quando ela puxa os fios molhados com força, como se não conseguisse evitar, como se estivesse entregue às sensações provocadas por mim. Começo a bombear os dedos para dentro e para fora, imaginando que é meu pau ali afundando dentro dela, e tracejo seu clitóris com a ponta da língua antes de o sugar inteiro para dentro da boca.

Meu pau desperta quando ela começa a rebolar o quadril, apoiando-se com uma das mãos no banco enquanto cavalga na minha cara, perseguindo as sensações da minha boca que devora a bocetinha dela como se fosse minha última refeição. E *parece* que é mesmo. Cada experiência com Lila parece transformadora, capaz de fazer o resto do mundo desaparecer enquanto me concentro apenas *nela*, nos seus sentimentos, no seu toque, no seu gosto.

Curvo a ponta dos dedos quando os deslizo mais para o fundo, esfregando aquele pontinho interno que a faz tombar a cabeça para trás e entreabrir a boca, sem diminuir o ritmo das chupadas mesmo quando meu maxilar começa a doer. Sinto a contração dos músculos dela, o aperto dos calcanhares nas minhas costas e o rebolar do quadril em busca do clímax, e solto um gemido suave contra a carne macia entre meus lábios, apenas para expressar meu desejo de senti-la gozar na minha cara, para avisar que também quero a engolir como ela fez comigo.

Ouço meu nome escapar em um suspiro, tão ligeiro que quase se perde no barulho da água, leve como uma respiração ou um sussurro, como se ela não o quisesse soltar. É apenas um precursor dos tremores se espalhando por todo o seu corpo, com a bocetinha contraída ao redor dos meus dedos enquanto um jato quente inunda meus lábios, e eu continuo a lamber a pele encharcada entre suas pernas para coletar cada gotinha da minha recompensa. Só paro quando ela me afasta à força pelos cabelos, com as mãos apoiadas no banco para beijar sua boca enquanto ela se entrega aos espasmos do orgasmo.

Posso sentir o gosto de nós dois na sua língua, a mistura dos nossos sabores quase o suficiente para me deixar duro outra vez, e se estivéssemos em casa agora, não tenho dúvidas de que eu estaria enterrado até o talo dentro dela em questão de minutos. Talvez seja a única desvantagem de todo esse encontro.

Lila está sorrindo quando se afasta, com os olhos vidrados e a expressão sonhadora quando pisca algumas vezes, ainda atordoada. Vejo sua boca moldar as palavras "foi bom?" como uma pergunta, e balanço a cabeça com uma risada silenciosa antes de estender os dedos para seu queixo, puxando-a para outro beijo suave.

— Foi perfeito — sussurro ao seu ouvido. — E você é perfeitinha para caralho.

Ela me dá um beijo demorado na bochecha, os lábios ficam colados ali enquanto percorre minhas costelas com a ponta dos dedos, e nem mesmo as cócegas conseguem aplacar meu tesão crescente, minha necessidade de a sentir outra vez, apesar dos meus esforços para me controlar. Pelo menos por enquanto. Acima de tudo porque consigo ouvir os chuveiros sendo fechados ao nosso redor, as vozes começando a se afastar. Se não sairmos logo daqui, os outros jogadores vão começar a se perguntar por que raios estou demorando tanto no banho.

Mantenho os lábios perto do ouvido dela quando pergunto baixinho:
— Como é que você pretende sair daqui?
— Nem pensei nessa parte — sussurra ela, aos risos.

Meneio a cabeça enquanto uma risada quase imperceptível me escapa, depois a puxo para o meu colo, só para apreciar as curvas escorregadias do seu corpo contra o meu.

— Vai ter que esperar todo mundo ir embora — murmuro.

Lila dá de ombros.

— Por mim tudo bem.

— Ainda preciso tomar um banho.

O sorriso dela é travesso.

— Pode deixar que eu te esfrego.

— Desse jeito vai ser impossível controlar minha ereção.

Ela fica na ponta dos pés, com os lábios colados nos meus ao sussurrar:

— Ah, estou contando com isso.

Parece surreal que, meras semanas atrás, eu perguntei se ela pretendia acabar comigo.

E ainda mais inacreditável que só tenha demorado alguns dias para Lila confirmar minhas suspeitas.

21

Delilah

— Pode parar com esse nervosismo — murmuro, beliscando a cintura de Ian.

Ele solta um suspiro, com o nariz franzido ao olhar para mim.

— Mas eu nem estou nervoso.

Reviro os olhos quando a atenção dele imediatamente se volta para a pequena multidão aglomerada nas arquibancadas ao redor do rinque. Com o apoio da equipe de marketing do time, Jack conseguiu transferir o jogo beneficente para a pista do orfanato, uma notícia excelente para as crianças, embora também signifique que haverá bem mais gente para assistir ao que me parece ser uma verdadeira fonte de estresse para Ian.

— Sabe que os outros caras vão ficar animados com sua presença, não sabe?

Ele nega com a cabeça.

— Mal interagi com eles desde minha transferência de time.

— E daí? É normal se afastar um pouco das pessoas, faz parte. Agora vão ter uma chance de retomar o contato.

Os dentes dele mordiscam os lábios com preocupação, os braços cruzados sobre o uniforme enquanto se perde em pensamentos. Chega a ser fofo ver Ian todo apreensivo assim, como se estivesse nervoso antes do primeiro encontro, um aspecto adorável em alguém que parece uma versão ruiva e sardenta do Thor.

Bato com o quadril no dele.

— Vai dar tudo certo, cupcake. Jack vai estar lá.

— Cadê ele, afinal?

— Atrasado, para variar — respondo com indiferença.

— Ian!

Viramos a cabeça em direção à voz diminuta, avistando uma cabeça familiar de cachos loiros saltitando na nossa direção. O rosto de Ian se ilumina, e o nervosismo de antes se dissipa ao ver Kyle descer os degraus das arquibancadas, dois de cada vez, em direção ao patamar onde estamos escondidos.

— E aí, carinha? — pergunta Ian, agachando-se para ficar na altura do menino. — Que legal ver você de novo.

A expressão de Kyle parece séria demais para uma criancinha de sete anos.

— No fim você não voltou para me visitar.

Ian arregala os olhos, com o rosto vermelho de culpa.

— Verdade. Não voltei. Tenho andado muito ocupado com os treinos.

— É, faz sentido — murmura Kyle.

Ian se endireita, pousando a mão no ombro do garotinho.

— Mas ó, vamos combinar o seguinte. Que tal eu arranjar uns ingressos para o nosso primeiro jogo? E depois, no fim de semana seguinte, eu volto para a gente treinar mais, pode ser?

O rostinho de Kyle se contrai como se tentasse manter aquela fachada estoica, mas vejo a forma como seus lábios tremulam com o esboço de um sorriso. Parece pensativo por um instante, com a testa franzida em concentração, e por fim assente com a cabeça.

— Arrã — responde ele. — Pode. Vai ser legal.

— Maravilha então. — Ian abre um sorriso radiante, e meu coração dá uma pequena cambalhota quando o garotinho sorri de volta. — É melhor você voltar pro seu lugar. Mais tarde eu passo para dar um oi.

— Está bem!

O menino acena para nós dois antes de voltar a subir os degraus da arquibancada, e eu cutuco o braço de Ian.

— Viu? Falei que iam ficar empolgados com sua presença.

— Quem me dera todo mundo fosse assim tão fácil de agradar.

— Hum, não sei... Você sabe *me* agradar direitinho.

Ian me observa de relance, uma encarada intensa e calorosa que me arrepia da cabeça aos pés.

— Seja boazinha e vai receber mais agrados depois do jogo.

— Quero só ver — provoco.

Ele chega mais perto como se quisesse me mostrar ali mesmo, e sinto o coração martelar no peito, uma reação pavloviana ao menor indício do seu toque.

— Ian!

Uma mulher franzina acena freneticamente da entrada, com o rosto iluminado e os cabelos grisalhos balançando atrás dela em uma longa trança. O homem ao lado parece bem menos amigável, com feições afiadas endurecidas em uma carranca permanente.

Caramba, ele é igualzinho ao Ian.

Tão logo o pensamento me ocorre, começo a me questionar se é mesmo verdade. Claro, os cabelos, o porte físico e as feições semelhantes não deixam dúvidas do parentesco entre Ian e Bradley Chase, mas há uma certa frieza no pai, muito diferente do calor que irradia do filho. Ian deve ter herdado isso da mãe.

A mãe dele nos alcança e joga os braços ao redor da cintura do filho, toda sorridente.

— Ah, meu bem. Estou tão feliz por você estar aqui! Senti saudade de ver você jogar de pertinho.

— Oi, mãe — cumprimenta Ian em tom carinhoso, retribuindo o abraço. — Ainda bem que você veio.

— Que conversa é essa? Claro que viemos, desde quando os donos do time podem perder o próprio evento?

O tom de Bradley é tão frio quanto sua expressão, me levando a questionar o que Christine viu nele.

A mulher em questão dá um tapinha no peito do marido.

— Ai, nem começa. Não quero saber de bate-boca entre os dois hoje, entendido?

— Delilah — diz Bradley com rispidez. — Muita gentileza sua organizar o evento.

— Foi quase tudo obra de Jack — respondo, tão educada quanto possível. — Mas eu apoiei muito a ideia, claro. Essas crianças também merecem se divertir.

Christine me dá um apertãozinho na mão.

— É muito bonito todo o trabalho que você tem feito aqui.

— Obrigada. A senhora é muito gentil — respondo, bem mais afável do que fui com Bradley.

Christine me dispensa com um aceno.

— Ah, nada disso. Senhora está no céu. Afinal... — Ela pisca para mim. — Você está namorando meu filho.

— Christine — interrompe Bradley, de forma concisa. — Você sabe muito bem que isso é só fachada.

A mãe de Ian se limita a dar de ombros, com ar de inocência.

— Sim, sim. Eu sei. Mas não custa sonhar, não é? — Ela coloca a mão no antebraço do marido, olhando para ele com uma expressão carinhosa. — Meu romance com o pai de Ian foi tão arrebatador... — continua, sem tirar os olhos de mim. — Dá para imaginar? A filha do dono e o melhor jogador do time? Por meses, só se falava disso na cidade. Enfim, eu sempre quis esse tipo de amor para o meu filho.

Eca. Mal sabe ela...

Bradley permanece impassível ao ouvir as lembranças afetuosas da esposa, mas Ian parece tenso. Ao ver os músculos contraídos da sua mandíbula, passo o braço ao redor da sua cintura e lhe dou um apertãozinho de encorajamento. O gesto parece despertá-lo daquele devaneio.

— É melhor vocês irem andando — aconselha Ian, com a atenção toda voltada para a mãe enquanto faz o possível para ignorar o pai. — O jogo vai começar em breve.

— Quero ter uma palavrinha com você mais tarde — avisa Bradley com firmeza.

Ian mal olha para ele.

— Já tenho planos. Eu te ligo quando puder.

O homem parece prestes a dizer mais alguma coisa, mas Christine logo começa a puxá-lo pelo braço.

— Anda, anda, vamos sentar logo antes que apareça algum repórter puxa-saco para nos atrasar. — Ela faz uma pausa e fica na ponta dos pés para beijar a bochecha do filho. — Boa sorte, querido.

— Obrigado, mãe — murmura Ian.

Os dois se afastam depressa em direção às escadas, e apesar do empenho de Christine, não conseguem escapar do que parece ser um repórter. O comportamento de Bradley muda da água para o vinho ao conversar com o homem, abrindo um sorriso radiante que parece forçado. Ou talvez seja só impressão minha.

— Caramba, olha só para ele — resmunga Ian. — Aposto que está se gabando sobre todo o "esforço" que fez. Como se fosse ideia dele — acrescenta com uma careta. — O jogo beneficente sempre foi o xodó da minha mãe.

— Ele vira outra pessoa na frente da imprensa — comento.

— Pois é — concorda Ian. — Meu pai é ótimo em se fazer de bonzinho.

Ao ouvir o ar derrotista em sua voz, percebo que ele está se deixando levar por lembranças que não farão nada além de estragar seu dia, por isso decido falar umas verdades sobre Bradley Chase e ocupar os pensamentos de Ian com algo muito melhor: euzinha, acima de tudo. Antes mesmo de eu ter chance de abrir a boca, porém, braços fortes e musculosos agarram minha cintura e me tiram do chão, me arrancando um gritinho de surpresa.

— Deezinha!

Sou rodopiada no ar, me sentindo desorientada por um segundo antes de ser devolvida ao chão.

— Como andam as coisas, Baker?

— Logan?

Ele me lança um sorrisão radiante, estendendo a mão para beliscar meu queixo.

— E aí, estava com saudade de mim?

— Nossa, *morrendo* de saudade — ironizo.

Ele pousa a mão sobre o coração.

— Ai, não precisa machucar.

Logan Thomas foi colega de faculdade de Jack e Ian, mas acabou indo jogar no Tampa Bay antes da formatura. É figurinha carimbada no evento beneficente todos os anos, e nessas ocasiões quase sempre fica hospedado na casa do meu irmão. Só não sei como isso vai funcionar agora que Ian está morando lá.

Por falar nele...

Quando me viro de volta para Ian, reparo no maxilar retesado, nos punhos cerrados ao lado do corpo enquanto observa minha interação com Logan. Uma parte de mim quer gritar para ele parar de palhaçada, mas outra parte bem mais primitiva está adorando acompanhar essa demonstraçãozinha de ciúmes.

— Ei, lembra do Logan, né?

A pergunta parece arrancá-lo daquele torpor. Ele pisca algumas vezes antes de dirigir sua atenção ao outro jogador.

— Lo?

— Ian! Puta merda, cara. Vem cá me dar um abraço.

Logan o puxa para um abraço de urso e, depois de um momento de surpresa, Ian retribui com força total. Um sorriso desponta nos lábios dele ao envolver os braços ao redor do parceiro, e a tensão deixa seu rosto conforme trocam cumprimentos.

— Caramba, quanto tempo! Quando foi a última vez que você jogou com a gente? — pergunta Logan. — Uns seis anos atrás?

— Quase sete — responde Ian.

— Cacete, irmão. Sentimos a sua falta lá nos jogos. É bom ver você sem precisar derrubar sua bunda no gelo.

— Estou bem feliz por estar de volta — admite Ian, depois arqueia a sobrancelha e acrescenta: — E desde quando você já me derrubou de bunda no gelo?

— Vejo que sua memória piorou com a idade — brinca Logan. Seus olhos quentes e cor de âmbar passam entre nós, e as covinhas profundas se destacam na pele marrom-clara quando abre um sorrisinho malicioso, com os braços musculosos cruzados sobre o peito. — Então, que história é essa de vocês dois estarem *juntos*?

— Ah — começo a dizer, olhando para Ian em busca de ajuda.

Esqueço que nem todos os jogadores de hóquei do nosso convívio sabem que essa historinha é pura fachada. Ou melhor, *era*. Já deixou de ser só uma farsa. Se bem que... todos os outros ainda acham que é, não? Menos gente como o Logan, que nem sabia a verdade para começo de conversa. Caramba, já passou da hora de definir essa relação. Estou a ponto de ficar maluca.

Esse pensamento me enche de dúvidas, mas como não quero continuar aqui de boca aberta, trato de afastá-lo.

— Cara, é complicado — responde Ian por mim, coçando a barba no que me parece ser um gesto apreensivo. — Sabe como é, nós dois...

— Estamos juntos — deixo escapar. — Para valer.

A surpresa de Ian é quase palpável, se projetando dos seus olhos para a lateral do meu rosto, mas eu apenas estendo a mão e entrelaço meus dedos nos dele, sem deixar margem para dúvidas.

— Que demais! — comenta Logan, todo feliz. — Olha só pra você, Dee. Finalmente conquistou seu amor da adolescência.

Sinto meu rosto corar.

— Aff, me deixa em paz.

— Hã? Como assim? — pergunta Ian, confuso. — Você já sabia?

Logan revira os olhos.

— Cara, era tão óbvio que se bobear até os astronautas já sabiam.

— Vai se ferrar — resmungo.

Ian me surpreende com uma gargalhada alta, seus dedos apertando os meus enquanto me lança um sorriso travesso.

— Ah, que gracinha. Você era mesmo obcecada por mim, hein?

— Cada vez menos — murmuro.

— Não se preocupe, Lila, seu segredo está a salvo comigo.

— Tudo bem, tudo bem — interrompe Logan, aos risos. — Já chega dessa fofura toda. Vidas solteiras importam.

— Ué, mas e a Serah?

Logan coça a nuca.

— Não rolou.

— Poxa — lamento com compaixão. — Que pena.

— É, fazer o quê? — responde ele, resignado.

— Ei! Logan! Ian!

Uma pequena multidão se aproxima vinda da entrada do evento, composta por meu irmão e alguns dos seus antigos colegas de faculdade. Avisto pelo menos dois jogadores que só entraram na turma mais tarde, quando foram convocados para a liga profissional, mas por sorte Ian conhece todo mundo. Acho.

De repente, percebo que ainda estamos de mãos dadas.

Solto a mão dele sem muito alarde, pois não me parece o momento mais apropriado para soltar essa bomba no colo do meu irmão. Quando encontro o olhar de Ian, porém, vejo o lampejo de tristeza estampado ali. Não dá mais para adiar essa conversa. Precisamos discutir o status dessa relação o quanto antes.

— Demorou, hein? — pergunta Ian para Jack, deixando a tristeza de lado. — Achei que eu ia ficar sem minha líder de torcida.

Jack solta um grunhido.

— Fui lá trocar de saia. A outra estava muito apertada no meu pau.

— Eca — reclamo. — Que nojo.

Oscar deixa escapar uma risada.

— É, não foi isso que a mãe do Lyle falou.

Lyle dá um murro no ombro de Oscar, e quando vejo já estou sorrindo. Amo esses imbecis.

Um deles mais do que os outros...

Ian parece quase apreensivo de novo, com uma preocupação tão diminuta em suas feições que poderia passar despercebida para qualquer outra pessoa. Mas não para mim. Está bem ali, na leve contração da mandíbula, na expressão cautelosa no olhar, no franzir dos lábios. Ao ver Ian assim, sinto vontade de voltar a segurar sua mão. Observo a forma como ele olha para os outros jogadores, caras que não vê há anos fora do rinque, desde todo o escândalo do divórcio, e sei que está preocupado com a opinião deles. Sem saber o que pensam a seu respeito. Foi tudo o que conversamos ontem à noite, aninhados na minha cama enquanto eu lhe fazia carinho no cabelo. Estou disposta a cair na porrada se algum deles se atrever a falar um ai sobre Ian, apesar de serem muito maiores e mais forte do que eu. Mas, no fim das contas, esses bobalhões conseguem me surpreender. No bom sentido.

Os olhos de Oscar se iluminam.

— Ian!

Logo vejo a reprise do abraço trocado por Ian e Logan minutos atrás, e não demora muito para os outros começarem a seguir o exemplo, abraçados ao velho amigo como se não tivessem passado anos afastados. Percebo como cada interação dissipa um pouco do nervosismo que Ian vinha carregando, e seu corpo inteiro se torna mais relaxado a cada "E aí, cara, como você está?" seguido por tapinhas nas costas.

Permaneço um pouco afastada do grupo, satisfeita em observar de longe, mas quando nosso olhar se encontra no meio da conversa, vejo o brilho ali, o indício de companheirismo que só existe entre nós dois. Basta para me deixar mais segura quanto àquela afirmação impulsiva em relação ao que somos. Com isso, percebo como foi *bom* ter contado para outra pessoa, alguém cujo único interesse nessa relação era a felicidade por estarmos juntos. Quero repetir essa sensação centena de vezes, gritar a verdade para o mundo inteiro ouvir.

— Enfim — interrompe Jack, conferindo a hora. — Já para o vestiário, cambada. Vão logo se arrumar para a gente partir para o gelo.

— Ih, ó o cara — debocha Lyle. — Quer ser chamado de técnico também?

— Se isso te fizer andar um pouquinho mais depressa — responde meu irmão com doçura, depois aponta o dedo para mim. — Ava está procurando você. Ela foi por ali — avisa, indicando a direção. — Lá para aqueles lados.

— Vou atrás dela — respondo.

Enquanto os outros começam a entrar pelas portas duplas que levam aos vestiários, Jack dá um apertãozinho no ombro de Ian.

— Tudo bem aí, cara?

— Tudo — responde Ian, parecendo sincero. — Estou bem, de verdade.

Jack assente com a cabeça

— Ufa, que bom. Vamos indo?

Ian me observa de relance.

— Pode ir na frente, já te alcanço.

Vejo a maneira como o olhar do meu irmão se alterna entre nós, com uma ruga surgindo no meio da testa, mas ele parece dispensar o assunto por ora, seguindo os outros rapazes pelo corredor.

Ian solta um longo suspiro quando todos somem de vista.

— Puta merda.

— Eu falei que ia ficar tudo bem.

— Sim, é que... Já faz tanto tempo que não interajo direito com esses caras. E com tudo o que aconteceu...

Volto a segurar a mão dele, sem dar a mínima para as pessoas ao redor. Que vejam. Afinal, essa era a ideia, não?

— Quem conhece você também conhece seu caráter — declaro com firmeza. — Por isso, essas pessoas jamais acreditariam nas acusações que fizeram a seu respeito.

Ele assente, engolindo em seco.

— Quem me dera ter tanta fé em mim desse jeito.

— Não faz mal — respondo. — Tenho o suficiente por nós dois.

O olhar dele se demora no meu rosto, com o maxilar retesado.

— Você disse ao Logan que estamos juntos.

— Não estamos?

— Espero que sim — diz ele baixinho.

— Então qual é o problema?

— Sei lá, vai que ele comenta alguma coisa com seu irmão? — pergunta Ian. — Tudo bem por você?

— Bom, cedo ou tarde Jack vai acabar descobrindo. — Chego mais perto dele, deslizando meu braço ao redor da sua cintura. — Não sei se consigo esconder o que sinto por você por muito mais tempo.

Com a respiração ofegante, Ian deixa o olhar recair sobre meus lábios, como se estivesse tentado a beijá-los.

— E o que você sente por mim?

Decido mandar a cautela para longe, ficando na ponta dos pés antes de roçar meus lábios nos dele, um gesto tão suave que mal pode ser chamado de beijo, mas que me ilumina por dentro mesmo assim.

— Vá ganhar seu jogo, depois a gente conversa.

— Tudo bem — sussurra ele contra meus lábios.

Dou um passo para trás, sorrindo antes de lhe dar um tapão na bunda.

— Boa sorte, cupcake. Vou estar na torcida.

O olhar que ele me lança ao se afastar parece cálido o bastante para derreter o rinque inteiro.

***

A partida tem sido emocionante desde o primeiro minuto. Ian acabou no mesmo time de Jankowski e Rankin, acompanhado por Logan, Oscar e Lyle. Percebo os risos e sorrisos trocados entre as jogadas, e cada interação serve para tirar Ian da sua concha e deixá-lo mais à vontade.

— Ué, por que o juiz apitou?

— Passe impedido — explico para Ava.

— É por isso que eles estão voltando para aqueles circulinhos ali?

— Isso mesmo. O jogador não pode cruzar a linha azul antes do disco.

— Hóquei parecia bem mais divertido quando os jogadores ainda podiam sair na porrada.

Fecho a cara ao imaginar Ian sendo espancado por outro jogador.

— Hã, vamos torcer pra isso não acontecer.

— Relaxa, seu namoradinho sabe se virar — comenta Ava, com uma risada. — Ele é praticamente a versão ruiva do Detona Ralph. — Ela inclina a cabeça, observando Ian enquanto ele impede Connors, do outro time, de marcar um gol contra Lyle. — Hum, agora estou imaginando como ele ficaria de macacão...

— Pode parar de imaginar Ian em qualquer circunstância — sibilo, dando uma cotovelada nela.

— Ei, eu estou solteira — reclama Ava. — Que tal me deixar ter um gostinho imaginário desse pau gostoso que anda te macetando?

— *Shh*, olha a boca. — Dou um tapão no joelho dela. — Tem criança por perto.

Olho de relance para a pista de gelo e me levanto de um salto, assim como dezenas de outras pessoas ao meu redor, enquanto todos gritamos ao mesmo tempo:

— Sai da frente, cara! Está atrapalhando o jogo!

Ava me lança um olhar confuso quando volto a afundar no banco, ainda aos resmungos.

— O que foi isso?

— O árbitro se meteu no meio da jogada e bloqueou o gol — respondo. — Aí o Logan não conseguiu marcar.

— Você sabe que esse jogo é um *amistoso*, certo?

— Quieta — retruco.

— Você é pior que o seu irmão — brinca Ava e aponta para o próprio, que está quase caindo do banco, aos berros. — Acha que ele vai procurar briga?

Observo Jack chacoalhar seu único braço bom, com a cara vermelha enquanto grita sabe-se lá o quê para o árbitro irritado.

— Olha, se não fosse a tipoia, seria bem possível.

— Quando ele vai tirar o gesso?

— Daqui a algumas semanas, acho. Se tudo der certo, vai voltar à ativa na segunda semana da temporada.

— Pelo menos ele não vai perder muitos jogos.

— Graças a Deus — respondo, aos risos. — Caso contrário, ele ia deixar todo mundo maluco.

— Ainda não me conformo que ele não sacou o que anda rolando entre você e Ian. Pretende contar em breve?

Mordo o lábio, com a culpa me fazendo me revirar no assento.

— Sim... logo, logo.

— Acha que ele vai estranhar muito?

— Provavelmente — respondo, resignada. — Mas vai superar. Ele ama os dois. Não vai cortar laços ou fazer qualquer coisa drástica do tipo.

— Jack ama vocês, e vocês dois se amam... Chega a dar raiva de tão fofinho.

Sinto meu rosto corar.

— Como assim? Do que você está falando?

— Ah, me poupe. — Ava revira os olhos. — Você passou os dois primeiros tempos deste jogo...

— Períodos — corrijo.

— Tanto faz — bufa ela. — Você passou o jogo inteiro vidrada em Ian como se ele tivesse uma pica de ouro e cagasse bombonzinhos de caramelo.

— Credo, que coisa nojenta.

— Mas não deixa de ser verdade — rebate Ava, divertida.

Pressiono os dedos nas minhas bochechas em chamas, sem saber se estão tão vermelhas quanto parecem. De relance, avisto o sorriso radiante de Ian enquanto ele comemora uma boa jogada com um tapinha no ombro de

Logan. Ele parece tão à vontade ali, patinando sem esforço pelo gelo. Meus sentimentos por Ian não são novidade, nem inesperados, e embora sejam muito intensos, será que posso mesmo dizer que o *amo*? Sempre o desejei, sonhava com ele, *ardia* por ele, sim... mas amor?

A multidão ao redor começa a ficar inquieta quando o relógio marca os últimos sessenta segundos do jogo, interrompendo meu raciocínio. Por enquanto, está empatado, e se ninguém marcar, vão ter que ir para a prorrogação.

Os torcedores ficam de pé quando o disco entra em campo. Oscar, o central da equipe de Ian, desvia de um jogador adversário e conduz o disco em direção ao gol. Ian e Logan trabalham em conjunto para impedir Prescott de atrapalhar a jogada, e quando dou por mim já estou de pé, com o coração acelerado, na expectativa de ver o time deles marcar.

— O que está rolando? — pergunta Ava, me sacudindo pelo braço quando uma nova leva de gritos irrompe da multidão. — Não estou entendendo porra nenhuma!

— Oscar vai tentar marcar o gol — explico, roendo a unha de nervosismo. — Ele está com o disco. Ai, droga! Um dos atacantes do outro time o empurrou para o canto. Agora vão começar a disputa.

— Disputa? Que disputa?

— Vão disputar a posse do disco para depois... *merda*!

— O que foi? O que aconteceu?

— O disco está solto na pista... pelo amor de Deus, *alguém vai lá pegar*! — Abano as mãos como se os jogadores pudessem me ouvir, com a adrenalina a mil. — Isso! — grito, sacudindo Ava pelos ombros. — Ian pegou o disco. *Ele pegou*! Ai, caramba! Acabou de arremessar para Jankowski, acho que eles vão conseguir fazer o... *puta que pariu*, isso! Isso!

Os gritos explodem na arquibancada quando Jankowski atira o disco por entre as pernas do goleiro adversário, garantindo a vitória ao time de Ian no último segundo.

— Eles ganharam! — grito para Ava, que sorri apesar da expressão confusa. — Puta merda, eles ganharam, caralho!

— Ei, tem criança por perto! — grita ela de volta, rindo. — Mas, porra, aí sim!

Doce jogada 273

Meu coração parece prestes a sair pela boca, e já estou com as bochechas doloridas de tanto sorrir. Ainda estou agarrada aos braços de Ava quando vejo Ian e os outros jogadores cercarem Jankowski, tentando levantá-lo como se tivessem vencido um campeonato e não uma partida amistosa de um evento beneficente. A felicidade genuína estampada no rosto de Ian ao comemorar com os companheiros de equipe me contagia, e eu a sinto borbulhar dentro de mim como se estivesse compartilhando a vitória com ele, extasiada por ver sua tranquilidade depois de todo o nervosismo causado por esse jogo.

De longe, eu o vejo virar a cabeça quando se afasta dos outros, com o pescoço esticado enquanto varre as arquibancadas com o olhar. Depois patina em direção à grade, ainda vasculhando os arredores, e só então percebo que está procurando por mim. Avanço às pressas pelo corredor e desço os degraus de dois em dois, indo em direção à grade ao redor do rinque, um nível abaixo das arquibancadas. Caio de joelhos e me esgueiro por baixo do corrimão, e quando Ian me alcança, seu rosto está quase na mesma altura do meu. Apesar da multidão de torcedores, parece até que estamos sozinhos em nossa própria bolha.

— Você ganhou — digo a ele, radiante. — Deveria estar lá comemorando.

O sorriso dele é tão lindo que faz meu peito doer, mas são as palavras que transbordam meu coração.

— Você é a única pessoa com quem eu quero comemorar.

— É?

— É. Sempre.

Apesar de estarmos cercados de gente, percebo que já não estou nem aí. Depois de uma rápida olhada no rinque para ver se meu irmão ainda está perdido no mar de comemorações, eu me estico até envolver a mão na nuca de Ian, ainda de capacete, e o puxo mais para perto antes de colar meus lábios aos dele. Ele não hesita em se derreter no beijo, seus dedos deslizam sobre meu joelho e me apertam ali, e o mero toque é capaz de desencadear um arrepio por todo o meu corpo. Logo me dou conta de que já não há dúvidas. Não mesmo.

Porque mesmo depois de todos esses anos, eu ainda o quero, ainda sonho com ele, ainda ardo por ele... e o amo profundamente também.

22

Ian

Joguei hóquei durante a maior parte da vida, mas a euforia depois da vitória de hoje foi mais intensa do que todas as outras. Jogar com os velhos amigos, ser recebido por eles como se nada tivesse mudado, como se eu ainda fosse a mesma pessoa de antes, basta para me fazer acreditar que talvez seja mesmo verdade. Que talvez seja melhor ignorar a opinião de desconhecidos e dar mais valor àquelas que vêm de pessoas que realmente importam.

Uma ideia muito mais fácil de considerar graças ao incentivo da mulher que está me arrastando para o próprio apartamento neste exato momento.

— Você foi incrível — elogia ela entre um beijo e outro, enquanto eu fecho a porta com o pé.

Sorrio contra seus lábios, envolvendo sua cintura para puxá-la mais para perto.

— Fui, é?

— Gostei de ver você jogar. Você estava um baita gostoso.

— Hum, pelo jeito alguém quer virar maria-patins.

— Só sua — ronrona ela.

Solto um grunhido, com os lábios colados nos dela quando deixo escapar um palavrão contra sua língua. Em seguida a pego no colo e a carrego pelo apartamento, sem diminuir o ritmo até que ela esteja deitada no colchão. Lila é uma visão absoluta de curvas suaves e ondulações macias, os cachos longos e sedosos espalhados ao redor da cabeça, e a maneira como ela morde o lábio ao olhar para mim, parecendo tão excitada só por me ver ali, me arrepia da cabeça aos pés.

— Cacete, Lila — murmuro. — Nunca sei por onde começar a tocar seu corpo. Você é uma perdição.

Um sorrisinho desponta nos lábios dela.

— Vem cá e depois você decide.

Arranco a camiseta antes de obedecer, jogando-a de qualquer jeito no chão enquanto me livro da calça jeans e avanço para a cama.

— Você está com muita roupa — observo, enfiando a mão por baixo da blusa dela para acariciar sua barriga. — Vamos corrigir isso.

Percebi, tão logo a toquei pela primeira vez, que jamais conseguiria tirar suas roupas com cuidado, sem a menor pressa. Basta um vislumbre do que se esconde por baixo delas para minha mente entrar em ação, desesperada para ver mais. Cada pedacinho dela me deixa maluco, desde a boca carnuda e rosada até o quadril largo e macio, isso sem contar os dedinhos fofos e atarracados dos pés. Às vezes tenho a impressão de que Lila Baker foi feita só para mim.

— Caralho, olha só para você. — Acomodo meu corpo sobre o dela, apalpando aqueles seios perfeitos enquanto deslizo a língua por toda a extensão do pescoço dela. — Você nem parece *real*, Lila.

— E *você* ainda está com muita roupa — diz ela sem fôlego, com os dedos já enfiados no elástico da minha cueca. — Tira.

— Por quê? Está com pressa, garotinha? — pergunto, fazendo questão de pressionar minha ereção contra sua virilha. — Quer meu pau, é isso?

— De preferência antes de eu morrer de velhice aqui — resmunga ela, e seu tom petulante fica menos eficaz quando misturado à excitação evidente em sua voz.

— Entendido. — Dou um beijinho na bochecha dela, me afastando. — Já volto.

Rolo para o outro lado da cama e abro a gaveta da cômoda, tateando até encontrar uma camisinha. Xingo baixinho quando a embalagem escapa dos meus dedos, e estico mais o braço para alcançar um ângulo melhor.

— Hum...

Viro a cabeça e vejo Lila morder o lábio inferior, com uma expressão apreensiva.

— O que foi?

— Eu estava pensando... — As bochechas dela estão tingidas de um rosa suave, as pernas inquietas sobre o colchão. — Será que a gente precisa usar mesmo?

Meu pau lateja dentro da cueca, louco para escapar e chegar até Lila. Engulo o nó crescente na minha garganta, com o coração retumbando nos meus ouvidos com a mera ideia de a sentir completamente nua à minha volta, sem mais nada entre nós.

— Tem certeza?

— Bom, eu sempre faço os exames direitinho — argumenta ela. — E tomo anticoncepcional, então...

— Eu também — respondo na lata. Quando ela ri, percebo o equívoco e acrescento: — Quis dizer que também faço exames preventivos, não que tomo anticoncepcional.

— Claro, claro — comenta ela, rindo. — Então, quer tentar...?

— Quero. Óbvio que quero.

— Tem certeza?

Alcanço a mão dela e a coloco ao redor do meu pau, tão duro que parece prestes a saltar da cueca.

— Estou quase gozando só de pensar em te comer no pelo, Lila.

— Puta merda — geme ela, me apertando.

Quando começo a tirar a mão da gaveta, meus dedos resvalam no silicone macio de algum objeto. Espio o interior do móvel, mordendo o lábio com a descoberta.

— Hum. — Fecho a mão ao redor do brinquedo e o tiro lá de dentro. — Acho que encontrei um amigo.

Lila arregala os olhos e começa a rir.

— Meu velho companheiro.

— Ah, é?

— Nunca me deixou na mão.

Passo o dedo sobre a pequena abertura na cabeça, explorando até sentir a almofada macia no fundo.

— E o que isso faz, Lila?

— Você sabe muito bem — responde ela, estreitando os olhos.

— Sei mesmo — concordo ao fechar a gaveta, trazendo o brinquedo comigo enquanto me arrasto de volta para ela. — Mas quero ouvir de você.

— Ele... *hum*.

Lila ofega quando abocanho seu mamilo, sugando-o para dentro da boca e traçando pequenos círculos com a língua antes de o soltar com um estalo molhado.

— Ele...?

— Chupa meu clitóris — conta ela sem fôlego.

Deixo uma trilha de beijos por toda a barriga antes de me acomodar entre as pernas dela e lamber aquela fendinha molhada, puxando o botão sensível com os lábios por um momento antes de me afastar.

— Assim?

— Isso, assim mesmo.

— Acho que você deveria usar — sugiro. — Enquanto eu te como.

A garganta dela estremece quando apoia os cotovelos sobre o colchão.

— É?

— Arrã. — Volto a subir pelo seu corpo, roçando meus lábios nos de Lila até ela abrir a boca e sentir seu próprio gosto na minha língua. — Quero que você goze para mim.

— Ian — ela praticamente choraminga.

— De quatro, garotinha. — Mordisco seu lábio inferior, colocando o vibrador em sua mão. — Quero ver essa bunda perfeita arrebitada no ar.

Ela rola pela cama como se estivesse ansiosa por isso, me causando uma onda de excitação enquanto lhe beijo os ombros, as costas, tudo o que consigo alcançar conforme ela se acomoda de bruços, com os joelhos apoiados na cama, a bunda perfeita e redondinha empinada no ar, rebolando de forma provocante. Agarro as laterais do quadril dela com força enquanto me ajeito, também ajoelhado, e aperto a carne macia para arrancar um gemido baixinho dos seus lábios.

— Porra, você já está toda molhadinha — sussurro, provocando mais um pouco antes de enfiar dois dedos dentro dela, bem devagar. Sinto um jorro de pré-gozo umedecer minha cueca enquanto as paredes de Lila ondulam ao redor dos meus dedos, imaginando qual será a sensação de meter aqui sem nada entre nós. — Quer meu pau dentro de você?

— Quero — ofega ela, empurrando meus dedos para trás. — Mais.

Ela apoia o rosto no colchão, com os olhos quase fechados conforme me observa recolher os dedos, levando-os até minha boca para chupar.

— Docinha pra cacete.

Lila não tira os olhos de mim enquanto começo a arrancar a cueca, jogando a peça para longe até não haver mais nada entre nós além do ar fresco do quarto. Chego a tremer quando inclino o quadril e apoio meu pau entre a bunda dela, apertando as laterais para me envolver direitinho enquanto me imagino metendo ali também. Céus, eu quero ter cada pedacinho dela. Quero marcar cada centímetro do seu corpo até não haver dúvidas de que ela é toda minha. *Nunca* senti por ninguém essa possessividade que sinto por Lila.

Agarro meu pau e o encaixo bem na entrada, ainda sem deslizar para dentro dela enquanto esfrego a pontinha para cima e para baixo, me lambuzando na umidade vertendo dali.

— Porra — sibilo, com uma leve arremetida só para provocar. — Não vou aguentar muito tempo. Está molhadinha demais aí dentro, quentinha para caralho.

— Para de provocar e me come logo — reclama ela, com os dedos agarrados ao edredom.

Dou um tapa forte na bunda dela, estremecendo com o gemido baixo que lhe escapa.

— Tenha paciência. — Volto a me esfregar contra ela. — Liga o brinquedo e começa a usar. Quero te ver toda lambuzada.

Ela desliza a mão por baixo do próprio corpo, ainda segurando o brinquedinho, e de repente começo a ouvir uma vibração bem baixinha. Sinto o corpo dela se retesar com um gemido ofegante quando o encaixa no clitóris.

— Isso, assim mesmo — ronrono, ainda provocando sua entrada. — Essa bocetinha linda está encharcada para mim. — Dou outra arremetida, vendo o corpo dela ceder ao redor da cabeça do meu pau, com apenas a pontinha para dentro. — Eu poderia te comer agora mesmo.

— Por favor — geme Lila. — Por favor, Ian. Preciso de você.

E eu finalmente cedo, metendo mais fundo dentro dela, deslizando centímetro a centímetro do meu pau latejante enquanto suas paredes se apertam em torno de mim, me sugando mais e mais.

— *Caralho* — ofego com uma expiração prolongada. Minha virilha se choca contra a bunda dela quando seu corpo me aceita por inteiro, e a sensação de estar rodeado pelo seu calor apertado e úmido, sem quaisquer barreiras, é quase demais para aguentar. — Você é *tão* gostosa, Lila.

— Vai — insiste ela, toda apertadinha ao meu redor enquanto o brinquedo vibra entre suas pernas. — Me come logo.

Eu a agarro pela cintura enquanto deslizo para fora, vendo meu pau pulsar com relutância conforme me afasto, as paredes dela cada vez mais estreitinhas, como se não quisessem me largar. Deixo a pontinha pairar sobre a entrada por um instante, tomando um fôlego instável antes de voltar a arremeter com um grunhido.

— *Isso* — geme ela. — Assim mesmo.

Dá até para *ouvir* o quanto está encharcada, e cada estocada traz um som delicioso conforme a umidade dela reveste minhas coxas. A boceta dela se contrai de forma rítmica como se tentasse me levar mais fundo enquanto os sons escorregadios de pele com pele enchem o ar.

— Porra, docinho — sussurro. — Está ouvindo isso? Viu como está molhadinha pra mim? Tá gostoso, é?

— Arrã — geme ela. — Aí mesmo. Isso, bem aí, não para.

Dou mais uma arremetida, sentindo-a tremer.

— Aqui?

— *Ai, meu Deus.*

— Meu nome — trato de lembrar a ela. — Só o meu.

— Ian — choraminga Lila. — Estou quase lá.

— Já falei — murmuro entre os dentes cerrados, com as bolas contraídas ao sentir o aperto perfeito da sua bocetinha quente ao meu redor. — Quero ver você gozar. Quero sentir você molhadinha no meu pau. Caralho, eu quero... — pontuo as palavras com uma pancada forte da minha virilha contra a bunda dela, jogando a cabeça para trás enquanto ela pulsa à minha volta, tão escorregadia que estou à beira de perder o controle. — Quero você *encharcada*.

— Isso. *Caralho*, Ian!

Ouço o baque suave do vibrador contra o edredom, e então as mãos dela se curvam para agarrar as laterais do meu quadril, o corpo todo trêmulo enquanto ela se desmancha com gemidos baixos e arrastados. Lila me obedeceu direitinho. Gozou para mim, *encharcou* meu pau, minha virilha, seu orgasmo escorreu para os meus joelhos, nos quais me apoio enquanto continuo a buscar minha própria libertação.

— Muito bem — sussurro. — Isso mesmo, garotinha. Vou encher sua bocetinha de porra. Vou gozar tão lá no fundo que vai ficar lá durante dias. Eu vou go... *ah*.

Agarro o quadril dela com força suficiente para deixar marcas, e uma parte primitiva do meu cérebro se enche de prazer com a ideia. De resto, minha mente permanece entorpecida a cada estocada, uma mais profunda que a outra enquanto meu pau lateja dentro dela para inundá-la de porra. Imagino o líquido escorrendo para fora dela depois disso, e me imagino o empurrando de volta, e esse pensamento também faz aquele canto primitivo do meu cérebro zumbir de prazer.

Só me sobram forças para desabar sobre Lila ao final de tudo, sentindo o ir e vir das costas dela a cada respiração entrecortada, tão ofegante quanto a minha, conforme tentamos recuperar o fôlego. Estamos entregues a uma confusão absoluta, tal como eu queria, e por impulso decido dar uma última arremetida, estremecendo ao sentir seu calor outra vez.

— Você quer mesmo me matar — resmunga ela. — Já morri, aliás.

— Podemos ser enterrados juntinhos — gracejo, ainda sem fôlego.

Ela ri por baixo de mim.

— Muito romântico.

Deslizo para fora dela, estremecendo ao deixar o aperto estreito do seu corpo. Eu me ajoelho, vendo meu esperma escorrer por sua coxa. Cedo aos meus impulsos e posiciono o polegar logo abaixo do filete, empurrando as gotas de volta para dentro. Lila estremece, e eu mantenho meu polegar lá enquanto chego mais perto para beijar suas costas.

— Você está toda bagunçada — murmuro.

— De quem é a culpa?

Sorrio contra sua pele.

— Não me arrependo de nada.

— Azar o seu. Agora vai ter que me limpar.

Meu pau se contorce quando atribuo um significado bem diferente a essas palavras, e abro um sorrisinho malicioso antes de percorrer o corpo dela com os lábios, agarrando as laterais do seu quadril para a manter quietinha no lugar. Em seguida, mergulho com tudo entre suas pernas, cada vez mais excitado ao ouvir os sons suaves que ela solta conforme deslizo a língua através dos resquícios do nosso orgasmo, enfiando-a dentro dela antes de me afastar.

— Com todo o prazer.

**

Estamos ambos exaustos quando voltamos a deitar na cama, com a cabeça dela no meu ombro enquanto desembaraço delicadamente os fios emaranhados do seu cabelo. Lila está com o braço esticado sobre meu peito, a perna enlaçada na altura do meu quadril e o rosto apoiado sobre meu coração, e aquela sensação maravilhosa e avassaladora de paz me atinge com tanta força a ponto de transbordar, como se fosse vazar pelos cantos. E ainda assim, apesar de toda essa plenitude, nunca me senti tão confortável como neste momento.

— Minhas pernas viraram gelatina — murmura ela contra meu peito.

— Vai passar a noite aqui?

— Hum, não sei. Seu irmão vai querer saber onde eu estou.

Lila acaricia meu peito.

— A gente devia contar para ele logo.

— Sério?

Ela levanta a cabeça, apoiando-se no cotovelo para olhar para mim.

— Você quer?

— Porra, eu quero contar para o mundo inteiro — respondo sem perder tempo.

Lila abre um sorriso de tirar o fôlego, e aquela sensação de antes transborda com um novo sentimento, algo cálido e arrebatador e novo que me deixa ofegante.

Caramba, como eu amo essa mulher.

O pensamento me atinge de uma só vez, mas, por estranho que pareça, não me surpreende.

Acho que era inevitável ela me marcar e levar tudo, tanto as coisas que *desejo* que leve, quanto aquelas que prefiro que guarde e preserve. Tudo que eu tenho. Nunca tive a menor chance contra Lila.

Porque ela é como um raio na areia, brilhante e poderosa quando ataca, obliterando todos os grãozinhos dispersos e perdidos para criar uma coisa nova, deixando algo mais bonito para trás em seu rastro. Foi isso que Lila fez comigo. Pegou todas as minhas peças que não se encaixavam e as transformou em algo lindo. Algo que é inteiramente dela.

Solto um suspiro trêmulo, com as palavras presas na ponta da língua, retidas pela preocupação com nossa história, com nosso presente e o curto espaço de tempo em que voltamos a estar na vida um do outro. Abro a boca para dizer alguma coisa, embora não saiba o quê, mas Lila quebra o silêncio antes de eu conseguir externar aquela confissão.

— Eu também — diz ela calorosamente, traçando as sardas no meu peito enquanto seus olhos seguem o caminho do dedo. — Quero contar.

Houve tantas vezes na vida em que me senti indigno, como se precisasse melhorar em todos os aspectos, mas agora, com ela... tenho a impressão de que posso simplesmente ser eu mesmo. Como se isso bastasse, apenas porque Lila assim considerou.

— Então vamos nessa — digo a ela. — Vamos contar pra todo mundo.

— Sério?

— Com certeza. — Coloco a mão sobre a dela, dando um apertãozinho. — Mas como vamos contar?

Lila franze os lábios, pensativa.

— Hum... Que tal um gesto dramático? Eu adoro aquelas câmeras do beijo nos estádios — confessa ela, e quando me vê torcer o nariz, desata a rir. — Não?

— Acho que prefiro me enfiar em um buraco a ser flagrado em um treco desses.

— Tá bom, tá bom. A gente pode fazer algo mais simples — continua ela, com a cabeça inclinada. — Um anúncio nas redes sociais, talvez?

— Ah, sim, sempre dá muito certo — ironizo.

Ela dá risada e se aproxima para beijar o cantinho da minha boca.

— Dessa vez vai mesmo.

— Você acha?

— Arrã. Porque, dessa vez, vou estar ao seu lado.

— Vai enfiar um peixe na mochila de quem se atrever a falar mal da gente, é isso?

— Lógico — responde ela, impassível.

Uma gargalhada me escapa enquanto eu a envolvo em meus braços, puxando-a para o meu peito só para sentir o corpo dela junto ao meu. Nem imagino como tive a sorte de me apaixonar pela mulher mais linda que já vi, tanto por dentro quanto por fora. Só preciso descobrir a melhor forma de confessar isso a ela.

— Mas essa é a parte mais fácil — continua Lila.

Afasto o rosto para a encarar com ar ressabiado.

— É?

— Óbvio.

— E qual é a parte difícil?

Ela me lança um sorriso travesso, esticando a mão para apertar a pontinha do meu nariz.

— Antes de mais nada, precisamos contar pro meu irmão.

Solto um resmungo. Vai ser um desafio e tanto.

Lila volta a se acomodar em meus braços, com um suspiro suave e o corpo inteiro relaxado como se ela estivesse exatamente onde queria estar. Bem aqui, *comigo*.

De repente, concluo que vale a pena. Tudo isso. Aconteça o que acontecer. Porque eu nunca mais quero ficar longe dela.

23

Delilah

Eu até deveria estar mais surpresa com a foto que está se espalhando pelos quatro cantos da internet hoje, mas, para ser sincera, não estou. Quando beijei Ian depois do jogo, uma parte de mim já imaginava que alguém iria registrar o momento, e talvez até estivesse tranquila com a ideia. Para resolver isso de uma vez por todas, por assim dizer. Minha equipe, por outro lado, parece tratar tudo como uma grande catástrofe.

— Não entendi qual é o problema — argumenta Theo, e volto a pensar em como sou grata por ele ter largado tudo para vir a esta reunião. — Não era isso que vocês queriam? Praticamente empurraram essa farsa goela abaixo.

— Vamos com calma — interrompe Ben, com o ar apreensivo de sempre. — Jamais determinamos com quem Delilah poderia ou não se envolver na vida pessoal.

Theo revira os olhos.

— Arrã, conta outra, boneca. Acha que eu nasci ontem? Estavam todos felizes e contentes em deixar Delilah se envolver com Ian Chase, desde que isso fosse benéfico para o programa. Mudar a narrativa a essa altura é pura hipocrisia.

Ben fica todo vermelho por causa do que presumo ser o uso irreverente de *boneca* por parte de Theo, algo de que meu amigo vai se arrepender mais tarde, imagino, mas logo se recompõe.

— Ninguém está dizendo que Delilah precisa tomar qualquer tipo de decisão pessoal agora — continua ele, cheio de dedos.

Theo solta um muxoxo de desdém.

— Ah, sim. Então por que marcaram uma reunião por causa de uma mísera foto? Foi só um beijo, cacete. Não é como se os dois estivessem se comendo no meio do rinque.

Até agora, Gia apenas ouviu a discussão dos dois em silêncio, de olhos fechados e lábios apertados enquanto massageava as próprias têmporas. Seus olhos castanho-escuros de repente se abrem para nos analisar, com as mãos apoiadas no tampo da mesa, os dedos entrelaçados enquanto parece buscar as palavras certas.

— Dee — começa a dizer lentamente. — Antes de mais nada, acho que precisamos entender o que se passa entre vocês dois. É algo casual ou…?

Endireito a postura, olhando-a nos olhos.

— Não, não é casual.

— Então vai continuar acontecendo — esclarece ela.

Concordo com um aceno.

— Vai.

Gia abana a cabeça antes de soltar um longo suspiro, batucando as unhas perfeitas no dorso da outra mão, perdida em pensamentos. Quase posso ver as engrenagens girando em sua cabeça. Sei que este é o trabalho dela, que o programa e os espectadores são sua prioridade, por isso tento não me ressentir da forma como ela trata minha vida pessoal como um quebra-cabeça a ser resolvido em prol de si mesma. Não é culpa dela, afinal. Não mesmo.

— Depois de todos esses anos, espero poder me considerar sua amiga — volta a dizer ela, cautelosa. — Sendo assim, sua felicidade também é a minha. Está na cara que Ian é importante para você, e como sua amiga e mulher, eu digo para ir fundo.

— Mas?

— Mas, infelizmente, também sou produtora do seu programa, e por isso preciso analisar a questão de todos os ângulos e ser franca quanto a possíveis implicações. A questão é a seguinte: embora a opinião pública de Ian tenha melhorado drasticamente desde o início dessa… história entre vocês, sempre haverá uma tendência negativa por conta do que aconteceu antes da transferência dele para Calgary.

— Ele foi por vontade própria.

Não chega a ser toda a verdade, mas também não é exatamente uma mentira. De qualquer forma, isso não é da conta de ninguém aqui.

Gia ergue a mão e continua a falar:

— Seja como for, não podemos mudar o que as pessoas dizem sobre ele. E preciso ser sincera com você e avisar que, em determinado momento, isso pode prejudicar sua carreira. Detesto dizer isso, mas infelizmente é assim que as coisas são. Hoje em dia, a opinião do público é muito influenciada pelas redes sociais, então basta uma postagem viralizada, uma foto errada, para que sua imagem vá pelo ralo com a dele. Até agora, você tem conseguido manter uma boa opinião aos olhos do público, por isso preciso fazer uma pergunta séria.

Respiro fundo, assentindo uma vez.

— Pode perguntar.

— Está preparada pra isso? Vale a pena arriscar tudo por causa de Ian Chase? Porque pode acontecer, Dee. Cogitar a ideia de um casinho entre vocês é uma coisa, mas um relacionamento de verdade pode ser complicado. Está ciente da possibilidade de algo dar errado e prejudicar sua imagem, assim como a dele?

Trato de conter a irritação imediata, lembrando a mim mesma de que Gia está apenas fazendo seu trabalho. Até mesmo cuidando de mim, à sua maneira. Minha raiva não é dirigida a ela, mas às pessoas que transformaram Ian em algo que ele não é, com base em um punhado de fotos mal interpretadas. Quando penso em como ele teve que aguentar as repercussões dessa mentira durante anos sem quase ninguém ao seu lado, a resposta se torna ainda mais fácil.

— Sim — declaro com firmeza. — Não me importo com isso. Ian vale a pena.

Depois de me estudar por um bom tempo, Gia enfim abaixa a cabeça em um aceno e se recosta na cadeira.

— Vou conversar com os figurões lá de cima, ver se tem algum jeito de tirar algo positivo dessa história. Mas devo te aconselhar, como produtora, não como amiga, a ter cuidado daqui pra frente, porque eu detestaria ver, como amiga, não como produtora, todos os frutos do seu trabalho irem por água abaixo por causa das suposições equivocadas das pessoas por aí.

— Obrigada por ter sido tão direta comigo — respondo com sinceridade. — Não cabe a mim revelar muitas partes dessa história, mas posso dizer, com toda a certeza, que confio em Ian. Se algo acontecer, estarei ao lado dele pra enfrentar a situação.

— Ainda temos que discutir a questão das fotos — acrescenta Ben em voz baixa.

Theo se levanta da cadeira, cruzando os braços sobre o peito.

— Então vá em frente. Conta a verdade, se é isso que a Dee quer. Vocês alardearam pro mundo inteiro a possibilidade de existir algo entre os dois, por isso não deve ser muito difícil confirmar que isso existe mesmo.

Ben me olha com cautela.

— E tudo bem por você, Delilah? Se confirmarmos os boatos?

Sorrio ao pensar na conversa de ontem à noite com Ian, confiante de que ele não se importaria com a minha resposta.

— Tudo — declaro. — Pode contar.

Ben não parece muito entusiasmado ao concordar, mas percebo o pequeno sorriso no rosto de Gia quando ela assente, distraída.

— Já acabamos aqui? — pergunta Theo, me estendendo a mão. — Tenho outras reuniões.

Aceito a ajuda dele para me levantar da cadeira, sem nem escutar as respostas de Gia e Ben enquanto tiro o celular do bolso, dando outra olhada nas fotos já salvas na minha galeria. É um pouco estranho ver nosso beijo de tantos ângulos assim, mas o jeito como ele olha para mim mesmo antes de eu me inclinar, a adoração absoluta no seu semblante, tão evidente mesmo em uma foto como essa… Tudo isso me enche de confiança quanto à minha decisão. Tenho ainda mais certeza de que eu o apoiaria em qualquer situação.

Quando saímos da sala de Gia, nem fico surpresa ao encontrar Ava à nossa espera no corredor. O surpreendente foi ela não ter arranjado uma desculpa para estar lá dentro durante a reunião, isso sim.

— Estava xeretando atrás da porta? — provoco.

Ela revira os olhos.

— Dã, é óbvio. Mas essa porcaria é grossa, nem dá para ouvir. Como foi?

— Conforme o esperado — responde Theo por mim. — Não podem proibir a Dee de sair com o cara, por isso só resta a eles ficarem quietinhos e seguir o baile.

— Boa! Adorei — comenta Ava com um sorriso.

Mas o sorriso vai embora assim que os olhos dela pousam em mim, substituído por uma expressão apreensiva.

— O que foi? — pergunto. — Aconteceu alguma coisa?

— Hã, então... Seu irmão está aqui — conta ela. — Está lá no seu camarim.

— É — respondo, resignada. — Já imaginava.

— Pois é, né... — diz Theo. — Acho que essa conversa eu prefiro pular.

— Nossa, valeu — ironizo.

Theo me dá um tapinha no ombro.

— Agora é com você, minha jovem.

— Consigo lidar com o meu irmão — declaro com uma confiança não lá muito forte. — Acho. Talvez. Quem sabe.

Ava parece compreensiva, e tento me convencer de que vai correr tudo bem. É só meu irmão, afinal de contas. Meu melhor amigo, meu maior incentivador. Uma das poucas pessoas que tenho no mundo.

Com isso em mente, deixo Theo e Ava para trás e desço as escadas para ir até ele.

Para resolver isso de uma vez por todas.

***

Jack está andando de um lado para o outro no meu camarim quando abro a porta, resmungando sozinho. Eu o conheço bem o bastante para saber que deve estar ensaiando todos os possíveis desdobramentos da conversa, e se não fosse pela frustração gravada em suas feições, isso me faria rir. Ele para no meio do caminho quando ouve a porta se fechar atrás de mim, de cara amarrada ao me ver encostada no batente.

— Oi — arrisco.

Os punhos dele se fecham, com o celular firme em uma das mãos.

— Oi.

— Hum, quer sentar? — Aponto o sofazinho encostado na parede. — Ou prefere gritar comigo de pé?

Ele solta uma nova leva de resmungos, mas vai pisando duro até o sofá, desabando em uma ponta antes de dar palmadinhas agressivas na outra para eu me juntar a ele. Afundo no estofado com menos força do que ele, com os dedos entrelaçados no colo enquanto o vejo engolir uma dúzia de frases diferentes na tentativa de encontrar as palavras certas.

Decido lhe dar uma colher de chá.

— Então... Pelo jeito você já viu.

— É — bufa Jack. — Eu vi.

— Bem, e isso claramente te incomodou.

— Não me pareceu fingimento, Dee.

Respiro fundo.

— Porque não era mesmo.

— Então você mentiu para mim.

— Não de propósito.

— Há quanto tempo deixou de ser fingimento?

— Não tanto quanto você imagina. Só meio que... aconteceu. Os riscos de se envolver com alguém, acho eu. Mesmo de mentira.

— E por que você não me contou? Por que decidiu esconder tudo de mim?

— Eu... — As palavras se perdem enquanto franzo a testa, pensativa. Apesar de ser uma pergunta simples, minha resposta é bem mais complexa. — Sinceramente? Eu só... Queria ter Ian só para mim por um tempinho.

— Isso nem faz sentido — reclama Jack.

— Pra mim faz — insisto. — Olha, você sabe muito bem que eu era maluquinha por ele quando era mais nova.

— Sim, mas era só uma paixãozinha boba de adolescente.

— No começo acho que era isso mesmo, mas depois... sei lá. O sentimento nunca sumiu por completo, entende? Assim que vi Ian de novo, simplesmente...

Jack olha para mim, estudando seja lá o que estiver estampado na minha cara.

— Sério? Por que nunca me disse nada? E por que topou entrar nessa farsa toda? E se não desse certo? Você poderia ter se magoado muito, Dee.

— Eu sei. — A preocupação no seu tom me faz sorrir, porque apesar da irritação, ainda se importa comigo. — Sei mesmo. Mas não consegui resistir. Ele estava bem ali, sabe? E de repente tive a oportunidade de realizar todas as minhas fantasias de adolescente, mesmo que não fossem reais. Devo ter acreditado que isso me ajudaria a superar essa história de uma vez por todas, sei lá. Além disso, é o Ian. Ele também precisava da minha ajuda. Não tinha como negar.

— Então, quando tudo começou?

— Não sei se consigo identificar o momento exato, pelo menos para Ian... — Eu me interrompo, percebendo uma coisa. — Você chegou a conversar com ele?

— Óbvio — zomba Jack. — Mas o filho da mãe deixou claro que não me contaria nada até eu falar com você. — Não posso deixar de sorrir, e meu irmão revira os olhos. — Ah, vai te catar. Não estou no clima de ver essa carinha de boba apaixonada.

— Está bravo mesmo?

— Não estou... bravo. Não com vocês dois, pelo menos. Tipo, é estranho pra cacete, não vou negar. Parece que meu irmão e minha irmã têm andado por aí fazendo... — Ele estremece. — Merda, nem quero imaginar. Enfim, só estou um pouco chateado por nenhum de vocês ter pensado em me contar.

— Não culpe Ian — digo imediatamente. — Ele me deixou decidir a melhor hora de contar tudo.

— Claro que deixou — resmunga Jack. — Bom moço da porra.

— Ian jamais te magoaria de propósito — garanto. — Ele ama você, Jack.

— Não tanto quanto ama você, pelo visto — murmura Jack com petulância.

A implicação dessa frase faz meu coração acelerar, mas tento me conter por ora.

— Caramba, eu roubei seu namorado?

— Quer saber? Mudei de ideia. Estou puto, sim. Você está proibida de namorar.

Ergo uma sobrancelha.

— Acha mesmo que pode me proibir de fazer qualquer coisa?

— Não — admite ele, resignado. — Mas valeu a tentativa.

— Sinto muito por não ter contado antes — admito, e é sincero.

— É. Tudo bem. Eu entendo. Acho. — Ele passa os dedos pelo cabelo, olhando para mim. — Esse lance é... sério? Ou é só uma aventura, um casinho?

— É sério — respondo com plena confiança. — Eu... Eu amo Ian, Jack.

Meu irmão parece surpreso.

— Ele sabe disso?

— Ainda não falei com todas as letras, mas... pretendo. Em breve.

— Isso é tão esquisito — murmura ele.

— Mas ele é melhor que o Etienne, certo?

— Até o rato de *Ratatouille* seria melhor do que aquele otário — reclama ele. — Tipo, o ratinho mesmo, escondido debaixo do seu chapéu de cozinheira e tudo.

Solto uma gargalhada.

— De todas as referências francesas que podia ter usado, foi essa que você escolheu?

— Eu tenho um distúrbio, ok? — defende-se ele, todo sério. — Não tire sarro do meu cérebro desequilibrado.

Reviro os olhos.

— Não tem nada de desequilibrado. É maravilhoso.

— Pode parar de puxar meu saco.

Chego mais perto e dou um beijo na bochecha dele.

— Eu também te amo, sabia?

— Sim, sim. Eu sei. Também te amo, Dee. — Ele passa o braço bom ao redor do meu ombro, dando um apertãozinho, depois solta um suspiro contra o meu cabelo. — Vou precisar de pelo menos seis meses para me acostumar com a ideia de vocês dois se beijando na minha frente.

— Duas semanas — contraponho.

— Três meses.

— Um mês.

— Tá, que seja — resmunga ele.

— Não seja muito duro com Ian — insisto, erguendo o rosto para olhar para ele. — Sabe que ele nunca te faria mal.

— Eu sei — concorda Jack, suspirando. — Ele é um ótimo amigo. Aquele babaca do caralho.

— Por falar em caralho...

— Não se atreva — interrompe Jack, me empurrando para longe. — Até onde sei, vocês dois fizeram voto de castidade e pretendem continuar assim.

Aos risos, tento puxar meu irmão para outro abraço, lutando contra seus esforços para me afastar. Ficamos nesse embate por mais um minuto, Jack me cutucando as costelas e eu tentando dar uma lambida no rosto dele, embalados por seus protestos de como sou nojenta, e só paramos quando o súbito e constante alerta no seu celular desperta minha curiosidade.

— Tem alguém atrás de você ou algo assim?

Ele nega com a cabeça, pega o celular com a mão boa e desbloqueia a tela. Fecha a cara na hora, com uma expressão bem mais séria do que a de antes, quando estava apenas irritado por causa do meu relacionamento secreto com Ian. Meu estômago se revira só de olhar.

— O que aconteceu?

— Alerta do Google — diz ele em tom cortante, deslizando a tela com fúria para ler seja lá o que for. — Puta merda.

Ele vira o celular para mim, e a manchete basta para fazer meu coração se agitar violentamente no peito. Quando dou por mim, já estou de pé.

— Onde ele está?

— Em casa — responde Jack. — Não é melhor a gente...?

Mas já estou a meio caminho da porta, sem me preocupar em me despedir de ninguém, guiada por um único pensamento que me impele adiante, dominando cada um dos meus passos.

Preciso encontrar Ian.

24

Ian

FILHA DO ASTRO DO HÓQUEI BRADLEY CHASE É FRUTO DE TRAIÇÃO

A RUÍNA DA DINASTIA CHASE: REVELAÇÃO BOMBÁSTICA
SOBRE PROPRIETÁRIO DO DRUIDS

IAN CHASE AJUDOU A ESCONDER OS SEGREDOS SÓRDIDOS
DO PAI DURANTE ANOS

QUEM É ABIGAIL THOMPSON?

MEI, ABIGAIL E DELILAH: O EMARANHADO DE
MULHERES NA VIDA DE IAN CHASE

Estranhamente, é essa última manchete que me deixa mais nervoso. As outras matérias com que tive a infelicidade de me deparar enquanto vasculhava pela décima vez as fotos do nosso beijo são desagradáveis, claro, mas a que envolve Lila na confusão chega a me embrulhar o estômago.

Há mensagens dela e de Jack no meu celular, por isso sei que estão a caminho, mas não faço ideia do que vou dizer. Não sei qual vai ser a reação dela quando chegar aqui. Será que verei decepção em seu rosto? Cansaço? Será que não vai mais querer lidar com essa história? A sensação é a de que voltei no tempo, e considerando que precisei sair da porra do país na última vez que minha vida pessoal foi exposta para o mundo, não tem como não ficar apavorado com o que isso vai significar para mim. E, o mais importante, o que vai significar para nós dois.

E será que posso mesmo culpá-la se decidir pôr um fim nessa história? Lila não pediu por nada disso. Não precisa arcar com toda a confusão que eu trago a reboque. A mídia já começou a especular, a atacar a imagem dela com base no *possível* relacionamento comigo. Fico enojado ao ler o que andam dizendo sobre ela, ciente de que a culpa é toda *minha*. Alguns a chamam de ingênua, outros têm pena dela por ter sido enganada por minhas "mentiras" e, cacete, há aqueles que chegam a especular que ela sempre soube de tudo, e por isso é tão cúmplice do legado distorcido do meu pai quanto eu.

Odeio tanto essa porra toda.

Tenho tentado formular algum plano desde que li as notícias, sem entender como isso pode ter vazado para a imprensa depois de tanto tempo, mas não cheguei a lugar nenhum. As únicas pessoas a quem contei tudo nos mínimos detalhes foram Mei, Jack e agora Lila, e confio plenamente em todos eles. Só me resta acreditar que, de alguma forma, meu pai deu um jeito de expor a merda toda. É a opção mais aceitável, pelo menos.

Por falar no babaca, também recebi uma enxurrada de mensagens dele. Ainda não respondi nenhuma, até porque nem sei o que dizer.

> **PAI:** Se tiver dedo seu nessa história, pode se preparar para as consequências.

> **PAI:** Para quem você contou?

> **PAI:** Se os jornalistas aparecerem, não diga nada.

> **PAI:** Sugiro que você me ligue o mais rápido possível.

Largo o celular no sofá e passo a mão no rosto. A raiva dele é palpável, mesmo de longe. Não sei como ele consegue me transformar em criança outra vez, desesperado por sua aprovação, mas é o suficiente para me embrulhar o estômago. De repente, pareço ter dez anos de novo, o alvo perfeito de suas críticas de que eu poderia fazer melhor, *ser melhor* — não que alguma coisa tenha realmente mudado aí.

E minha *mãe*. Que raios eu vou eu dizer para minha mãe? Liguei para ela assim que vi as notícias e tentei mais duas vezes desde então, mas ela não atende. E isso só piora minha angústia. Será que ela está decepcionada comigo? Será que passou a me odiar? Talvez eu bem que mereça.

Dediquei tantos anos da minha vida a evitar essa história só para proteger as pessoas ao meu redor, e agora que todo mundo já sabe, parece que todas as decisões que tomei na sequência da minha reputação arruinada foram em vão. Qual foi o sentido de passar seis anos longe do meu melhor amigo, do meu time, só para tudo ser revelado, no fim das contas? Agora estou aqui, no fim de carreira, e tudo parece ter sido um desperdício.

Bem, nem tudo.

Lila é a única coisa boa em meio à tristeza caótica da minha cabeça, atrapalhada apenas pela preocupação de que isso seja a última gota d'água para ela. De que ela veja o show de horrores que é minha vida e decida que não vale a pena, que eu não valho a pena. Conhecendo a intensidade dos meus sentimentos por ela, a ideia é desesperadora. Perder Lila sempre teria sido doloroso, mesmo naqueles anos afastados, mas agora... Agora seria devastador.

Sinto meu coração bater forte no peito, cada vez mais acelerado até começar a retumbar nas costelas, a martelar na garganta e nos ouvidos, enquanto o pânico se apodera de mim, porque e se ela for embora? O que vai ser de mim, agora que conheço a sensação do seu toque, do seu corpo contra o meu? Agora que a conheço de uma forma que só o amor pode trazer, para depois a perder? Levo a mão ao peito como se isso pudesse acalmar as batidas, cada vez mais ofegante à medida que tudo desmorona sobre mim de uma só vez, com os ecos das palavras do meu pai ao longo dos anos ressoando nos meus ouvidos.

"Seja homem, Ian."

"Consegue fazer melhor do que isso, não consegue?"
"Não me envergonhe, Ian."
"Sem dúvida, me equivoquei ao esperar algo bom vindo de você."
"Adora me decepcionar, não é?"
"Seria melhor para todo mundo se você fosse embora."

Dobro o corpo para a frente, deixando a cabeça cair entre os joelhos enquanto tento puxar lufadas de ar que parecem não vir, com a visão turva enquanto um peso implacável aperta meu peito até não sobrar mais espaço, até os ossos parecerem prestes a se partir um a um. Um zumbido intenso invade meus ouvidos, acompanhado de outros sons que não consigo distinguir, uma batida que não sei se vem da sala ou da minha própria cabeça, mas de repente escuto o tilintar distinto de chaves na porta, passos rápidos pelo carpete, e depois mãos nos meus ombros, no meu peito, me acalmando, me puxando para perto enquanto uma voz suave e calorosa me envolve.

— Ei — diz Lila, porque é ela, *ela veio*. — Pronto, estou aqui. *Shh*. Vai ficar tudo bem.

Estico os braços e a abraço com força, agarrando o tecido da sua blusa para me convencer de que ela está mesmo aqui. Ainda não consigo respirar direito, mas seu cheiro doce característico e seu abraço suave fazem o mundo parecer um pouco mais estável, fazem com que *eu* me sinta mais estável.

— Você está tendo um ataque de pânico — explica ela com delicadeza. — Tente respirar fundo, Ian. Respire comigo.

Fecho os olhos e enterro o rosto no pescoço dela, igualando o ritmo da sua respiração, tentando me concentrar nos movimentos constantes do ar enchendo nossos pulmões. Não sei por quanto tempo ficamos assim, não entendo seus sussurros ao pé do ouvido enquanto me faz carinho nas costas, mas a certa altura, os sons voltam a aparecer e o peso sobre mim parece menor, e de repente consigo respirar outra vez, consigo *ver* outra vez — e tudo o que vejo é ela.

— Lila?

Ela envolve meu rosto entre as mãos, com a preocupação estampada em suas feições.

— Pronto, pronto. Estou aqui. Você está bem?

— Eu... — Engulo em seco, a língua áspera como uma lixa. — Acho que sim.

— Ah, meu bem — diz ela com a voz embargada, como se estivesse à beira das lágrimas. Por minha causa. — Eu sinto muito. Sinto muito, muito mesmo. Já sabe como isso aconteceu?

— Não, Lila — digo, estrangulado. — *Eu* sinto muito. Por favor, me desculpa.

— Por quê? — pergunta ela, sem entender. — Não precisa pedir desculpa por nada.

— Já viu o que estão dizendo?

— Vi o suficiente — responde ela com desdém.

— Então sabe o que disseram sobre você. Eu não queria te arrastar para essa história. Eu jamais teria...

— Ian.

— Entendo se você precisar de um tempo disso tudo, de nós dois, mas...

— Ian.

— Vou contar tudo para eles. Vou fazer questão que todo mundo saiba que a culpa é só minha. Eu vou...

— *Ian.*

Com meu rosto apoiado na palma da mão, Lila aperta minhas bochechas entre os dedos até meus lábios se projetarem para a frente, tão franzidos que já não consigo dizer mais nada. Ela parece irritada, e isso me deixa ainda mais ansioso. Por fim, a mão dela relaxa contra meu queixo, com uma expressão pensativa no olhar.

— Sabe quando foi que percebi que você tinha arruinado todos os outros garotos para mim?

— Eu... O quê?

— Foi em uma quarta-feira qualquer. Eu tinha catorze anos, e você e Jack resolveram dar uma festona de arromba enquanto a tia Bea estava viajando.

— Claro, lembro bem — respondo, curioso.

— Eu já devia estar na cama, mas tinha tanta coisa acontecendo. A música, as luzes, as risadas... Então passei horas no corredor, do lado de fora do quarto, ouvindo tudo.

Abro a boca, depois a fecho de novo conforme lembranças vagas daquela noite me invadem.

— Você me falou que tinha acabado de acordar.

— Sim, e era mentira — conta ela, aos risos. — Você avançou com tudo pelo corredor, todo embananado enquanto procurava o banheiro, e quase tropeçou em mim. Queria que eu dissesse o quê? — Lila abre um sorriso suave e doce, tal como ela, e o nó de ansiedade no meu peito afrouxa um pouco. — Lembra o que você fez?

Dou risada.

— Claro, mandei você voltar já pra cama.

O sorriso dela se alarga ao olhar para mim.

— Isso foi depois. Não lembra o que aconteceu antes disso?

Faço um esforço para recordar, mas a verdade é que aquela noite foi regada a cervejas casualmente afanadas da geladeira do pai de um dos nossos colegas.

— Bem, eu falei que queria participar da festa — continua Lila, me dando uma mãozinha. — E você respondeu que não ia deixar nem a pau, porque eu era muito nova.

— Sim, e aí?

— Aí, como sempre, armei o maior beicinho e expliquei que queria muito dançar, e que não iria dormir enquanto não dançasse uma música.

Lampejos de memória começam a pipocar no meu cérebro, e a minha boca torna a se abrir de surpresa.

— Eu dancei com você.

— Sim, eu me equilibrei na pontinha dos seus pés — comenta ela, rindo. — Foi tão desengonçado, e não faço ideia de como você conseguiu, já que devia estar bêbado feito um gambá, mas... Meu Deus, Ian. Fui para a cama naquela noite desejando ser um pouco mais velha, desejando que não houvesse tanta diferença de idade entre nós, porque eu tinha medo de nunca mais me sentir como me senti ali, dançando uma música pop ruim com você.

— Lila...

O polegar dela acaricia meu rosto, e ela chega mais perto de mim, roçando seus lábios nos meus.

— E eu não senti mesmo. Nem uma vez. Nunca me senti assim desde então. Não até você aparecer. Não até você me enxergar.

— Porra, Lila. — Minha voz falha, sufocado de emoção. — E se eu estragar tudo para você?

— Não vai acontecer — afirma ela.

— Como pode ter tanta certeza?

— Não tenho — responde ela com sinceridade. — Lembra o que eu disse? Como agora já aprendi que não posso ter certeza de nada? Mas *sei* que vale a pena insistir em algumas coisas. E você vale a pena, Ian. Nada vai mudar isso para mim. Sabe por quê?

Nego com a cabeça, e o coração volta a bater descontrolado no peito, mas por uma razão completamente diferente.

— Por quê?

— Porque eu te amo — sussurra ela, e apesar de suaves, as palavras invocam um sentimento tão forte que faz meus ouvidos zumbirem.

— Ama?

Lila parece tão confiante, tão completamente em paz ao dizer isso, que chega a ser ridículo como fico atordoado com essa confissão. Ela assente com a cabeça, dando outro beijo suave na minha boca enquanto sussurra contra os meus lábios:

— Com certeza.

— Eu também. Quer dizer, eu também te amo. Cacete, Lila. — Envolvo o rosto dela e o trago mais perto para cobrir sua boca com a minha, murmurando entre beijos frenéticos enquanto o alívio borbulha dentro de mim.

— Com você, eu me sinto tão… — Abano a cabeça, rindo baixinho. — É como se eu tivesse passado a vida inteira cego até finalmente enxergar você.

De repente, os braços dela estão ao redor do meu pescoço, e o sorriso dela coincide com o meu, e os beijos dela são intensos, alegres, uma confirmação de que todo o resto são meros detalhes, porque isto aqui, esta coisa entre nós, é o que realmente importa. Eu a puxo para mais perto, tão perto que ela está praticamente moldada ao meu peito, e seguro o rosto dela para aprofundar o beijo, passando a língua por sua boca enquanto um suspiro de felicidade lhe escapa da garganta. Poderia passar horas assim. *Quero* passar horas assim. Por isso, eu a puxo com mais força, a beijo com mais força, e…

— Se eu soubesse que ia passar por isso na minha própria casa — resmunga Jack —, não teria dado a chave reserva para você fugir para cá e ficar de sem-vergonhice no meu sofá.

Lila abre um sorrisinho e se afasta de mim, mas não tanto.

— Ouviu alguma coisa, Ian?

— Hum, pior que não.

— Ah, vão se foder, vocês dois — reclama Jack, e continua aos resmungos enquanto descalça os sapatos. — Esquisito pra cacete, isso sim.

— Oi, querido — cumprimento, enfim me soltando da irmã dele, porque me parece a coisa certa a fazer. Afinal, ele ainda não tentou me cobrir de porrada. — Como foi seu dia?

— Nem vem com palhaçada para cima de mim, otário — chia Jack. — Só não quebrei sua fuça com meu gesso ainda porque você já está com muito pepino para resolver.

— Não porque me ama?

— Isso está aberto à discussão. — Jack aponta para Lila. — E você! A gente tinha combinado um mês antes de eu ser obrigado a testemunhar beijos.

— Ué, não tenho culpa se você pegou a gente no flagra — defende-se ela, achando graça.

— Ah, sim — debocha Jack. — Porque eu realmente esperava entrar no meu próprio apartamento e dar de cara com meu irmão enfiando a língua na goela da minha irmã.

Faço uma careta.

— Por favor, nunca mais repita a frase desse jeito.

— Jura? — Jack parece vingado. — E por que eu deveria me importar com seu conforto?

— A gente pode ir para o seu quarto, sabe — sussurra Lila para mim.

— Ei, eu ouvi isso! — Ele marcha até a poltrona em frente ao sofá e desaba ali. — Ninguém vai se esgueirar para fazer coisas de que eu não quero saber até conversarmos direito, entenderam? Está cheio de repórteres lá fora, sabiam?

— Sim, eu vi quando cheguei — conta Lila com uma careta.

— Puta que pariu — sibilo. — Que situação de merda.

— Já tem alguma ideia de quem vazou a informação? — quer saber Jack.

Aceno que não.

— Zero.

— Tem certeza de que não foi seu pai? Vai ver ele está querendo atenção.

— Bem, com base nas ameaças que ele tem me enviado por mensagem — respondo —, duvido que tenha sido ele.

Lila parece irritada.

— Ele mandou mensagem?

— Não respondi nenhuma.

Isso não ajuda a aplacar a raiva dela.

— Mas que filho da puta. Minha vontade é ir até lá e dar uma surra nele.

— Calma, menina — comento aos risos, beijando a testa dela. — Não vamos dar mais material para a imprensa.

— Mas vejam bem — continua Jack, em pleno modo detetive enquanto bate no queixo, pensativo. — Quem mais sabe dessa história? Por acaso vocês tinham uma empregada que eu não saiba?

— Não, não tínhamos...

— Ah, já sei! Será que não foi outra amante abandonada do seu pai? — teoriza Jack. — Se bobear, ela ficou com ciúmes. Ou talvez ele tenha decidido comprar o silêncio dela, mas depois voltou atrás. — Ele suspira, estalando os dedos. — Vai ver tem *outro* filho dele perdido por aí!

— Acho que não tem mais nenhum — respondo, torcendo para ter razão.

— É, sei lá — retoma Jack, ainda pensativo. — Ainda aposto no seu pai. É bem a cara dele fazer essas paradas suspeitas. Talvez tivesse um acordo com alguém da imprensa para divulgar a história. Ou quem sabe...

— Não foi ele.

Todos nos viramos para a voz baixa vinda da porta, e Jack parece confuso ao ver a mulher parada ali. Depois de tirar os óculos de sol e abaixar o capuz do casaco, que sem dúvida a ajudaram a passar despercebida pela horda de jornalistas lá fora, ela pousa os olhos cinzentos nos meus, cheios de culpa.

Endireito os ombros na hora.

— Abby?

— Como você conseguiu entrar? — pergunta Jack.

Ela aponta para a porta.

— Estava aberta.

— É, faz sentido — murmura Lila.

Já estou de pé, a meio caminho da minha irmã, que ainda me olha com cautela.

— Por que você disse que não foi ele?

Ela morde o lábio inferior, com os olhos arregalados e inquisitivos que a fazem parecer muito mais nova do que realmente é.

— Porque fui eu — diz ela por fim.

Tudo fica em silêncio por alguns segundos, e então:

— Puta merda — sussurra Jack. — Por essa eu não esperava.

25

Delilah

A confissão de Abby é surpreendente, e não apenas para mim, a julgar pela expressão perplexa de Ian. Ele está com as sobrancelhas arqueadas e a boca aberta ao estudar o rosto da irmã, ainda parada junto à porta, parecendo quase murchar sob seu escrutínio.

— Você contou para a imprensa?

Abby suspira antes de se virar e fechar a porta, passando os dedos pelos longos cabelos loiros enquanto seus olhos permanecem colados nos tênis gastos.

— Eu sei que deveria ter falado com você primeiro.

— Deveria mesmo, caramba — retruca Ian, e esse novo lado dele me deixa um pouco confusa, já que quase nunca o vi irritado. — Tem noção do que acabou de fazer? Dos problemas que isso vai causar para todo mundo? Não vai respingar só em você, sabia? Entende isso, certo?

Abby dá um aceno melancólico, atravessando a sala para afundar em uma das poltronas diante do meu irmão. Mesmo sendo bem mais alta do que eu, parece tão pequena agora, com o corpo esguio curvado e as mãos retorcidas sobre o colo. Meu peito se enche de compaixão, e sou tomada pela vontade de ir até lá e lhe dar um abraço, mas sei que não seria apropriado tomar qualquer atitude. Preciso deixar os dois resolverem isso sozinhos.

— Entendo — responde ela em um fiapo de voz. — E tentei discutir esse assunto com você. Cheguei a ligar uns tempos atrás, lembra? Contei como estava me sentindo.

Ian atravessa a sala a passos largos, desabando ao meu lado no sofá. Ele está com uma postura tensa, e eu decido manter minhas mãos no colo por enquanto.

— Mas jamais mencionou que pretendia ir falar com a *imprensa*.

— Eu queria te contar — insiste Abby. — Estava criando coragem, mas aí você desligou e nem me ligou de volta, e eu... — Ela morde o lábio, lançando um olhar exausto para Ian. — Desculpa, eu sinto muito.

— Pedir desculpa agora não muda nada — rebate Ian. — Pedir desculpa agora não vai impedir o inferno que essa cagada vai criar na minha vida e na da minha mãe. Sei que você não a conhece, Abby, mas sabe que também a magoou com essa história, não sabe?

— Eu sei — diz ela. — E eu entendo. Mas você não sabe como é. Não faz ideia de como é ser o segredo sujo de todo mundo. Eu não tenho mais ninguém, Ian. Ninguém além de você e do nosso pai. Vocês dois são a única família que tenho, e os dois passaram todo o tempo que os conheço desejando que eu não existisse.

— Isso não é...

A boca de Ian se fecha, seu olhar se torna endurecido por um momento antes de se suavizar. Consigo ver a mudança quando meu Ian volta a si, os ombros afundando enquanto o protetor gentil que sempre foi supera a raiva de antes.

— Eu não queria que você se sentisse assim.

— Sim, eu sei que não — garante Abby. — Você fez o melhor que podia em relação a mim. Por mais que essa história tenha caído do nada no seu colo, você sempre tentou me ajudar.

— Só não entendo por que você achou que essa era sua única opção — comenta Ian, com um suspiro.

Abby o encara sem pestanejar com seus olhos cinzentos, tão parecidos com os do irmão.

— Se eu tivesse contado minhas intenções para você, qual seria sua reação? Seja sincero. Por acaso teria me apoiado?

— Eu...

Ian meneia a cabeça, com o olhar voltado para as próprias mãos apoiadas sobre os joelhos. Estico o braço, cobrindo uma delas com a minha e apertando de leve, só para ele saber que eu estou aqui, seja lá como for. Ele retribui com um leve apertãozinho nos meus dedos, soltando um longo suspiro.

— Não sei. Quero dizer que sim, mas como já falei, não somos os únicos afetados por essa história.

— Você queria proteger a sua mãe, eu entendo — continua Abby. — E sinto muito por ter estragado tudo, mas a verdade é que, se não tivesse feito isso, eu teria sido um segredo pelo resto da vida. Não posso mais viver assim. Mesmo que você passe a me odiar por causa dessa decisão. Eu amo você, Ian. Sei que deve ser estranho para você, porque nunca pediu por uma irmã, e nunca quis decepcionar você, mas todos esses segredos estavam me sufocando, e aí...

Em um piscar de olhos, Ian se levanta do sofá e atravessa a sala, e Abby solta um suspiro surpreso quando ele a tira da poltrona e a envolve em um abraço. Meu peito se aperta com a visão. Ouço um leve fungar vindo da mulher esguia nos braços dele antes de ela retribuir o gesto com timidez.

— Eu não te odeio — sussurra Ian. — Jamais conseguiria te odiar, Abby. Não importa como entramos na vida um do outro, você é minha irmã. — Ele se afasta para a encarar. — E não era só minha mãe que eu queria proteger. Era você também.

Abby parece confusa.

— Eu?

— Sei que você ainda espera do nosso pai algo que já percebi faz tempo que ele não pode oferecer — detalha Ian gentilmente. — E eu quis proteger você dessa imagem que tem dele. Quis ter esperança de que, cedo ou tarde, ele pudesse se tornar a pessoa que você gostaria que ele fosse.

O rosto de Abby murcha, com os lábios trêmulos enquanto os olhos se enchem de lágrimas.

— Mas ele não vai — sussurra ela. — Não é? Ele não me quer.

— Ah, querida — diz Ian, com a voz embargada.

Depois a puxa para perto, abraçando-a com força. Posso sentir meus próprios olhos marejados, e a emoção entre esses dois irmãos e a união advinda do peso de todo esse sofrimento conjunto me fazem agradecer mais uma vez por sempre ter tido Jack ao meu lado. Mesmo quando agia como um completo bobalhão, ele sempre me apoiou. É tão bom ver Ian finalmente ter a oportunidade de fazer o mesmo por Abby.

— Queria muito que fosse possível — continua Ian, ainda rouco de emoção. — Queria que você pudesse ter isso. Queria mesmo. Você já sofreu tanto. Tem vinte e cinco anos, e já passou por mais coisas do que a maioria de nós. Não é justo. Nem um pouco. Eu deveria ter sido mais presente na sua vida. Passei tanto tempo esperando nosso pai tomar uma atitude que nem sequer pensei em fazer isso por conta própria.

— Não — argumenta Abby, balançando a cabeça contra o peito dele. — Não é culpa sua se...

— É, sim — interrompe Ian. — A culpa é tanto minha quanto dele. Posso vir aqui e culpar você pelo que fez, mas a verdade é que sou igualmente cúmplice. Guardei o segredo com nosso pai. Fiz o que ele me disse para fazer porque acreditei que era melhor para todo mundo, mas mentiras nunca resolvem nada. Mentir para poupar alguém só adia o sofrimento. Cedo ou tarde, essa dor volta, e quanto mais a evitamos, mais poder ela tem.

— Eu sinto muito — choraminga Abby. — Sinto muito mesmo, Ian.

— *Shh*, não precisa. — Ele acaricia as costas dela, e sinto uma nova leva de lágrimas enquanto os observo. — Não peça desculpas. Por mais que eu não entenda seus métodos, entendo por que você precisava agir assim. Acima de tudo, você nunca deveria ter sido submetida a essa situação.

— Ele vai me odiar agora — sussurra Abby.

Ian apoia o rosto no cabelo da irmã.

— Não importa o que aconteça, eu vou estar aqui. Pode contar comigo. Eu nunca vou te abandonar. Ok?

— Ok — responde ela, abraçando-o com força. — Por favor, me desculpa.

— Nada disso. — Ian fecha os olhos, soltando um suspiro. — Nós dois temos arrependimentos, mas em vez de ficar remoendo cada um deles, vamos tentar ser melhores, certo?

— Não peça desculpas, seja melhor? — pergunta Abby com uma risada lacrimosa.

Ian sorri.

— Vamos mandar estampar umas camisetas.

— Puta merda — comenta Jack, enfim entrando na conversa, e estou surpresa que ele tenha conseguido ficar quieto por tanto tempo. Amo meu irmão, mas sutileza não é com ele. — Isso foi tão lindo. Alguém tem um lencinho de papel? Acho que vou precisar de terapia pra superar.

Abby levanta a cabeça e lança um olhar intrigado para Jack.

— Só ignora — aconselho a ela, fazendo cara feia para meu irmão. — Ele não consegue se conter.

Jack faz beicinho.

— Poxa, o que eu fiz agora?

— Desculpa — repete Abby, enxugando as lágrimas enquanto observa os arredores com ar acanhado. — Apareci aqui do nada com essa confusão.

— Ah, não esquenta. — Jack a tranquiliza com um aceno. — Nossos pais estão mortinhos da silva, então a gente entende.

Jogo uma almofada nele.

— Cara!

— Ué, que foi? — Jack consegue desviar, parecendo genuinamente confuso com a minha explosão, o que é bem típico dele. — Eu só quis ser compreensivo!

Abby ainda observa meu irmão como se ele fosse de outro planeta, e eu nem posso culpar a coitada.

Estou prestes a dar outra bronca nele quando seu celular começa a tocar loucamente, e ele se ergue na poltrona para tatear o bolso com a mão boa, fechando a cara ao ver a tela. Com uma careta, olha para Ian e diz:

— É o técnico.

— Merda — pragueja Ian, se afastando da irmã antes de passar a mão pelo cabelo. — Ele tentou me ligar mais cedo.

— Uma hora ou outra você vai ter que encarar a fera — aponta Jack.

Ian concorda com um aceno.

— É, acho melhor ir até lá.

— Posso ir junto — se oferece Jack, já se levantando do sofá. — Sou um ótimo braço direito.

— Falou o cara com o braço quebrado — rebate Ian.

Jack zomba.

— Fica na sua, otário.

Ian revira os olhos antes de voltar sua atenção para Abby.

— Quero que você fique aqui. Não sai do apartamento até a gente voltar. Vamos enfrentar essa situação juntos, ok?

— Ok — responde Abby com um aceno de cabeça.

Ian se vira para mim.

— Será que você pode...?

— Eu fico aqui com ela — aviso sem deixá-lo terminar. — Nem precisava pedir.

O sorriso de Ian é leve, mas basta para fazer meu coração acelerar. Ele cruza o espaço entre nós com facilidade antes de se inclinar para roçar os lábios nos meus.

— Obrigado.

— Aquela história de um mês já foi para o caralho, né? — resmunga Jack a alguns metros de distância.

Apenas o ignoro, chegando mais perto para retribuir o beijo suave de Ian.

— Eu te amo.

— Também te amo — responde ele, com os lábios se curvando em um sorriso largo contra minha boca.

Dou um tapa na bunda dele, ainda ignorando os protestos do meu irmão.

— Boa sorte, cupcake.

Abby nos observa com curiosidade quando nos afastamos, mas permanece calada. Jack abana a cabeça, olhando de relance para ela.

— Pois é — diz ele. — Uma nojeira só.

— Não precisa ficar com ciúmes, gatinho — responde Ian, se aproximando do meu irmão. — Também posso te dar uns beijos, se quiser.

— Cai fora do meu apartamento antes que eu acabe com você — retruca Jack.

Ian ri baixinho, se esticando para pescar o celular entre as almofadas do sofá. Depois de pegar as chaves na mesinha do hall de entrada, lança um último olhar para nós duas e acompanha Jack até a porta.

— Vocês vão ficar bem?

Olho de relance para Abby, que me observa com apreensão.

— Vamos ficar bem — respondo por nós duas. — Podem ir.

Ian me dá outro sorriso antes de ambos saírem, me deixando sozinha com sua irmã mais nova, que eu não conhecia até testemunhar seu colapso emocional agora há pouco. Dá para entender por que ela me encara como se quisesse fugir a qualquer momento.

— Então — volto a dizer. — Quer comer ou dormir?

Abby fica meio confusa.

— Como assim?

— Bem, quando estou em um dia ruim, cochilos e comidinhas gostosas sempre me ajudam. Então, o que você prefere fazer primeiro?

— Eu... — Abby me lança um olhar incrédulo, mas eu mantenho o sorriso colado no rosto, à espera da sua resposta. Ela parece quase tímida quando admite: — Estou bem cansada.

— Tudo bem — concordo com um aceno, enlaçando o braço ao redor da sua cintura com certa dificuldade, já que ela é uns dez centímetros mais alta do que eu. — Vamos arranjar um lugarzinho pra você dormir, e depois vou fazer o que sempre faço quando estou estressada: cozinhar. Quando você acordar, passamos aos petiscos.

Abby mal tira os olhos do chão enquanto eu praticamente a arrasto em direção ao quarto de Ian, mas quando chegamos, ela solta um silencioso:

— Obrigada, hum...?

— Delilah — digo a ela. — Mas quase todo mundo me chama de Dee, menos seu irmão. Ele me chama de Lila.

— Lila — repete ela sem hesitar, com um esboço de sorriso tão parecido com o do irmão que me deixa atordoada por um momento. — Obrigada.

Consigo ver a tristeza e a vulnerabilidade emanar dela em ondas, e logo concluo que vamos ser amigas. Nenhum dos irmãos Chase vai ficar triste sob a minha supervisão.

— De nada — respondo, apontando para a cama de Ian. — Agora, vai tirar uma soneca. Isso é uma ordem.

Ela ainda está sorrindo quando me afasto, e apesar de todas as revelações difíceis do dia, estou cheia de... esperança.

Com um sorriso no rosto, começo a vasculhar os armários da cozinha de Jack e Ian.

***

— E aí, qual foi a reação dele?

Estou com o celular apoiado entre o ombro e a orelha enquanto dou uma espiada no forno. O cheiro de massa já está espalhado pela cozinha, mas decido deixar os biscoitos assarem por mais um minutinho.

Jack solta um suspiro evasivo.

— Bem, rolou uma gritaria e tal, mas pelo que ouvi atrás da porta...

— Nossa, lá se vai o profissionalismo — brinco.

— Acho que o técnico não estava irritado com Ian, só com a situação.

— É, no fundo ele sempre foi bonzinho — comento.

Jack dá risada.

— Ah, sim. Muito bonzinho. É que você não viu como ele me maceta nos treinos.

— Parece um jeito muito sexual de se referir ao seu técnico.

Meu irmão ri com deboche.

— *Pfft*, ele não daria conta de mim.

— Olha, não sei nem se uma estrela pornô aposentada com formação em psicologia daria conta de você — argumento, estalando a língua.

— Vou encarar isso como um elogio — responde ele, todo formal.

— É, imaginei. — Dou outra olhadinha no forno e tiro os biscoitos, deixando a assadeira esfriar em cima da bancada. — Mas e aí, quando vocês voltam?

— Já, já — diz Jack. — Acho que já está quase acabando. E a Abby, como está?

— Eu a coloquei para dormir — conto. — Deve fazer uma hora, mais ou menos. Ela estava com carinha de que precisava descansar um pouco.

— Você a *colocou para dormir*? Ela não é criança.

— Ué, nem você, mas continua a ser um pé no saco quando está cansado.

— Sua chata. Enfim, acha que ela vai ficar bem?

— Acho que sim — respondo, apesar de não ter tanta certeza. — Talvez. Sei lá. Ela passou por muita coisa.

— Sim, mas pelo menos ela tem a gente agora — argumenta ele.

Encosto o corpo na bancada.

— Tem, é?

— Bem, Ian é meu irmão, e agora ele está em uma relação incestuosa e nojenta com você...

— Não tem nada de incestuosa.

— Por isso, acho que já dá para imaginar que vamos adotar a irmãzinha bebê dele.

— Ela tem vinte e cinco anos — comento, achando graça. — Não é mais bebê.

— Sim, eu sei. Ela é gostosa de um jeito meio Ian.

— De um jeito meio Ian?

— É, ela parece muito com ele. Um pouco esquisito, na real. Confunde minha libido.

— Você é tão estranho.

— E você me ama.

— Pois é, vai entender.

— Ei, acho que Ian está saindo. Já, já a gente volta, está bem? Aguenta firme aí.

— Pode deixar — respondo.

Pouso o celular na bancada, pego um saco de açúcar no armarinho embaixo da pia e polvilho uma pitada sobre os biscoitos para dar um toque extra de doçura. Aprendi logo cedo que um pouco de açúcar pode adoçar qualquer momento ruim, e acho que isso pode vir a calhar para os irmãos Chase.

— Está com uma cara ótima.

Com o susto, acabo derrubando açúcar por toda a bancada.

— Abby!

— Ai, foi mal! — Ela levanta as mãos em um pedido de desculpas, parecendo arrependida. — Achei que você tinha me escutado chegar.

— Não faz mal — respondo com uma risada baixinha. — Dormiu bem?

— Até que sim. E o cochilo realmente ajudou.

— Viu, falei? — comento toda orgulhosa, depois aponto para os biscoitos. — Acabei de preparar nosso lanchinho terapêutico.

— O cheiro está maravilhoso — admite ela, olhando para a assadeira. — Eu vejo o seu programa, sabia?

— Sério?

— Bem, na verdade... Só comecei depois da participação do Ian.

Abro um sorriso.

— Que fofinho. Ele estava todo destrambelhado. Parecia um gigante brincando de casinha, não concorda?

— Parecia mesmo — concorda ela, rindo. — Mas foi divertido de assistir.

Há uma expressão carinhosa em seu rosto, e me parece que Abby tem muito mais admiração pelo irmão do que ela deixa transparecer. Não que eu a culpe. Pego um biscoito ainda quente, testo para ver se já esfriou o bastante e depois ofereço para ela.

— Toma, pode pegar.

Abby o aceita com cuidado, dá uma mordida e suspira de olhos fechados.

— Caramba.

— Gostou?

— Está uma delícia.

— O segredo é a canela.

— Consegui sentir o gostinho.

Pego um biscoito para mim e me acomodo em uma das banquetas do balcão, fazendo sinal para Abby se sentar ao meu lado. Em seguida, ela dá outra mordida no biscoito, com a felicidade preenchendo suas feições.

— Você é igualzinha ao seu irmão — comento, aos risos.

Ela me lança um olhar acanhado.

— Sério, você acha?

— Ele também devora meus biscoitos como se fosse um coiote esfomeado.

Suas bochechas sardentas ficam vermelhas, e ela reprime o sorriso.

— É que está muito gostoso mesmo.

— Considero um grande elogio.

— Então... vocês estão namorando?

Dou outra mordida antes de responder.

— Acho que sim. A gente só oficializou as coisas há pouco tempo.

— Sério? Quando?

— Ontem à noite — respondo, com uma risada.

— Nossa.

— Mas já faz semanas que somos... alguma coisa.

— Fico feliz — admite ela suavemente, depois olha para mim. — Que ele tenha você. Ele merece isso.

— Ele também tem você — faço questão de lembrar. — Seu irmão se importa muito com você. Sei que a gente mal se conhece, e nem faz muito tempo que fiquei sabendo de toda a história, mas dá para ver, pela forma como ele fala de você, que realmente se importa.

— É... bom ouvir isso. — Abby olha para a bancada, e o biscoito fica esquecido na mão por um momento. — Sempre me senti um fardo para ele. — Ela pisca os olhos, abanando a cabeça. — Não sei por que te contei isso.

— É o biscoito — provoco. — Tem soro da verdade.

— Só pode ser — murmura ela, dando outra mordida.

— Mas saiba que não é assim — garanto. — Você não é um fardo para ele.

— Como você sabe?

— Porque Ian não vê as pessoas desse jeito — declaro com confiança. — Não quando se preocupa com elas. Seu irmão não é assim, não mesmo. Ele sempre coloca os outros em primeiro lugar. Já é automático para ele garantir que todas as pessoas que ama estejam bem antes de se preocupar consigo mesmo.

— Não sei se isso faz com que eu me sinta melhor ou pior.

— É o que é — respondo com um encolher de ombros, devorando mais um pedacinho de biscoito. — Ian sempre foi um porto seguro para todo mundo ao seu redor. Quando precisamos, ele faz o possível para nos manter sãos e salvos.

— Sempre quis ser mais próxima dele — confessa Abby, suspirando.

— Então por que você não fala isso para o seu irmão? Tenho certeza de que ele vai adorar.

— Não tem como saber — murmura ela com amargura. — Eu sou um erro. O fruto de uma traição do nosso pai.

— Você é a irmã dele — digo com firmeza. — A gente não se conhece, eu sei, mas posso garantir que você não é um erro. Não para Ian. Se ele diz que te ama, é porque ama mesmo. Se ele diz que quer te proteger, então é isso que vai fazer. Ian é... — Não consigo evitar o sorriso bobo se formando nos meus lábios. — Ian é tão altruísta. Ele ficaria arrasado se você se afastasse.

— Acha mesmo?

Decido arriscar, esticando a mão para dar um apertãozinho no seu ombro.

— Tenho certeza.

— Eu... Obrigada. Assim me sinto um pouco melhor.

— Além do mais, não é só Ian. Se você é importante para ele, então é importante para mim. O mesmo vale para o idiota do meu irmão, mas eu entendo perfeitamente se você quiser esquecer essa parte.

— Ele é sempre tão...?

— Esquisito? Arrã. Mas com o tempo você se acostuma.

Um sorriso genuíno desponta em seus lábios, talvez o primeiro desde que a conheci.

— Obrigada, Lila. Nem sei dizer o quanto isso significa para mim.

— Conheço muito bem a sensação de achar que você não tem mais ninguém no mundo, Abby, de verdade. Por isso, pode confiar em mim quando digo que você não está sozinha. — Dou outro apertãozinho no ombro dela. — Estamos todos aqui ao seu lado.

Abby engole em seco, com um brilho no olhar, mas se limita a assentir com a cabeça, jogando o restinho de biscoito na boca antes de responder.

— Malditos biscoitos da verdade.

— São péssimos mesmo — concordo, aos risos.

— Pior que foi bom.

— É — digo com um suspiro, abocanhando o último pedaço. — Eu sei.

Abby abre a boca para dizer alguma coisa, mas uma batida repentina na porta quase nos faz saltar das cadeiras, e nos viramos em direção ao som.

Ela me lança um olhar confuso.

— Será que é o Ian?

— Mas eles têm chave... — Outra batida forte. — Por que iriam...?

— Abre logo essa merda! — grita uma voz cheia de ódio. — Eu sei que você está aí.

Os olhos da Abby, cheios de pânico, se arregalam antes de encontrar os meus.

— É o meu pai.

— Cacete, como ele conseguiu subir?

— Ah, ele sempre dá um jeito — murmura Abby. — Só precisa mexer uns pauzinhos para conseguir o que quer. Todo mundo aqui o trata como se ele fosse o prefeito ou algo assim.

Meu corpo fica em alerta máximo.

— A gente pode simplesmente ignorar. Não precisamos abrir a porta. Podemos esperar até Jack e Ian voltarem.

Quase como se pudesse nos ouvir, Bradley berra de longe:

— Ian! Eu não vou arredar o pé daqui!

— Não — determina Abby, com a respiração trêmula. — É melhor a gente abrir a porta. Se ele continuar gritando assim, vai chamar mais atenção.

— Tem certeza?

Ela já está quase de pé.

— Tenho.

— Ok, fica aí.

Passo por ela, determinada a fazer tudo ao meu alcance para impedir Bradley Chase de causar mais sofrimento aos filhos. No alto dos meus um metro e sessenta de altura, endireito os ombros e abro a maçaneta, revelando o homem zangado atrás da porta.

— Quero falar com o meu filho — diz ele secamente. — Vá chamar Ian.

— Só se pedir por favor — respondo com frieza.

Os olhos dele se estreitam.

— Não estou de brincadeira, menina.

— Nunca fui muito boa em jogos — respondo com doçura.

Ele passa por mim, ignorando meu som de protesto ao entrar apressado pela porta. Seus olhos fazem uma rápida varredura do apartamento antes de se fixarem em Abby, que ainda está imóvel na cozinha, com o rosto tomado de confusão.

— Abigail?

— Oi, pai — diz ela em um fiapo de voz.

— O que você está fazendo aqui? Cadê seu irmão? — Os olhos dele se estreitam mais uma vez. — Por acaso essa palhaçada foi obra de vocês?

Alguma tramoia para arrancar mais dinheiro de mim? Porque, juro por Deus, eu acabo com a vida dos dois.

O rosto de Abby fica branco, as sardas ainda mais evidentes em contraste com a pele pálida. Com isso, ela parece ainda menor, ainda mais jovem. Pelo jeito, Bradley encarou o silêncio dela como resposta, porque seu rosto fica roxo de raiva.

— Pai, eu só...

Bradley faz um som de nojo.

— Eu já devia imaginar. Não fiz o bastante por você? Quem paga aquela sua faculdadezinha cara, hein? O quê, vai me dizer que isso não basta?

— Mas eu nunca quis...

— Nunca quis o quê? — Ele caminha na direção dela, com o dedo apontado para sua cara. — Nunca quis ser uma decepção? Achei que pelo menos um dos meus filhos seria capaz de obedecer, mas pelo jeito são dois completos inúteis, não são? Nem sei por que me dou ao trabalho. Seu irmão é um zero à esquerda, mas pensei que poderia confiar em você para manter a boca fechada, já que você não é nada sem mim.

Não aguento mais. Deixo a porta entreaberta e atravesso a sala correndo, sem nem me importar com a altura colossal de Bradley quando dou um forte empurrão na sua costela para me colocar entre ele e Abby.

— Deixa ela em paz — explodo. — Você acha que é quem para vir aqui ameaçar os outros? Quer pagar de poderoso como se a gente fosse ter medo de um velho amargurado que se preocupa mais com um legado idiota do que com os próprios filhos. Pois fique sabendo, senhor Chase, que seu filho é muito mais homem do que você jamais vai ser, e apesar de eu mal conhecer sua filha, já posso afirmar com todas as letras que ela merece algo melhor do que um babaca desses como pai.

Bradley dá um passo ameaçador na minha direção, e a veia na sua testa lateja antes de ele rir com desdém.

— Quem você pensa que é, hein, porra? Acha que tem alguma relevância só por estar trepando com meu filho? Você não é nada. Não passa de uma cozinheira de quinta categoria com um programeco lixo que ninguém assiste. Quem se importa com o que você acha ou deixa de achar?

Um lampejo de movimento na porta aberta da sala chama minha atenção, mas antes mesmo de eu ter tempo de registrar por completo, mãos agarram a manga da camisa de Bradley, empurrando-o para longe enquanto o corpo largo de Ian o atinge, e seu rosto normalmente feliz fervilha de raiva descontrolada quando ele praticamente cospe a resposta para o pai:

— *Eu* me importo.

26

Ian

A RAIVA QUE SINTO ao ver meu pai encurralar Lila enquanto ela grita umas verdades na cara dele para me defender é uma coisa viva e pulsante. Tremula nos meus ouvidos e corre nas veias e por todo o meu corpo, de tal forma que nem a pontada de amor ao ver a disposição de Lila em enfrentá-lo consegue apagar. Mal registro os segundos que levo para me lançar contra meu pai, mas de repente a camisa dele está apertada no meu punho e o corpo dele está pressionado contra a parede depois de eu ter partido para cima dele com tudo.

— *Eu* me importo.

Por um momento, ele apenas me encara com perplexidade, mas logo se recompõe, e a raiva toma o lugar de qualquer surpresa que eu possa ter causado.

— Me larga, moleque.

Aperto a camisa dele com mais força.

— Pede desculpa agora.

— O caralho que vou pedir desculpa — vocifera ele. — Não estou nem aí para sua namoradinha da vez. Quero saber desse circo que você e sua irmã armaram. Eu *sei* que foi um de vocês. — Os olhos dele passam por cima do meu ombro em direção a Abby. — Ou os dois. Se acham que vão arrancar mais um tostão de mim depois dessa palhaçada, podem ir tirando o cavalinho da...

— Eu nunca quis o seu dinheiro!

Viro a cabeça para Abby, ofegante e corada, com os olhos marejados e os punhos trêmulos ao encarar nosso pai. O peito dela sobe e desce a cada respiração entrecortada, e os lábios tremem enquanto ela continua a falar.

— Nunca foi por causa do seu dinheiro — diz ela no mesmo tom exasperado. — Só queria que você me desse atenção. Só queria que você agisse como a porra do meu *pai*.

Meu pai me surpreende ao rir, um som áspero e cruel.

— Foi você que fez isso, então? Sozinha? Uau. Tenho que admitir, nunca imaginei que você teria coragem. Por acaso tem noção do que fez? Não fodeu apenas com a minha vida, mas com a de Ian também. Era esse seu objetivo? Afastar *todo mundo* com esse showzinho?

Lágrimas escorrem pelo rosto de Abby, com uma expressão arrasada quando finalmente entende a *verdadeira* face de Bradley Chase. Testemunhar a decepção dela me esmaga por dentro. Meu peito se aperta quando vejo Lila se aproximar e lhe dar a mão, e meu amor por ela neste momento é tão grande que chega a doer.

— Por que você nunca me amou? O que eu te fiz, pai? Você me trata como se eu não passasse de um...

— Erro?

O tom frio do meu pai ao cuspir a palavra é devastador, e consigo ouvir o suspiro ofegante de Abby.

— Eu trato assim porque é isso que você é, Abigail. Nunca precisei lidar com essa dor de cabeça quando sua mãe estava viva, e foi justamente isso que falei para ela quando veio me contar da sua existência. Se sua mãe não tivesse se tornado um incômodo uma última vez ao morrer, eu não precisaria arcar com o peso do meu *erro* neste momento.

Pressiono o antebraço contra o peito do meu pai, cerrando os dentes.

— Olha como fala, caralho. Lava essa boca maldita antes de falar dela. Qual é o seu *problema*? Abby não é o erro, você é. As escolhas foram todas *suas*, pai — vocifero. — *Você* traiu minha mãe. *Você* trouxe Abby ao mundo. E *você* me usou de fantoche a vida inteira para manter as aparências para o resto do mundo. Depois jogou pelo ralo a oportunidade de ter uma relação com a única dos seus filhos que ainda tinha algum respeito por você.

— Fui *eu* que criei você — sibila meu pai. — Sem mim, você não seria nada.

— Você nunca fez porra nenhuma por mim — explodo, empurrando o peito dele com mais força. — Você me apresentou ao hóquei, e nada mais. Tudo que conquistei com ele foi mérito meu. Só meu. Não devo nada a você. Só participou da minha vida quando lhe convinha, e agora já não tenho motivos para aturar você. Agora que não há mais segredos, posso dizer, com muita alegria, que eu quero você fora da minha vida.

— Vai ficar aí e tomar o partido dela? Essa garota magoou a sua mãe, sabia? Ela já me expulsou de casa. Nós éramos felizes, e Abigail tirou isso da sua mãe. Vai mesmo deixar barato? Mas que belo filho você é.

— Tudo o que minha irmã fez foi se livrar de uma vida sob o seu controle. Era o que ela deveria ter feito desde o começo. E eu deveria ter *incentivado*.

— E esse súbito peso na consciência vale a perda dos direitos da sua mãe sobre o time? Vale o estrago na sua carreira? Porque se acha que não posso cancelar seu contrato, garoto, fique sabendo que...

— *Chega* — grito, apoiando todo o meu peso contra ele enquanto aproximo meu rosto. — Já foi. Não me interessa o que você vai fazer a partir de agora. Você não tem mais poder sobre mim ou sobre qualquer outra pessoa. Entendeu? Eu nunca deveria ter compactuado com as suas mentiras. Nunca deveria ter guardado os seus segredos. E jamais vou repetir esse erro. Vou deixar o mundo inteiro descobrir exatamente quem você é, enquanto eu assisto com um sorriso no rosto.

Dá para ver quando meu pai percebe que a imagem cuidadosamente criada, pela qual ele negligenciou a própria família ao longo de anos, começa a escapar por entre seus dedos, e eu adoraria poder dizer que foi gratificante. Adoraria ter uma sensação de triunfo, mas tudo o que sinto é tristeza. Pela vida que poderíamos ter vivido, pelo pai que ele poderia ter sido, pela irmã que deveria ter recebido mais do meu apoio, pela mãe de quem escondi a verdade, e com isso apenas garanti que seu sofrimento fosse dez vezes pior quando enfim o sentiu na pele, especialmente sabendo o que ela vai perder.

— Eu tenho meus contatos — continua ele depressa, tentando ganhar vantagem. — Posso acabar com a sua carreira em um piscar de olhos. — Em seguida se vira na direção da Lila. — Com a da sua putinha também.

— Meu senhor — começa Jack, escolhendo aquele momento para se juntar à briga. — Sei que só tenho um braço hábil no momento, mas dou um chutão no meio do seu rabo caso se atreva a dirigir a palavra à minha irmã outra vez.

— Eu não tenho medo de você — sibila meu pai. — De nenhum de vocês — acrescenta, encontrando meu olhar. — Sem mim, Abigail não vai ter mais nada. Acha que vou continuar bancando aquela faculdade metida a besta dela? Não vou desembolsar um *tostão* por essa garota. Não vou...

— Não vai ser necessário — interrompo, e dou um último empurrão no peito dele antes de me afastar. Vou até Abby, ainda trêmula, e a envolvo com o braço para demonstrar meu apoio. Lila está do outro lado, e o calor que ela irradia me dá força. Não preciso do homem que me criou. Tenho tudo de que preciso bem aqui. — Eu vou cuidar da minha irmã. Tenho mais do que o suficiente para fazer isso. Abby não precisa de você. *Nós* não precisamos de você.

Meu pai está furioso, com a cara vermelha e o corpo inquieto. Por um momento, parece estar prestes a nos *atacar*, mas apenas fica ali tremendo de raiva, com o nariz franzido de desgosto e os lábios curvados em um sorriso de escárnio.

— Vocês dois são os piores erros que eu já cometi — vocifera ele, praticamente cuspindo as palavras. — Meu único arrependimento é ter desperdiçado meu tempo com vocês.

— E eu me arrependo de cada segundo que desperdicei com você — diz Abby calmamente, com a voz baixa, mas firme. Depois estende a mão para apertar a minha, pousada em seu ombro, e se empertiga antes de acrescentar: — Eu não preciso de você.

— Nenhum de nós precisa — concordo.

— Acho que já está na hora de você dar no pé — comenta Jack, mais perto da porta. — Vá embora enquanto ainda tem um pingo de dignidade, pelo amor de Deus.

Meu pai olha de mim para Abby, depois para Lila e até para Jack, cada vez menos confiante ao perceber que já não há nada aqui para ele. Eu adoraria acreditar que no fundo ele está arrependido por ter descartado a única família que lhe resta, mas sei que não é assim. Não vou mais me deixar afetar por essa história.

— Isso ainda não acabou — sussurra ele conforme se afasta. — Está longe de acabar.

— Vai lá falar isso para os jornalistas, meu chapa — comenta Jack alegremente, com uma leve mesura ao apontar para a porta aberta. — Tenho certeza de que vai cansar de ouvir falar deles.

Meu pai fica parado diante da porta, com os lábios franzidos.

— Inúteis. Todos vocês. Não passam de uma cambada de filhos da pu...

Jack bate a porta na cara dele, sorrindo de orelha a orelha. Depois volta a olhar para nós e diz:

— Enfim, onde paramos?

Enquanto Abby enxuga as lágrimas, ponho as mãos ao redor dos ombros dela e a observo com atenção.

— Você está bem?

Ela nega com a cabeça.

— Não, mas vou ficar.

— Sinto tanto por isso, Abby.

— O pior é que ele não estava errado — comenta ela, aos soluços. — Não totalmente. Essa história vai prejudicar você. E sua mãe também. Eu deveria ter pensado direito. Meu Deus, era sério aquilo sobre ela perder os direitos sobre o time? Que merda é essa? Eu poderia ter feito algo diferente. Se eu...

— Agora não importa — declaro com firmeza. — Já foi. O que combinamos sobre arrependimentos?

Uma risada se desprende dela em meio às lágrimas.

— Não peça desculpas, seja melhor?

— Isso mesmo. Também tenho muito o que melhorar — admito. — Você não foi a única culpada por magoar minha mãe. Preciso consertar algumas coisas por conta própria.

— Eu não queria magoar ninguém — sussurra Abby bem baixinho.

— Sei disso — respondo com sinceridade. — A verdade é que você nem deveria ter precisado enfrentar essa situação. E eu não deveria ter escondido você do mundo. Você é uma pessoa incrível, Abby. Incrível demais para passar a vida na sombra de alguém. Agora pode viver como bem entender, e eu vou estar aqui ao seu lado, a cada passo do caminho.

— Todos nós — acrescenta Lila, pousando a mão sobre a minha, ainda segurando o ombro de Abby.

O olhar de Lila encontra o meu, com um sorriso radiante que ilumina as partes mais sombrias de mim, e ali tenho a certeza de que, ao lado dela, o futuro será ainda mais brilhante.

— Bom, eu vou estar aqui para fazer piadas e comentários inapropriados — dispara Jack.

Abby dá outra risada, com o queixo afundado contra o peito.

— Caramba, que dia esquisito.

— E ainda não acabou — comento com um suspiro, me afastando dela. — Eu ainda preciso ver como minha mãe está.

— Quer que eu vá com você? — pergunta Lila, com a voz cheia de preocupação.

Céus, nem sei como aguentei tanto tempo antes de ela voltar para a minha vida. Lila é boa demais para mim, melhor do que eu jamais poderia sonhar, e apenas neste instante me cai a ficha de que ela é realmente minha, e juro que será para sempre.

Então eu a puxo para perto de mim, envolvendo-a junto ao peito, e deixo que sua retribuição imediata do meu abraço me traga força e conforto.

— Acho que preciso fazer isso sozinho, mas obrigado — respondo, dando um beijo na testa dela. — Pode me esperar?

Aquele sorriso. Aquele maldito sorriso. Não precisarei de mais nada enquanto viver.

Sem um segundo de hesitação, ela diz:

— Sempre.

***

Odeio esta casa.

Já me sinto assim há muito tempo, mas agora o ódio é ainda maior. Ver a extravagância de tudo isso, o tamanho sempre exagerado demais para três pessoas, quanto mais para duas, e pensar na minha mãe lá dentro, sozinha e certamente afundada em sofrimentos, me faz parecer minúsculo. Como se eu voltasse a ser criança.

Aperto a campainha e espero na varanda, apreensivo e torcendo as mãos, e de repente ouço a voz da minha mãe responder do outro lado. Mesmo através da porta ela parece... exausta. Isso piora minha culpa, torna mais intensa a sensação de enjoo arraigada no meu estômago.

Quando abre a porta, a aparência dela confirma a exaustão da voz, e seus olhos azuis, tão claros que sempre parecem ver através de mim, estão marejados de lágrimas antigas e pontuados por olheiras. Assim, desse jeito, ela parece ainda menor do que é, mais frágil.

— Ian — diz em tom cansado, depois meneia a cabeça. — Que bom que finalmente veio me visitar.

— Mãe — começo. — Eu...

— Aqui não — interrompe ela, resignada, afastando-se da porta e fazendo um gesto para o interior da casa. — Entre.

Vou atrás dela, observando-a parar no bar e se servir de uma generosa taça de vinho. Desde que me entendo por gente, minha mãe sempre foi o retrato de uma pessoa bem arrumada, quase uma necessidade por ser esposa de Bradley Chase. Por isso, é um pouco surpreendente a ver assim, com calças de flanela velhas e um roupão largo sobre uma camiseta simples de algodão. Mesmo na manhã de Natal, ela sempre estava impecável.

Ela leva o copo para o sofá, toma um grande gole e em seguida dá um tapinha no estofado para indicar meu lugar.

— Venha, sente aqui.

Atravesso a sala com cuidado, como se pudesse irritá-la a qualquer momento, e me preparo para enfrentar sua raiva, sua tristeza, sua *decepção*, ciente de que mereço tudo isso. Ela bebe mais um gole de vinho quando me acomodo ao seu lado, e o silêncio paira entre nós enquanto tento decidir o que devo dizer, como raios posso me desculpar.

— Bem — começa ela antes de eu ter a chance —, eu esperava que essa visita tivesse acontecido em circunstâncias melhores.

Há uma pontada de divertimento na voz dela, mas, tal como a cara, parece cansada.

— Eu deveria ter vindo antes — admito. — Queria muito.

Doce jogada 327

Ela acena lentamente com a cabeça, o olhar fixo na parede oposta.

— Até onde você sabia?

Hesito por um instante, com o peito tomado pelo pânico que quase me dominou há pouco, e faço um esforço para não me entregar a ele, determinado a não sobrecarregar minha mãe com mais um problema.

— Tudo — respondo com um sussurro cheio de culpa. — Eu sabia de tudo.

— Há quanto tempo?

— Desde... — Estremeço, me preparando para tudo que eu mereço que ela sinta por mim. — Desde que saí de Boston.

Minha mãe torna a assentir, ainda com o olhar vidrado na parede.

— Tudo faz sentido agora, acho. Sempre me perguntei por que você decidiu nos abandonar aqui. Por que não explicava quem era aquela mulher. — Ela abana a cabeça, sorrindo carinhosamente. — Eu sabia que jamais faria aquelas coisas de que acusaram você.

— Não, mas fiz algo ainda pior — argumento. — Menti para você. Para todo mundo, mas sobretudo para você. Pensei que... — Respiro fundo, com a voz embargada. — Pensei que estava protegendo você assim. E meu pai, ele... — Meneio a cabeça. — Ele me mandou ir embora.

Ela fica imóvel.

— Seu pai fez o quê?

— Disse que o time ficaria melhor se eu saísse. Que *todo mundo* ficaria melhor sem mim.

— Aquele filha da mãe manipulador — sibila, cruzando os braços sobre o peito. Ela fecha os olhos com força, o rosto todo franzido enquanto tenta se recompor. — Então, todos esses anos em que você dizia que era feliz lá, que não queria voltar...

Concordo com a cabeça.

— Meu pai não deixava.

— Mas você voltou mesmo assim — diz ela.

— Depois de um bom tempo. Eu queria encerrar minha carreira aqui, em casa. Decidi que valia a pena arriscar a raiva dele. — Dou um grunhido frustrado. — E deu no que deu.

Ela solta um suspiro antes de responder.

— Ian, não foi *você* quem tomou tantas decisões erradas. Foi seu pai.

— Não faz diferença. Sou ruim igual. Escondi o segredo, e agora você está sofrendo mais do que se eu tivesse sido franco desde o começo. Mas nunca desejei nada disso. Nunca quis te magoar, mãe.

Ela toma outro gole vagaroso, com o olhar distante, como se estivesse perdida em pensamentos. Respira fundo, depois solta o ar bem devagar, assentindo de leve.

— Às vezes a dor é inevitável, filho. A dor no coração é uma ferida como qualquer outra, mas as mentiras a contaminam. Por vezes, elas são tão profundas que a dor demora para aparecer. Mas as mentiras impedem a ferida de cicatrizar, a deixam cada vez maior e mais grave, até o pequeno corte se transformar em um machucado feio e sangrento. Até ficar tão grande que não reste mais nada a fazer a não ser cortar fora.

— Mãe — sussurro, engasgado.

— *Shh*, Ian — tranquiliza-me ela. — Eu não estou zangada com você.

Estremeço.

— Não está?

Com outro suspiro, ela se vira para mim, envolvendo a lateral do meu rosto na palma da mão.

— Querido, nenhum filho deve sofrer pelos pecados dos pais. O que seu pai fez... Esse fardo nunca deveria ter recaído sobre você. E sinto muito que tenha sido assim. Dói saber que você carregou esse peso durante tanto tempo. Não consigo imaginar como deve ter sido difícil.

O polegar dela acaricia minha bochecha, não muito diferente dos gestos carinhosos repetidos milhares de vezes na minha infância e juventude, e o alívio se mistura com a culpa, formando um turbilhão confuso de emoções que me tira o fôlego.

— Não estou brava por você não ter me contado, porque no fundo acho que eu entendo. Estou irritada por isso ter tirado de nós tantos anos da proximidade de antes. Senti tanta saudade de você, filho. Perdi seu pai, e parece que também perdi você em algum lugar do caminho.

Pouso a mão sobre a dela.

— Você não me perdeu, mãe. Eu só estava com medo demais. Não queria te decepcionar. Não queria decepcionar *ninguém*. Odiei cada segundo em que precisei sustentar essas mentiras, mãe. Achei que assim conseguiria proteger você. Pensei que...

— *Shh* — diz ela outra vez, ao notar minha voz embargada e a respiração ofegante. — Está tudo bem. Todos nós temos um dedo de culpa nessa história.

— Não, mãe. Você não fez...

— Meu bem — interrompe ela, rindo baixinho. — Eu conheço seu pai. Claro que não sabia *dessa* parte, mas há anos já tinha percebido o tipo de homem que ele se tornou. A pessoa em que aquele legado o transformou. — Ela desvia o olhar novamente, suspirando. — Já faz anos que ele não é o homem por quem me apaixonei — confessa em tom resignado. — Estive apegada a uma coisa que já se foi há muito, muito tempo. Talvez, se eu tivesse tomado uma atitude antes, você nunca teria passado por essa situação.

— Não, isso não é...

— *Shh*, quietinho. — Ela me observa de relance, com a sobrancelha arqueada. — Não vamos seguir por esse caminho — determina ela com seriedade, e eu até me endireito no sofá, movido por puro instinto. — Não vamos mais carregar essa culpa, nem qualquer outro sentimento que você tenha em relação a essa história. Não mais. Sem dúvida você já passou anos assim, e acho que é sofrimento demais para uma tragédia só, não concorda?

— Mas eu...

— E não vamos deixar a contaminação se espalhar. Vamos limpar a ferida. Você vai vir me visitar com mais frequência, vai atender minhas ligações chatas para saber como você está, e vai responder todas as minhas mensagens, por mais bobas que sejam. Estamos entendidos?

Uma risada chorosa me escapa quando a mão dela segura a minha.

— Sim, combinado.

— E você vai trazer a Delilah para jantar aqui em casa — insiste com firmeza. — Não converso direito com ela desde que vocês eram adolescentes e quero conhecer melhor a mulher com quem meu filho anda saindo. Vocês estão juntos, não estão?

— Hã... Sim — respondo, e só de pensar em Lila, um sorriso genuíno repuxa os cantinhos da minha boca. — Sim, estamos juntos.

— Ótimo. — Minha mãe assente, com a mandíbula cerrada e uma expressão apreensiva ao acrescentar: — E eu gostaria de conhecer Abigail.

Eu a encaro em choque, boquiaberto na ausência de palavras. Quando meu cérebro volta a funcionar, consigo dizer:

— Quê? *Sério?*

— Li algumas matérias sobre ela — explica minha mãe suavemente. — Aquela pobre menina. Esteve tão sozinha no meio desse caos todo. Nem consigo imaginar. Ela é mais uma vítima dessa história, assim como nós dois.

Meu coração se enche de amor pela minha mãe, tão avassalador que quase se sobrepõe à culpa no meu peito. Quase.

— Abby, ela... Ela realmente passou por maus bocados.

— Algo que nós temos em comum, não é?

— É verdade.

Minha mãe sorri, apertando minha mão.

— Eu te amo, Ian. Sabe disso, não sabe? Eu te amo desde o primeiro dia da gravidez, e nunca deixei de te amar. É triste que tanta coisa tenha se intrometido no nosso caminho, mas o mais bonito da vida é que nenhum momento pode nos destruir, não por completo, porque sempre haverá outra oportunidade de corrigir as coisas. Acho que essa pode ser a nossa.

Eu a envolvo em meus braços, com cuidado para não derrubar o vinho em sua mão. Em seguida, ela pousa a taça na mesinha de centro e passa os bracinhos pequenos ao redor da minha cintura, e o cheiro familiar do seu perfume pinica minhas narinas e me traz lembranças de dias melhores. Uma época que, espero, poderemos voltar a ter.

— Eu também te amo, mãe — murmuro contra o cabelo dela. — Muito.

— Eu sei, filhinho. — Ela me dá tapinhas nas costas. — Eu sei.

Eu a abraço forte por um momento, contente em sentir seu cheiro, antes de outro pensamento me atingir e me fazer recuar.

— O time. Como vai ficar o time?

Ela parece confusa.

— O time? O que é que tem?

— Meu pai disse... — Dói pensar nisso, e como não poderia deixar de ser, dói ainda mais dizer em voz alta. — Que se vocês se divorciassem, a posse do time ficaria com ele. Porque meu avô desejava que alguém mais experiente assumisse o comando.

Ela me encara por um instante, e depois me pega completamente de surpresa ao jogar a cabeça para trás e desatar a rir.

— Foi isso que seu pai disse?

— Hum... Foi?

— Ah, meu bem — continua ela, ainda aos risos, com a primeira expressão genuína de divertimento desde que entrei pela porta. — Detesto ser eu a dizer isso, porque tenho certeza de que foi mais um fardo nas suas costas, mas... nada disso é verdade.

— Não é?

Ela nega com a cabeça.

— De jeito nenhum. Seu avô odiava o seu pai. Nunca quis que eu me casasse com ele.

Fico de queixo caído.

— É sério?

— Juro por Deus. Seu avô fez questão de incluir várias cláusulas no nosso acordo pré-nupcial para garantir que o time ficaria comigo em caso de divórcio. — Ela dá outra risada. — Fiquei tão brava quando ele me obrigou a fazer isso na época, acredita? — Mais um abanar inconformado de cabeça. — Acho que seu avô sabia o que estava fazendo.

— Então... o time ainda é seu?

— Tudo ainda é meu — esclarece ela, quase presunçosa. — Seu pai vai sair desse casamento com uma mão na frente e outra atrás.

— Nossa. Isso é... Agora me sinto mal por ter passado esses anos todos odiando meu avô. Achei que ele era só um machista escroto.

Ela estende a mão para me dar uma palmadinha na bochecha.

— Queria muito que você tivesse conhecido seu avô. Ele teria adorado você. Era um sujeito calado, mas muito forte. Bem parecido com você, na verdade.

— Não me sinto muito forte neste momento — admito.

O polegar dela acaricia minha pele de leve, com um sorriso suave nos lábios, mas ainda assim o suficiente para atravessar as sombras que pairam sobre meu coração.

— Seu avô sempre dizia: "Não se mede a força pela rapidez com que nos levantamos depois de uma queda... A força de uma pessoa é determinada pela sua disposição de seguir em frente depois de se colocar de pé".

As lágrimas ardem meus olhos enquanto engulo o nó na garganta.

— Tudo bem. Entendi.

— Você vai seguir em frente — declara minha mãe. — Mesmo que demore um tempo para se recuperar.

Cubro a mão dela com a minha, acalentado pelo calor da sua palma.

— Acha mesmo?

— Acho. — Os lábios dela se inclinam em um sorriso tão característico, aquele que sempre me trouxe paz, desde o início. — E eu também vou.

***

Saio da casa da minha mãe, não totalmente livre de culpa, pois sei que isso ainda vai levar algum tempo, mas confiante, talvez pela primeira vez na vida, de que um dia me libertarei desse sentimento. E quando esse momento chegar, como disse minha mãe, terei uma oportunidade de corrigir as coisas.

Parado ali na varanda, é impressionante como só há uma voz que eu gostaria de ouvir agora. Uma pessoa com quem quero compartilhar tudo o que aconteceu. Faço a ligação com um sorriso no rosto, e quando a voz dela me preenche os ouvidos, aquela mesma sensação bonita de estar em paz, aquela que só ela traz, me domina a ponto de transbordar.

— Ian — atende ela com tom preocupado. — Você está bem?

Meu sorriso se alarga, lembrando de algo que ela me disse não muito tempo atrás.

"O mundo não vai acabar se você estiver bem, Ian."

— Sim — respondo, e acho que é sincero. — Estou bem.

27

Delilah

Depois de tudo que aconteceu hoje, parece tão bom estar deitada na minha cama com Ian, com a cabeça dele apoiada no meu peito enquanto acaricio seus espessos cabelos ruivos. Os braços dele estão enfiados por baixo de mim, enrolados na minha cintura, com seu corpo grandalhão repousado sobre o meu. Consigo sentir o arranhar da sua barba contra minha clavícula, as cócegas do seu nariz na minha garganta.

Ele passou a última hora me contando sobre a conversa com a mãe, e eu fiquei feliz em apenas ouvir, em estar ao seu lado enquanto assimila tudo. Desde o momento em que voltou, ficou claro para mim que era disso que ele mais precisava, apenas de alguém que o escutasse e lhe garantisse que tudo ficaria bem. Percebo que essa tem sido uma lacuna constante na vida de Ian há um bom tempo, e estou pronta para preencher esse vazio daqui em diante.

— Podemos ficar nessa cama para sempre? — murmura ele contra minha pele, quebrando o silêncio confortável ao nosso redor.

Rio baixinho.

— Foi um longo dia.

— Foi mesmo — concorda ele.

— Abby estava bem quando você a levou para casa?

Ian se aninha no meu peito, soltando o ar lentamente.

— Acho que, cedo ou tarde, ela vai ficar bem. Avisei que vou dar uma passada amanhã para ver como ela está.

— Posso ir junto, se você quiser — proponho.

Os lábios dele resvalam meu ombro.

— Eu sempre quero.

— Jack encheu muito seu saco quando você disse que ia dormir aqui?

— Ele só soltou uns resmungos e começou a faxinar a casa.

Dou risada.

— Ele vai superar. No fundo nem está chateado, mas até parece que meu irmão não ia atazanar nossa paciência com essa história.

— Tudo bem, eu aguento — responde Ian, dando beijos demorados na curva do meu pescoço. — Eu fui seu antes, lembra? Antes de virar amigo dele.

Abro um sorriso.

— É, foi mesmo.

— Não falei antes — começa ele, afastando o rosto para me observar com seus olhos cinzentos —, mas quero te agradecer. Por ter me apoiado hoje. Sei que deve ter sido difícil para você.

— Sempre vou estar ao seu lado — prometo. — A qualquer momento que precisar.

— Caralho, como eu te amo — sussurra Ian, com um sorriso preguiçoso se espalhando por suas feições. — E também amo dizer isso.

— Pode falar quantas vezes quiser, vou adorar ouvir.

— Eu te amo — repete, com os lábios roçando meu queixo. — Eu te amo. — Os lábios deslizam mais para cima, pairando sobre a bochecha. — Eu te amo. — Ian dá um beijo delicado na minha pálpebra, voltando a descer o rosto até sua boca estar a um suspiro de distância da minha. — Eu te amo, Lila.

— Minha versão adolescente deve estar gritando com a cara enfiada no travesseiro nesse exato momento — comento, rindo baixinho.

Por fim, os lábios dele encontram os meus.

— Se quiser, posso fazer sua versão adulta gritar também.

— Tem certeza? — pergunto, mordiscando o lábio inferior dele. — Você deve estar tão cansado. Já passou da sua hora de dormir.

— É sério que vai me chamar de velho assim, na cara dura?

— Quem? Eeeu?

As mãos dele enlaçam minha cintura, com os joelhos apoiados no colchão para cobrir meu corpo com o seu.

— Você é muito chata.

— E você adora — digo com doçura, passando a língua pelos lábios dele.

— Na verdade, eu *amo* — murmura Ian, com as mãos afundadas no colchão, uma de cada lado de mim. — Porque aí eu posso te dar umas palmadas.

Passo os braços ao redor do pescoço dele e busco seus lábios, deixando que sua língua mergulhe entre os meus para me provocar com um beijo lento e lânguido que parece tão preguiçoso quanto gostoso. Como se não precisasse ser mais nada além disso. Como se apenas isso bastasse.

E na verdade, basta mesmo. Sempre vou querer mais de Ian, mais do seu toque, seu corpo, seu coração, mas momentos assim têm se tornado meus favoritos. Quando o garoto que começou como meu amigo e porto seguro se revela como o homem que representa meu futuro, meu tudo. Vivo por momentos assim, por isso parece inacreditável, quase irreal, pensar que os terei pelo resto da vida.

— Eu também te amo — sussurro contra os lábios dele. — Caso não tenha ficado claro.

— Ah, eu sei. Você era praticamente obcecada por mim, esqueceu?

— Completamente obcecada — corrijo sem um pingo de vergonha. — Espere só até o mundo inteiro descobrir que você é meu. Minha vontade é mandar fazer um outdoor. Obrigar você a aparecer em todas as câmeras do beijo nos estádios para ninguém esquecer.

Ele dá um suspiro agoniado.

— Por favor, tudo menos isso.

Dou risada.

— Vou pensar em algumas opções menos constrangedoras... ou não.

Ele se afasta e abre um sorriso travesso, com uma mecha do cabelo ruivo caída no rosto.

— Claro, vamos fingir que eu não faria absolutamente qualquer coisa que você me pedisse.

— Tudo bem — respondo, colocando a mecha atrás da orelha dele. — Eu só quis poupar sua dignidade um pouquinho.

Ian se vira para agarrar minha mão, dando um beijo bem na palma.

— Não precisa — murmura ele. — Eu topo dividir o outdoor.

— Ah, é?

Ele sorri contra minha mão, voltando a olhar para mim.

— Com certeza. Eu também quero que todos saibam que você é minha.

Meu corpo parece pequeno demais para conter a emoção correndo por minhas veias, a sensação surreal de conseguir tudo o que eu sempre quis, mas nunca julguei possível, tudo culminado em uma explosão que não pode ser contida por uma única pessoa. E talvez seja por isso que o amor é melhor quando compartilhado. Talvez o amor só possa ser vivido por duas pessoas, porque é grande demais para uma só.

Puxo Ian para perto de mim, com os olhos marejados de felicidade. Eu o abraço ainda mais, com a constatação de que posso fazer isso a qualquer momento me atingindo com força total, porque ele é meu. Para valer.

— Bem — digo com a voz trêmula —, vamos ver o que podemos fazer em relação a isso.

**

Já passou uma semana desde a revelação explosiva de todos os segredos envolvendo Ian, e as consequências têm sido bem menos complicadas do que imaginávamos. O consenso do público parece ser o remorso pelos anos passados a presumir o pior de Ian, e muitas pessoas chegaram a *elogiar* seus esforços para proteger a irmã mais nova.

Bradley Chase, por outro lado, não tem se saído tão bem aos olhos do público. Eu ficaria surpresa se ele não se mudasse de cidade antes do fim do mês, visto que se tornou uma espécie de pária agora que todos sabem exatamente que tipo de pessoa ele é. E, para ser sincera, não sinto a menor pena. O sujeito não demonstrou um pingo de remorso, afinal de contas, e sua única tentativa de contato com os filhos ao longo da semana foi tão volátil e desagradável quanto o do nosso último encontro. Felizmente, nenhum dos irmãos o considerou digno de atenção.

Decidimos esperar até depois do primeiro jogo do Druids para assumir nosso relacionamento de vez, e sentada aqui na multidão da arquibancada, depois de ter visto o desempenho espetacular de Ian com seus colegas de equipe, parecendo tão à vontade no jogo, acho que tomamos a decisão certa. Ele não precisava de mais distrações hoje.

— Ele está mandando muito bem — comenta Abby ao meu lado.

Foi minha ideia a convidar para vir ao jogo, e nossas equipes de marketing concordaram que manter a proximidade era a melhor forma de lidar com a situação. Ao ver a felicidade dela ao assistir ao jogo do irmão, percebo que foi uma decisão acertada. Eu também quis trazer a mãe de Ian, mas ela disse que ainda não está preparada para aparecer em público. Não posso dizer que a culpo. Ian e eu a visitamos duas vezes esta semana, e, apesar de tudo, ela está segurando bem as pontas. Só me resta torcer para que, com o tempo, Christine encontre a felicidade outra vez. Ela é uma pessoa adorável demais para não ter uma segunda chance.

— Ele estava tão nervoso — conto, dando risada. — Achei até que ele ia vomitar ontem à noite.

Abby sorri.

— Nem parece, vendo o desempenho dele hoje. Você acha que eles vão ganhar?

— Vai ser difícil — respondo com sinceridade. — Pittsburgh é um baita time, mas ainda temos dois pontos de vantagem. Acho que temos uma boa chance.

Recebo uma leve cotovelada quando um corpinho franzino se ajeita no assento ao meu lado, e quando me viro, vejo um par de olhos arregalados enquanto o garotinho diz timidamente:

— Desculpa.

— Não faz mal — tranquilizo-o, balançando a cabeça. — Está se divertindo?

Sou recompensada com um sorriso de orelha a orelha.

— Muito!

Estico o pescoço para espiar o resto da fileira e vejo a empolgação das outras crianças do orfanato, tão alegres quanto o garotinho ao meu lado. Avisto os caracóis loiros de Kyle mais adiante, e quando seu olhar encontra o meu, ele me acena com entusiasmo e sorri. Meu peito se aquece ao ver todos ali, ainda mais por saber que, apesar de tudo o que aconteceu, Ian não se esqueceu da sua promessa.

Caramba, como eu amo esse homem.

— Seu irmão é sempre assim tão... — A voz de Abby chama minha atenção, e eu a vejo com a cabeça virada para onde Jack praticamente berra com Sanchez através do vidro do rinque. — Ele parece muito... intenso.

Uma gargalhada me escapa.

— O hóquei é a vida dele. Está arrasado por não poder jogar hoje. Imagino que bancar o técnico o ajude a lidar com a situação.

— Ah, faz sentido — diz ela, e em seguida franze as sobrancelhas, com uma expressão espantada. — O que ele foi fazer agora?

De longe, vejo meu irmão patinar em direção ao centro da pista, munido de um microfone, e dar um pequeno rodopio nada responsável, tendo em conta seu braço quebrado.

— E aí, galera de Boston? — começa Jack, e sua voz ecoa pela arena. — Muito obrigado por terem vindo assistir aos nossos rapazes jogarem. Sei que o *favorito* de vocês — continua, mostrando o braço engessado — está fora hoje, mas ainda assim agradeço por apoiarem esses outros otários.

Uma onda de risadinhas se espalha por toda a arquibancada, e Jack sorri em resposta.

— Como já imaginavam que vocês iam sentir muito a minha falta, me deixaram vir aqui fazer algo divertido durante o intervalo. — Ele aponta o microfone para o telão mais acima antes de o aproximar do rosto. — Eu sei, eu sei, beijar é nojento, mas tem gente que gosta dessas coisas, então vamos agradar os pombinhos.

Uma animação com corações e beijos passa pelo telão, depois se dissolve para mostrar um casal de idosos no meio da multidão. As bochechas da mulher ficam rosadas quando o homem ao seu lado abre um sorriso por baixo do bigode grisalho e se aproxima para lhe dar um beijo doce.

— Eca, gente apaixonada — comenta Jack, com uma piscadinha. — Brincadeira, pessoal. Tem mais?

Dois homens aparecem na tela, o braço do mais alto apoiado de forma afetuosa no encosto do banco do outro, os dois com expressões radiantes.

Sem perder tempo, o primeiro puxa o mais baixo para perto e dá um beijão na sua boca.

— Tão fofo que chega a dar raiva — continua Jack, aos suspiros. — Não, não estou com inveja. Podem parar, hein. Temos tempo para mais um?

O riso morre na minha garganta quando meu próprio rosto enche a tela, e me vejo fechar a cara em confusão. Olho para Abby, que também não parece entender nada enquanto se afasta, e abro a boca, prestes a repreender meu irmão, quando ele volta a falar.

— Vixe, aquela ali não é minha irmã? Caramba, parece tão sozinha sentada lá em cima. Sei que ela nem chega aos pés do irmão aqui, mas qual é, pessoal, com certeza tem *alguém* por aí querendo dar uns beijos nela, não?

Um toque no meu ombro me faz tremer de susto, e de repente Ian está sentado no banco ao meu lado, ainda de uniforme, exceto pelo capacete e os patins. O cabelo dele está úmido de suor, grudado no rosto, mas seu sorriso é radiante, e as sardas ainda mais evidentes no rosto corado quando se aproxima de mim.

— O que você está fazendo? — sussurro.

Ele encolhe os ombros.

— Colocando meu outdoor.

— Mas você odeia essas coisas — lembro a ele.

— Odeio mesmo — concorda Ian, estendendo a mão para segurar meu rosto. — Mas eu amo você.

Ele me envolve em um beijo suave, mas intenso, fazendo meu peito vibrar e meus olhos se fecharem enquanto me entrego. O rugido da multidão desaparece enquanto Ian se afasta, deixando somente nós dois e seu olhar caloroso pousado em mim, me possuindo, me reivindicando, dizendo ao mundo inteiro que eu pertenço a ele, e que ele pertence a mim.

Sempre sonhei com esse momento, mas nunca imaginei que se tornaria realidade, e agora estamos aqui, praticamente na frente do mundo inteiro, e Ian olha para mim como se *eu* fosse o seu mundo. Se eu pudesse voltar no tempo e dizer à minha versão mais jovem que um dia estaríamos aqui, que Ian Chase não apenas me enxergaria, mas também me *amaria*, acho que ela teria rido na minha cara.

O pensamento me faz puxá-lo de volta para mim, beijando-o com mais força enquanto a multidão vai à loucura.

— Tá bom, tá bom — a voz de Jack rompe a névoa ao nosso redor. — Já deu, né? Será que nosso ala esquerda pode largar minha irmã e voltar para o jogo? Pelo visto, os dois estão juntos. Que novidade, né, pessoal?

— Odeio esse otário — resmungo.

Ian ri baixinho.

— Não odeia, não.

— Não mesmo — admito, resignada, dando um último selinho nele. — Agora vai lá ganhar esse jogo.

— Meu bem — diz ele, sorrindo contra minha boca. — Eu já ganhei.

Meu rosto dói de tanto sorrir, com o coração transbordando no peito, e quando vejo Ian se afastar, sabendo que, ao final do jogo, será *comigo* que ele vai embora...

Bem, sinto que também venci.

EPÍLOGO

Ian

Três meses depois

— Essa é a última caixa?

Olho de relance para o meu quarto, agora quase vazio, para dar uma última conferida.

— É, pelo jeito sim.

— Acho que agora não tem mais volta, hein? — comenta Lila com um suspiro. — Estou presa a você.

Abro um sorriso, puxando-a para perto.

— Você já estava presa a mim.

— Eu sei — diz ela, fazendo careta. — Tão difícil.

— Tão chata — rebato, me aproximando para beijar os lábios dela.

— Eca — ouço da porta. — Agora vocês moram juntos. Será que podem parar com essa melação toda na minha frente?

Lila ignora o irmão, fazendo questão de mordiscar meu lábio inferior.

— Hum, você ouviu alguma coisa?

— Nadinha — cantarolo, sorrindo.

— Pronto, está decidido — resmunga Jack. — Vou gravar uma *sex tape* e mandar para vocês dois.

— Um jeito bem esquisito de se vingar — comenta Abby, com a cabeça enfiada no vão da porta.

Jack chega para o lado para lhe dar espaço, revirando os olhos.

— Ué, não sei o que mais posso fazer para me vingar do babaca que vive enfiando a língua na goela da minha irmã. — A expressão dele fica pensativa, lançando a Abby um olhar suplicante. — A não ser que…?

Abby faz careta.

— Nem pensar.

— Mas por quê? Eu sou bem gostoso!

— E muito convencido, isso sim — debocha Abby.

— Dee. — Jack faz beicinho. — Abby está magoando meu coraçãozinho.

Lila revira os olhos.

— Já estava na hora de alguém baixar sua bola.

— Minhas bolas continuam com tudo em cima — diz Jack. — Só pra você saber.

— Uau — comento secamente enquanto Abby e Lila soltam um som enojado. — Vou sentir saudade dessas interações.

— Ah, nem vem — reclama Jack. — Você passou mais tempo na casa da Lila do que aqui nos últimos meses. Era melhor já ter ido embora logo. Nem sei por que demorou tanto tempo para se mudar de mala e cuia.

— Não queria que você ficasse com muita saudade — respondo, esticando o braço para beliscar a bochecha dele.

Ele me dá um murro no ombro.

— Fica esperto, otário. Agora tenho dois braços, posso acabar com a sua raça.

— Arrã, tá bom — debocho.

Jack ergue as mãos, exasperado.

— Vocês são todos uns babacas.

Em seguida sai marchando para a sala de estar, e Abby meneia a cabeça antes de olhar para nós.

— Faltou alguma coisa?

— Só aquela ali — respondo, apontando para a caixa no chão.

— Pode deixar que eu levo — oferece ela, já se abaixando. — Pensando bem, vou fazer o Jack carregar. Para ver se ele para de reclamar um pouco.

Eu a escuto chamar o nome dele no corredor, e o som da discussão enche o meu antigo quarto. Lila ri e enlaça o braço no meu, balançando a cabeça.

— Abby já está bem à vontade com meu irmão.

Concordo com um aceno, pensativo.

— É ótimo ver alguém pegando no pé dele, pra variar.

— Com certeza uma baita novidade para Jack — comenta Lila, achando graça.

Olho de novo para o quarto vazio atrás de mim, já me sentindo um pouco nostálgico. Afinal de contas, foi aqui que fiquei com Lila pela primeira vez. Foi meu primeiro lar depois de retomar minha vida de antes. Começo a pensar em como tudo mudou desde meu retorno a Boston — felizmente, para melhor. Bem melhor.

No fim, meu pai se mudou para a Califórnia e foi morar com uma mulher com quem andava saindo. Não tivemos notícias dele desde aquele dia, meses atrás, e para ser sincero, estou até feliz. Nunca imaginei que ele jogaria a toalha tão cedo, mas pelo jeito Bradley Chase é esperto o bastante para reconhecer a derrota. Dá para ver que Abby ainda não superou essa história completamente, mas como não está muito disposta a tocar no assunto, tenho me contentado em lhe dar espaço para se adaptar à sua nova vida.

Outra coisa surpreendente foi a rápida guinada da opinião pública ao meu favor: de repente, sou tratado quase como um herói, embora eu não sinta que mereço. Tenho uma boa parcela de culpa nessa história, e cometi muitos erros ao longo dos anos. Não que alguém me deixe remoer essas coisas por muito tempo. Pelo menos, esse circo midiático serviu para levar a audiência do programa de Lila às alturas. Agora, com nosso relacionamento assumido e o contrato de parceria entre a emissora dela e meu time para o próximo ano, acho que vamos nos livrar dessa preocupação por um bom tempo. Além disso, minha mãe, Abby e Lila se recusam a me deixar afundar em culpa. Sou muito sortudo por ter as três na minha vida.

— Acho que é isso, então — diz Lila ao meu lado, me despertando desse devaneio.

Dou um aceno, virando o rosto para lhe dar um beijo na testa.

— É, acho que sim.

— A gente deveria dar uma passadinha em um antiquário mais tarde — sugere ela. — Comprar mais um Porcelagato para comemorar. Para você, claro.

Esboço um sorriso.

— Ah, sim, claro que vai ser para mim.

— Eu sou muito altruísta, você sabe — brinca ela com doçura.

— Sei mesmo — respondo com sinceridade. — Vamos ter um tempinho livre antes do jantar na casa da minha mãe hoje à noite.

— Abby também vai, né?

— Vai, sim — digo com um sorriso. — E Mei e Bella também.

A maior surpresa de todas, acho, foi ver como minha mãe se aproximou de Abby. Ninguém a culparia por adotar outra abordagem em relação a essa jovem que, pode-se dizer, virou a vida dela de cabeça para baixo, mas minha mãe acolheu Abby como uma filha, e dá para ver o quanto isso significa para minha irmã. O quanto isso a ajudou a se libertar da sua própria culpa.

— E depois — cantarola Lila, passando um dedo pela minha camiseta —, eu e você podemos comemorar sua mudança.

— Ah, é? Já tem alguma ideia?

— Várias, mas você vai ter que se comportar direitinho.

Reviro os olhos.

— Tão chata.

Ela dá risada.

— E você ama, esqueceu?

Pouso a mão na lateral do seu rosto e faço carinho com o polegar antes de traçar os contornos do lábio inferior, catalogando suas feições, o calor dos seus olhos, seu sorriso, determinado a memorizar tudo para nunca me esquecer de como sou sortudo. Sortudo por ter aberto meus olhos e enxergado essa mulher que me teve primeiro, e me terá para sempre. Sortudo por poder chamá-la de minha. Essa história entre nós começou como um jogo, e não consigo identificar o momento exato em que tudo mudou, mas estou muito grato por ter acontecido.

Lila não sai da minha cabeça, do meu coração, e pretendo mantê-la lá pelo tempo que ela me permitir.

— Amo mesmo — sussurro ao me aproximar dela. — Mas eu te amo ainda mais.

Sinto seus lábios se curvarem contra os meus, e sei que nunca me faltará nada quando ela responde:

— Eu também te amo.

Por causa da Lila... Finalmente estou bem, e o mundo não acabou.

Na verdade, parece que está só começando.

AGRADECIMENTOS

Durante toda a minha vida, ouvi dizer que a terceira vez é a que conta. Durante boa parte da escrita deste livro, porém, essa frase me pareceu pura balela. Decidi me arriscar a contar essa história depois de ouvir a pergunta: você acha que conseguiria escrever um romance esportivo? Para mim, a típica nerd cujo único contato com bolas vem de suas próprias obras de ficção, foi um risco enorme. Chorei por causa deste livro, *odiei* este livro, mas, agora, ao fazer os últimos ajustes depois de ter deixado o texto descansar por alguns meses, finalmente consigo olhar para ele sem o peso das expectativas e perceber que eu meio que... amei?

Este livro me ensinou que é assustador sair da zona de conforto, que tentar uma nova abordagem pode parecer impossível no início, mas muitas vezes a experiência é recompensadora. Aprendi tanto sobre mim e sobre minha escrita por causa desta historinha boba de hóquei, e seja lá o que aconteça daqui para a frente, estou em paz por saber que, no mínimo, me orgulho de todo o processo.

Mas agora vamos ao que importa.

Sei que todo mundo está louco para saber: Lana ainda precisa de cafunés e mãos dadas para sobreviver? Bem, a resposta a essa pergunta é simples: claro que sim, porra. Sempre.

Ao pessoal da Berkley e da Penguin Random House, sou muito sortuda por fazer parte de uma equipe tão fantástica. Nesse mercado em constante mudança, a experiência de publicar cada livro parece diferente da anterior, e o que me conforta é saber que posso contar com pessoas tão brilhantes quanto vocês.

Um agradecimento especial à minha editora maravilhosa, Cindy Hwang, de quem eu vivo me gabando por aí, porque tirei a sorte grande por trabalhar com alguém que não só incentiva minhas bobagens, como se diverte com elas. Já ouvi muitas histórias de terror sobre relações péssimas entre autores e editores, e isso me deixa ainda mais grata por ser uma das sortudas. Foi Cindy quem encorajou esta autora com zero habilidade em esportes a arriscar, e depois de muitas noites passadas gritando com a cara no travesseiro, posso dizer que também agradeço por isso.

Às pessoas maravilhosas da minha agência, e à minha agente, Jessica Watterson, que se tornou expert em ler minhas mensagens malucas e identificar quando precisa largar tudo e me ligar para me tirar do fundo do poço, algo que acontece mais vezes do que eu gostaria de admitir. Sempre durmo melhor à noite por saber que ela está do meu lado. E às duas mulheres incríveis que também têm o azar de aturar minhas bobagens constantes: Andrea Cavallaro, que faz de tudo para cuidar direitinho dos meus livros, e Jennifer Kim, a quem sempre vou me referir como "Papai Rico" por, bem, ser a pessoa que cuida da minha grana. (São os e-mails que eu mais gosto de receber, foi mal aí, pessoal.)

Às minhas Gatas Preciosas, Jessica Mangicaro e Kristin Cipolla, a quem mentalmente chamo de "minha equipe dos sonhos". Sou muito grata por ter ao meu lado pessoas tão divertidas, bondosas e fãs das minhas histórias bobas. (Espero que me perdoem por isso não ter virado o romance com lobisomens e hóquei que vocês tanto queriam, mas quem sabe na próxima?)

À incrível equipe de arte responsável pelas capas absurdas de lindas e por todos os materiais promocionais que me deixam de queixo caído, com um agradecimento especial à Rita Frangie, por sempre dar vida às minhas ideias antes mesmo de eu saber direito o que quero, e à Monika Roe por tornar essas capas dignas dos meus gritinhos de alegria.

Um agradecimento muito merecido a Kristen, que é como um pai para mim, ou seja, é obrigada a lidar com as tentativas constantes e cruéis do meu cérebro de me botar para baixo. Não sei o que eu faria sem ela. Para ser sincera, todo mundo aqui deveria agradecer a essa mulher por ter assumido a tarefa de cuidar do meu cérebro e enfrentá-lo, porque, do contrário, nunca mais haveria livros meus por aí. É um trabalho árduo, mas não confio em mais ninguém para encarar essa empreitada. A jornada de escrita me trouxe muitas coisas boas, mas Kristen é uma das minhas favoritas.

Um agradecimento especial às minhas autoras favoritas, que tenho a sorte de chamar de amigas: Ruby Dixon, Elena Armas, Tarah Dewitt e Kate Golden. Elas sempre arranjam um tempinho em suas agendas ocupadas para me tranquilizar, para me ouvir reclamar sobre nada, ou simplesmente para tornar esta experiência um pouco menos solitária.

Um agradecimento a Dan, que só agora se rendeu aos encantos dos romances de ômegaverso, mas foi o primeiro a apoiar esta historinha boba de hóquei. Você é meu primeiro amigo para sempre, e apesar do seu gosto questionável, eu ainda te amo (mesmo que a gente não use a palavrinha com A).

À Keri, a única pessoa neste mundo que talvez me complete e que está sempre disposta a bancar minha assistente e encarar um longo dia de autógrafos, ou a ter conversas sem pé nem cabeça que sempre são o ponto alto do meu dia. Sou muito grata por nossas outras metades dividirem delineador, porque isso trouxe você para minha vida.

Quero agradecer a todas as pessoas que se dedicam a espalhar o amor pelos meus livros: livreiros, bibliotecários, blogueiros, jornalistas, críticos e todo mundo que tem a gentileza de me enviar mensagens no Instagram ou me marcar em alguma postagem fofa. Eu não estaria aqui sem vocês.

E, por falar nisso, a todos os LEITORES: ainda fico surpresa por haver tantas pessoas por aí dispostas a ler as palavras que escrevi, e não apenas isso, mas a ficar empolgadas com elas! Acho que minha ficha nunca vai cair por completo, e por isso mesmo sempre me sentirei extremamente honrada com tanto carinho. Vocês são o corpo e a alma desta indústria, a razão da existência dela e, sem vocês, nossos livros estariam apenas acumulando poeira. Do fundo do meu coração, obrigada.

Por último, mas certamente não menos importante, à minha família e, em particular, àquele cara que me deu uma aliança certa vez: nunca vou esquecer tudo o que vocês fizeram e tudo o que sacrificaram para me ajudar a perseguir esse sonho, e é esse tipo de amor que me inspira a escrever histórias sobre pessoas buscando o seu "felizes para sempre", pois sei que estou vivendo o meu.

Este livro, composto na fonte Fairfield,
foi impresso em papel Ivory Slim 65g/m² na Coan.
Tubarão, abril de 2025.